万葉集の題材と表現

渡辺　護

大学教育出版

万葉集の題材と表現

目次

序章　万葉集の一回的題材

万葉集の一回的題材

一　名歌四首

万葉集を読んでいて、不思議に思うことがある。特に題材の面から、この集を読んでいった場合である。その一端を、二、三の例について、述べてみようと思う。

まずいくつかの歌をあげてみたい。

①あかねさす紫野《むらさきの》行き標野《しめの》行き野守《のもり》は見ずや君が袖振る（1二〇、額田王）

②紫草《むらさき》のにほへる妹《いも》を憎くあらば人妻故《ひとづまゆゑ》に我《あ》れ恋《こ》ひめやも（二一、大海人皇子）

③磯《いそ》の上に生《お》ふる馬酔木《あしび》を手折《たを》らめど見《み》すべき君が在りと言はなくに（2一六六、大伯皇女）

④うらうらに照《て》れる春日《はるひ》にひばり上がり心悲しもひとりし思へば（19四二九二、大伴家持）

いずれも世にいう名歌である。そして「名歌」というその言葉にこだわってみたとき、前述した不思議の感がわいてくるのである（「名歌」という呼称はその定義が曖昧である。個々人の好みの問題はもとより、歌には様々の見方があって当然であろう。いまはまったく一般的な意味で、そう呼んでおく）。

①は、天智天皇が主催した薬猟における遊宴の場の作とされる。作の成り立ちや、作品内部にある個々の問題をいまは措いておく。額田王の一首は、初句、第二句の「紫」に彩られてことさら印象が深く、万人に愛されている。そ

して、その「紫」をとらえて、即妙に歌を切り返した大海人皇子の機知の素早さが第二首②の生命であった。額田王、大海人皇子の二首は、「紫」の素材を両者の結節点として輝きを放っていると思われる。以上のことは、くだくだしく説明するのもいまさらめく。二首はまさしく名歌の名に恥じない。

③は、これもまた大津皇子の謀叛事件（『日本書紀』）を背景とし、姉大伯皇女の深い悲しみを表現した歌として、愛唱されてきたものである。はかなく潰えた俊英、皇子大津の生命と、大伯が手にしようとしている、生命力を表象して余りあるあしびの題材が、読む者にひときわの悲しみを伝えて、余すところがない。万葉挽歌中の名歌というに足る。

④は、実質的に万葉集最終歌たる価値を負うもので（巻十九最終歌のこの一首で家持は万葉集を閉じようと一度は考えたことが、左注によって知られる）、世にいう家持絶唱三首（19四二九〇～二）中の最終歌である。のどやかな春の日に「ひばり」は高く上がる。その明るい風景の中に、家持の孤の悲しみは澄みきって、そのままに定まっていくのである。家持絶唱三首についての論は、無数にある。この絶唱三首の価値を近代において発見した者が最初誰であったか、そのことさえが論議を呼ぶほどの（橋本達雄「秀歌三首の発見」『大伴家持作品論攷』）、これまた名歌であろう。

右にあげた三つの例は、もちろんほんの一部のささやかな例に過ぎないが、とりあえず本稿のいう傾向が最も顕著なものとしてあげてみた。そしてそれら三例が世に「名歌」と称される所以を略述したに過ぎない。いずれも名歌であるということについて、まったく疑問をさしはさむ余地はない。そうであるだけに、冒頭に提出した不思議の感が生まれるのである。というのは、①②の二首において最重要であった「紫」の題材が、万葉集において孤立性を際立たせるからである。詳しくは三例の一々にあたって後述したいが、③の「あしび」の題材もまた同様のことがいえる。そして、④の家持の「ひばり」もまた、本稿のいう題材の孤立性を標榜するものに思えてならないのである。

二 「紫」の題材

万葉集の題材を一瞥したとき、それぞれのあり方と、それを以てなったそれぞれの歌に与えられた評価との間に、不思議な現象が生じている。とくに名歌と呼ばれてその名に恥じないものに、多くこの現象がみられるのである。①の場合について、その点を確かめてみよう。題詞左注と共に再掲してみる。

天皇《すめらみこと》、蒲生野《がまふの》に遊猟《みかり》したまふ時に、額田王《ぬかたのおほきみ》が作る歌

あかねさす紫野行き標野行き野守は見ずや君が袖振る（1二〇）

皇太子《ひつぎのみこ》の答へたまふ御歌《みうた》

紫草のにほへる妹を憎くあらば人妻故に我れ恋ひめやも（二一）

紀には「天皇の七年丁卯《ひのとう》の夏の五月の五日に、蒲生野に縦猟す。時に、大皇弟《ひつぎのみこ》、諸王《おほきみたち》、内臣《うちのまへつきみ》また群臣《まへつきみたち》、皆悉《ことごとく》に従《おほみとも》なり」といふ。

額田王を中心とする天智・天武の妻争い的要素を想像され、二首はゆゆしい意味をこめられて、広範囲の人々に愛好せられて来たこと、周知のとおりである。この二首が成り立つ最重要の結節点は、集中初出の「紫」という題材であった。ところが、これほどの歌の魅力を後続の万葉歌人たちが直感していないはずはないのに、その後「紫」の題材はそれほどにうたわれることがなかった。地名に冠された枕詞の四首（４５７14）を含めて、額田王の他に一四首という貧しさである。

1託馬野《つくまの》に生《お》ふる紫草衣《むらさききぬ》に染《し》めいまだ着ずして色に出《い》でにけり（3三九五、笠郎女）

2韓人《からひと》の衣《ころも》染《そ》むといふ紫の心に染《し》みて思ほゆるかも（4五六九、麻田陽春）
3紫の糸をぞ我が搓《よ》るあしひきの山橘《やまたちばな》を貫《ぬ》かむと思ひて（7一三四〇）
4紫の名高《なたか》の浦《うら》の真砂地《まなごつち》袖のみ触れて寝《ね》ずかなりなむ（7一三九二）
5紫の名高の浦のなのりその磯に靡《なび》かむ時待つ我れを（7一三九六）
6紫草の根《ね》延《ば》ふ横野《よこの》の春野《はるの》には君を懸《か》けつつうぐひす鳴くも（10一八二五）
7紫の名高の浦の靡《なび》き藻《も》の心は妹に寄りにしものを（11二七八〇）
8紫の帯の結びも解きもみずもとなや妹に恋ひわたりなむ（12二九七四）
9紫の我が下紐《したひも》の色に出《い》でず恋ひかも痩《や》せむ逢《あ》ふよしをなみ（12二九七六）
10紫のまだらのかづら花やかに今日《けふ》見し人に後恋《のちこ》ひむかも（12二九九三）
11紫草を草《くさ》と別《わ》く別《わ》く伏《ふ》す鹿《しか》の野はことにして心は同《おな》じ（12三〇九九）
12紫は灰《はひ》さすものぞ海石榴市《つばいち》の八十《やそ》の衢《ちまた》に逢へる子《こ》や誰《た》れ（12三一〇一）
13……さ丹《に》つかふ色になつける　紫の大綾《おほあや》の衣《きぬ》　住吉の遠里小野《とほさとをの》の　ま榛《はり》もちにほほし衣《きぬ》に……（16三七九一）
14紫の粉潟《こがた》の海に潜《かづ》く鳥玉潜《たまかづ》き出《で》ば我《わ》が玉にせむ（16三八七〇）

数の少なさに加えて、いま一つ気づくのは、13 14の巻十六の二例を除けば、1～12の歌のいずれもが時代が新しいということである。1の笠郎女や2の陽春といった作者のわかる歌をみれば、そのことは歴然としている。3～12の巻七、十～十二の無記名歌をみても、それらはすべて柿本人麻呂歌集や古歌集に属さない、いわゆる「今」の時代にある歌々であることがわかる。

一四首といえば、ある程度の数であるともいえるが、四五〇〇余首を誇る万葉集全体からすれば、そして何よりも、後代まで語り伝えられ愛誦されたであろう二首の作者、額田王と天武天皇の知名度を考えれば、僅少というしかない。それを不思議の一つとすれば、さらに不可解なのは、いまいった額田王の一首から「今」の時代の歌々に至る間の、大きな空白である。それも時間的な隔たりばかりではない。紫の題材を以て、額田王や大海人皇子がうたった内容をみるとき、その類似性が後続の歌々に、極端に乏しいのである。1 2 6 8 9 10 11 12など、たしかに恋の雰囲気の中にある歌が目に立つけれども、先の二首のような緊迫感にとうてい及ぶものではない。歌の量と時間の両面において、二首の題材「紫」は、孤立性を際立たせているのである。

　こうしたことは②の「紫」の題材に限らない。一体に、額田王、大海人皇子の二首には、孤立した題材が目に立つ。「山守」（2一五四・3四〇一、二・6九五〇・7一二六一など五例）や「津守」（2一〇九・11二六四六・20四三七七など多く人名）などの例が他にあるにしても、「野守」はこれしかない。

　これに加えて「人妻」の題材がある。こちらの方はその一語がもつ意味の重さのままに、ある程度大海人皇子の一首の流れを内容的に継承しているように見受けられる。特に「人妻ゆゑに」と一句をまるごと受け取っている3 5 8などである。

1神木にも手は触るといふをうつたへに人妻といへば触れぬものかも（4五一七、大伴安麻呂）

2鷲《わし》の棲《す》む筑波《つくば》の山の　裳羽服津《もはきつ》のその津の上《うへ》に　率《あども》ひて娘子壮士《をとめをとこ》の　行《ゆ》き集《つど》ひかがふ嬥歌《かがひ》に　人妻に我《わ》も交《まじ》はらむ　我が妻に人も言《こと》とへ……（9一七五九、高橋虫麻呂歌集）

3赤《あか》らひく色《いろ》ぐはし子をしば見れば人妻ゆゑに我《あ》れ恋ひぬべし（10一九九九）

4黄葉《もみちば》の過《す》ぎかてぬ子を人妻と見つつやあらむ恋《こほ》しきものを（10二二九七）

5うちひさす宮道《みやぢ》に逢《あ》ひし人妻ゆゑに　玉《たま》の緒《を》の思ひ乱れて寝《ぬ》る夜《よ》しぞ多《おほ》き（11二三六五、古歌集）

6人妻に言《い》ふは誰《た》が言《こと》さ衣《ごろも》のこの紐解《ひもと》けと言ふは誰が言（12二八六六）

7おほろかに我《わ》れし思はば人妻にありといふ妹に恋ひつつあらめや（12二九〇九）

8小竹《しの》の上に来居《きゐ》て鳴く鳥《とり》目を安《やす》み人妻ゆゑに我《あ》れ恋ひにけり（12三〇九三）

9息《いき》の緒に我が息づきし妹すらを人妻なりと聞けば悲しも（12三一一五）

10つぎねふ山背道《やましろぢ》を　人夫《ひとづま》の馬より行くに　己夫《おのづま》し徒歩《かち》より行けば　見るごとに音《ね》のみし泣かゆ……（13三三一四）

11人妻とあぜかそを言《い》はむしからばか隣《となり》の衣《きぬ》を借《か》りて着《き》なはも（14三四七二）

12あずの上《うへ》に駒《こま》を繋《つな》ぎて危《あや》ほかど人妻子《こ》ろを息《いき》に我《わ》がする（14三五三九）

13あずへから駒の行《ゆ》ごのす危《あや》はとも人妻子ろをまゆかせらふも（14三五四一）

14悩《なや》ましけ人妻かもよ漕《こ》ぐ舟の忘れはせなないや思《も》ひ増《ま》すに（14三五五七）

　3の「赤らひく色ぐはし子」といった表現や、3と8に共通する「人妻ゆゑに」に接続して「我れ恋ひぬべし」や「我れ恋ひにけり」など、大海人皇子の「人妻ゆゑに我れ恋ひめやも」の表現に直接しているといっていい（言葉の上で接続していながら、意味においてはなお直接しない点に問題が残ること、澤瀉久孝『萬葉集注釈』に詳しい）。

　しかし、それにしても全体「人妻」という言葉そのものの重味によりかかる傾向が右の一四首にはみられる。「紫のにほへる妹」といった「人妻」の端的かつあでやかな形容が見られないことが不思議なのである。

　それに加えて、一四首中の四首（11 12 13 14）が東歌に属することも気になる。2の東国での虫麻呂歌を加えれば、「人妻」の一語はもともとが東歌にその発祥があったのではないか、と思われるほどである。10の「人夫《ひとづま》」は、今にいう「夫《おっと》」のことであるが、2と同じく「ひとづま」と「おのづま」の対比が明瞭な例である。そしてこれも、京に近いが東歌と同じく地方の民謡の例といえる。その点、虫麻呂歌集にある2の「人妻」「我が妻」の表現も、その地方性を考慮すべきかも知れない。

三　「あしび」の題材

別の例をあげれば、前二首とほぼ時代を接する大伯皇女の一首である。題詞左注共に再掲する。

大津皇子《おほつのみこ》の屍《かばね》を葛木《かつらぎ》の二上山《ふたかみやま》に移《うつ》し葬《はふ》る時に、大伯皇女《おほくのひめみこ》の哀傷《かなし》びて作らす歌二首

うつそみの人《ひと》にある我《わ》れや明日《あす》よりは二上山を弟背《いろせ》と我れ見む（2一六五）

磯の上に生《お》ふる馬酔木《あしび》を手折《たを》らめど見すべき君が在りと言はなくに（一六六）

右の一首は、今案《いまかんが》ふるに、移し葬る歌に似《に》ず。けだし疑《うたが》はくは、伊勢の神宮《かむみや》より京《みやこ》に還《かへ》る時に、路《みち》の上《へ》に花を見て感傷哀咽《かんしやうあいえつ》してこの歌を作るか。

「あしび」の集中初出で、それが一六六番歌一首の題材である。直前の一六五ばかりではなく、二首の前に位置する一六三、四、そして巻二相聞の部立に配された一〇五、六番歌などを経過してこの一首に至れば、無心のあしびを空しく手折ろうとする姉の悲しみが痛いほどに伝わってくる。ところがこの大伯皇女の「あしび」が、近代の堀辰雄『大和路』が顕彰したほどには、後の万葉集でもてはやされなかった。他にわずかに九首（うち一首9は枕詞）、それも大伯から時代を大きく隔てて、家持の時代までうたわれることがなかったのである（一章三節）。

1馬酔木なす栄えし君が掘《ほ》りし井《ゐ》の石井《いしゐ》の水は飲めど飽《あ》かぬかも（7一一二八）

2おしてる難波を過ぎて　うち靡《なび》く草香《くさか》の山を　夕暮《ゆふぐ》れに我が越え来《く》れば　山も狭《せ》に咲ける馬酔木の　悪《あ》しからぬ
君をいつしか　行きて早見《はや》む（8一四二八）

3かはづ鳴く吉野の川の滝の上《うへ》の馬酔木の花ぞ末《はし》に置くなゆめ（10一八六八）

4我《わ》が背子《せこ》に我が恋《こ》ふらくは奥山《おくやま》の馬酔木の花の今盛《さか》りなり（10一九〇三）

5春山《はるやま》の馬酔木の花の悪しからぬ君にはしゑや寄《よ》そるともよし（10一九二六）

6みもろは人《ひと》の守《も》る山　本辺《もとへ》は馬酔木花咲き　末辺《すゑへ》は椿花咲く　うらぐはし山ぞ　泣《な》く子守る山（13三二二二）

山斎《しま》を属目《しょくもく》して作る歌三首

7鴛鴦《をし》の棲《す》む君がこの山斎今日《けふ》見れば馬酔木の花も咲きにけるかも（20四五一一）

右の一首は大監物《だいけんもつ》三方王《みかたのおほきみ》。

8池水《いけみづ》に影《かげ》さへ見えて咲きにほふ馬酔木の花を袖《そで》に扱《こき》入れな（20四五一二）

右の一首は右中弁《うちゅうべん》大伴宿祢家持《おほとものすくねやかもち》。

9磯影《いそかげ》の見ゆる池水照《て》るまでに咲ける馬酔木の散らまく惜《を》しも（20四五一三）

右の一首は大蔵大輔《おほくらのだいぶ》甘南備伊香真人《かむなびのいかごのまひと》。

とくに万葉最後期で作者のわかる同じ宴の場で成った7～9の三首をみたとき、大伯皇女のあしびの題材に対する、はなはだしい意識の懸隔が際立つのである。三首は題詞にある通り「山斎」に着目してうたわれるのだが、初めにあしびをいいだしたのは三方王である。続く家持と伊香真人の二首には「山斎」がうたわれない。二人のうたいぶりはあしびの一点に集中している。このときの二人、最初にあしびをうたった三方王を加えれば三人の意識に、古い時代の名歌たる大伯皇女のあしびはのぼって来なかったのだろうか。

「池水に影さへ見えて」（四五一二）、「磯影の見ゆる池水」（四五一三）といった表現が、水辺をいう「磯」の語を中心として、大伯皇女の「磯の上に生ふるあしび」に通うものがある。それでいながらあしびの扱いがまったく違うこと、不思議としかいいようがない。

右の次第で大伯皇女から家持まで、その時間的な隔たりが極端に大きいこと、数が少ないこと、内容的に一首を追うものが皆無であることなど、前節に述べた額田、大海人の「紫」の題材の場合と、まったく同様の傾向をみせているのである。

四　「ひばり」の題材

第三例として家持の一首をあげた。これも題詞左注と共に再掲してみる。

　二十五日に作る歌一首

うらうらに照れる春日《はるひ》にひばり上がり心悲しもひとりし思へば（19四二九二）

春日《しゅんじつ》遅々《ちち》にして鶬鶊《さうかう》正《まさ》に啼《な》く。悽惆《せいちう》の意、歌にあらずは撥《はら》ひかたきのみ。よりて、この歌を作り、もちて締緒《ていしょ》を展ぶ。ただし、この巻の中に作者の名字を偁《い》はずして、ただ、年月、所処《しょしょ》、縁起《えんぎ》のみを録《しる》せるは、皆

　大伴宿祢家持が裁作《つく》る歌詞なり。

家持絶唱三首といわれる中の一首である。家持個人のものというより、一首が万葉集において屈指の名歌であること、その点についてさまざまな角度からこれまでいわれて来たことのすべてを認めるにやぶさかではない。日本古代の文芸に初めて生まれ出た春愁の詩。まさしく、そうである。家持が、ひいては万葉集が至り着いた和歌の最高峰といっていい。ならば、われわれはそうした点に感動を覚えるのかというと、単純にそうではない。当り前のことなが

ら、歌そのものに感動しているのである。右の讃辞もその感動に根を発してなされた結果といえる。

右の事情を踏まえて家持の一首を見つめ直すと、これまでに述べて来たと同様の疑問につきあたる。「ひばり」の題材である。いま家持の眼前にひばりが上がっていたという事実は、一首が成り立つ根源の説明にはならない。何故一個のうれたみの精神は「ひばり」をもってうたわれなければならなかったのか。というのも万葉集に「ひばり」があまりにもうたわれることが、少なかったからである。万葉集に限っていえば、家持のこの一首以前に皆無である。また家持以後を見ても、一首から二年後、当の家持の歌詠の範囲でなされた、次の二首があるばかりである。

　三月の三日に、防人《さきもり》を検校《けんかう》する勅使と兵部の使人等《ら》と同《とも》に集《つど》ひ、飲宴《うたげ》して作る歌三首

朝《あさ》な朝《さ》な上がるひばりになりてしか都に行きて早《はや》帰り来《こ》む　（20四四三三）

　右の一首は勅使紫微大弼《しびのだいひつ》安倍《あへの》沙美麻呂《さみまろの》朝臣《あそみ》。

ひばり上がる春へとさやになりぬれば都も見えず霞たなびく　（四四三四）

ふふめりし花の初めに来《こ》し我れや散りなむ後《のち》に都へ行かむ　（四四三五）

　右の二首は兵部少輔《ひやうぶのせうふ》大伴宿祢家持。

勝宝五年二月末の「ひばり」から、勝宝七年三月三日の「ひばり」への推移は対照的である。独詠から宴歌へという、歌の場の相違という以上に、質の違いがありすぎるように思えるのである。しかしそれにしても少ない。当代における急速な普及ということが期待できないにしても、家持自身に、一首以後、「ひばり」の題材に対する愛着が、もっとあってもよさそうに思う。勝宝五年の春から宝字三年の新春まで、計七回の春を家持は迎え送っているからである。

こうした偏向に謎めいたものを感じるとき、われわれの気持はつい数の少なすぎる前例に向いてしまうことがあ

る。家持にとっても古い歌謡として熟知されていたであろう、次の一首である。

比婆理《ひばり》は天《あめ》に翔《かけ》る高行《たかゆ》くや速総別《はやぶさわけ》鷦鷯《さざき》捕《と》らさね（仁徳記歌謡）

「比婆理」の用字までもが家持歌と同じである。そして記紀を通じても「ひばり」はこの一例である（紀では「隼《はやぶさ》」になっている）。家持が〝わが一首〟に「比婆理」を呼び込んだとき、この歌謡一首は、その意識の底に響いてはいなかったのだろうか。どこまでもが、謎である。

五　一回的題材

万葉集の題材について論じるとき、普通には文芸の素材として頻繁に用いられ普及したものを取り上げるのが常道であろう（池田弥三郎『古代文学の素材』など）。本稿の場合、その逆の道をあえて選んでいる。これは一見して、言及した題材——紫・あしび・ひばりなど——を選んだ歌々に、負の価値を与えようとする試みと誤解される恐れがある。主張したいことはもちろん違う。人間の五感に訴えて来るすべてのもの——物・事・人などのすべて——の中から、初めて選びとられた題材、選びとられて後に当り前とはならなかった題材について、その要因と経過、そして結果といったことを知りたいのである（この点についても、敏感な触角を働かせたのは先掲の池田説であった）。

①〜④と極端に例を限定して述べて来た。この一々についても、説明がなお不足している。①と②は万葉集では比較的古い時代のものであり、④の家持歌はもっとも新しい時代のものである。万葉集の内部における題材継承の歴史における空白の様相を、それらの例のあり方は語ってくれる。①〜③と違って最新の家持歌の場合、同じ題材によって後続する歌がない、といえば当然に過ぎる。だが、家持歌の「ひばり」でいえば、古今集にこの題材が登場しない。

歌の精神面から、家持の至りついた一首の歌境は、万葉から中古の歌への橋渡したる役を担う、とよくいわれるが（久松潜一「大伴家持」『上古の歌人』など）、題材の面からいうと、そう簡単には断言は出来ないことになる。

このように考えてくると、にわかに想起される一首についての評がある。

家持は、この歌によつて、自らの居る時代を否定したばかりではなかつた。自分より後の一千年を否定してゐる。

（折口信夫「近代憂愁と古歌」全集三〇巻）

この評言はまことに重い。折口の言に従えば家持の到り着いた新歌境、詩精神は、その再起と継承を近代和歌の牧水や啄木を俟つということになる（ちなみに折口の口ぶりにはここに折口自身も参入するという自負が感じられる）。

家持の場合には極端にすぎるのかもしれない。万葉に立ち戻って考えれば、①の額田王と②の天武や、③の大伯皇女の場合には、たぐいまれな作者たちの個性と、作者たちが置かれた環境のいちじるしい特殊性ということがある。たとえば①②の贈答二首の鍵となる「紫」の題材は、額田・天武二人の特異な人間性とその関係ということで、後人には模倣することさえ難しかったのだろうか。それは充分に考えられる。いま一つ、「紫」という題材がもつ独自な意味が考えられる。「紫」とは後に、〝禁色《きんじき》〟と称される顕貴の色である。その発祥は道教の考えにあり、天武は積極的にその世界に染まろうとした天皇ということで名高い。紫という題材は、そのゆえに選びとられたものであるかもしれない。そして、その題材によって、いかにも天武らしい歌として後人に愛され続けたものなのかもしれない。それを思えば紫の題材が、後人の追随を、その特殊性によって斥けてしまうのは当然の結果といえる。

そして③の大伯皇女の歌の場合は、作歌の状況がこれ以上ないほどに特殊である。こうした個別の事情が、題材の継承を阻む大きな原因だったのだろうか。

かつて伊藤博氏は数少ない歌をもって有名歌人たる存在が万葉集にあるとして、そうした歌人たちを「一回的歌人」と呼んだことがある（『古代和歌史研究3』第三章第一節）。述べ来って本稿が至りつくところは、題材ということにもまれにはそうしたあり方が生まれるのではないか、ということである。そうした題材はこれまで述べたいくつかの例の他にも万葉集にいくらでも探すことができるだろう（たとえば山部赤人の「すみれ」8一四二四、家持の「かたかご」19四一四三など）。

いまとりあえず伊藤氏のひそみにならってそれらを、「一回的題材」、と呼んでおきたいと思うのである。

第一章　初期万葉和歌の手法

第一節　雪歌の一系譜

一　天武の雪

とある雪の日、天武天皇と藤原夫人との間に交された二首は、古代における滋味あふれる一人の天皇像と、闊達な一人の女性像とを如実に示す歌として、人々に愛され続けている。

天皇、藤原夫人《ふぢはらのぶにん》に賜《たま》ふ御歌《みうた》一首

我が里に大雪《おほゆき》降れり大原の古《ふ》りにし里に降らまくは後《のち》（２一〇三）

藤原夫人、和《こた》へ奉《まつ》る歌一首

我が岡のおかみに言ひて降らしめし雪のくだけしそこに散りけむ（一〇四）

二首における絶妙な贈答の気息については、契沖『万葉代匠記』の「ほこりておとしむるやうによませたまへは、御かへしもまたたはふれて、あさむくやうによみたまへり」（初稿本）という簡略ながら要を得た発言に尽きるであろう。さらに進めれば、天武歌についてなされた、近代における窪田空穂『万葉集評釈』のような、まことにこまやかな読み取りもある。

一首、しひても羨ませようとなさつてゐるのは、表面は揶揄であるが、御心としては、ともに大雪を見ないのを夫人にも飽き足らず思はせようとの御心で、その御情愛が、おほらかに、太く緩やかに御詠みになつてゐる一首の中に、明らかに感じられる。

二首の真意、そのやりとりの妙味についての解釈は、右の二説だけでも充分過ぎるほどなのだが、気になることが一つある。それは、天武がこのように雪を詠い出した根本の動機についてである。前記の二つの解釈をみると、自明のこととして言及されていないが、『代匠記』の「ほこりて」とか『評釈』の「羨ませようとなさつてゐる」といった発言の根底には、雪を良きものうらやむべきものとみる考え方が、存在しているように思われるのである。

そうした考え方が生まれる理由のひとつとしてたとえば、はるかに時代が下って天平一八年の雪をうたう一首

新《あら》しき年の初めに豊《とよ》の年しるすとならし雪の降れるは（17三九二五）

の歌意について、同じ『代匠記』などが掲げる左伝や文選の例がある。

トヨノトシトハ、礼記云。祭《ハ》豊年《ニモ》不レ奢《マサ》、凶年《ニモ》不レ倹《オトサ》。左伝豊年註、五穀皆熟《スルヲ》為二有年一《ト》。大熟《ハ》大有年《ナリ》也。宋孝武帝大明五年正月朔日雪降、義泰以レ衣《ヲ》受《テ》レ雪《ヲ》為《ス》二佳瑞一《ト》。謝恵連《カ》雪《ノ》賦云。盈レ尺《ルトキハ》則《ニ》呈《ハシ》二瑞《ヲ》於豊年一《ニ》、袤《アカルトキハ》レ丈《ニ》則表《ハスワサハヒヲ》二沴於陰徳一《ニ》。シルストナラシトハ豊年ノ験《シルシ》トナル意ナリ。

この場合の引例や解釈の妥当性は、一首の生れた状況や前後の歌（17三九二一〜六）のあり方から見て、これで充分に納得しうる。しかし、こうした後代の雪に対する見方がはたして天武の時代までさかのぼれるかどうか、本当のところはわからない。天武の雪歌《ゆきうた》に関する諸注の解釈の根底には、巻十七の歌と等しく、雪が〝瑞兆〟であるという容認が根強くあるとしか思われない。

瑞兆と呼ぶほどの意識はないというのなら、諸注のこれまでの解釈は、ある雪の一日に天武がその白い輝きに魅せられて一首を得た、とすこぶる美的に考えた結果とみる他ない。もしそうであるならば、その考え方にこそ問題が生じる。なぜなら、雪を美しいと捉える見方は、いまのわれわれの感覚をあまりに短絡的に古代の一首に重ね合わせて

いるにすぎないからである。そもそも雪を美しいとみることそれ自体が、暖国と寒国の人々によって違う。『代匠記』などと同じく左伝を引きつつ江戸期の鈴木牧之『北越雪譜』はいう。

左伝に隠公八年平地尺に盈《みつる》を大雪と為と見えたるは其国暖地なればなり。唐の韓愈が雪を豊年の嘉瑞といひしも暖国の論なり。されど唐土にも寒国は八月雪降事五雑俎に見えたり。暖国の雪一尺以下ならば山川村里立地《たちどころ》に銀世界をなし、雪の飄々翩々たるを観て花に諭へ玉に比べ、勝望美景を愛し、酒食音律の楽を添へ、画に写し詞につらねて称翫するは和漢古今の通例なれども、是雪の浅き国の楽みなり。我越後のごとく年毎に幾丈の雪を視ば何の楽き事かあらん。雪の為に力を尽し財を費し千辛万苦する事、下に説く所を視ておもひはかるべし。

右の指摘を俟つまでもなく、古代にもそのことを示す例がいくつかある。

たとえば、古事記においては、比喩的な表現とはいえ、人の生命を脅かすものとして、雪が登場する。

天つ神の御子の命《いのち》は、雪ふり風吹くとも常に石《いはほ》のごとくに、常《とこ》はに堅《かた》はに動かず坐《ま》さむ。（記上巻）

同様のことは後の史実についてもみられる。

但賊地雪深《クシテ》、馬芻難レ得《シ》。所以雪消《エ》草生《シテ》、方《ニ》始《メテ》発遣《ス》。（三月二日）

今春大雪《ニ》倍《フルコト》二於《セリ》常年一。由《ニ》レ是《テ》不レ得二早《ク》入《テ》耕種《スルコトヲ》一。（四月四日）〈続日本紀天平九年四月一四日、東北よりの報告〉

こうした雪によって生じる困難は、天武の時代にも変わらなかったであろうことが想像されるのである。

また、当の天武の時代における雪の記述を日本書紀から拾ってみても、雪が瑞兆や美の対象であったという気配は、まったく感じられない。

十二月己丑朔。雪不告朔。（天武紀六年）

庚戌。雪之。（天武紀朱鳥元年三月）

日本書紀の雪の例は他に皇極の時代に一例のみあり、これはわずかに瑞兆にかかわる記事である。

菟田郡ノ人押坂直、将《ゐ》テ二一ノ童子一ヲ、欣《うれし》ブ二遊雪ノ上ニ。登テ二菟田山一ニ、便チ看ル二紫菌ノ挺《ぬけで》テレ雪ヨリ而生《お》フルヲ一。（皇極紀三年）

しかし、これとて、瑞兆と思われるものは「紫菌」であって、雪そのものではない。

最後にいま一つ例をあげるならば、延喜式治部の祥瑞の項目である。白象・白鹿・白雉など、雪の色に通うものが数多くあるが、それらはほとんどが動物の類で、雪はどこにも見当らない。

以上の例を見ると、当面の歌について、「瑞兆」という言葉は簡単に用いられるべきではないことがわかる。こうして天武の雪歌にひそむ問題については、根源に立ち返って再考する必要があると思われる。

ただし、雪の問題についてこれを天武歌でなく藤原夫人の歌から、まったく別の観点で説こうとした、興味深い論がある。

天武の夫人、藤原ノ大刀自は、飛鳥の岡の上の大原に居て、天皇に酬いてゐる。此歌の如きは「降らまくは後」とのからかひに対する答へと軽く見られてゐる。が、藤原氏の女の、水の神に縁のあつた事を見せてゐるのである。「雨雪のことは、こちらが専門なのです」かう言つた水の神女としての誇りが、おもしろく昔の人には感じられたのであらう。（折口信夫「水の女」全集二巻）

折口学説の独特な体系から生まれた論文「水の女」の、右はごく一部である。したがって、軽々の発言は許されないが、この折口の言に導かれるままに、本稿はある歌に思いが至る。それは「藤原氏の女」の最たる人物、光明子の一首である。

藤皇后《とうくわうごう》、天皇に奉《たてまつ》る御歌一首

我が背子《わせこ》とふたり見ませばいくばくかこの降る雪の嬉しくあらまし（8一六五八）

先述の窪田『評訳』は、この一首の歌意をそのまま天武歌の評にもちこんで、「ともに大雪を見ないのを夫人にも飽き足らず思はせようとの御心で」と発言したらしい。(注1)折口の見方でいくと、天武の雪歌のそもそもの成り立ちが、藤原夫人が「雨雪」の「専門」であることを充分に承知の上でからかいかけたか、とさえ想像されてくるのである。

さらに興味深く思うのは、折口が「かう言つた水の神女としての誇りが、おもしろく昔の人には感じられたのであらう」といっている点である。つまり、当代の歌の享受者の側から一首を見ているということだ。このような見方は、藤原夫人の答歌の一首に限るのだろうか。天武歌にもその要素がないか、一考の余地がありそうに思われてくる。すなわち、天武の雪歌一首に、当時の人々はいかにも天武その人らしさを強く感じていたのではないか。天武と雪、そのこと自体にまず大きな意味があったのではないか、と思うのである。

二　吉野の雪

一体、万葉集に雪が登場するのは、いつの頃であったのか、題材ということでいえば、相聞における天武と藤原夫人の贈答歌がその最初のものである。一方、厳密な意味で雪の初出歌をあげるのならば、雑歌における次の一首であろう。なぜなら、歌が示す意味からみて、一首は明日香清御原時代以前の成立が想定できるからである(後述)。

天皇の御製歌

み吉野の耳我《みみが》の嶺《みね》に　時《とき》なくぞ雪は降りける　間《ま》なくぞ雨は降りける　その雪の時なきがごと　その雨の間なきがごと　隈《くま》もおちず思ひつつぞ来し　その山道《やまみち》を(一―二五)

或本の歌

み吉野の耳我の山に　時じくぞ雪は降るといふ　間なくぞ雨は降るといふ　その雪の時じきがごと　その雨の間
なきがごと　隈もおちず思ひつつぞ来し　その山道を（二六）

右は句々《くく》相換《あひかは》れり。これに因《よ》りて重《かさ》ねて載《の》す。

天武御製とされる一首で、「雪は降りける」と雪がうたわれている。ただしこの場合の雪は対句表現における雨と同様、「隈もおちず」を導く序詞《じょし》の一部で、到底題材とは呼び得ない。雪を主題として成り立った先述の贈答二首における重味とは違う。しかし、単なる素材であるにしても、この雪が同じ天武によって万葉集初出の役割を担っている点は注目に値する。雪がよほどに天武個人と縁が深いことを思わせるからである。

一首は天武自作というよりは、もと相聞的な民謡が、歴史上の大きな事件に仮託されたものといわれ、そのことは或本歌の存在が明かしている。或本歌の通《かよ》い道《じ》の恋の思いをうたうのに対して、御製歌は山道の辛さと貫かねばならぬ決意をうたう。それは一にかかって、「雪は降るといふ」「雨は降るといふ」という傍観的な表現が「雪は降りける」「雨は降りける」という臨場感をもたせた表現に変えられたことによるだろう。こうしたあり方をみると、序詞とはいえ、そこに登場する雪と雨は、簡単に見過ごすわけにはいかなくなる。

根本的なことをいえば、なぜもと民謡であったろう歌が、天武の事蹟に仮託されたのか。それは、歌が冒頭から吉野をうたうからであろう。歴史上周知の天武の吉野入りが、その背景にあるからだと思われる。

壬午。東宮見二天皇一、請下之二吉野一、脩中行仏道上。天皇許焉。東宮即入二於吉野一。大臣等侍送。至二菟道一而還。

（天智紀十年十月）

著名な「虎に翼を付けて放てり」という近江方諸臣の噂など、それらすべてを含んで、天武の吉野人りの歴史的事情を背景に読まない限り、万葉のこの一首は十全に鑑賞されることはない。

そうした読まれ方をして初めて、天武歌は現実感を獲得する。天武がうたうからには一首の「み吉野」は、はるか近江から、追手の影におびえつつようやくに至りついたところの場所であり、そしてなおも入ることを拒んでいるような厳しい自然であった。天智紀十年の天武の関連記事がその冒頭に「冬十月」と明示しているのは、この歌にとって重要であろう。その季節の意識がある限り、冬の吉野へと向う天武を包む雪と雨は、序詞の一部という制約を越えて、冷えびえと実感されることになる。こうした万葉歌の読み方は、すでに高木市之助『吉野の鮎』が、史実と文学の問を緻密に測定し、史的な認知が名もない民衆の歌に生命を与えることを、論証している。御製歌理解のために氏が着目した紀歌謡は、次の一首であった。

み吉野の　吉野の鮎　鮎こそは　島辺も良き　え苦しゑ　水葱《なぎ》の本《もと》　芹《せり》の本　吾は苦しゑ（天智紀十年）

高木氏の卓論に従えば、右の歌謡が民衆の側の天武への理解ということになる。天武と吉野ということがいかに喧伝されていたかがわかる。こうした吉野に関する知識にもう一つ「冬十月」というその時期に関する知識が加われば、万葉の天武御製歌は十全の背景を得ることになろう。その点でいえば天武にまつわる紀歌謡の初句と、天武御製の万葉歌の初句が同じ「み吉野の」であることも偶然とは思えなくなる。

万葉集に畏敬の接頭語ミが冠せられた「み吉野」の例をみると、そこにはある傾向をうかがうことができる。

1み吉野の山のあらしの寒《さむ》けくにはたや今夜《こよひ》も我がひとり寝む（1七四、文武天皇）
2み吉野の玉松《たままつ》が枝《え》ははしきかも君が御言《みこと》を持ちて通《かよ》はく（2一一三、額田王）
3み吉野の三船の山に立つ雲の常にあらむと我が思はなくに（3二四四、柿本人麻呂歌集）
4み吉野の滝の白波知らねども語《かた》りし継《つ》げばいにしへ思ほゆ（三一三、土理宣令）
5み吉野の吉野の宮は　山からし貴くあらし　水からしさやけくあらし……（三一五、大伴旅人）

6 み吉野の高城《たかき》の山に白雲は行きはばかりてたなびけり見ゆ（三五三、釈通観）

7 ……み吉野の秋津《あきつ》の宮は　神《かむ》からか貴くあるらむ　国からか見《み》が欲《ほ》しくあらむ……（6九〇七、笠金村）

8 年のはにかくも見てしかみ吉野の清き河内《かふち》のたぎつ白波（九〇八、笠金村）

9 神からか見が欲しからむみ吉野の滝の河内は見れど飽《あ》かぬかも（九一〇、笠金村）

10 み吉野の秋津の川の万代《よろづよ》に絶ゆることなくまたかへり見む（九一一、笠金村）

11 泊瀬女《はつせめ》の造る木綿花《ゆふはな》み吉野の滝の水沫《みなわ》に咲きにけらずや（九一二、笠金村）

12 ……み吉野の真木《まき》立つ山ゆ　見下《みお》ろせば川の瀬ごとに……（九一三、車持千年）

13 万代に見とも飽かめやみ吉野のたぎつ河内の大宮《おほみや》ところ（九二一、笠金村）

14 皆人《みなひと》の命も我れもみ吉野の滝の常磐《ときは》の常ならぬかも（九二二、笠金村）

15 み吉野の象山《きさやま》の際《ま》の木末《こぬれ》にはここだも騒《さわ》く鳥の声かも（九二四、山部赤人）

16 やすみしし我《わ》ご大君《おほきみ》は　み吉野の秋津の小野《をの》の……（九二六、山部赤人）

17 今しくは見めやと思ひしみ吉野の大川淀《おほかはよど》を今日《けふ》見つるかも（7一一〇三）

18 み吉野の青根《あをね》が岳《たけ》の蘿席《こけむしろ》誰《た》れか織りけむ経緯《たてぬき》なしに（一一二〇）

19 神さぶる岩根《いはね》こごしきみ吉野の水分山《みくまりやま》を見れば悲しも（一一三〇）

20 皆人の恋ふるみ吉野今日見ればうべも恋ひけり山川《やまかは》清み（一一三一）

21 み吉野の岩もとさらず鳴くかはづうべも鳴きけり川をさやけみ（10二一六一）

22 み吉野の水隈《みぐま》が菅《すげ》を編《あ》まなくに刈りのみ刈りて乱《みだ》りてむとや（11二八三七）

23 み吉野の秋津の小野に刈る草の思ひ乱れて寝る夜しぞ多き（12三〇六五）

24み吉野の滝もとどろに落つる白波　留《と》まりにし妹に見せまく欲しき白波（13三二三三）
25み吉野の真木立つ山に　青く生《お》ふる山菅《やますが》の根の　ねもころに我が思ふ君は……（13三二九一）

20の一首以外、すべてが「み吉野の」と一句に熟していることがまず注目される。そしてその半数以上の歌が、一句を初句に据えていることも特徴的である。こうした傾向は「み吉野の」の句が、それだけで深い意味を有し、一句のみの定型の使用で充分に効果的であったことを示している。作者と享受者の間に共通の理解があってこそ生まれる効果である。その発生の源は歴史上の天武と吉野の関係であり、そのことが忘れられがちになる後代まで、言葉そのものの重みは残ったのではないか。

「み吉野」そして「冬十月」の雪、天武御製歌においてそれらは深い史的意味をもって受け取られたに違いない。一首が天武自作にせよ仮託のものにせよ、いま説くところの根底の意義は変わらない。要は紀歌謡の場合と同じく、万葉集における場合も、それは当時の人々の側が抱く天武像だったのである。

困難な山道を辿った吉野入りも、後の時代の人々からみれば、天武がやがて輝かしい勝利を獲得するための出発であった。危さ辛さが歌において痛切さを増せば増すほど、一首は現実感をもって享受者に迫る。一首の歌の力を保証するのは人々に既に知られ尽した、歴史であった。

日本書紀に記されたような吉野入りから一年後の壬申の乱を経て、いま、万葉集の天武は心満ち足りて飛鳥の雪を見ていることになる。「我が里に大雪降れり」の諧謔が天武に生まれた原因は、唯一そこにしか求められない。吉野の雪と、飛鳥の雪。享受者の側に立てば、その両者が互いに映じ合って、この天武像を飾っているのである。折口の言を借りれば、そうした点が「おもしろく昔の人には感じられた」に違いない。

以上のように考えたとき、天武の雪歌がもつ意味が解ってくる。その雪に瑞兆の要素があるとするなら、それは時代の勝利者であった一代の英雄、天武天皇自身がそれを生んだともいえる。天武の喜びの心に迎え入れられた「大雪」こそが、めずらかに輝いた、万葉集最初の雪であったといえるのである。

三　人麻呂の雪

天武以後、特徴的に雪をうたった歌人に柿本人麻呂があげられる。人麻呂の雪歌の特性は次の一首に端的に表われる。

柿本朝臣《かきのもとのあそみ》人麻呂《ひとまろ》、新田部皇子《にひたべのみこ》に献《たてまつ》る歌一首并《あは》せて短歌

やすみしし我が大君　高照《たかて》らす日《ひ》の御子《みこ》　敷きいます大殿《おほとの》の上《うへ》に　ひさかたの天伝《あまづた》ひ来《く》る　雪じもの行き通《かよ》ひつつ
いや常世《とこよ》まで（3二六一）

反歌一首

矢釣山《やつりやま》木立《こだち》も見えず降りまがふ雪に騒《さわ》ける朝楽《あした》しも（二六二）

一首の生まれた具体的な背景は、しかとはわからない。時に当っての王《おおきみ》讃歌といっておくより他ないが、新田部皇子には続日本紀の文武四年に、「新田部皇子に浄広弐を授く」、の記事があって、そのことと関連があるかもしれない。また、時に皇子およそ二十歳という推定に従えば、新年の賀に重ねた歳の賀も想定できる。一方、この歌の成立を持統四、五年頃とする説もある（稲岡耕二「人麻呂『反歌』の論」万葉集研究二、門倉浩「『献新田部皇子歌』と表現主体」古代研究13号）。それに従えば少年皇子へのある雪の日の献歌ということになる。いずれにしても、人麻呂作歌において、題材としての雪が作品を覆いつくす一首であり、その点天武と藤原夫人以来の本格的な雪歌といえる。

この歌に対する一般の注目は、主にその反歌に集中することが多い。斎藤茂吉『万葉秀歌』が、反歌を押し立てて絶賛したためだろうか。ところが茂吉は同時に長歌の方にも秀れた視線を放っていて、一首の長歌を「簡浄」と評した。いかにも見事な評である。

茂吉の「簡浄」の評を生んだ理由の一つは、一首が「小型長歌」（伊藤博「万葉人と言霊」『古代和歌史研究5』）とも呼ぶべき、たった一一句からなる歌であったためと想像される。人麻呂の長歌には珍しい「小型」の作品が生まれたのは、彼の意図に基づいたというより、他律的な要因がそこにあったと考える方が、筋が通る。なぜなら、一首の題材が予想を許さない〝降る雪〟であったからだ。この主題は人麻呂に限らず誰にもあらかじめの構想を許さない。降ることが予想できない雪の歌は、なべて即時の作歌を要求されるのである（四章三節）。

即時の詠が比較的容易な形式は短歌であるが、この時代に、雪の詠法が完全に確立していた訳ではない。雪の素材なり題材なりが、それまでに充分に詠み込まれ、そのことである程度の型が生まれていなければ、たとえ短歌であっても苦心を余儀なくされるはずだ。まして長歌ともなれば、ことはいよいよ困難を極めよう。人麻呂は即時詠の条件下で雪の主題に挑むと共に、歌形式の上でも長短歌の完備した姿をめざしたということになる。

新しい試みに挑んだこの時点で、人麻呂に用意されていた作歌の手立てや方法が、数多かったとは思えない。ただ、この献歌の時期が、たとえば文武四年の遅い頃とすれば、いくつかを考えることができる。まずあげられるのが、持続六年（六九二）冬のこととされる、安騎野遊猟歌の雪である。

軽皇子《かるのみこ》、安騎《あき》の野に宿《やど》ります時に、柿本朝臣人麻呂が作る歌

やすみしし我が大君　高照らす日の御子　神ながら神さびせすと　太敷《ふとし》かす京《みやこ》を置きて　こもりくの泊瀬《はつせ》の山
は　真木《まき》立つ荒《あら》き山道《やまぢ》を　岩《いは》が根禁樹《ねさへき》押《お》しなべ　坂鳥《さかとり》の朝《あさ》越えまして　玉かぎる夕《ゆふ》さり来れば　み雪降る安騎の

大野《おほの》に　旗すすき小竹《しの》を押しなべ　草枕旅宿《たびやど》りせす　いにしへ思ひて（1四五）

長歌冒頭「やすみしし我が大君　高照らす日の御子」の四句は天武皇統を強く意識する表現だといわれる（伊藤博「人麻呂における幻視」『古代和歌史研究6』）。その意識は一首のすみずみまで及ぶのではないか。題詞にも示された大事な場である安騎野を「み雪降る安騎の大野に」と人麻呂はうたう。さり気なく実景を写したかに思える「み雪降る」の形容が、先の〝天武の雪〟を意識したとき、ことさらな表現に思えるのは深読みだろうか（「み雪降る」の一句が必ずしも眼前の景とは限らぬという配慮もあるが〈『注釈』など〉、本稿の主旨には響かない）。

その点からいえば、「み雪」のミが先の「み吉野」のごとく、畏敬の念をこめた接頭語であることも、にわかに注目されて来るのである。しかも「み雪」の表現、次の例をみる限り人麻呂が初出であり、彼の創案とみていい。(注2)

1かくしてやなほや老《お》いなむみ雪降る大荒木野《おほあらきの》の小竹にあらなくに（7一三四九）

2時は今は春になりぬとみ雪降る遠山《とほやま》の辺《へ》に霞たなびく（8一四三九、中臣武良自）

3妹《いも》が門入《かどい》り泉川《いづみがは》の常滑《とこなめ》にみ雪残れりいまだ冬かも（9一六九五、柿本人麻呂歌集）

4あしひきの山かも高き巻向《まきむく》の崖《きし》の小松《こまつ》にみ雪降りくる（10二三一三、柿本人麻呂歌集）

5夜《よ》を寒《さむ》み朝戸《あさと》を開き出《い》で見れば庭もはだらにみ雪降りたり（一には「庭もほどろに雪ぞ降りてある」といふ）（二三一八）

6み雪降る越《こし》の大山《おほやま》行き過ぎていづれの日にか我が里を見む（12三一五三）

7み雪降る吉野の岳《たけ》に居《ゐ》る雲の外《よそ》に見し子に恋ひわたるかも（13三二九四）

8……み雪降る冬の朝《あした》は　刺《さ》し柳根《やなぎね》張《は》り梓《あづさ》を　御手《みて》に取らしたまひて……（三三二四）

9大君の遠《とほ》の朝廷《みかど》ぞ　み雪降る越《こし》と名に負《お》へる　天離《あまざか》る鄙《ひな》にしあれば……（17四〇一一、大伴家持）

10……み雪降る冬に至れば　霜置けどもその葉も枯れず　常磐《ときは》なすいやさかはえに……（18四一一一、大伴家持）

11大君の遠の朝廷と　任《ま》きたまふ官《つかさ》のまにま　み雪降る越に下《くだ》り来《き》……（四一一三、大伴家持）

12み雪降る冬は今日《けふ》のみうぐひすの鳴かむ春へは明日《あす》にしあるらし（20四四八八、三形王）

一首において人麻呂は、持統の心を通して、軽皇子、その亡父草壁皇子、そして源泉たる英雄天武という男帝の系譜をさかのぼっているに違いない。そのとき、雪は単なる実景としてのそれを超えて、人麻呂には意味深く見詰められたのではあるまいか。

安騎野遊猟歌に後れること四年、持統十年七月に、高市皇子が薨ずる。天武の皇子達の中でも太政大臣高市皇子は、正しく人麻呂が全身的に万葉集最大の長歌をもってその生涯を讃え、その死を嘆くべき人物であった。しかも、史実に照らせば、とくに長歌前半における壬申の乱の描写を以て、讃えるにふさわしい人でもあった。ここにも雪が登場する。

高市皇子尊《たけちのみこのみこと》の城上《きのへ》の殯宮《あらきのみや》の時に、柿本朝臣人麻呂が作る歌一首并せて短歌

……取り持てる弓弭《ゆはず》の騒《さわ》き　み雪降る冬の林に（一には「木綿の林」といふ）　つむじかもい巻き渡ると　思ふまで聞きの畏《かしこ》く（一には「諸人の見惑ふまでに」といふ）　引き放つ矢の繁《しげ》けく　大雪の乱れて来《きた》れ（一には「霰なすそち寄り来れば」といふ）……（2一九九）

先掲の安騎野遊猟歌と同じ「み雪降る」を用いていることがまず目につく。しかもこの一句は「冬の林」にかかる。壬申の乱のそもそもの発端である天武の吉野入りが「冬十月」であったことが、人麻呂の表現に影響してはいなかったのだろうか。一云では「木綿の林」であったものが、本文歌で「冬の林」となったあたりに、人麻呂の意図がうかがえそうな気がするのである。

さらに注目すべきものに「大雪」の語の使用がある。「大雪」の一語は、集中歌語としての使用が極端に少なく、先の天武歌（2一〇三）が初出で、人麻呂が当面の歌に一回、他には家持が

大宮の内にも外《と》にもめづらしく降れる大雪な踏みそね惜し（19四二八五）の一首に一回用いたのみである。この「大雪」の表現の場合も、一云の「霰なすそち寄り来れば」から「大雪の乱れて来れ」の本文歌への流れをみれば、先の「み雪」の場合と同様、人麻呂の意図を感じざるを得ない。人麻呂の意図は、決意して吉野に入り、後の壬申の乱を貫徹した天武の英姿を、雪に象徴させることにあったのではないか。

いずれもが譬喩であるといい条、歴史上の事実としては旧暦六月から七月に及ぶ壬申の乱の描写に、あえて季節の違う冬の雪をもち込んだいわれはその辺にあったのではなかろうか。

安騎野遊猟歌と高市皇子挽歌を経過して、新田部皇子献歌をみると、そこには前二首においてなされた詠法が、巧みに応用されていることがわかる。（注3）まずは冒頭四句「やすみしし我が大君　高照らす日の御子」は安騎野遊猟歌にまったく同じで、しかもこの表現は天武系の皇子について人麻呂がうたうときの常套のものである。さすれば、冒頭四句が人麻呂の口から発せられたとき、人々はうたい出された一首がいかなる性質のものかをすぐさま理解したであろう。それはいくたびか人麻呂の口から聞き慣れた、天武系皇子への讃美表現だったからである。

続く「敷きいます大殿の上に」の二句は、これまた挽歌や讃歌に人麻呂が多用してきた殿讃《とのぼ》めの言語である。この二句によって人々の視線は、新田部皇子その人の姿から、皇子の住む殿舎の威容をふり仰いだに違いない。この長歌の勝負どころ、人々の胸をおどろかす新鮮さは、これに続く後半部にある。「ひさかたの天伝ひ来る」の二句によって、人々の視線は殿舎の屋根よりもさらに高みへと引き上げられ、天から降り落ちて来る清浄な雪に、改めて気づかされることになる。その雪を「雪じもの」と一挙に序に転じて、結句「行き通ひつついや常世まで」の本意に至る。

一首の辞句や表現のなかで、本稿の見る限りもっとも斬新な特徴と思われるものに「雪じもの」の一句がある。語句として集中唯一例であり、一句が「行き通ひ」を抽き出す手法も、他に例をみない。してみれば、「雪じもの」の一句の創造と用法は、人麻呂の雪を主たる題材とするに当ってこらされた工夫の、中核的な存在といわねばならない。全体、常套の表現を連ねた長歌の中で、この一点こそが、もっとも個性に輝く部分といえる。直接人麻呂の手になるものかどうか、考慮の余地が残るものの、この場合の雪が「白雪」と表記されているのも目をひく（注４）。

結句「いや常世まで」は、原文「益及常世」の訓みに諸説あるが、『注釈』の訓みと解釈がいまのところ隠当と思われる。臣下の永遠の奉仕をうたうことで、従来の王讃歌の形式をすべて充たしながら、一首は、めでたくうたい納められるのである。

「やすみしし」「高照らす」「ひさかたの」といった枕詞、「やすみしし我が大君　高照らす日の御子」、「敷きいます大殿の上に」といった常套の表現、人々の耳に慣れて理解し易い表現を前半に連ねることで、人麻呂は即詠の難関をまず乗り越えたらしい。

そして末尾、「雪じもの行き通ひつつ」と斬新な雪の詠法を案出することで、まことに「簡浄」に皇子礼讃の一首を、見事に果たしたのである。

以上、人麻呂にこのような歌詠をなさしめた理由をいくつか述べてきた。辞句や表現といった技術的な面もさることながら、人麻呂にこの雪歌をなさしめた根源の理由は何だったのか、最後にそれが問われなければならない。反歌に視点を移して、述べてみたい。

四　父母の雪

反歌は「矢釣山」の具体的な山名を初句に据える。矢釣山は現在の明日香村東部に位置する。かつて天武がうたった「大原の古りにし里」にある山であった。藤原氏族発祥の地、大原の里内の山となると、本稿が冒頭に興味を注いだ折口の「水の女」が想起される。これまで述べてきた人麻呂の、天武の雪に対する意識を思えば、あるいは、藤原夫人が「我が岡のおかみに言ひて降らしめし」とうたった「我が岡」とは矢釣山であったか、と思われてくるからである。

人麻呂の長歌が、「雪」をうたってこの場にふさわしかったのは、単に眼前の雪を即座に取り上げたばかりでなく、一世代前、新田部皇子の父天武と母藤原夫人の雪の贈答歌を強く想起せしめたからに他ならない。天武と藤原夫人の雪の歌は、おそらく喧伝され、今の世に変わることなく、当代の人々に愛されていたであろう。反歌はその長歌の主旨をまっすぐに承けていると思われるのである。

藤原夫人の里大原は、そのまま新田部皇子の生まれた地であったのだろう。人麻呂は「矢釣山」と具体的な山名のみを、初句に掲げる。山名の提示のみであって、こまごまとした矢釣山の形容や山の由来を一切述べていないことに、注目すべきであろう。実際に矢釣山の山容は人々の目には見えていない。次句に「木立も見えず」とあるのがそれを証している。人麻呂のうたわんとするところは、「矢釣山」だけで、人々に充分に理解されたのであるらしい。（注5）

第二、三句は「木立も見えず降りまがふ」と、大量の雪を強調している。この人麻呂の一首以前に、雪の多さを積極的にうたった例は、一つしかない。天武と藤原夫人の贈答二首のみである。いまにして思えば、二人の贈答歌にある何ともなつかしい暖かみは、幼いと思えるほど無邪気に、おのが雪の多寡を競ったところにあったのだった。人麻呂のうたう矢釣山を覆う豊かな雪は、明らかに、天武が「我が里に大雪降れり」とうたった歌に呼応しているのではないか。「大雪降れり」と誇った天武に、「雪のくだけしそこに散りけむ」と返した藤原夫人の大原の里ゆかりの「矢釣山」には、「大雪」と称する以上の豊かさで、雪は降るべきなのである。

第四句と結句は、原文「雪驪朝楽毛」の難訓で、本稿の採った訓みはいま多く支持されているものである。いかなる訓みであっても、この雪に出会うよろこびに、長歌末尾の奉仕のよろこびを重ね合わせたところの表現であることは、おそらく、動かない。この二句は、現場に即していうならば、長歌の末尾三句「雪じもの行き通ひつつ　いや常世まで」に対応するもので、「楽」は奉仕を誓ったこの場の者たちの気持ちを示しているのである。（注6）

長歌後半からこの反歌に至るまで、新田部皇子を含むすべての聴衆の胸に去来したものは、座の中心にあって賀を受ける皇子の、父と母の姿と歌であったろう。系譜的なことをいえば、たとえば、われわれが現に目にしている、巻八にある藤原夫人の一首（8一四六五）に付された注記のようなものであったろう。

明日香《あすか》の清御原《きよみはら》の宮に天《あめ》の下知らしめす天　皇《すめらみこと》の夫人《ぶにん》なり。字を大原大刀自《おほはらのおほとぢ》といふ。すなはち新田部皇子の母なり。

歌を献ずるべき皇子の貴重な血脈を、雪をもってさかのぼる。人麻呂が即詠の制約と雪の題材に伴う難しさを克服して、獲得しようとしたのは、正しくそれであった。

瞬時、人々の眼前に霏々として降る雪は、新田部皇子の父天武と、母藤原夫人がのどやかにうたった、豊かな雪の輝きそのままに、真白く輝いたのではなかったか。

注

（1）光明子の一首と天武歌のあり方をみるとき、気づくことがある。ひとつは窪田『評釈』が天武歌に関連ありと見たらしい光明子の歌が、彼女のおばである藤原夫人への血脈上の意識から生まれているらしいことである。また、夫聖武が、天武系正統の男帝であることも関連があるらしい。聖武と光明子の関係はさかのぼれば天武と藤原夫人のあり方そのままであろう。単に「血脈の意識」というだけでは説明が不足である。要は当時の人々の多くが、わが血脈に沿った先人の歌々により深くなじんでいたということが普通に思われるのである。

たとえば穂積皇子の

家にある櫃に鍵さし蔵めてし恋の奴がつかみかかりて（16三八一六）

に対して、孫の広河女王が

恋は今はあらじと我れは思へるをいづくの恋ぞつかみかかれる（4六九五）

とうたったりする形である。子や孫の父祖の歌々へのあこがれは、彼らの「歌学」であったと同時に、いわば「家学」の要素も含みもっていたと想像される。そして、この意識を見事に応用してみせたのが、後述するように、人麻呂の「新田部皇子献歌」であったと考えられるのである。

さらに雪ということについていえば、穂積皇子の一首

降る雪はあはにな降りそ吉隠《よなばつ》の猪養《ゐかひ》の岡の寒くあらまくに（2二〇三）

の歌など、雪を介して愛する女性のもとを思いやる点など、挽歌といえども父天武の歌に共通するものがある。なおこの点については三章二節注でも言及する。

（2）特に３４の例は人麻呂歌集出の歌であることが注目される。雪をうたう場合の人麻呂の歌の土壌の一端とみなすことができよう。

（3）ただし先掲稲岡説のように当面歌が持統朝前半の成立であるとすると、本稿の説く道筋は逆になる。新田部皇子献歌で果たされた雪の詠法が、安騎野遊猟歌や高市皇子挽歌に応用されたことになる。いずれにしろ、献歌一首における人麻呂の技法の評価が

下がるわけではない。

（4） この一句、原文「自雪仕物」。類聚古集、紀州本などでは「白雪仕物」。「白雪」の場合は集中初出の表記となる。白雪の集中の用例をみると次の通り。

松蔭の浅茅の上の白雪を消たずて置かむことはかもなき（8一六五四、坂上郎女）

梅の花咲き散り過ぎぬしかすがに白雪庭に降りしきりつつ（10一八三四）

白雪の常敷く冬は過ぎにけらしも　春霞たなびく野辺のうぐひす鳴くも（10一八八八）

吉隠の野木に降り覆ふ白雪のいちしろくしも恋ひむ我れかも（10二三三九）

大宮の内にも外にも光るまで降れる白雪見れど飽かぬかも（17三九二六、大伴家持）

白雪の降り敷く山を越え行かむ君をぞもとな息の緒に思ふ（19四二八一、大伴家持）

高山の巌に生ふる菅の根のねもころごろに降り置く白雪（20四四五四、橘諸兄）

いずれも諸兄や家持によって「しらゆき」の訓みで愛用されている。人麻呂歌の表記「白雪」（ゆき）は、後代の改変がまず考えられる。もし、人麻呂が浄書の際にこの表記を用いたとすれば、別途にその来歴を考えなければならない。漢籍からの影響か。雪が白いのは当り前であることを考えればあるいは、白雉や白鳳などの年号に見られる、祥瑞的な配慮から生まれた表記だったのだろうか。

（5） 本稿の立場からいえば、矢釣山の実際は、二次的な問題になる（たとえば先掲門倉論文などが考察する一首の成立した場の問題など）。「矢釣山」の山名を雪と共に誇張することが人麻呂の狙いとしては第一義であったはずだからである。「木立も見えず」というからには、現実の矢釣山は人々の視界に入っていない。言語のもつ力であり、正に人麻呂特有の「幻視の手法」であったのではないか。

（6） 第四句「雪驪」を井口樹生「新年『囃し詞』の系譜」（『境界芸文伝承研究』）は、「雪にはしれる」と訓む。井口氏によれば人麻呂の長歌結句「益及常世」は、「雪の日に新田部皇子の宅にねり込んだ一行」の、芸能に伴った「囃し詞」を背景としているという。また反歌第四句「雪驪」も同様、群行の一団の所作「あられぱしり」に起因するという。天武の「御薪」に発生をもち持統朝に「踏歌」として定着した行事を踏まえたとしている。

第二節　自傷歌群の構成

一　有間皇子自傷歌二首

万葉集巻二に立てられた挽歌の部は、斉明天皇の御代にあって、自らのうら若い死を傷んだ一青年の作品をもって始まる。有間皇子の自傷歌二首が、それである。

有間皇子《ありまのみこ》、自《みづか》ら傷《いた》みて松が枝《え》を結ぶ歌二首

磐代《いはしろ》の浜松が枝を引き結びま幸《さき》くあらばまたかへり見む（2一四一）

家ならば笥《け》に盛《も》る飯《いひ》を草枕旅にしあれば椎《しひ》の葉に盛る（一四二）

決定的な死を前に一縷の望みとしての生還を願う第一首。懐しい日常に訣別して絶望的な旅をゆく第二首。直接な嘆きの言語で語られていないだけに、かえって人々は右二首がなされたときの皇子の精神風景に関して、能う限りの悲痛な想像を寄せた。そうした人々のもろもろの同情のすべてを、死とそれにまつわる悲しみをあらわに語らぬことで、二首は許容し得ているのである。

人間が宿命として背負う唯一のそして最大の悲劇――死。その訪れを待って凝然とすくむ一個の魂が、ここにはある。覚悟や諦観のうちに死への恐怖を封じ込めるといったさかしらではなく、またいたずらに嘆くことでそれを放とうとする狂奔でもない。死の影に限りなく覆われながら、最後まではかなくのぞみ、ささやかに行為している皇子の人間臭さが、われわれの共感をゆさぶるのである。

こうした個の魂の有様こそ文学の根源であり、またこうした生身の人間が捉えた直截な表現の形こそが、初期万葉和歌を一風としてあらしめるに力あったといえよう。有間皇子自傷歌二首がもつかかる魅力の豊かさを思えば、この二首こそ巻二挽歌の冒頭に位置して然るべき価値がある。しかも、巻二の成り立ちの古さを考えるならば、万葉集全体の挽歌の、その冒頭を担って充分に象徴的といえる。

二　第一首をめぐって

自傷歌第一首の個性はおよそ次の三点において発揮されている。一つに「磐代」であり、二つに「松」を「結ぶ」という行為であり、三つに「ま幸くあらばまたかへり見む」という下句である。これまで第一首をめぐってなされた論の多くが、以上の部分に視線を集中しているのも、それらが持つ個性を考えれば当然のことといえる。

磐代は大和から紀州へ向かう道の途中にある。「磐代」なる地名は、当面の第一首に関わって後続する三首（2一四三～四、一四六）の他には、二首（1一〇、7一二四三）にしか万葉集には登場しない。

君が代《よ》も我が代も知るや磐代の岡の草根《くさね》をいざ結びてな（1一〇）

言痛《こちた》くはかもかもせむを磐代の野辺《のへ》の下草《したくさ》我れし刈りてば 一には「紅の現し心や妹に逢はずあらむ」といふ（7一二四三）

二首といっても巻七の一首には「一云」の歌があって、それには「磐代」がなく、自傷歌関係以外で純粋にこの地名をうたうのは巻一の一〇番歌、中皇命の一首だけといえる。有間皇子第一首は集中用例の少ない「磐代」を初句に据えることで、特異な様相を獲得している。

さらに自傷歌を追う三首がこの地名を必ずうたいあげているのをみれば、「磐代」にある特別な意味が込められていたと思うのは自然であろう。そのことからこの有間皇子の一首と中皇命の一首との関係を論じた考察も生まれてくる。「磐代」という土地そのものにまつわってある習俗の考察から、中皇命は有間皇子の妻であったという説（荷田春満『万葉集僻案抄』）に始まる両者の関係の考察まで、その数は多い（田中卓「中皇命と有間皇子」万葉四号、松田好夫「中皇命と有間皇子との作品」美夫君志一四号など）。

次に「松が枝」を「結ぶ」という行為があるが、「結ぶ」ことで自分の魂を封じ込めるという祈りの習俗は古くからあり、万葉集では「紐」をはじめとしてその類いの「帯」「緒」などについていわれるのが普通である。多く、夫婦が互いの紐を結び、事なき再会を願う習俗としてあらわれ、旅の歌にも例が多い。

高麗錦《こまにしき》紐《ひも》の結びも解き放《さ》けずいはひて待てど験《しるし》なきかも（12二九七五）

ひとりのみ着《き》寝《ぬ》る衣《ころも》の紐解かば誰れかも結《ゆ》はむ家遠くして（15三七一五）

これらと比較したとき「松が枝」という題材は、やはり特異な例の一つといわねばならない。数をみても、関連歌（2一四三）の他には、はるかに時代を下って大伴家持の二首にしかうたわれない。

たまきはる命は知らず松が枝を結ぶ心は長くとぞ思ふ（6一〇四三）

八千種《やちくさ》の花はうつろふときはなる松のさ枝を我れは結ばな（20四五〇一）

少数をもって、また初出をもってすなわち個性としては性急にすぎるが、後にふれる四首の有間皇子追悼歌すべてが「結松」を捉えて展開する様をみれば、この題材はまことに力があったと考えれらる。

「結び松」の実態は未だに解明されていない。池田弥三郎氏の考えによれば、これは松の枝を直接に結ぶというのではなく、枝に幣様《ぬさよう》のものを結ぶのだという。しかし、これでは「松が枝を」のヲの助詞が落ち着かない。但し、次に述ることを考慮すると再考の余地が生まれるかもしれない。

第三点として掲げた下句「ま幸くあらばまたかへり見む」は一首全体の解釈にことの外重要に働く部分である。なかでも四句目「ま幸くあらば」は、解釈上この一首の価値を決定的にするものとして扱われてきた（西郷信綱『万葉私記』、中西進『万葉史の研究』、稲岡耕二「有間皇子」有精堂『万葉集講座』第五巻、阪下圭八『初期万葉』など）。この一語に皇子の願いと祈りが収斂されていることを思えば、当然のことといえよう。

一首はふつうには「幸いこの身が無事であったならば」と訳される。しかし、「結ぶ」という行為が、わが魂を封じ込めることで、その場所に無事に現身が戻り得るといった祈りの習俗であったことを思うと再考の余地がある。というのも次の例があるからだ。

……泉川清き河原に　馬留《とど》め別れし時に　ま幸くて我れ帰り来《こ》む　平《たひら》けく斎《いは》ひて待てと　語らひて来《こ》し日の極《きは》み……（17三九五七）

越中赴任の折に、家持が見送る書持《ふみもち》に残した言葉である。この場合の「ま幸くて」は〝偶然の無事〟をいうのではないらしい。家郷に残し置いた〝わが魂の無事〟をいうのであるらしい。だからこそ、弟に「平けく斎ひて待て」という命令形が必要なのである。書持に「斎へ」というのは旅に就く家持の家郷へ残し置く魂なのであろう。家持には次のような歌もある。

……若草の妻取り付き　平けく我れは斎はむ　ま幸くて早帰り来と……（20四三九八）

「平けく我れは斎はむ」とは、家持が想像した防人の妻の言葉である。「斎ふ」主体はこの場合も家郷の妻になっている。

個性という点からいえば、むしろ結句「またかへり見む」を取り上げるべきであろうか。というのはこの一句、集中に一〇首あり、有間皇子自傷歌ともう一首（寄物陳思歌、12三〇五六）を除いた、八首すべてが第二期以降の雑歌であるからだ。挽歌においては唯一この一首のみがこの表現をもつ。八首の内容をみれば、どれもが「土地ぼめ」か、それに類するものである。第一期の挽歌の一語が、後の雑歌の中枢的性格である「讃歌」のための、重要な語句の先駆けとなったわけである。

挽歌に限っていえば、「また」「来む」については関連歌一四三、一四六に同じ表現があり、「帰る」については福《さき》麻呂《まろ》歌集に「また帰り来ぬ」（9一八〇四）や「帰らふ見れば」（9一八〇六）といった表現があるが、「また帰り来む」という主体的な表現とは大きな違いがある。

三　第二首をめぐって

背景とは別に、歌についていえば前に述べた「一回的題材」（序章）というべきものがあげられる。万葉集には「飯」四例、「笥」二例、「椎の葉」はこの歌のみ一例、いずれも集中に例が少ない。題材においても一首は、古今を独歩して追随を許さない。この「飯」について古く俊成『古来風体抄』（再選本）が、

飯などいふ事は、此ころの人もうちうちにはしりたれど、歌などによむべくもあらねど、昔の人は心のけはれ（褻晴）なくてかくよみけるなるべし

と発言している。作為は意識下に深々と沈潜し、あるがままを真っ直ぐに古代人はうたうというのである。その点、アララギ派の人々が尊び来った、まさに万葉調の歌といえる。斎藤茂吉『万葉秀歌』に「詠歎的な助詞も助動詞もない」とあるが、これは澤瀉久孝『万葉集講話』に主張される万葉歌のもつ最高の価値、「単純の美」に通じる。この

ように美しいがゆえに、一首はいよいよ悲しい。皇子有間の旅歌は、あたかも『古事記』ヤマトタケル東征譚掉尾の歌謡に匹敵し、暗くみじめな人間の死を経て、やがて天空に飛翔してさすらうであろう不幸な魂を予感させる。この予感は、それから数十年を閲《けみ》しての後、億良の心の琴線に訪れて「天翔りあり通ひつつ見らめども人こそ知らね松は知るらむ」（一四五）の一首を調べさせたといえる。

自傷歌第二首については、実態をめぐって細部にわたる論が展開されてきた。「椎の葉」は一枚の葉ではなく小枝をさす（賀茂真淵『万葉考』）とか、椎ではなく今にいう「楢の葉」であろう（山田孝雄『万葉集講義』）といった類いの論であり、またそれに盛った「飯」は皇子自らが食したものか、神に供えたものかといったことに類する論（高崎正秀「万葉集の謎解き」文芸春秋三四巻五〇号、澤瀉久孝『万葉集注釈』）である。稲岡耕二氏は、家における神祭りと旅先における道中無事を祈ることを対比するのはおかしいとして、神饌説が発想として成り立たないことを述べている（先掲論文）。また中西進氏（講談社文庫『万葉集』、および「辺境の死」文学五一巻一一号）は、「家」と「妻」の関連から、妻が盛る飯をしのぶ歌であるとして神饌説をしりぞけている。神饌説の立場からは、身の幸いを祈る行為として、家での十全な祭りと旅先の不自由な祭りを対比することに、発想上の無理はないとする再反論（阪下圭八先掲書、川上富吉「『椎の葉に盛る』考」大妻国文一九号）、道中の神に対してでなく祖神に捧げた神饌と見る説（寺川真知夫「椎の葉に盛る飯」解釈二一巻一一号）もある。また、古代の食事の場はなにがしか祈りの場・神事の場であったとして、別の角度からこの問題を取り上げる論があらわれた（三田誠司「有間皇子自傷歌二首」日本語と日本文学一〇号）。これらの論は定まらぬままに、繰り返し新しい視点から照明が当てられ続けている。

語句の裏に秘められた実態の推測、歌の背景としての民俗の探究といったものを措いて、構成面から作品そのものを見れば、第二首はまことに新鮮な創案に満ちた一首といえる。たとえば題材の「飯」を中心軸として、「家」と「旅」

とが対比されてあり、それぞれを象徴してさらに「笥」と「椎の葉」が対比するといったむだのない見事な構造である。

このような対比の構造はまったく個別に生まれてきたものではなく、「旅」対「家」のごとき発想が、旅の歌の伝統として存在することをわれわれは知っている。しかし、この一首のまことにすっきりとした題材の配置は、なみなみならぬ構成意欲の所産に思われる。そのような創作意識がもたらした名作と捉えるにしても、あるいは上述の旅歌の伝統に功を譲るにしても、現にみる自傷歌二首が旅をうたって透逸な一首であることに変わりはない。

旅の起点として「ま幸くあらばまたかへり見む」とうたう第一首に、第二首はその旅程をうたって寄り添い、有間皇子自傷の世界の奥行きを深めている。先にあげた三田論文は、樹下での食事の例をあげ、二首を同時の作と考えている。

尾津《をつ》の前《さき》の一つ松の許《もと》に到りまししに、先に御食《みをし》したまひし時、其の地に忘れたまひし御刀《みはかし》、失《う》せずてなほありき。ここに御歌よみしたまひしく、

尾張《をはり》に　直《ただ》に向かへる　尾津の崎なる　一つ松　あせを　一つ松　人にありせば　大刀《たち》佩《は》けましを　衣着《きぬき》せましを　一つ松　あせを（『古事記』景行天皇、二九）

右はその一例であるが、このヤマトタケルの歌謡について、興味深い発言がある。

一本松の許に忘れた剣が紛失しないで、もとのままに残っていたらしいことを述べているが、「忘れたまひし御刀」は、意識的に忘れ置かれたのではなかろうか。それは再度、その場所に無事帰還するという信仰的、習俗的基盤をふまえた事象ではなかろうか。（富岡薫『古代歌謡の構造』）

あたかも、預けておいた剣をなくさずに、ずっとヤマトタケルを待ち続けた人のように、尾張の「松」はうたわれて

いる。ひるがえって有間皇子の第一首が「無事帰還するという信仰的、習俗的基盤」を踏まえている点は、諸注がひとしく認めるところである。「磐代の松」もまた、「紐」ならぬ「枝」を結んで皇子を待つ人のごとき印象がある。ただ一人わが身を待っていてくれる「松」を相手に食事を捧げ、またみずからも侘びしい食事をとる皇子の姿を思うのは、想像にすぎるだろうか。一享受者として、ついそのような想像を加えてみたくなるような魅力が、この二首にはある。

こうして自傷歌二首をみれば、二首それぞれの歌としての力や、その二首が相寄って形成する世界は、よくよくの計算から生まれ出ているかに見える。このようにうたうほどに澄み切って冷静な瞬間が、かの磐代の地で、また旅程のある場所で皇子に訪れたのであるとすれば、それは万葉集にとってほとんど天恵ともいえる一瞬という他ない。

四　前提としての題詞

ただしこの二首、ひるがえってみるときに、前述のごとき魅力が決して直線的な経路から生まれていない、という事実は注目に価する。つまり直接な感情の起伏の一々にではなく、淡々とした行為の叙述に享受者の想像が深く絡みこんでいくところに、はじめて二首の魅力が生まれるということである（前述した澤瀉久孝「単純の美」参照）。歌いぶりが平静であればあるほど、享受者はよけいに有間皇子の心の深みにある悲しみの強さを想像する。心のうちの何事も語らぬ歌の静けさ、それに触発されて巡る享受者の想像、その両者の相俟ったところに、自傷歌は輝くのである。

たとえば、享受者の悲しみの想像の発端は題詞である。題詞を経過して歌を味わうことが普通であってみれば、「自傷」の一語に規制されて、二首が有間皇子の人生の極みにおいてなされた絶唱と感得して誰も疑わない。ところが、虚心に歌そのものを見つめれば、第一首は旅立ちの歌、第二首は旅程における歌、といとも単純に捉えうる。題詞が与える先入観なしに見た場合この二首は、作の巧拙を別にすると、古代の旅をゆく誰の唇にのぼっても不思議がない歌といえ、そこには古代人における旅の困難と苦しみとを思いやったとしても、何ら死の明確な姿は現われてこない。

こうしてみるとこの場合の題詞は、二首を死の歌として味わうための抜きえない前提であることは疑いを容れない。このことは、有間皇子自傷歌の真実を見きわめるためのいかなる考察の過程においても、確認しておくべき大切な事柄といえる。

二首のもつ効果はその大方を題詞に負っているという事実は、たとえば第一首についてなされた次のような発言に端的に指摘されている。

この歌、死生のあいだに臨んで、しかも、よく落ち着いている。哀情が潜むように感じられるのは、皇子の不運な運命を、先に承知していて読むからそう思われるのであろう。題詞というものは、一個の全作品の一部をなすもので、切り離しがたいものである。（武田祐吉『万葉集全註釈』）

題詞が「全作品の一部」であり、歌と切り離すべきでないことは、自傷歌二首の在り方からいっても充分に納得できる。

しかし、そのようなものとして当題詞に目を向けるとき、いま一つの疑問が生まれる。それは題詞にある一つの不思議なかたよりである。「結松」の一語がそれで、このために題詞は第一首だけにより緊密で、第二首を疎遠にしてしまっている。むしろこの一語を省いた簡略なあり方の方が、二首に冠する題詞としてはふさわしい。ところが、この初歩的な疑問には古くから解答が寄せられてあり、契沖は第二首について「端作ノ詞ハ此哥ハ叶ハヌ様ナレト、初ノ歌ヲ先トシテ云ヘリ。カカル事アヤシムヘカラス」（『万葉代匠記』精撰本）と述べている。しかし裏返せばこのような弁護の存在そのものが、第二首の本質が題詞の語るところと別物である事実を際立たせている。

五　歴史から文学へ

有間皇子の生涯は史書によっておよそ知れる。孝徳天皇を父とする顕貴の血脈（「孝徳即位前記」）、「性黠」という人格（「斉明紀」三年九月）、謀反の動機から、紀伊の藤白坂に一九歳で処刑されるまで（「斉明紀」四年一一月）、その生涯は比較的詳述されている。

十一月《しもつき》の庚辰《かのえたつ》の朔《つきたち》　壬　午《みづのえうまのひ》に、留守官蘇我赤兄臣《そがのあかえのおみ》、有間皇子に語りて曰《い》はく、「天皇の治《し》らす政事《まつりごと》、三つの失《あやまち》有り。大きに倉庫を起《た》てて、民財を積み聚むること、一つ。長く渠水《みぞ》を穿りて、公粮を損《おと》し費すこと、二つ。舟に石を載《つ》みて、運び積みて丘にすること、三つ」といふ。有間皇子、乃ち赤兄が己に善《うるは》しきことを知りて、欣《よろ》然《こ》びて報答《こた》へて曰はく、「吾が年始めて兵《いくさ》を用ゐるべき時なり」といふ。甲　申《きのえさるのひ》に、有間皇子、赤兄が家に向きて、樓に登りて謀る。夾膝《おしまづき》自づからに断《お》れぬ。是に、相の不祥《しるし》を知りて、倶に盟《ちか》ひて止む。皇子帰りて宿る。是の夜半に、赤兄、物部朴井連鮪《もののべのえのゐのむらじしび》を遣して、宮造る丁を率ゐて、有間皇子を市経《いちぶ》の家に圍む。便ち駅使《はゆま》を遣して、天皇の所に奏す。戊　子《つちのえねのひ》に、有間皇子と、守君大石《もりのきみおほいは》・坂合部連薬《さかひべのむらじくすり》・塩屋連鯯魚《しほやのむらじこのしろ》とを捉へて、紀温湯《きのゆ》に送りたてまつりき。舎人新田部米麻呂《とねりにひたべのこめまろ》、従《みとも》なり。是に、皇太子、親《みづか》ら有間皇子に問ひて曰はく、「何の故か謀《みかどかたぶけ》　反けむとする」とのたまふ。答へて曰《まを》さく、「天と赤兄と知らむ。吾全《もは》ら解《し》らず」とまうす。庚　寅《かのえとらのひ》に、丹比小沢連国襲《たぢひのをざはのむらじくにそ》を遣して、有間皇子を藤白坂に絞《くび》らしむ。是の日に、塩屋連鯯魚・舎人新田部連米麻呂を藤白坂に斬る。塩屋連鯯魚、誅《ころ》さえむとして言はく、「願はくは右手をして、国の宝器を作らしめよ」といふ。守君大石を上毛野国に、坂合部薬を尾張国に流す。或本に云はく、有間皇子、蘇我臣赤兄・塩屋連小戈・守君大石・坂合部連薬と、短籍を取りて、謀反けむ事を卜ふ。或本に云はく、有間皇子曰はく、「先づ宮室を燔きて、五百人を以て、一日両夜、牟婁津を邀へて、疾く船師を以て、淡路国を断らむ。牢圄るが如くならしめば、其の事成し易けむ」といふ。或人諫めて曰はく、「可からじ。計る所は既に然れども、徳無し。方に今皇子、年始めて十九。未だ成人に及らず。成人に至りて、其の徳を得べし」といふ。他日に、有間皇子、一の判事と、謀反る時に、皇子の案机の脚、故無くして自づからに断れぬ。其の謨止まずして、遂に誅戮されぬといふ。

しかし、『日本書紀』の報告するところが、どこまで信憑性を有するかは問題である。たとえば「夾膝自づからに断れぬ」といった謀反の失敗を予知するような記事は、いかにも後の伝承がなした合理の操作であろうことが色濃い。が、いずれにしても当代の人々が語ったであろう有間皇子像として、われわれはそれを受け取る以外にない。「皇子の不運な運命を、先に承知していて読む」というわれわれの姿勢は、前述の『日本書紀』の記事、なかでも斉明四年の記述からの予備知識によってもたらされるものである。この記述をめぐって想像が働く。「天智天皇や藤原鎌足らの謀略により反逆に誘導され、殺されたものか」(日本古典文学大系『日本書紀下』頭注、古くは飯田武郷『日本書紀通釈』)といった発言に代表される想像である。それらの想像も含んで、『紀』から得られた知識は万葉集の有間皇子自傷歌の題詞に流れこんでゆくことになる。

こうした歴史から文学への知識の上での直結は、文学作品の鑑賞を深めるという反面、作品の真実を見失わせる危険も時としてある。雄略天皇や磐姫皇后のように、歴史と文学とでは人物造型の方法と結果が違う。歴史上の人物を捉えてこれを文学の立場から、たとえば史実には描かれない内面の叙情に焦点を当てて描くといったことがなければ、文学はその存在の意義を失うことになろう。そのような両者の弁別と関り方についてはすでに説かれているが

（伊藤博『古代和歌史研究１』）、有間皇子の場合も例外ではない。

六　虚構の可能性

虚構という言葉の定義は難しい。とくに万葉集に関してはそうである。後代の和歌のごとく、虚構という文芸における第一段の手法の約束が、万葉集には集全体を貫く形で確立されていないことによるのであろうか。あるいは古代文学に現存する虚構の姿を、今日のわれわれが見抜けないだけなのだろうか（終章）。

虚構という観点からいえば、自傷歌二首がその時その場にあっての有間皇子の実作でないことは、慎重な態度で指摘されている。これまで見てきたように、題詞の強制する先入観を取り払って、歌そのものの検証を経てみれば、当然至りつく結論といえよう。

一口に虚構といっても、至りついた結論には自ら差異があるのはもちろんである。一例をあげれば、有間皇子が別の旅の折にうたった二首が、ここに挽歌として転用されたとする説（久米常民『万葉集の文学論的研究』、露木悟義「有間皇子の悲劇」『古代史を彩る万葉の人々』、尾崎暢殃「有間皇子」『万葉歌の成立』、佐藤隆「有間皇子歌と関係歌軍の成立」中京大学文学部紀要一三巻一号など）がそれである。実作でありながら、転用ということで虚構の要素をもつ場合である。転用ということにちなんでいうならば、先述した「またかへり見む」の第一首も語句だけに限らず、一首そのものが、後の雑歌の中から秀歌を選んで自傷歌に転用されたと考える方が、じつは無理がない。雑歌・相聞に比して挽歌という種類の歌の発達が遅れるという事実も、その見方を助ける。

一方、もっと自由に虚構の世界に二首を解き放った発言もある。山本健吉の考察（『万葉百歌』）である。それによれば、当時有間皇子の悲劇に関して叙事詩が作られ、「日本書紀の記述はむしろこの叙事詩に影響を受けている」という。それによって歌枕化した「磐代」を通る旅行者は、追懐の歌をその場で作るようになる。「皇子の実作と見るのは当らず、叙事詩的虚構が凝って結晶させた抒情詩の精髄」という結論は魅力的である。ある叙事詩から『日本書紀』への影響という想定に、実証の余地を多く残しながら、史実と歌の間を新鮮な着想で埋めてみせたのである。

七　皇子亡き後に

自傷歌二首に表象された有間皇子の死は、後に三人の歌人によって追悼を受けることになる。

長忌寸意吉麻呂《ながのいみきおきまろ》、結び松を見て哀咽《かなし》ぶ歌二首

磐代の崖《きし》の松が枝結びけむ人はかへりてまた見けむかも（2一四三）

磐代の野中《のなか》に立てる結び松心も解けず古《いにしへ》思ほゆ（一四四）

山上臣憶良《やまのうへのおみおくら》の追和《ついわ》する歌一首

天翔《あまがけ》りあり通ひつつ見らめども人こそ知らね松は知るらむ（一四五）

右の件《くだり》の歌どもは、柩《ひつき》を挽《ひ》く時に作る所にあらずといへども、歌の意を准擬《なずら》す。故以に挽歌の類に載す。

大宝元年辛丑《かのとうし》、紀伊国に幸《いでま》す時に、結び松を見る歌一首　柿本朝臣人麻呂の歌集の中に出づ

後見むと君が結べる磐代の小松が末《うれ》をまたも見むかも（一四六）

長忌寸意吉麻呂の哀咽歌二首は、巻九の一六七三番歌左注から、大宝元（七〇一）年の作と推定されている。斉明四（六五八）年の皇子の死から四三年後のことである。

哀咽歌二首には自ら問うて答えるという展開が看て取れる。「松を結んだ人は望み通りに帰還して、それを見ることができただろうか」という第一首に対して「永遠に解かれることがないと決まった結び松よ、そのように私の心も解きほぐれることなく、ひたすら、いにしえばかりが思われる」という第二首のあり方は、つまるところ眼前の「結び松」をどう見立てるかによって生まれてきている。「結び松」はいかなる事件の結果としてそこにあるかを熟知した上での発問が第一首であり、再確認の嘆きが第二首である。さらに現実的にいえば、何事もない「結び松」に四〇年程前の事件を見立てての二首であるかもしれない。

この二首に追和した山上憶良の一首は、意吉麻呂がうたった「結ぼれたままの嘆き」に、別な方向から解決を与えたものである。「皇子の霊魂が通ってきて、結び松を見ていることは、たとえ人は知らなくても、松だけは知っている」と、理屈で一つ外したところに追和の足場を作った。皇子の魂魄という想定をもちこんで、それが目には見えず、人ならぬ身は松を解くことができないことを承知した、合理による一首である。哀咽歌二首が形成している尽きぬ悲しみの世界を、さらに鎮魂歌的に歌い納めようとする追和歌は、憶良独特の強靭な理法を俟って、初めて達成されたものであるらしい。憶良の追和は、普通には、意吉麻呂の第一首を追うとされるが、こうして見る限りにおいては哀咽歌二首の世界を丸ごと受け取ってうたったとして、何の支障もないはずである。天空を馳せる皇子の魂、そして松。憶良の歌には前述した『古事記』ヤマトタケルの死の場面を彷彿とさせる要素がある。タケルの霊魂の飛翔を『古事記』は次のように伝えている。

ここに八尋白智鳥《やひろしろちどり》に化《な》りて、天《あめ》に翔《かけ》りて浜に向きて飛び出でましき。

憶良の歌の後に付された左注は、「挽歌」の語がもつ本来の意味と、挽歌の部にこれまでの歌を関わらせることについての入念な説明である。この慎重な態度にこそ、この左注が万葉集において果たそうとした役割をうかがうことができる。万葉集に新たに部立名として要請された「挽歌」に先行して、日本には実質に根差したヤマトタケルの葬儀の際にうたわれたとする、「葬歌」が存在する。「葬歌」の名称に内包される事実としての死の厳粛な重みは、有間皇子自傷歌といい意吉麻呂や憶良の歌といい、そこにあるこれまで見てきたような虚構性を、やすやすとは受け入れなかったろうと思われる。「挽歌」の語はいわば説明付きで万葉集に文芸としての死の歌を導入する手形となり得たのであった。

八　死の歌語り

人麻呂歌集出の一首（2一四六）は、人麻呂自身の作であろうとされる（渡瀬昌忠「人麻呂集の皇子追悼挽歌」万葉七五号）。またこの歌は前の意吉麻呂の歌と同時の作で、最初の編纂時にはなかったものが、第二次の補修の折に付加されたといわれる（『注釈』）。人麻呂の一首がそのように付加されたのであれば、それは有間皇子自傷歌群全体の成立を展望するよすがとなり得よう。この一首は、従来、一連の自傷歌群の鑑賞に当たってはむしろ夾雑物として扱われ、場合によっては意図的に省かれることさえあった（『考』）。しかし、巻二挽歌の原撰部が有間皇子自傷歌群に始まり、人麻呂自傷歌群（2二二三〜七）に終わるという指摘（伊藤博『古代和歌史研究１』）を重視するならば、この一首は大切なものといえる。原撰部挽歌全体を見通している、ある人物の編纂意図が、そこに示されていることになるからである。

自傷歌群には構造として自らに三分できる要素がある。有間皇子自傷歌（2一四一〜二）は本来旅の歌である秀れた二首を組み合わせ、それを「自傷」の題詞で覆うことで、初期万葉の風格を備えた一つの死の世界を結晶させている。哀咽歌（2一四三〜四）は「結び松」を悲しい生涯をもった一人の皇子のそれと見立てることによって、皇子の死の物語を生者による嘆きの世界に息づかせることに成功し、その嘆きを憶良が追和して包み込む（2一四五）。そして追補であることを露わにして人麻呂の一首（2一四六）がある。こうした三つの独自な世界が、「結松」の語をもつ題詞によって連繫されている。人麻呂歌集歌の参加がこの独自な世界である前二首に対してなされた場合、それは単に類聚的に追加さたものと見做されてしまう。しかし一首の力はむしろ巻二挽歌の部末尾の人麻呂自傷歌群（2二二三～七）との呼応にあるのではないかと想像すれば、人麻呂の参加そのものが、この有間皇子自傷歌群の末に付加されて然るべき重要さをもつ。

人麻呂自傷歌群には、有間皇子自傷歌群におけると同様な構造がある。個別な本来をもつ歌がつなぎ合わされて、ある一人の自傷歌を追うという構造である。人麻呂をもって、二つの自傷歌群をつないでみれば、そこには偶然とは思えない意味が生まれる。死者を傷む者はやがて傷まれる者であるという図式である。もしこの読み取りが正しいならば、この編纂の意図はずいぶん哲理的な意味をもっている。死という命題を見通した人物の、個別の作品を操作することで示顕した、これは一つのあざやかな創造という他はないからである。

第三節　あしびの文芸

一　万葉集のあしび

あしびが万葉集を象徴する花としていわれ出したのは、いつの頃からだったのであろうか。おそらく、堀辰雄があくがれつつ大和路を辿り、浄瑠璃寺門前のあしびに行き逢ってからのことではあるまいか（「浄瑠璃寺の春」「婦人公論」一九四三年六月号）。ところが、堀の心象風景に真白に捺されたそれとは別に、あしびは万葉集の中に意外なほどのひそやかさで咲き散っている。というのは、思うほどにあしびをうたう歌が多くないからだ。総て一〇首である。

1磯の上に生ふるあしびを手折《たを》らめど見すべき君がありと言はなくに（2一六六）

右の一首は、今案《かむが》ふるに、移《うつ》し葬《はふ》る歌に似《に》ず。けだし疑《うたが》はくは、伊勢の神宮《かむみや》より京《みやこ》に還る時に、路《みち》の上《へ》に花を見て感傷哀咽《かんしやうあいえつ》してこの歌を作るか。

草香山の歌一首

2おしてる難波を過ぎて　うち靡く草香《くさか》の山を　夕暮れに我が越え来《く》れば　山も狭《せ》に咲けるあしびの　悪《あ》しからぬ
君をいつしか　行きてはや見む（8一四二八、春雑歌）

右の一首は、作者の微《いや》しきによりて、名字《めいじ》を顕《あらは》さず。

3かはづ鳴く吉野の川の滝の上《うへ》のあしびの花ぞ末《はし》に置くなゆめ（10一八六八、春雑歌）

4我が背子に我《あ》が恋ふらくは奥山のあしびの花の今盛りなり（10一九〇三、春相聞）
5春山のあしびの花の悪しからぬ君にはしゑや寄《よ》そるともよし（10一九二六、春相聞）
6みもろは人の守《も》る山　本辺《もとへ》はあしび花咲き　末辺《すゑへ》は椿花咲く　うらぐはし山ぞ　泣く子守る山（13三二二二、雑歌）
7鴛鴦《をし》の棲む君がこの山斎今日見ればあしびの花も咲きにけるかも（20四五一一）
山斎《しま》を属目《しよくもく》して作る歌三首
右の一首は大監物三形王。
8池水に影さへ見えて咲きにほふあしびの花を袖に扱入れな（四五一二）
右の一首は右中弁大伴宿禰家持。
9磯影の見ゆる池水照るまでに咲けるあしびの散らまく惜しも（四五一三）
右の一首は大蔵大輔甘南備伊香真人。

他に枕詞として、

10あしびなす栄えし君が掘りし井の石井の水は飲めど飽かぬかも（7一一二八）

の一首があり、これが用例のすべてである。万葉の花というにはあまりに少ない。思うに堀の発言の根底には、二上山にまつわる悲劇の花として1への強い愛着があったらしい。そして、さらにいうならば、以下の様相を見せる悲劇の物語が彼の胸中にあり、その閉じ目の一首として1は強く意識されていたに相違ない。

大津皇子《おほつのみこ》、竊《ひそ》かに伊勢の神宮に下《くだ》りて、上《のぼ》り来《く》る時に、大伯皇女の作らす歌二首
我が背子を大和へ遣《や》るとさ夜更《よふ》けて暁露《あかときつゆ》に我が立ち濡《ぬ》れし（2一〇五）

ふたり行けど行き過ぎ難《かた》き秋山をいかにか君がひとり越ゆらむ（一〇六）

大津皇子、死を被《たまは》りし時に、磐余《いはれ》の池の堤《つつみ》にして涙《なみた》を流して作らす歌一首

百伝《ももつた》ふ磐余の池に鳴く鴨を今日のみ見てや雲隠《くもがく》りなむ（3四一六）

右、藤原の宮の朱鳥《あかみとり》の元年の冬の十月《かむなづき》。

大津皇子の薨《こう》ぜし後に、大伯皇女、伊勢の斎《いつきのみや》宮より京《みやこ》に上《のぼ》る時に作らす歌二首

神風《かむかぜ》の伊勢の国にもあらましを何しか来《き》けむ君もあらなくに（2一六三）

見まく欲《ほ》り我がする君もあらなくに何しか来けむ馬疲《うまつか》るるに（一六四）

大津皇子の屍《かばね》を葛城《かつらき》の二上山《ふたかみやま》に移し葬《はふ》る時に、大伯皇女の哀傷《かな》しびて作らす歌二首

うつそみの人にある我れや明日《あす》よりは二上山を弟背《いろせ》と我れ見む（2一六五）

磯の上に生ふるあしびを手折らめど見すべき君が在りと言はなくに（一六六）

題詞を経過して歌を、さらに時間の流れに沿って、違う巻にある歌をも思い合わせて味わうという、なんのことはない、万葉集を読むわれわれの普通の読み方である。

二　堀辰雄のあしび

「浄瑠璃寺の春」が書かれる迄に、堀辰雄は折口信夫の学問に深く傾倒しつつ、日本古代を学び込んでいた。(注1) とすればこれもわれわれと同様に当然、一連の歌々に次の『日本書紀』の記事を重ね合わせて、彼は遠い過去の悲しい姉弟の物語を味わっていたはずである。

冬十月の戊辰《つちのえたつ》の朔己巳《つちのとのみのひ》に、皇子大津、謀反けむとして発覚《あらは》れぬ。皇子大津を逮捕《から》めて、并せて皇子大津が為に詿誤《あざむ》かれたる直広肆《ぢきくわうし》八口《やくち》朝臣音橿《おとかし》・小山下《せうせんげ》壱伎《ゆきの》連博徳《はかとこ》と、大舎人中臣朝臣臣麻呂《おみまろ》・巨勢《こせ》朝臣多益須《たやす》・新羅《しらぎ》沙門行心《かうじむ》、及び帳内《とねり》礪杵道作《ときのみちつくり》等、三十余人を捕《から》む。庚午《かのえうまのひ》に、皇子大津を訳語田《をさた》の舎に賜死《みまからし》む。時に年二十四なり。妃皇女山辺《やまのへ》、髪を被《くだしみだ》して徒跣《そあし》にして、奔り赴きて殉《し》ぬ。見る者皆歔欷《なげ》く。皇子大津は、天渟中原瀛真人《あまのぬなはらおきのまひとの》天皇の第三子なり。容止《みかほ》墻《たか》く岸《さが》しくして、音辞《みことば》俊《すぐ》れ朗《あきら》かなり。天命開別《あめみことひらかすわけの》天皇の為に愛《めぐ》まれたてまつりたまふ。長に及《いた》りて弁《わきわき》しくして才学有す。尤も文筆を愛《この》みたまふ。詩賦の興《おこり》、大津より始れり。丙申《ひのえさるのひ》に、詔して曰はく、「皇子大津、謀反けむとす。詿誤かれたる吏民《つかさひと》・帳内は已《や》むこと得ず。今皇子大津、已《すで》に滅びぬ。従者、当に皇子大津に坐《かか》れらば、皆赦せ。但し礪杵道作は伊豆に流せ」とのたまふ。又詔して曰はく、「新羅沙門行心、皇子大津謀反けむとするに与《くみ》せれども、朕加法するに忍びず。飛騨国の伽藍に徙《うつ》せ」とのたまふ。十一月の丁酉《ひのとのとり》の朔壬子《みづのえねのひ》に、伊勢神祠《いせのかみまつり》に奉れる皇女大来《ひめみこおほく》、還りて京師《みやこ》に至る。

これに『懐風藻』の大津詩序並びに詩四首、特に臨終の一絶が加われば、物語はさらに堅固な肉付きを獲得する。(注2)

大津皇子。四首。

皇子は、浄御原帝の長子なり。状貌魁梧、器宇峻遠。幼年にして学を好み、博覧にして能く文を属《つづ》る。壮に及びて武を愛《この》み、多力にして能く剣を撃つ。性頗る放蕩にして、法度《はふど》に拘《かかは》れず、節を降して士を礼《いや》びたまふ。是れに由りて人多く附託す。時に新羅僧行心といふもの有り、天文卜筮《ぼくぜい》を解る。皇子に詔げて曰はく、「太子の骨法、是れ人臣の相にあらず、此れを以ちて久しく下位に在らば、恐るらくは身を全くせざらむ」といふ。因りて逆謀を進む。此の詿誤に迷ひ、遂に不軌を図らす。嗚呼惜しき哉。彼《そ》の良才を蘊《つつ》みて、忠孝を以ちて身を保たず、此の奸豎《かんじゅ》に近づきて、卒に戮辱《りくじよく》を以ちて自ら終ふ。古人の交遊を慎みし意《こころ》、因りて以《おもひ》みれば深き哉。時に年二十四。

五言。臨終。一絶。
金烏《きんう》西舎《せいしや》に臨《て》らひ、鼓声短命を催《うなが》す。泉路賓主無し、此の夕《ゆふべ》家を離《さか》りて向かふ。

こうした背景を意識して読めば、堀ならずとも、一六六番歌を最終とする大伯の六首はたしかに名歌と呼ぶに相応しい。心憎いばかりの一首のあやは、散り過ぎた生命を惜しむに、生命力の表徴である盛りのあしび（折口信夫『全集』二巻、『ノート編』一〇巻・一一巻）を以てしたところにある。その点を考慮すれば一首のあしびは表現としてことさらに輝いて映る。

堀の「浄瑠璃寺の春」に描かれたあしびは、大伯皇女の一首に（それは上述したように彼女の他の一連の歌々と皇子大津の悲劇という歴史的背景をまるごと受けているのだが）集中して愛着が持たれているようだ。というのは、随筆の機縁となった信濃路から大和への旅の過程で、彼が大伯の一首に花開いたあしびのみに執着しているからである。それは当時の堀の日記（一九四二年四月十二～十六日）を一瞥すれば明瞭であろう（あしびを求めてのこの旅の経過は『花あしび』（一九四四年刊）の後記に詳しく、その書名共々注目すべきである）。(注3) 日記や後記によって事実を尋ねる迄もなく、堀の文章そのものに大伯の一首は表現として色濃い影を落としている。たとえば、彼はようやく行き逢ったあしびを次のように叙述した。

どこか犯しがたい気品がある、それでゐて、どうにでもしてそれを手折つて、ちよつと人に見せたいやうな、いぢらしい風情をした花だ。云はば、この花のそんなところが、花といふものが今よりかずつと意味ぶかかつた万葉びとたちに、ただ綺麗なだけならもつと他にもあるのに、それらのどの花にも増して、いたく愛せられてゐたのだ。

特に傍線部は大伯の第三、四句「手折らめど見すべき君が」を意識した書きぶりに他なるまい（万葉集であしびについて「手折る」といったのは一六六番歌のみである）。

集中わずか九首でありながら、「万葉びとたちに」「いたく愛せられてゐた花」といったのは、堀の万葉集研究から、なかんずく大伯皇女のあしびの一首に発した思い入れに他なるまい。彼は「なんということもなしに、そのふつさりと垂れた一と塊りを掌のうへに載せたりしてみてゐた」という妻のしぐさから傍線部を中心とした一文を連想する。「手折る」という行為は、近代の作家の繊細な心にはずい分無残なことのように思えたらしい。しかし、「手折る」とは枝を「手折」って「かざす」、あるいは8の「花を袖にこき入れる」と同様、古代にあっては、植物から生命力を得ようとする通常の呪術的行為であったことは思い返されてよい。

以上のごとき万葉集におけるあしびの歴史と、後代、それも近代にいたって堀辰雄に発して定まったわれわれのあしびへの思いとを概観すると、虚心に古代に立ちかえって再考すべきことがいくつか浮かび上がってくるようだ。たとえば、弟皇子哀悼の閉じめの一首は、なぜ、〝あしび〟の題材をもって嘆かれねばならなかったのか。この疑問に明快に答えたものに土橋寛氏の次の発言がある。

「馬酔木」は春から夏にかけて、小さい壷のような形の白い花を鈴なりにつける。万葉人はこの花を手折って家苞にしたり、人に贈ったりしたらしい。それは藤の花やうつぎの花と同様、小さい花の群がり咲くのが繁栄の象徴と見られたからで、「馬酔木なす栄えし君」（巻七、一一二八）とか「吾が背子に吾が恋ふらくは奥山の馬酔木の花の今盛りなり」（巻十、一九〇三）とかの修辞法は、そのような観念にもとづいている。一首の意は「山の岩の上に生えている馬酔木の花を手折っていって見せようと思うけれども、見せるべき君はもうこの世にいないのだから、手折る気力もない」というのである。（『万葉開眼』上）

古代、罪人の死に当たっては「埋」から「葬」の段階があったという想定のもとに、大津皇子の移葬の時期を論じた中での、あしびへの言及である。

また、短い言葉ながら、伊藤博氏の

『万葉集』に歌われた植物のうちで、可憐清楚なこと、馬酔木の花をしのぐものはない。それにもかかわらず、口にすれば馬をもしびれ酔わせるという。骨肉の弟をうばわれた大伯皇女の複雑な心境を、鮮烈に過ぎるほど象徴する花である。（『図説日本の古典・万葉集』）

という発言も共感を誘う。ちなみに氏の一六六番歌についての解釈は、『古代和歌史研究3』に詳しく、視線はもっぱら第四、五句の「見すべき君がありと言はなくに」の重要性に注がれる。特に結句「ありと言はなくに」の主語を、窪田空穂『万葉集評釈』と同様「世間の人」ととって、皇子の死を大伯が最終的に確認したものと立証する。(注4)

移葬の時期は皇子の死後、「埋」の期間を経た翌年の春、あしびの花の盛りの頃とする土橋説。一連の大伯皇女歌の閉じめにふさわしい諦観の表現を一首に見出した伊藤説。共に首肯すべき充分な魅力をもつ。

しかし、それにつけても気になることが一つある。一首は移葬のときの歌としては不似合いだという左注者の発言である。この左注はつとに契沖の厳正な批判にさらされた。

此注ハ撰者ノ誤ナリ。所謂智者ノ千慮ニ必有一失トハ此事ナリ。皇女ハ十一月十六日ニ都へ皈タマヘハ、此ハ明ル年ノ春花盛ノ比、皇子ノ尸ヲ移葬ニ因テ感シテヨミ給フナルヘシ。有間皇子ノ松枝ヲ結歌二首ノ後ノ歌ニ准スヘシ。（『万葉代匠記』精撰本）

左注に対する評価は、以後、大方これで定まっている。はたして諸注の多くが説くように、左注の言はそれを付した者の個人的な杞憂に過ぎないのだろうか。左注のいうところがすべてとは、もちろん本稿も考えない。が、それにしても、伊勢から京への大伯の帰還が旧暦十一月半ばであったという書紀の記述をまったく無視したかにみえる左注者の発言は、さかしらというには極端に過ぎるように思われてならない。われわれよりも格段に古代に近かった左注者が、帰途の作とかくも明言するからには、個人的とはいえ過ぎ去った事実に対するなんらかの確信があったとも想像できるのである。現に契沖自身も「所謂智者ノ千慮ニ必有一失トハ此事ナリ」というほどに、この点に関して以外は、注者に対して全幅の信頼を置いている。左注者を「智者」と呼ぶ契沖の批判の在り方は、定説により過ぎてなされた、たとえば近藤芳樹『万葉集註疏』の発言「後世のをこ人の書入れしものなれば削り去るべし。皇女の帰京は十一月なりし事持統紀に見えて上にいひけり。馬酔木の花のある比にはあらざるをや」のごときに、かえって反省を求めているように思われてならない。契沖自身、信頼を置いている左注者のこの発言が不可思議で仕方がなかったのではあるまいか。(注5)

三　大伯皇女のあしび

大伯皇女のあしびの歌には、特徴的なことが二つある。一つは巻十三・三二二二と巻八・一四二八の小型長歌二首の新旧を措いた場合、大伯の一首のみ時代がとびはなれて古いことである。「一回性の歌人」(伊藤博『古代和歌死研究3』)の個人詠の短歌として、これほど異彩を放ち、いわれるように悲劇の色を帯びて一首が輝いているとするならば、なぜ、その題材であったあしびは大伯以後、長く家持達の三首(20四五一一～三)まで、絶えてうたわれることがなかったのであろうか。不思議に思われてならない(序章)。(注6)

そして、大伯皇女の一首には看過し得ない、いま一つの特徴がある。それは、あしびを題材とする他の歌が「山も狭に咲けるあしびの」(8一四二八)、「あしびの花ぞ」(10一八六八)、「あしびの花の今盛りなり」(10一九〇三)、「あしびの花の」(10一九二六)、「本辺はあしび花咲き」(13三二二二)、「あしびの花も咲きにけるかも」(20四五一一)、「咲きにほふあしびの花を」（20四五一二）、「咲けるあしびの」（20四五一三）という具合に、ことごとくあしびの花の咲きをいうのに対して、ひとり皇女歌のみがそれをうたっていないことである。一首のあしびの状態はさりげなく「磯の上に生ふるあしび」と表現されているに過ぎない。

この「生ふる」という一語こそが一首を解く大切な鍵のように思われる。「生ふ」の語は万葉集においては多く「草」や「藻」、あるいは「枝の茂り」、珍しいところでは「白髪」などに用いられるのが通常であって、花についていわれる場合は皆無に等しい。たとえば、もっとも用例の多い「草」であれば、

　み立たしの島の荒磯《ありそ》を今見れば生ひずありし草生ひにけるかも（2一八一）

次に多い「藻」の場合には、

　……海石《いくり》にぞ深海松生ふる　荒磯にぞ玉藻は生ふる……（2一三五）

　みさご居《ゐ》る磯廻《いそみ》に生ふるなのりその名は告らしてよ親は知るとも（3三六二）

「菅の根」については、

　あしひきの山に生ひたる菅の根のねもころ見まく欲しき君かも（4五八〇）

珍しい例の「白髪」は、

　我がたもとまかむと思はむますらをはをち水求め白髪生ひにたり（4六二七）

といった次第である（注7）。わずかに、

　秋の野の尾花が末の生ひ靡き心は妹に寄りにけるかも（10二二四二）

　石橋《いはばし》の間々《まま》に生ひたるかほ花の花にしありけりありつつ見れば（10二二八八）

　……茂山《しげやま》の谷辺に生ふる　山吹をやどに引き植ゑて……（19四一八五）

などが花を予想させるのみだが、これらも直に花をうたう文脈になかったり、植物自体が未詳であったりする。「生ふ」という言葉が、植物の花について無縁であるこの傾向は、記紀に例を求めても徹底していて、「亦其《またそ》の身に蘿《こけ》と檜榲《すぎ》と生ひ」（神代記）、「葦牙《あしかび》の初めて埿《ひぢ》の中《うち》に生《お》ひでたるが如し」（紀神代）、とあったりするのが普通である。特に歌謡にうたわれた場合が顕著で、以下の様相をみせる。

つぎねふや　山代河《やましろがは》を　河上《かはのぼ》り　我が上《のぼ》れば　河の辺《へ》に　生ひ立てる　烏草樹《さしぶ》を　烏草樹の木　其《し》が下《した》に　生ひ立てる　葉広《はびろ》　斎《ゆ》つ真椿《まつばき》　其《し》が花の　照《て》り坐《いま》し　其が葉の　広《ひろ》り坐すは　大君ろかも（仁徳記歌謡五七）

日下部《くさかべ》の　此方《こち》の山と　畳薦《たたみこも》　平群《へぐり》の山の　此方此方《こちごち》の　山の峡《かひ》に　立ち栄《ざか》ゆる　葉広熊白檮《はびろくまかし》　本《もと》には　いくみ竹生ひ　末方《すゑへ》には　たしみ竹生ひ　いくみ竹　いくみは寝ず　たしみ竹　たしには率寝《ゐね》ず　後もくみ寝む　その思ひ妻　あはれ（雄略記歌謡九一）

倭《やまと》の　この高市《たけち》に　小高《こだか》る　市《いち》の高処《つかさ》　新嘗屋《にひなへや》に　生ひ立てる　葉広　斎つ真椿　其《そ》が葉の　広《ひろ》り坐し　その花の　照り坐す　高光る　日の御子に　豊御酒《とよみき》　献らせ　事の　語事《かたりごと》も　是《こ》をば（同一〇一）

一〇一番歌謡は椿について、仁徳記歌謡五七番歌と同様の表現をとるが、いずれも「葉広斎つ真椿」と、「葉」に対する讃美が先行している。

ちなみに万葉集の「生ふ」の例の中から、大伯皇女の歌の表現に酷似するものを二、三あげておく。

……岩に生ふる菅の根採りて　偲ふくさ祓《はら》へてましを……（6九四八）

磯の上に生ふる小松の名を惜しみ人に知らえず恋ひわたるかも（12二八六一）

神さびて巌に生ふる松が根の君が心は忘れかねつも（12三〇四七）

菅の根の生命力の密度と永続性に我が思いの深さとその思いの尽きないことを託し、常緑の松の生命の永遠性に我が身の命をことをよせた歌は万葉集に数多い。またそれらの植物が岩と取り合わされたとき、一層神秘的な威力を古代人が感じたらしいことは、有間皇子の結び松が、あるいは中皇命の「草結び」の呪術が、「磐代」の地名と深く関わり合っている例をみても明白であろう。

ただし大伯皇女の一首の場合、「磯」が巌のことであるのか水辺を指すのかが分明でない（その辺の事情は、澤瀉久孝『万葉集注釈』に詳しい）。しかし、たとえ前述したような岩でなく、一首の「磯」が水際の意で取るべきだとするなら、ただちに次の例が思い浮かんでくる。

山吹の立ちよそひたる山清水汲みに行かめど道の知らなく（2一五八、高市皇子）

水伝ふ磯の浦廻《うらみ》の岩つつじ茂《も》く咲く道をまたも見むかも（2一八五、舎人ら）

二首共に挽歌である。水辺の花は古代の人々には死のイメージを漂わせて意味深かったらしい。いずれにしても、大伯のあしびの一首は挽歌として、その表現が充分に深いといえる。つけても、一五八、一八五の二首の挽歌が共に「道」をうたうのは単なる偶然であろうか。

秋山の黄葉《もみち》を茂《しげ》み惑《まと》ひぬる妹を求めむ山道《やまぢ》知らずも（2二〇八、柿本人麻呂）

死者が死者の道を辿り、生者がその道を尋ね尋ねて追い及《し》こうとするのは、人麻呂だけに限った事柄ではなく、当時一般の人々の死者に対する共通の感情であったらしいことは、一五八番歌を思い合わせても容易に理解がゆく。してみれば、以上のごとき背景を一六六番歌の左注者が当然のこととして理解している限り、「伊勢神宮より京に還る時に路の上に花を見て」と書いた理由もわかるような気がするのである。

大伯皇女のあしびは、みてきたように花をつけていなかった。従来、これを花の盛りの春のあしびと捉えたために、大津移葬の時期がことさら難しく取り沙汰されて来たのではないか。左注者の「移し葬る歌に似ず」という直感、そして「伊勢神宮より京に還る時に路の上に花を見て、感傷哀咽して、この歌を作るか」という想像は、必ずしも大きな誤りとはいえないのである。

左注者のいうように一首は確かに一六三、四番歌の状況により近しい。表現もまた帰途の作二首に繰り返される「君もあらなくに」の嘆きの言語に「見すべき君がありといはなくに」の一句が、これも限りなく近い。「見まく欲り我がする君も」と「見すべき君が」の類似も気になる。その目で見れば、結句「馬疲るるに」の馬に関して集中特異な表現さえ（「馬疲るるに」と馬の疲れといったものにわが心情をのっかけた表現は、集中他に例を見ない）、「馬酔木」の表記、あるいはあしびの持つ毒性とまつわって関連するか、という妄想さえ生むのである。「馬」に着目してそのおぼつかない歩みをうたったからには、その馬の力を奪うという「馬酔木」に視線がゆく。この連想は単純にすぎるかもしれぬが、それだけにかえって古代に近いように思われてならない。

「花を見て」というのは契沖のいうごとく注者の「千慮ノ一失」に違いないにしても、一首の本質を見る目に狂いはなかったと考えられる。

四　冬のあしび

これまで見て来たように、大伯皇女の一首、一六六番歌のあしびをもってした嘆きの歌は、その左注を付した人物の直感通り、「移葬の時の歌に似」ない。一つには、「明日よりは」とうたう一六五番歌が、一連の悲劇を語り終える閉じ目の一首として、何よりもふさわしいためである。

一体「明日よりは」とうたって悲痛なこと、大伯の一首を超える歌が他にない。似かよった表現を探せば同じく挽歌で次の一首がある。

　同じく石田王が卒りし時に、山前王が哀傷しびて作る歌一首

つのさはふ磐余の道を　朝さらず行きけむ人の　思ひつつ通ひけまくは　ほととぎす鳴く五月には　あやめぐさ花橘を　玉に貫き 一には「貫き交へ」といふ かづらにせむと　九月のしぐれの時は　黄葉を折りかざさむと　延ふ葛のいや遠長く 一には「葛の根のいや遠長に」といふ 万代に絶えじと思ひて 一には「大船の思ひたのみて」といふ 通ひけむ君をば明日ゆ 一には「君を明日ゆは」といふ 外にかも見む（3四二三）

　右の一首は、或いは「柿本朝臣人麻呂が作」といふ。

これをみても長歌の最終部に「明日ゆ」が位置するごとく、「明日よりは」とうたう一首は、大伯皇女の一連の歌の最終にあってこそふさわしいといえる（一章四節）。それればかりではない。「明日よりは」とうたう大伯の一首は、弟大津皇子がその人生の終局に放った慟哭「今日のみ見てや雲隠りなむ」に見事に呼応している。片や明日のない絶望、片や未来にわたってわが生が続く限りの悲しみをうたって響き合う。

　二つには、前述したように「見すべき君がありと言はなくに」とうたう一六六番歌が、「何しか来けむ君もあらなくに」（一六三）、「見まく欲り我がする君もあらなくに」（一六四）とうたう帰途の二首に、その表現と心情が限りなく近いということである。結論的に述べれば、一六六番歌は本来、一六三、四と同じ折の作、いま少し具体的にいうならば、一六三、四の二首の直後にあって然るべき一首であったらしい。

　それにしても、かく左注者の発言に本稿が従うには、古来注目されて来た、あしびという題材が大きな問題として残る。これを解く想像は一つしかない。そして、あしびという植物の実態を、いま一度見直す必要があると考えられるのである。

　思えば、『代匠記』以来、大伯皇女の一首のあしびをなぜ、春の頃の花の盛りのあしびと捉えて来たのだろうか。そ

れは、前述したように万葉のあしびをうたう他の歌々が、すべて花の盛りをうたっているからによるのであろう。そして、唯一の枕詞「あしびなす」を、花の盛りの栄えを示すものとして称揚して来たからに他ならない。逆にいえば皇女歌のごとく、旧暦十一月半ばの花のないあしびを手折ることの無意味さが、先入観としてあるからであろう。

ところが、述べ来ったように、大伯一首のみは「生ふる」であって、「咲ける」でもなく、「花」でもなかった。これは大いに注目していい。かつて土橋寛『古代歌謡の世界』は、山口県の田植歌を取り上げ、「ここでとくに栗の花や藤の花を歌っているのは、その房状の花が稲の穂に似ているところから、とくに花讃め歌の素材となったものらしい」と論じた。古代、房状の花を咲かせる植物は繁栄を象徴し、稲の豊かな実りを約束するものと見られたらしい。また、土橋氏は記紀歌謡における椿あるいはあしびを取り上げて、「タマフリ的呪能」をもつ花とも解した。本稿も氏の論に全面的に賛意を表する。確かに春の予祝の行事として、あしびの花のふさふさとした形状は稲の豊かな実りを託するに充分であって、古代には注目された植物であったらしい。

しかし平安以降、土橋氏が説いた春の房状に花をつける植物に託して稲の実りを祈る予祝は、対象が主に桜に移行する。京都の鎮花祭などはその代表で、以後花の文芸はひたすら桜へと向かうことになる。稲穂の様を託す藤やあしびが姿を消して、代って桜が登場する理由は詳しくはわからない。想像をたくましくすれば、豊かな実りは、まず充分な開花と、受精を完全にする豊かで穏やかな時間とを要するという因果の関係を知った人々の知恵が、実を願う前に花を鎮める必要性を発見したためかもしれない。

左注の言を退けて一首を春のものとし、移葬の時期をそのことによって「皇子の死の翌年の春」と定めたのは、あしびの花の盛り、堀辰雄の熱愛した白い可憐な花房のみに、人々の思いがゆき過ぎた結果なのではないだろうか。というのは、あしびには人に知られたもう一つの実態があるからだ。それは、あしびが小粒のつぼみを無数につけ、それを蓄えたまま秋から冬を過ごすことだ。そのあしびの特性は、すでに近代の短歌がこれを発見している。

わが愛づる馬酔木の蕾のび出でて今日さす夕日暑からなくに（土屋文明）

さらさらと馬酔木のつぼみ房をなす下には今朝の氷を捨てぬ（小暮政治）

馬酔木の蕾はかたし房なしてむらがるみれば春近みかも（尾山篤二郎）

実見すればたやすくわかることだが、固いつぼみを房状につけた晩夏から晩冬にかけてのあしびの様は、たわわに実をつけた稲穂の垂りに酷似する。花よりもむしろ、これこそが土橋氏のいう稲の実りを予祝するにふさわしい形状ではないか、と思えるほどである。つぼみをつけたまま長い秋と冬とを越すあしびは、それこそたくましい生命力の充実を示して、花のない冬の時期の〝採り物〟に最適といえよう。黄葉にはすでに遅い。荒涼とした冬の大和道を辿りつつ、愛しい者の生命を願うよすがに大伯が手にするものは、唯一、青々と房を垂らしたあしび以外になかったのではあるまいか。（注8）

『日本書紀』の記述を信じる限り、大伯皇女の帰京は、旧暦十一月十六日。大津皇子処刑の十月三日からの期間を考えても、あるいは天武死去に伴う当然の処置と受け取っても、やはり妥当な時期として、これは動かない（大伯の斎宮解任は罪人の姉ということに理由を求める説と、斎宮は天皇一代限りのものであったため、天武死去に伴ってのものとする両説がある）。

大和の風に一層の冷やかさを痛感しながら、大伯皇女は神風の伊勢に思いを返しつつ、道を辿ったのであろう。我が身と心とを疲れさせながら、彼女は最愛の弟の死を確認しようとうたう。「君もあらなくに」とみずからにいい聞かすようにうたい嘆くその目には、馬の普段の歩みさえ、頼りなくあやういものに思えたのであろう。人皆がするように、すべての生命の栄えを願って、路傍のあしびを手折ってみようとする。その瞬間にこそ、皇女の思いに「見すべき君がありと言はなくに」という最終の確認が訪れたに違いない。悲しみは冬のあしびに極まり、そして定まったのである。

かく一首とその左注を読みとるならば、残された問題はただ一つである。なにゆえ編者は、この一首を移葬時の歌にしたのか、というそれである。二つほどの要因が考えられる。一つは大津皇子の移葬の時期が、『日本書紀』その他に記載がないものの、確かな伝えとして春であったと聞き知っていたということ、そして編者の時代にあっては、大伯の一首にある冬のあしびが呪術的な採り物の習いであったことがすでに忘れ去られていたこと、その二点である。現に家持の時代ともなれば、あしびは、他の歌々が示すそのままに、咲きの盛りのみが注目されている（20四五一一〜一三）。(注9)

かてて加えて、大伯皇女の一連の歌に限っていえば、単純にすぎるかもしれぬが、歌数のことがある。一題詞のもとに二首ずつ、つまり題詞に示される一場面について二首ずつの均整のとれた形式に揃えようとした結果がこれだったのではないか。大津皇子謀反を主題とする大伯皇女悲歌の本来の形は、題詞なしで一〇五・一〇六・一六三・一六四・一六六・一六五のごとくに六首が固まっていたのかもしれない。それらが部を立てて万葉集に収納される折、現に見る形に整えられたという道筋は充分に考えられる。事件は朱鳥元年に起きた。さすれば大津生前（謀反前夜）の二首は雑歌をはばかってやむなく相聞に、大津死後の四首は挽歌に、それぞれ「藤原宮」の年代を示す題詞のもと、それとなく、朱鳥元年のこととして配されることになる。

伊勢からの帰途、一六三・一六四とうたいつつ、一六六番歌の一首で大伯の諦観が定まった。そして、なにがしかの日をおいて（それはやはり翌年の春だったのか。移葬の時期は「今皇子大津、已に滅びぬ」の持統の詔勅と同時に、黙認の形でなされて可能であったと考えられる）、移葬の実現と共にすべての最終歌、一六五番歌は静かな嘆きと共にうたわれた一首ではなかったか。

再言すれば、「明日よりは」という未来に続く悲しみは、現実の悲しみを悲しみとしてありのままに確認し終え、視線が「うつそみ」の時が今日を経て明日へと続くという当り前のことに注がれたときにこそ、初めて発見されるものといえる。大津皇子の肉体がとりかえしようもなく、この「うつそみ」から消え去ったとき、不滅であるはずの魂のよりしろとして、「うつそみの我れ」大伯は二上山を仰ぐのである。彼女の生の続く限り、その悲しみのうちに弟大津皇子の魂は息づいて封じ込められた。先掲伊藤論文が、

> 歌に示す生きかたを大伯はその後実行しつづけたのであろうか、文献はその後一五年間、彼女に沈黙を守らせ、続日本紀大宝元（七〇二）年十一月二十七日の条に、大伯皇女他界の記事を簡単に載せる。時に四一歳。大津皇子はこの時にはじめて死んだのである。（傍点渡辺）

と述べたのは、正にその意味であろう。

恋いしたいながら生きる者がある限り、死者はそのうちに生き続ける。文学の生命とはまさにそういうものであるらしい。

注

（1）堀辰雄はこの頃、折口信夫の学に傾倒しながら古代文学へと接近している。『堀辰雄全集』（筑摩書房　別巻二、蔵書目録C-二参照）。一九三七年秋、彼は実際に国学院大学の折口の講義に出席して直接の学びを果たしたという（小谷恒「堀辰雄と折口信夫」『国文学』八巻九号）。「浄瑠璃寺の春」の収められた『大和路』には折口を通した古代学の影響を直接に受けている随筆が多い。

（2）さらにこれらに万葉の他の大津皇子の歌（一〇七、一〇九、一五一二）、同じ『懐風藻』の川嶋皇子詩序などを加えれば、大津皇子伝のおおよそが浮かび上がる。それらを考慮して、一連の大津皇子作品を、後代の仮託と見做す立場がある。小島憲之『上代日本

文学と中国文学』下、都倉義孝「大津皇子とその周辺」（『万葉集講座』第五巻、有精堂）、橋本達雄「大津皇子・大伯皇女の詩や歌は後人の仮託か」（『国文学』二五巻一四号）など。

（3）たとえば四月十三日に大和入りした堀は「来しかたや馬酔木花咲く……」と秋桜子の句を日記に書きとめる。翌十四日は「浄瑠璃寺行。」の書き出しに始まり、「――門の傍に馬酔木（垂り花）がさいてゐる。（或門のくづれてゐるに馬酔木かな）――」と記し、同じく秋桜子の「馬酔木より低き門なり浄瑠璃寺」の一句を記す。さらに「夕方、新薬師寺。――春日野。――馬酔木の花さく下を歩いて三月堂まで出る。＊来しかたや馬酔木咲く野の日のひかり。＊馬酔木咲く丘は野となり丘となる。」と十三日にも記した秋桜子と波津女の句を書きとめている。注目すべきは随筆としてなった浄瑠璃寺ばかりでなく、行く先々で堀があしびを見ていることである。翌十五日には、「室生山。――バスで山に向ふ。或渓流に馬酔木が懸崖にふさふさとして花を垂らしてゐるのが印象的なり。（たきつ瀬の岸に馬酔木の懸崖に今をさかりと咲きたれる様）」の記事があり、十六日にはさらにあしびへの思いが極まる。「＊室生川に添うて、徒歩にて下る。渓流にそうて馬酔木おほし。またその山中には、ところどころに椿の花みゆ。＊石のうへに生ふる馬酔木を手折らめど見すべき君がありといはなくに。（路上見花感傷哀咽作此歌乎）」。あしびと共に椿に着目しているのは、おそらく巻十三・三二二二番歌の知識からであろう。特に堀が一六六番歌を引いた後に、当面問題としている左注の一部を書き留めているのが興味深い。

（4）「ありと言はなくに」の「言ふ」の主語が世間の人であるとして、一首を最終的な諦観の歌と説いた伊藤論は、この場合本稿の見方にとってむしろ心強い。後述するが、本稿もまた、弟皇子の死を最終的に確認した歌と一首を捉える立場に変わりがないからである。

（5）実際、真淵は『万葉考』においてこの左注を削除している。左注を排除するこうした姿勢に反撥しているのは山田孝雄『万葉集講義』で、「されど、古よりかくあるものなれば、ただ古人の思ひ誤りしものなりと認めて、そのままにさしおくを穏やかなりとす」と述べている。現に左注の「従伊勢神宮還京之時」という書きぶりなどは、直前の題詞にある「従伊勢斎宮上京之時」よりも、『日本書紀』の大伯帰京の記事「奉伊勢神祠皇女大来、還至京師」により近い部分がある。実際には紀の記述を目にした上での発言だったのではあるまいか。

（6）あるいは一六六番歌が、大伯の実作ではなく、後代の作が仮託されたものか、という考えが生まれる。しかし、一首のあしびのうたわれ方は、時代が下った頃の作としてはふさわしくないこと、続けて述べる。要は、それほどに一六六番歌一首のみが時代をかけ離れ、表現と内容が特異であるということである。また、家持達の三首には別の問題がひそむ（後述）。ちなみに、平安以降のあしびの歌材としての扱われ方をみると次の有様で、あしびの文芸はほぼ消滅し去ったといって過言ではない。

よしの川たぎつ岩根の白沙にあせみの花も咲きにけらしな（家長　新撰六帖）

たきの上のあせみの花のあせ水にながれてくいよつみのむくいを（為家　同）

おそろしやあせみの枝を折たきてみなみにむかひいのるいのりは（光俊　夫木和歌抄）

これは、「あしび→悪し」の連想が原因で、『万葉集』の二例2・5のように「あしびの花の悪しからぬ」といった掛かり方の機能が捨てられたためと思われる。また、「悪し」の連想を避けたアセビ・アセミの呼称も、伊勢斎宮の忌み言葉「汗（血）」に抵触したためであるらしい。

（7）「生ふ」の用例は次の通り。

草

……天皇の神の命の　大宮はここと聞けども　大殿はここと言へども　春草の茂く生ひたる……（1二九、柿本人麻呂）

み立たしの島の荒磯を今見れば生ひずありし草生ひにけるかも（2一八一）

たち変り古き都となりぬれば道の芝草長く生ひにけり（6一〇四八、田辺福麻呂歌集）

このころの恋の繁けく夏草の刈り掃へども生ひしくごとし（10一九八四）

蘙草の生ひたるやどの夕影に鳴くこほろぎは聞けど飽かぬかも（10二一五九）

我がやどは軒にしだ草生ひたれど恋忘れ草見れどいまだ生ひず（11二四七五）

我が背子に我が恋ふらくは夏草の刈り除くれども生ひしくごとし（11二七六九）

畳薦隔て編む数通はさば道の芝草生ひずあらましを（11二七七七）

桜麻の麻生の下草早く生ひば妹が下紐解かずあらましを（12三〇四九）

おもしろき野をばな焼きそ古草に新草交り生ひは生ふるがに（14三四五二）

藻

つのさはふ石見の海の　言さへく唐の崎なる　海石にぞ深海松生ふる　荒磯にぞ玉藻は生ふる……（2一三五、柿本人麻呂）

飛ぶ鳥明日香の川の　上つ瀬に生ふる玉藻は　下つ瀬に流れ触らばふ……（2一九四、柿本人麻呂）

……石橋に生ひ靡ける　玉藻もぞ絶ゆれば生ふる　打橋に生ひをゐれる　川藻もぞ枯るれば生ゆる……（2一九六、柿本人麻呂）

鯨魚取り浜辺を清み　うち靡き生ふる玉藻に　朝なぎに千重波寄せ　夕なぎに五百重波寄す……（6九三一、車持千年）

明日香川瀬々に玉藻は生ひたれどしがらみあれば靡きあはなくに（7一三八〇）

水底に生ふる玉藻のうち靡き心は寄りて恋ふるこのころ（11二四八二）

水底に生ふる玉藻の生ひ出でずよしこのころはかくて通はむ（11二七七八）

海の底奥を深めて生ふる藻のもとも今こそ恋はすべなき（11二七八一）

……味酒を神なび山の　帯にせる明日香の川の　早き瀬に生ふる玉藻の　うち靡き心は寄りて……（13三二六六）

荒磯やに生ふる玉藻のうち靡きひとりや寝らむ我を待ちかねて（14三五六二）

（なのりそ）

みさご居る磯廻に生ふるなのりその名は告らしてよ親は知るとも（3三六二、山部赤人）

みさご居る荒磯に生ふるなのりそのよし名は告らせ親は知るとも（3三六三、山部赤人）

……家の島荒磯の上に　うち靡き繁に生ひたる　なのりそがなどかも妹に　告らず来にけむ（4五〇九、丹比笠麻呂）

みさご居る荒磯に生ふるなのりそのよし名は告らじ親は知るとも（12三〇七七）

わたつみの沖に生ひたる縄海苔の名はかつて告らじ恋ひは死ぬとも（12三〇八〇）

菅の根

あしひきの山に生ひたる菅の根のねもころ見まく欲しき君かも（4五八〇、余明軍）

奥山の岩蔭に生ふる菅の根のねもころ我れも相思はずあれや（4七九一、藤原久須麻呂）

……千鳥鳴くその佐保川に　岩に生ふる菅の根採りて　偲ふくさ祓へてましを……（6九四八）

山川の水蔭に生ふる山菅のやまずも妹は思ほゆるかも（12二八六二）

かきつはた佐紀沢に生ふる菅の根の絶ゆとや君が見えぬこのころ（12三〇五二）

み吉野の真木立つ山に　青く生ふる山菅の根の　ねもころに我が思ふ君は……（13三二九一）

高山の巌に生ふる菅の根のねもころごろに降り置く白雪（20四四五四、橘諸兄）

白髪

我がたもとまかむと思はむますらをはをち水求め白髪生ひにたり（4六二七、娘子）

白髪生ふることは思はずをち水はかにもかくにも求めて行かむ（4六二八、佐伯赤麻呂）

死なばこそ相見ずあらめ生きてあらば白髪子らに生ひずあらめやも（16三七九二、竹取翁）

白髪し子らに生ひなばかくのごと若けむ子らに罵らえかねめや（16三七九三、竹取翁）

松

磯の上に生ふる小松の名を惜しみ人に知らえず恋ひわたるかも（12二八六一、柿本人麻呂歌集）

神さびて巌に生ふる松が根の君が心は忘れかねつも（12三〇四七）

枝

生ふしもとこの本山のましばにも告らぬ妹が名かたに出でむかも（14三四八八）

（橘）

いかといかとある我がやどに　百枝さし生ふる橘　玉に貫く五月を近み……（8一五〇七、大伴家持）

（柳）

霰降り遠江の吾跡川楊　刈れどもまたも生ふといふ吾跡川楊（7一二九三、柿本人麻呂歌集）

尾花

秋の野の尾花が末の生ひ靡き心は妹に寄りにけるかも（10二二四二、柿本人麻呂歌集）

かほ花

石橋の間々に生ひたるかほ花の花にしありけりありつつ見れば（10二二八八）

山吹

……見るごとに心なぎむと　茂山の谷辺に生ふる　山吹をやどに引き植ゑて……（19四一八五、大伴家持）

（8）　折口信夫氏に「昔、問題にされた木には、却って、花の咲かないものが多く、咲く花のみに捉はれはしなかった。」（『全集』二巻）という発言があって、興味深い。

（9）　この三首、本稿にとって特に問題が感じられる。たとえば、年月日であるが、家持の歌日誌中にあって、珍しくその指示が曖昧である。四四九六～四五一〇の一五首は元暦校本によれば漠然とした「二月」（日付がない）の作で、この三首が含まれない。その上元暦校本を除く諸本によれば、四五〇六～四五一〇の「高円離宮を思ふ歌五首」共々、「二月」の項目からも度外視されてしまう。四五一四の題詞にある「二月十日」の日付をたよりに、四四九六～四五一三の一八首を、とりあえず、二月一日から九日迄の間になったと見なす訳だが、どうにも釈然としない。それぞれ三つの題詞にくくられる歌々は、すべて同日、同じ清麻呂邸で生まれたものに相違ないと思うのだが、題詞がそれを許さない。特にあしびを主題とした三首を題詞がまったく無視しているのは異様といってもいい。

第四節　「明日よりは」とうたう意味

一　一句「明日よりは」

「明日」という言葉は万葉集に、地名や人名（「明日香」「明日香川」「明日香皇女」など）まで数えあげれば、九〇例ほどある。そのうち、「明日よりは」あるいは「明日ゆりや」など、助詞を伴って一句を形成し、その表現を用いて明日と明日に続く未来に視線を放つ歌が、一六首ある。全体一六首にわたる固定した一句といえば、万葉集においてある程度の確立を見た表現の一形態と見なしてもいいと思われる。(注1)

1うつそみの人にある我れや明日よりは二上山を弟背《いろせ》と我れ見む（2一六五、大伯皇女）

2つのさはふ磐余《いはれ》の道を　朝さらず行きけむ人の　思ひつつ通ひけまくは　ほととぎす鳴く五月《さつき》には　あやめぐさ花橘《はなたちばな》を　玉に貫き一には「貫き交へ」といふかづらにせむと　九月《ながつき》のしぐれの時は　黄葉《もみちば》を折りかざさむと　延《は》ふ葛《くず》のいや遠長《とほなが》く一には「葛の根のいや遠長に」といふ万代《よろづよ》に絶えじと思ひて一には「大船の思ひたのみて」といふ　通ひけむ君をば明日ゆ一には「君を明日ゆは」といふ　外《よそ》にかも見む（3四二三、山前王（柿本人麻呂））

3明石潟潮干《あかしがたしほひ》の道を明日よりは下笑《したゑ》ましけむ家近づけば（6九四一、山部赤人）

4明日よりは春菜《はるな》摘まむと標《し》めし野に昨日も今日も雪は降りつつ（8一四二七、山部赤人）

5春日野にしぐれ降る見ゆ明日よりは黄葉かざさむ高円《たかまと》の山（8一五七一、藤原八束）

6慰めて今夜《こよひ》は寝なむ明日よりは恋ひかも行かむこゆ別れなば（9一七二八、石川卿）
7明日よりは我れは恋ひむな名欲山《なほりやま》岩踏み平《なら》し君が越え去《い》なば（9一七七八、娘子）
8年の恋今夜尽《つく》して明日よりは常のごとくや我が恋ひ居らむ（10二〇三七）
9明日よりは我が玉床《たまどこ》をうち掃ひ君と寐《い》ねずてひとりかも寝む（10二〇五〇）
10雁《かり》がねの声聞くなへに明日よりは春日《かすが》の山はもみちそめなむ（10二一九五）
11明日よりは恋ひつつ行かむ今夜だに早く宵《よひ》より紐解け我妹《わぎも》（12三一一九）
12悪木山《あしきやま》木末《こぬれ》ことごと明日よりは靡《なび》きてありこそ妹があたり見む（12三一五五）
13明日よりはいなむの川の出《い》でて去《い》なば留《と》まれる我《あ》れは恋ひつつやあらむ（12三一九八）
14明日よりは継《つ》ぎて聞こえむほととぎす一夜《ひとよ》のからに恋ひわたるかも（18四〇六九、能登臣乙美）
15焼大刀《やきたち》を礪波《となみ》の関に明日よりは守部《もりべ》遣《や》り添《そ》へ君を留《とど》めむ（18四〇八五、大伴家持）
16畏きや　命《みこと》被《かがふ》り明日ゆりや草が共《むた》寝む妹《いむ》なしにして（20四三二一、防人）

1～16の歌は巻の順に従って機械的に並べたが、おおむねこれで時代順になっている。「明日よりは」の一句の初出は大伯皇女の一首で、誰もが知る名歌（序章参照）。2の長歌は山前王の作で、左注によれば柿本人麻呂作ともいわれている一首である（一首の形成過程とそれに対応する作者については、三田誠司「挽歌の代作」共立女子大学国際文化学部紀要創刊号がある）。以下、山部赤人3 4や大伴家持15などを経て防人の一首16に至る。一六首を概観してまず気づくのは、愛唱されることの多い大伯皇女の一首などに比較したとき、他の大方の歌がそれだけでは感銘に乏しく印象が薄いということである。一因として、それらが大概の場合、数首の他の歌と関連して初めて歌としての意味をもつことが多い、いわゆる歌群の中の一首であることがあげられよう。したがって、そうした一首一首がもつ本来の価値は、それが属する個々の歌群の中で改めて問われる必要がある。そして本稿が着目する「明日よりは」という言葉が持つ意味も、それぞれの文脈の中で見つめ直す必要があると考えられる。(注2)

二　歌群中の一首

単独では充分にその意味を汲みとれないと思われる一首を、関連する歌と題詞、左注などと共に掲げてみよう。その流れの中で「明日よりは」の一句に至り着いてみると、それは一首単独の場合には予想しえなかった輝きをあらたに発するかに思われるからである。

3　山部宿祢《やまべのすくね》赤人《あかひと》が作る歌一首并せて短歌

やすみしし我が大君の　神ながら高知らせる　印南野《いなみの》の邑美《おふみ》の原の　荒栲《あらたへ》の藤井の浦に　鮪《しび》釣ると海人舟《あまぶね》騒き
塩焼くと人ぞさはにある　浦をよみうべも釣りはす　浜をよみうべも塩焼く　あり通ひ見さくもしるし　清き白
浜（6九三八）

反歌三首

沖つ波辺波《へなみ》静けみ漁《いざ》りすと藤江の浦に舟ぞ騒ける（九三九）
印南野の浅茅《あさぢ》押しなべさ寝《ぬ》る夜《よ》の日長《けなが》くしあれば家し偲《しの》はゆ（九四〇）
●明石潟潮干の道を明日よりは下笑ましけむ家近づけば（九四一）

4　山部宿祢赤人が歌四首

春の野にすみれ摘みにと来《こ》し我れぞ野をなつかしみ一夜《ひとよ》寝にける（8一四二四）

あしひきの山桜花日並《けなら》べてかく咲きたらばいたく恋ひめやも（一四二五）
我が背子に見せむと思ひし梅の花それとも見えず雪の降れれば（一四二六）
●明日よりは春菜摘まむと標めし野に昨日も今日も雪は降りつつ（一四二七）

6　丹比真人《たぢひのまひと》が歌一首

難波潟潮干に出でて玉藻《たまも》刈る海人娘子《あまをとめ》ども汝《な》が名告《の》らさね（9一七二六）

和ふる歌一首

あさりする人とを見ませ草枕旅行く人に我が名は告らじ（一七二七）

石川卿《いしかはのまへつきみ》が歌一首

●慰めて今夜は寝なむ明日よりは恋ひかも行かむこゆ別れなば（一七二八）

8織女《たなばた》の五百機《いほはた》立てて織る布の秋さり衣《ごろも》誰れか取り見む（10二〇三四）
年にありて今かまくらむぬばたまの夜霧隠《よぎりごも》れる遠妻《とほづま》の手を（二〇三五）
我が待ちし秋は来《きた》りぬ妹と我れと何事あれぞ紐解かずあらむ（二〇三六）
●年の恋今夜尽して明日よりは常のごとくや我が恋ひ居らむ（二〇三七）
逢はなくは日長きものを天の川隔ててまたや我が恋ひ居らむ（二〇三八）

9天の川川の音清し彦星の秋漕ぐ舟の波のさわきか（10二〇四七）
天の川川門《かはと》に立ちて我が恋ひし君来《き》ますなり紐解き待たむ（二〇四八）
天の川川門に居りて年月《としつき》を恋ひ来し君に今夜逢へるかも（二〇四九）
●明日よりは我が玉床をうち掃ひ君と寝ねずてひとりかも寝む（二〇五〇）

14　四月の一日に、掾久米朝臣広縄《じようくめのあそみひろつな》が館《たち》にして宴する歌四首

卯の花の咲く月立ちぬほととぎす来鳴き響《とよ》めよふふみたりとも（18四〇六六）

右の一首は守《かみ》大伴宿祢家持作る。

二上の山に隠《こも》れるほととぎす今も鳴かぬか君に聞かせむ（四〇六七）

右の一首は遊行女婦土師《はにし》作る。

居《を》り明かしも今夜は飲まむほととぎす明けむ朝《あした》は鳴き渡らむぞ　二日は立夏の節に応る。このゆゑに、「明けむ朝は鳴かむ」といふ（四〇六八）

右の一首は、守大伴宿祢家持作る。

●明日よりは継ぎて聞こえむほととぎす一夜のからに恋ひわたるかも（四〇六九）

右の一首は、羽咋《はくひ》の郡《こほり》の擬主帳《ぎしゆちやう》能登臣乙美《のとのおみおとみ》作る。

3の山部赤人は長歌に、印南野と藤井の浦を、夷道から京への旅の帰途のこととしてうたっている。そして反歌第一首はまず長歌にある藤井の浦と同じ藤江の浦（澤瀉久孝『万葉集注釈』）の昼の様をうたうことで、長歌の土地讃めの趣旨を受けている。第二首では印南野の旅寝をうたい、以てこれも旅歌の常套である家を偲ぶ。家を偲ぶ気持ちをそのまま継続しつつ、第三首は「明石潟潮干の道を明日よりは」とうたう。

「明石潟」の「潮干の道」というのは、潮待ちの今夜を経ておそらくは明日通るであろう道をいうのだから、これは想像であるということになる。そして「下笑ましけむ」とうたって、その道においておそらく自分は嬉しさにんまりとしてしまうだろう、ということが再び想像として述べられ、さらに確実な想像として「家近づけば」という、旅歌におけるいかにもよろこばしい表現で、赤人は一首を結ぶ。「明日よりは」の一句を含み持つ歌々に限ってみるとき、赤人は想像から想像へというまことに個性的うたい方をしていることになる。

ここでは、「明日よりは」の一句が、長歌そして反歌の二首を経て閉じめの一首、最終の歌に用いられていることが、まず注目される。

4は、同じく赤人の作である。著名な歌々なので、いまさらの説明は不要かと思うが、これが連作であり、四首で一個の作品であることを説いたのは、清水克彦「赤人の春雑歌四首について」(『萬葉論集』)であった。氏の見解によれば、この四首は渡瀬昌忠氏のいう「波紋型構成」をなす四首で、第一首は春の菜摘みをうたって、第四首に対応し、間の第二首と第三首は、桜と梅という樹木の花を並べて対応させた構成だという(この四首、第一首と第二首の位置が紀州本及び陽明文庫本においては順番が逆になっている。清水論はその点についても見解を述べているが、本稿では論の主旨に直接関わらない故をもって、一応西本願寺本などの配列に従っておく)。

全体の構成は清水氏の説かれるとおりであろう。歌意の流れとしては、第一首が春の野にすみれを摘みに来た自分、という前提をうたう。そして山桜あるいは梅の花と、春の恋の主情を漂わせて第二首第三首が歌い継がれ、最終の第四首において、初句に「明日よりは」という一句が据えられる。「明日よりは」というからには、今現在に実現しなかったこと、なしえなかったことを明日に期待してあるいは意志してうたうのが普通であろう。つまり、歌はそこで終わることが多い。ところが第四首は「春菜摘まむと標めし野に」といって、第一首の上句「春の野にすみれ摘みにと来し我れぞ」に、享受者の思いが回顧するようにうたわれている。しかも、「春菜摘まむ」という期待は期待のままに、「昨日も今日も雪は降りつつ」と、美しく雪に包まれるのである。「明日よりは」の一句を、このように用いた歌人は、赤人の他に見当たらない。先に3の長反歌について述べた想像から想像へという赤人の歌人独自の感覚が、このあたりにも充分に表れているのではないかと考えられる(赤人のこうした独自の感覚については、坂本信幸「時間・空間・山部赤人(二)」国文学二八巻七号に言及がある)。いずれにしても赤人らしいみごとな連作の構成と技術といえる。

6は、三首の歌群で、少しわかりづらい関係で並んでいる。丹比真人の第一首は、玉藻を刈る海人娘子に名問いをするという一首であり、それに応える形で、はねつけ歌がなされたのが第二首であろう。題詞には「和ふる歌」とあるばかりで作者の名前は書かれていないが、歌の内容からすれば丹比真人が呼びかけた海人娘子の立場に立って応えた歌、ということになる。そうした前二首を承けて、「慰めて今夜は寝なむ」と石川卿がうたい納めている。新潮日本古典集成『万葉集』の頭注には、三首は旅先の宴においてなされた詠であるとして、石川卿の一首については「前二首を承けて、海人娘子への恋が成就した趣きに仕立てたのであろう」とある。『集成』の解によれば、石川卿は自分だけがその海人娘子への愛情を実現させた、と上の句でうたったことになる。そして下句では、明日からはそれと別れて、とうたい納めるのだから、これは随分身勝手で満足げな歌といえるらしい。いずれ、宴におけるのびやかな戯れを想像させる一首である。

ここでは「明日よりは」の一句が第三句に位置し、上句で今、現在を述べ、下句でそれと対比的な未来を予想しつつ述べる、その結節の役割を果たしている（この点で、１　５　８　10　16に同じ）。

8は、これに続く9と併せて、巻十の七夕歌である。いま井手至「萬葉集七夕歌の配列と構造」（万葉一一一号）、「七夕歌群の構造」（国文学二八巻七号）や、伊藤博「七夕歌の論」（『古代和歌史研究7』）の見解によると、「明日よりは」の一句を含む二〇三七は、二〇三四〜八の五首一群の中の第四首ということになる。第一首二〇三四は「衣」の題材をもって「織女」の恋をうたい、第二、三首は牽牛と織女の直《ただ》の逢いをうたう。そして第四、五首は二首ともに後《のち》の恋をうたっている。

9もまた、前二氏の見解によれば、同じ七夕を主題とする一歌群で、二〇五〇は二〇四七〜五〇の、末尾の一首ということになる。第一首二〇四七は天の川を漕ぐ「彦星」をうたい、第二、三首は織女の逢いへの期待をうたう。第四首二〇五〇は「明日よりは」と後の恋の嘆きをうたっている。

いま本稿が注目したいのは、８９の両方ともに、「明日よりは」の一句を含む歌が歌群の最終部に位置している、ということである。ただし８の歌は後にもう一首二〇三八がある。純粋に最終歌といえないわけだが、この二〇三七、八の二首は、「我が恋ひ居らむ」という同じ結句を持っている。二首を一体のものとみなして歌群の最終歌と呼ぶべきかと思う。

14はほととぎすを主題とする宴歌であるが、ここでも「明日よりは」とうたい起こす四〇六九の歌が、四首の最終を担っている。全体、立夏の節である明日四月二日に意識を集中してなされた四首で、家持の第一首は、ほととぎすに明日に先立つ〝忍び音《ね》〟を期待し、第二首遊行女婦土師の作は、それに添って「二上の山」のほととぎすの〝鳴き音《ね》〟を期待する。そうした期待の実現はままならぬとして、家持は第三首で「明けむ朝は鳴き渡らむぞ」と最終的にうたう。そして、その家持の「明けむ朝は」の言葉に刺激されたのか、能登臣乙美が「明日よりは継ぎて聞こえむほととぎす」とさらに一首をうたって、すべてを納める形になっている。

以上述べてきたところをまとめると、歌群の中でうたわれる場合、「明日よりは」という一句を含む歌は、おおかた歌群の最後に位置してその歌群を締めくくるという役割を担うことが多いということになる。「明日よりは」の一句を含みもつ歌が、おのずから歌群の最終部に位置するということの顕著な傾向は、別の例においても確かめられる。次にその点を明らかにしてみたい。

三　配列歌群の場合

「明日よりは」の一句を含みもつ歌群中の一首ということでいえば、10 12 13の三例にも当然視線が向く。この三例が前節で取り上げた歌群と同等に扱えないのは、これらが、そのときその場で創作されたものではないという理由による。10〜13の三群は、先掲の井手至、伊藤博両氏の見解によれば、編者の何ほどかの意識のもとに「配列」された歌々といえるからである。その場合はどうであろうか。

10雁がねの来鳴きしなへに韓衣《からころも》竜田の山はもみちそめたり（10二一九四）
●雁がねの声聞くなへに明日よりは春日の山はもみちそめなむ（二一九五）
しぐれの雨間《ま》なくし降れば真木の葉も争ひかねて色づきにけり（二一九六）
いちしろくしぐれの雨は降らなくに大城《おほき》の山は色づきにけり（二一九七）
風吹けば黄葉《もみち》散りつつすくなくも吾《あが》の松原清くあらなくに（二一九八）
12霞立つ春の長日《ながひ》を奥処《おくか》なく知らぬ山道を恋ひつつか来む（12三一五〇）
外《よそ》のみに君を相見て木綿畳《ゆふたたみ》手向《たむ》けの山を明日か越え去なむ（三一五一）
玉かつま安倍島山《あへしまやま》の夕露《ゆふつゆ》に旅寝えせめや長きこの夜《よ》を（三一五二）
み雪降る越《こし》の大山《おほやま》行き過ぎていづれの日にか我が里を見む（三一五三）
いで我が駒早く行きこそ真土山《まつちやま》待つらむ妹を行きて早見む（三一五四）
●悪木山木末ことごと明日よりは靡きてありこそ妹があたり見む（三一五五）

13春日野の浅茅が原に後《おく》れ居て時ぞともなし我が恋ふらくは（12三一九六）
住吉の岸に向へる淡路島あはれと君を言はぬ日はなし（三一九七）
●明日よりはいなむの川の出《い》でて去《い》なば留まれる我れは恋ひつつやあらむ（三一九八）

10は巻十の中にあって、二一九四～八の五首で一群と見なされている歌々である（「歌群」の認定は井手、伊藤両氏の見解を参照すること前と同じ）。これは、「明日よりは」の一句を含みもつ一首、二一九五が五首中の第二首に位置している。ところが、二一九五はこれに先立つ二一九四と読みくらべれば、「雁がねの来鳴きしなへに」「雁がねの声聞くなへに」という初句と第二句、あるいは「竜田の山はもみちそめたり」「春日の山はもみちそめなむ」という第四句と結句が同様の表現を有している。先に「歌群中の一首」であげた8の場合と同じで、やはり、二首で一体のものと見なすべきであろう。

この五首は、第一首が「竜田の山はもみちそめたり」と現在の黄葉の様子をうたっており、それを受けて「春日の山はもみちそめなむ」と明日の想像をうたう第二首が続く。その二首が植物にもみじすることを促す第三首の「しぐれ」を呼び寄せ、必然的な結果として「色づきにけり」とうたう黄葉の二首を誘い寄せている。そして最後に「散り」をうたう一首という配置をもって一つの歌群が完成したのであろう。結果、井手至氏のいう「逐時的和歌配列」（「『逐時』的和歌配列の源流」小島憲之博士古稀記念論文集『古典学藻』）の見事な結構を現出した。

12は、六首の配列をもって形成された歌群である。これらは、伊藤氏（先掲書）のみるところ第一首にある「山道」、あるいは第二～六首にある「山」を主題とする一群といえる。とくに第三～六首は「安倍島山」、「越の大山」、「真土山」、「悪木山」と具体的な山名が列挙され、道行ぶりの仕立てになっている。そして「明日よりは」の一句をもつ第六首三一五五は、やはりここでも最終に位置していることが注目される。

13は『集成』頭注によると、「原・島・川に寄せる歌」の主題をもつ三首である。三首が道行的構造をもつこと、12と同様「浅茅が原」、「淡路島」、「いなむの川」など具体的な提示があることで明瞭であろう。この場合も三一九八が「明日よりは」の一句を含み、歌群の一番最後になっている。

以上、三例中二例までが、歌群の最終部に位置する。編者の意図を透過しても、なおかつ「明日よりは」の一句をもつ一首は、創作歌群の場合とほぼ同様の原則を守っているといっていいかと思う。そして異例ともいうべき10が、一転して歌群の冒頭に位置していることも、配列歌群ということで編者の意図について考慮したとき、かえって興味をそそる現象といえる（後述）。

創作歌の場合と意図的な配列歌の場合とに共通している、「明日よりは」の一句を含み持つ一首が歌群の最終部に位置するという傾向は、いったいどこから生まれてくるのだろうか。それは、長歌の場合をみるといくぶん明瞭になるようである。２の挽歌はその構成と表現をみると大半を季節々々の様子をあやなしてうたいつつ、前半では「君」への永遠の誠実を述べ立て、最終的には、それが「君」の死によって裏切られた悲しみを以てうたい納める。注目すべきは、長歌の最終が、「君をば明日ゆ外にかも見む」と結ばれていることである。この部分、一云には「君を明日ゆは」とあり、本文歌の方が「君を」を助詞バで指定して、より強い表現に工夫されている。その一事をもってしても、「明日ゆ」の一句は長歌においてもその最終部にあって、重要な一語であったことが基本的にいえる。

いま参考にした長歌についてさらにいえば、一首は赤人の３の例に構造が似かよっている。長歌一首反歌三首を以て形成された赤人歌の時間の流れを、２は長歌一首に納め込んだ形になっている。

また一首が挽歌であることを思えば、よく知られた天智挽歌群（２一四七〜五五）における額田王の長歌一首のあり方も想起される。

山科《やましな》の御陵《みはか》より退《まか》り散《あら》くる時に、額田王が作る歌一首

やすみしし我《わ》ご大君の　畏きや御陵仕ふる　山科の鏡《かがみ》の山に　夜《よる》はも夜《よ》のことごと　昼はも日のことごと　哭《ね》のみを泣きつつありてや　ももしきの大宮人《おほみやひと》は　行き別れなむ（一五五）

挽歌群の最終に位置する一首は「夜はも夜のことごと　昼はも日のことごと　哭のみを泣きつつありてや」と今に至るまでの経過をうたい、「ももしきの大宮人は行き別れなむ」と推量の形で結んでいる。一首自体が歌群の最終の歌であることや、その一首が究極のところこの後の悲しみの想像で締めくくられるあたり、当面の歌の「君をば明日ゆ外にかも見む」という表現のあり方に酷似する。

四　別離歌の場合

「明日よりは」とほぼ同様の意味の一句を含む歌で、明らかに前述の歌群における場合と同じ傾向を示す例があるので、参照しておこう。

冬の十一月《しもつき》に、大宰《だざい》の官人等《つかさびとたち》、香椎《かしひ》の廟《みや》を拝みまつること訖《をは》りて、退《まか》り帰る時に、馬を香椎の浦に駐《とど》めて、おのもおのも懐《おもひ》を述べて作る歌

帥《そち》大伴卿が歌一首

いざ子ども香椎の潟《かた》に白栲《しろたへ》の袖さへ濡れて朝菜摘みてむ（6九五七）

大弐《だいに》小野老朝臣《をののおゆのあそみ》が歌一首

時つ風吹くべくなりぬ香椎潟潮干《かしひがたしほひ》の浦に玉藻刈りてな（九五八）

豊前守《とよのみちのくちのかみ》宇努首《うののおびと》男人《をひと》が歌一首

●行き帰り常に我が見し香椎潟明日ゆ後には見むよしもなし（九五九）

九五九の「明日《あす》ゆ後《のち》には」という七音の一句は、五音に熟した「明日よりは」が第一句もしくは第三句にあるのに対して、第四句に位置している。歌中の句の位置ばかりではなく、意味の上でも若干の違いがあると思うが、とりあえず歌群中の一首ということで考えてみよう。

一首は、大伴旅人を中心とする大宰府の官人たちの歌々の中にある。題詞にあるとおり、一行が香椎廟の参拝を終え、香椎の地に別れを告げる三首である。まず旅人が「朝菜摘みてむ」ということで香椎潟をうたう。続けて小野老が、「玉藻刈りてな」と、やはり香椎潟をうたっている。その二首を承けて、三首目に宇努男人がうたう歌は、その同じ香椎潟を「常に我が見し」と、表現としては非常に個人的なものに近づけつつ、〝明日から後には見るすべがない〟、とうたって、全体を締めくくる。澤瀉久孝『万葉集注釈』によれば、このときの男人は遷任を間近に控えている身であったという。ならば、男人にとっては香椎の廟にいます神に、香椎潟をうたって敬意を表しつつ別れを告げる、これが最後の機会であったのだと考えられる。額田王の三輪山別離歌（1一七、八）などと、その主旨は同じの一首であろう。前二首と、一見うたいぶりが離反しているのも、香椎の神を中心とし、旅人をはじめその場の誰もが了解していた、遷任という男人の個人的な事情を考慮すれば、その場にまことにふさわしく、人々に感銘を与える一首であったと考えられる。

こうしてみてくると、歌群の形態として最終部に「明日よりは」や、それに類する「明日ゆ後には」といった一句を据える表現は、歌群の起伏を経てその感情の頂点、別離の場面においてもっとも効果を発揮するということに気づく。創作歌群の６８９がそうであったし、配列歌群の13がそうであった。また、死別を究極の別離と捉えれば、挽歌の2もそうであろう。

「明日ゆ後には」のように「明日よりは」と類似の表現は他にもある。一例のみ、別離歌ということに関して、最後に触れておきたい。

中臣朝臣宅守《なかとみのあそみやかもり》、狭野弟上娘子《さののおとがみのをとめ》と贈答する歌

あしひきの山道《やまぢ》越えむとする君を心に持ちて安けくもなし（15三七二三）

君が行く道の長手《ながて》を繰《く》り畳《たた》ね焼き滅ぼさむ天《あめ》の火もがも（三七二四）

我が背子しけだし罷《まか》らば白栲の袖を振らさね見つつ偲はむ（三七二五）

●このころは恋ひつつもあらむ玉櫛笥《たまくしげ》明けてをちよりすべなかるべし（三七二六）

右の四首は、娘子、別れに臨みて作る歌。

万葉集巻十五の後半部をなす、中臣朝臣宅守と狭野弟上娘子との贈答歌群の、冒頭の四首である。作者は娘子で、左注には「別れに臨みて作る歌」とある。第一首は、「山道」を越えて旅立とうとする相手を見送る娘子の心情がうたわれている。第二首はその「道」ということを題材として、非常に激しいうたいぶりでなされた著名な一首。第三首はさけられぬ別れということを容認しつつ、別れ道の峠あるいは山頂で振られるであろう袖を「見つつ偲はむ」と結ぶ一首である。これら三首を承けて、第四首は、「明けてをちよりすべなかるべし」とうたわれる。

第四句の「明けてをちより」という一句は、機能的な面において、これまで述べてきた「明日よりは」の一句に、ほぼ等しい意味を持つ。明けての後（「をち」は遠い先の時間の意）、つまり明日からその娘子の恋の思いはどうしようもないままに永遠に持続するというのである。しかもこの場合、「明日よりは」の抽象性の濃い表現ではなく、「明けてをちより」と率直な言葉でうたっている。今夜一夜の共寝を最後として、という具体をまっすぐに表現して余すところがない。生き身の別離の緊迫した生々しさがここにはある。こうして見てくると、総じて、四首はみごとな感情の起伏を持ち、なかでもこの三七二六の一首は、娘子の心情をありありと表出して、別離の悲しみを永遠のうちに定着させるに充分な歌となっているといえる。

前に本稿は配列歌群である10の場合、一首が冒頭に立つことが、編者の意図ということを考慮したとき興味深い、と述べた。10が異例となった理由を考えるとき、もっとも参考になるのは、いま述べたところの狭野弟上娘子の四首である。その歌群は「明けてをちより」の句を含む一首が最終に位置することによってみごとに完結された。ところが、注目すべきは、一旦完結された歌群が、以下、巻十五の後半部を成すところの宅守と娘子の贈答五九首の大歌群を呼び寄せる、その起爆剤となっている点である。つまり、「明けてをちより」の第四首でしめくくられた娘子の連作は、それから後の永続する悲しみをうたって閉じられ、その完成度の高さ故に、「明けてをちより」の二人の悲しみを具体的にうたう歌々を誘うのである。後続の歌を誘うという点で、10のあり方もこれときわめて似かよっている。

多く「明日よりは」とうたって一つの歌群が閉じられる最大の理由は、いつにかかって一句が〝明日からは〟と指定するところの歌の空白が持つ重みの故であろう。うたった本人ばかりでなく、一句に接した享受者のああもあろうかこうもあろうか、という自由な想像を許容するところに、この空白の深さがある。この意味深い空白にその後の恋の心情世界を具体的に描き出してみせたのが、宅守と娘子の贈答歌群ということになる。いいかえれば、「明けてをちより」とうたう娘子のひたぶるな悲嘆が、その後の歌群を形成する要因を誘い寄せたのである。

さらに踏み入っていうならば、この現象は、16の防人歌についてもいえるかもしれない。なぜなら一首が、ふつうに「防人歌巻」と呼ばれる巻二十の一大歌群冒頭に位置しているからである。

「明日よりは」の一句はそれがもつ〝余韻〟の探さをもって歌群を完結せしめる。そしてそのゆえをもって後続の歌々を誘うこともある。（注3）一句「明日よりは」が果たした文芸的な役割は想像以上に高度なものであったといわざるを得ないのである。

五　結

これまで「明日よりは」という一句が、単独の一首中ではなく、歌群の中においてはじめて、独特の意味を有してその効果を発揮することを述べてきた。そして、その一句を含みもつ一首が、多くの場合それが属する歌群の最終部に位置してきわめて作品的な効果をあげることも述べた。とくに別離の主題をうたう歌群においてもその点は保証されると思われる。そのような原則的なものが認められるならば、「明日よりは」という表現が、万葉集の中で一定の文芸的な意図のもとに操られたものであった、ということがいえると思う。

以上の諸点が了解されれば本稿の意はほぼ満たされるのだが、もう一点、一句の初出である大伯皇女の一首1について、いささか言及しておきたい。

本稿は冒頭に「愛唱されることの多い大伯皇女の一首」と述べた。これについては少々の説明が要る。すなわち「愛唱される一首」と称する内実についてである。この一首、実は享受者の意識の中で、単独に味わわれているわけではなく、歴史的な背景をもって立つ歌群ともいうべき、一連の歌々の中で輝きを得ている一首といえるからである。

大津皇子、竊かに伊勢の神宮に下りて、上り来る時に、大伯皇女の作らす歌二首

我が背子を大和へ遣るとさ夜更けて暁露に我が立ち濡れし（2一〇五）

ふたり行けど行き過ぎかたき秋山をいかにか君がひとり越ゆらむ（一〇六）

大津皇子の薨ぜし後に、大伯皇女、伊勢の斎宮より京に上る時に作らす歌二首

神風の伊勢の国にもあらましを何しか来けむ君もあらなくに（一六三）

見まく欲り我がする君もあらなくに何しか来けむ馬疲るるに（一六四）

大津皇子の屍を葛城の二上山に移し葬る時に、大伯皇女の哀傷しびて作らす歌二首

うつそみの人にある我れや明日よりは二上山を弟背と我れ見む（一六五）

磯の上に生ふる馬酔木を手折らめど見すべき君がありと言はなくに（一六六）

右の一首は、今案ふるに、移し葬る歌に似ず。けだし疑はくは、伊勢の神宮より京に還る時に、路の上に花を見て感傷哀咽してこの歌を作るか。

当該歌は右の大伯皇女の六首中の一首であり、この一連の歌の背景には大津皇子の事件にまつわる顚末がある（『日本書紀』）。それに加えて大津皇子臨終歌（3四一六）や臨終一絶（『懐風藻』）がある。

万葉集巻二の相聞の部立に二首、挽歌の部立に二首ずつ四首と、現に見る形に整えられる以前、六首は題詞も左注もない形で、一括りに大伯皇女の手許にあったと想像される。してみればそれらは弟大津の死を主題とした一つの歌群とみなし得る訳である（一章三節）。本稿の主旨からいえば、一六五はそうした歌群の最終部に位置してこそひときひときわ感動的といえる。そしてその感動をさそう大きな要因として一首中の一句「明日よりは」が指摘できる。

大伯皇女の手許にあった六首の歌の並びは一六五をもって最終であったのではないか、とさえ想像される。現に見る最終歌一六六の位置について疑義を提した左注の発言は根源のところで正当であったのではないか。それらをさておいても、左注を付した者の直感を突き動かすほどに「明日よりは」の一句がもつ力は大きく深い。もし一六五が最

終歌であったとしたなら、「明日よりは」とうたって以後、作品的にまったくの空白のしじまを、大伯の悲嘆の情は豊かな〝余韻〟として満たすことになるからである。

以上のような大伯皇女の魅力ある一連の歌々を享受した後続の人々が、「明日よりは」の一句に着目しつつ、己が歌群、宴における創作歌群に、あるいは配列歌群の中において、これを試みて当然のはずである。

「明日よりは」の初出大伯皇女歌については、その表現の生れ出た要因や意義など、なお論ずべき点が多くある。(注4)いまは一句「明日よりは」がもつ意味の一端を明らかにし得たことで満足したい。

注

(1) 記紀歌謡などには「明日よりは」の例が見られない。歌ことばとして「明日よりは」と熟した表現は万葉集において、独自の表現であったといえる。なお、「明日」の一語について参照すべき論は数多い。以下、管見に入ったものだけでも、大野晋「語源研究の方法」(国語と国文学昭和四五年一二月)、井手至「上代の人々の一日に対する考え方について」(『武智雅一先生退官記念国語国文学論集』)、粂川光樹「時間」(国文学一七巻六号)、橋本万平「万葉集時代の暦と時制」(『万葉集講座』)、田中元『古代日本人の時間意識』、神野志隆光「古代文学において〈時間〉はいかに意識されたか」(国文学二二巻一一号)、稲岡耕二「万葉集の『今夜』・『明日』について」(国際日本文学研究会会議録一一巻)、近藤信義「古代の一日と『ぬばたまの夜』」(立正大学文学部研究紀要四・五巻)、三浦佑之「時間意識の悲劇性」(成城国文一巻)、伊藤益『ことばと時間』などがある。本稿の目的は「明日」についての定義や語義の探求と言うことにはなく、その点については別途に論究する機会を持ちたいと思う。先掲の諸論に充分敬意を払いつつ、「明日よりは」という表現の意味を考えてみたい。以下の論述はその立場でなされることを、一言しておく。ちなみに「明日香」「明日香川」と人名「明日香皇女」の関係について、人麻呂挽歌を中心になされた平舘英子「明日香皇女挽歌の表現と構想」(万葉一三七号)の論がある。

(2) その点からいえば、大伯皇女の一首1も、前後の一六三、四と一六六や、さらには巻二に存する一〇五、六と併せて、同一の主題(弟大津皇子の悲劇)をうたう六首中の一首という見方ができる。歌群中の一首という捉え方がいよいよ必要になる所以である。

（3）歌群と呼ぶには二首という最小の単位のため、言及しなかった5 7 11の例がある。

5　藤原朝臣八束が歌二首

ここにありて春日やいづち雨障み出でて行かねば恋ひつつぞ居る（8一五七〇）

●春日野にしぐれ降る見ゆ明日よりは黄葉かざさむ高円の山（一五七一）

7　藤井連、遷任して京に上る時に、娘子が贈る歌一首

●明日よりは我れは恋ひむな名欲山岩踏み平し君が越え去なば（9一七七八）

藤井遵が和ふる歌一首

命をしま幸くあらなむ名欲山岩踏み平しまたまたも来む（一七七九）

11●明日よりは恋ひつつ行かむ今夜だに早く宵より紐解け我妹（12三一一九）

今さらに寝めや我が背子新夜の一夜もおちず夢に見えこそ（三一二〇）

右の二首

いずれも二首をもって立つ歌々である。5は藤原八束個人の連作で、「明日よりは」の一句を含む歌は、その第二首に位置している。7は藤井連に娘子が贈った歌で、第一首の娘子の歌に「明日よりは」という一句が含まれている。11は、問答歌の二首で、男歌が「明日よりは」の一句を含み、それにはねつけ歌の形で女が答えている。「明日よりは」の一句の用法に、ある程度の原則があったとするならば、これはその原則を逆手に悪用した戯れ歌のたぐいだろうか。いずれも、「明日よりは」の一句がもつ〝余韻〟をもって連作を閉じたり、その効果を利して後の歌を誘っている。

（4）大伯皇女の一首の由来を説くには、むしろ次のような神楽歌の在り方に手懸りを求めるべきかもしれない。

①すべ神はよき日祭りつ明日よりは八百万代を祈るばかりぞ

③すべ神はよき日祭れば明日よりは朱《あけ》の衣《ころも》を褻衣《けごろも》にせん

③皇神《すべかみ》をよき日にまつりしあすよりはあけの衣を褻衣にせん

③の例は実際に現在でも出雲大社新嘗祭の儀式の最終にうたわれている（『出雲大社の年中祭事』）。神事においても、一首の朗詠が最終

部にあることや、大伯皇女の歌の力の根源に、彼女が伊勢斎宮であったことと深く関わる（伊藤博「女歌の命脈」『古代和歌史研究3』第三章）ことを思い合わせると興味深い。万葉集には神の前や神の代理人たる大君の前における〝誓いの歌〟の系譜にある歌が多いのではないか、と考えられるからである。「明日よりは」の一句は、「君がため」（三章三節）といった表現と同様、そうした歌々の重要な言葉であったのかもしれない（井口樹生博士御教示）。

なお、注1に断ったが、大伯の一首「うつそみの」の表現とも関わって「明日」に対する「今日」「今」などの言葉と共に考察の要がある。いずれも別途に論じたいと思う。

第五節　万葉集の秋山

一　二つの秋山

全山これ紅葉の様を現代のわれわれが愛でるように、千数百年以前の日本人が愛でていたか。山の紅葉を美しいというときに、万葉人とわれわれとでは、その美（古代に〝美〟と呼びうるようなものがあったとして）の受容の在り方に何らかの差異はないのか。その点について、若干の考察を加えてみたい。

まず、単に「秋の山」というより、概念として熟していると思われる名詞、「秋山」の一語を万葉集から取り上げて考察してみる。考察の中心は次の歌、その第二首目の「秋山」である。

大津皇子、竊かに伊勢の神宮に下りて上り来るときに、大伯皇女の作らす歌二首

我が背子を大和へ遣るとさ夜更けて暁露に我が立ち濡れし（２一〇五）

二人行けど行き過ぎ難き秋山をいかにか君が一人越ゆらむ（一〇六）

大伯皇女とこの歌の背景については、前の二節にやや詳細な論述を展開して来た。いまは少し広げて、古代の秋山における〝美〟といった抽象の問題を論じてみたいのである。

第二首一〇六番歌について、もっとも基本的でよく知られている解釈をあげてみよう。

大伯皇女の御歌で前の歌の續と看倣していい。一首の意は、弟の君と一しよに行ってもうらさびしいあの秋山

を、どんな風にして今ごろ弟の君はただ一人で越えてゆかれることか、といふぐらゐの意であらう。前の歌のうら悲しい情調の連鎖としては、やはり悲哀の情調となるのであるが、この歌にはやはり単純な親愛のみで解けないものがそこにひそんでゐるやうに感ぜられる。代匠記には『殊ニ身ニシムヤウニ聞ユルハ、御謀反ノ志ヲモ聞セ給フベケレバ、事ノ成ナラズモ覚束ナク、又ノ対面モ如何ナラムト思召御胸ヨリ出レバナルベシ』とあるのは、或は當つてゐるのかも知れない。また、『君がひとり』とあるがただの御一人でなく御伴もゐたものであらう。
（斎藤茂吉『万葉秀歌』昭和一三年）（注1）

『秀歌』は危険を身に負って京へと向かう弟、見送って立ちつくす姉。第一首を受けて茂吉は、秋山を越え難い理由を「うらさびしいあの秋山」に置いている。

〝さびしい秋山〟という捉え方は、受け取り方に程度の差はあれ、ほとんどすべての注釈書がこの一首に対して取っている、解釈にあたっての態度である。

この定説といってもいい大方の見方に対して、はっきりとした異説を唱えたのは、唯一、土屋文明『万葉集私注』（昭和二四年）だけである。

行きすぎかねるのは秋山がさびしい為であるといふのは一般の解釈であるが、それは皇子謀反のことに此等の歌を引きつけすぎて考えることに大分影響されたものであらう。寧ろ秋山の趣深いのに引かれて行きすぎかねるといふのがほんとではあるまいか。「ゆきすぎがたし」といふ集中の例も必しも困難である為といふ風にはなつて居ない。

『私注』は秋山を越えがたい理由が、秋山の寂しさにあるというわれわれの常識にも通じる諸注に対して、「趣深いのに引かれて」としたのである。「一般の解釈」とは、『代匠記』以来『秀歌』までを指すのであろう。「皇子謀反のことに此等の歌を引きつけすぎて考える」ことを誤った態度として、「秋山」を「さびしい」と評することを否定している。

人々の意表を突く感のある逆転した見方を、大伯歌の「秋山」に対してなしている。そして、『私注』は理由を次のように述べる。

秋はさびしいものといふ様に固定した感じ方はまだ成立して居なかつたと見ることが出来る。反つて秋山の面白く感深いものをと見るべきであらう。

ところが、「趣深い」、「面白く感深い」ということの見方は、『私注』ほどではないにしても、前の『秀歌』が引いた契沖『代匠記』そのものに、すでにほの見えている。

秋山ナレハ鹿ナキ紅葉散テ、心細ク行過カタキヲトナリ。（精撰本）

鹿の音きこえ紅葉打散て行過かたきを、いかにして只ひとり越給ふらんとなり。（初稿本）

契沖の発言のどこが『私注』の解に通うかといえば、「秋山ナレハ鹿ナキ紅葉散リテ」という点である。これは、おそらく百人一首にもある著名な歌

奥山にもみぢふみわけ鳴く鹿の声きくときぞ秋はかなしき

などに代表される、伝統的な季節詠の上に立ってなされた解釈であろう。なぜなら大伯の歌は、「鹿の声」、「もみぢ」、「かなし」のいずれをも言っていないからである。ただ、「秋山」というのみである。契沖は、『私注』が批判した大津皇子謀反のことに引きつけて、姉大伯の悲しい心中を推し測りつつ、「心細ク」と秋山を行き過ぎ難い理由を説明した。しかし、その一方で秋山そのものに対しては「秋山ナレハ」といって、鹿や紅葉といった伝統的な、むしろ『私注』が主張する秋の「趣き」をいうしかなかったようである。「かなしい」けれど「趣深い」という、平安以降の秋山をうたう伝統を当然のこととして、大伯の秋山を見ているのである。『私注』は逆に平安以降の趣深い秋山の見方

を大伯の秋山に持ち込んだということになる。

ここまで見てくると、前の『秀歌』の不思議な末尾の一行も、違って受けとられる。つまり、『代匠記』を引いていながら、「心細ク行過カタキ」を一首の「二人」に求めることを拒んでいるのである。すなわち、一見愚直にさえ思える「御伴もゐたのであらう」の発言になる。

二 「難き」と「かてに」

『私注』の説に真っ向から反対したのは、澤瀉久孝『万葉集注釈』であった。

「難き」は今も用ゐる「難し」の連体形で、意味は前にあつた「がてに」（九五）「がてぬ」（九八）と似てゐるが、それは前述のやうに、可能の意の動詞に打ち消しの助動詞がつゞいたもので、後には用ゐられなくなつたものであり、「難し」は、困難な、むつかしい、などの意の形容詞である。しかもその両者が混同される傾向の当時はやく認められる事既に（九五）述べておいたが、口語に訳する場合、両者共に「かねる」といふ言葉を用ゐるにしても、本来別のものであるといふ認識の上に立つべきものだと思ふ。従つてこの三句も、二人で連れ立つていつても行き過ぎ難い秋山、といふので、それは秋山が何となく物さびしく、わびしいものであるといふ心がこめられてゐる事がわかる。

と「難き」の意味を説いた後、『私注』の主張に対して次のように述べる。

注意すべき新見のやうであるが、これも「難し」と「かてに」との混同によつたものと思はれる。

稲日野も去過勝尓思へれば心恋しき加古の島見ゆ（三・二五三）

は私注にいふ「趣深いのに引かれて行きすぎかねる」例であるが、そこには「かてに思ふ」とあつて「かたき」ではない。「行き過ぎ難き」の例は集中ここ一例のみである。また作意から云つても秋山に心ひかれるのであるならば「二人行けど」といふ語が生きて来ない。これはやはり従来の解釈でよい。（『注釈』二巻、昭和三二年）

確かに『注釈』がいうように、「難し」と「かてに」は別語で、私注の誤りは歴然としている。但し、気になるのは『注釈』もまた、大伯の秋山に立ち戻ったとき、「行きすぎ難き」理由を「何となく物さびしく、わびしいもの」としか述べていない点である。

これらの流れを受けて、最新の個人全注釈書は、次のように述べる。

いずれにせよ、無為に弟を帰しやった姉は、憂悶に堪えきれず、大和へと去った弟を思い起こすようにして、この二つの歌を詠んだ。第二首の「秋山」には冥界を連想させるような暗い映像が伴う。

二人で歩を運んでも寂しくて行き過ぎにくい暗い秋の山なのに、その山を、今頃君はどのようにしてただ一人越えていることだろうか。

という第二首は、せめては無事越えていってほしいことを願いつつも、その越え果てた先に不吉な運命を読みとったような切ない歌である。（伊藤博『万葉集釈注』第一冊、一九九五年）

ここでも口語訳は『注釈』に同じで「寂しくて行き過ぎにくい暗い秋の山」となっており、釈文では「秋山」を「冥界を連想させるような暗い映像が伴う」といい、さらに一首を「不吉な運命を読みとったような切ない歌」と述べる。

以上の次第で、一〇六番歌に対する解釈はおおよそ定まったかに見える。

三　万葉集の秋山

改めて「秋山」そのものの例（一七首一八例、当面歌を含む）を万葉集中で検討してみよう。

1　天皇、内大臣《うちのおほまへつきみ》藤原朝臣《ふぢはらのあそみ》に、詔《みことのり》して、春山万花の艶《にほひ》と秋山千葉の彩《いろどり》とを競《きほ》ひ憐《あは》れびしめたまふ時に、
額田王、歌を以《もち》て判《ことわ》る歌

冬ごもり春さり来れば　鳴かざりし鳥も来《き》鳴きぬ　咲かざりし花も咲けれど　山を茂《し》み入《い》りても取らず　草深み取りても見ず　秋山の木《こ》の葉を見ては　黄葉をば取りてそしのふ　青きをば置きてそ嘆く　そこし恨めし　秋山そ我れは（1一六）

2秋山の木《こ》の下隠《したがく》り行く水の我れこそ益さめ思ほすよりは（2九二）

3秋山に散らふ黄葉《もみちば》しましくはな散りまがひそ妹があたり見む（2一三七）

4秋山の黄葉をしげみ惑ひぬる妹を求めむ山路知らずも（2二〇八）

5　吉備津采女《きびつのうねめ》の死にし時に、柿本朝臣人麻呂の作る歌一首

秋山のしたへる妹　なよ竹のとをよる児らは……（2二一七）

6秋山の黄葉あはれとうらぶれて入りにし妹は待てど来まさず（7一四〇九）

7　山部王、秋葉を惜しむ歌一首

秋山にもみつ木の葉のうつりなば更にや秋を見まく欲りせむ（8一五一六）

8めづらしと我が思ふ君は秋山の初もみち葉に似てこそありけれ（8一五八四）

9 雲隠《くもがく》り雁鳴く時は秋山の黄葉《もみち》片待《かたま》つ時は過ぐれど（9一七〇三）

10 朝露ににほひそめたる秋山にしぐれな降りそあり渡るがね（10二一七九）

11 秋山をゆめ人かくな忘れにしそのもみち葉の思ほゆらくに（10二一八四）

12 一年《ひととせ》にふたたび行かぬ秋山を心に飽かず過ぐしつるかも（10二二一八）

13 秋山の木《こ》の葉もいまだもみたねば今朝吹く風は霜も置きぬべく（10二二三二）

14 秋山のしたひが下《した》に鳴く鳥の声だに聞かば何か嘆かむ（10二二三九）

15 秋山に霜降り覆ひ木の葉散り年は行くとも我れ忘れめや（10二二四三）

16 ……春山のしなひ栄えて　秋山の色なつかしき……（13三二三四）

短歌の場合、十三首中九首までが、「秋山」を初句に据えてうたい出している。「秋山」の一語が、いかに熟したイメージであったかがわかる。秋山詠の勝負は以下、皆の思いにある固定した秋山のイメージに、何を突きつけて詩的跳躍をはかるかにかかる。5の長歌では、人麻呂さえもが初句に用いているところを見ると、いよいよその感が深い。

1は額田王の歌で、「秋山」の初出。題詞と同様「春山」との対で歌中に用いられている。歌の内容を見れば、秋山の正しく『私注』が説く「趣」に重点が置かれ、「寂しさ」の要素は見あたらない。しかも結句は題詞にある「千葉の彩」の趣きによって、「秋山そ我れは」と結ばれる。

2は額田王の姉かといわれる鏡王女の歌で同時代の作。清澄な秋の山下水（直接視えないが故にいよいよ澄んで想像される）を以て、わが恋の思いを美しく飾っている。

3は柿本人麻呂の石見相聞歌。愛しい人のありどころは、散りしきるもみぢによって隔てられるのである。

4は同じ人麻呂の泣血哀慟歌。3の石見相聞歌と4の泣血哀慟歌、どちらも妻との別離（生別と死別）に究極のさびしさが横溢するものの、秋山そのものがさびしいとはうたっていない。

5は同じ人麻呂の挽歌だが、「秋山の色づくように美しい妹」という吉備津采女に対する讃美の表現である。

6は人麻呂の4に倣った、ごく新しい時代の挽歌。特に注目すべきは、4の「惑ひぬる」の内実を説明している点である。「黄葉あはれとうらぶれて」とうたっている。もみじの美しさに惹かれるあまり心を弱らせて、というのである。秋山が持つさびしさに、というのではない。

以上、数首の歌について見てきたが、他例を含めて秋山そのものを「さびしい」とうたったものは一首もない。

7以下16は秋山の美あるいは趣を欲し賞でる歌で、7「見まく欲りせむ」、8「めづらし」、9「片待つ」、10「あり渡るがね」、11「思ほゆらくに」、12「心に飽かず」、13「いまだもみたねば」、14「声だに聞かば何か嘆かむ」、15「我れ忘れめや」、16「色なつかしき」というそれぞれの作者が秋山に対して抱いた感懐を具に追ってみても、そこには「さびし」「かなし」の思いは、欠片も見当らない。

こうした情況を見る限り、1～6の歌々にある「秋山」に対する感懐（額田王の「しのふ」、人麻呂の「したへる妹」など）が大きく異なるとも思えない。わずかに6の「あはれ」がさびしみに近いが、これは人麻呂の4と同じ挽歌の故であろう。

この点、「秋山」と熟していない秋の山の形容をみても、事情は変わらない。たとえば巻十秋雑歌「山を詠む」と「黄葉を詠む」の項をみてみよう。

山を詠む

春は萌え夏は緑に紅のまだらに見ゆる秋の山かも（10二一七七）

黄葉を詠む

妻ごもる矢野の神山露霜ににほひそめたり散らまく惜しも（二一七八）

朝露ににほひそめたる秋山にしぐれな降りそありわたるがね（二一七九）

右の二首は、柿本朝臣人麻呂が歌集に出づ。

九月の時雨の雨に濡れ通り春日の山は色づきにけり（二一八〇）

雁が音の寒き朝明の露ならし春日の山をもみたすものは（二一八一）

このころの暁露に我がやどの萩の下葉は色づきにけり（二一八二）

雁がねは今は来鳴きぬ我が待ちし黄葉早継《はやつ》げ待たば苦しも（二一八三）

秋山をゆめ人懸くな忘れにしその黄葉の思ほゆらくに（二一八四）

●大坂を我が越え来れば二上に黄葉流るしぐれ降りつつ（二一八五）

秋されば置く白露に我が門の浅茅が末葉色づきにけり（二一八六）

妹が袖巻来の山の朝露ににほふ黄葉の散らまく惜しも（二一八七）

黄葉のにほひは繁ししかれども妻梨の木を手折りかざさむ（二一八八）

露霜の寒き夕の秋風にもみちにけらし妻梨の木は（二一八九）

我が門の浅茅色づく吉隠の浪柴の野の黄葉散るらし（二一九〇）

雁が音を聞きつるなへに高松の野の上の草ぞ色づきにける（二一九一）

我が背子が白栲衣行き触ればにほひぬべくももみつ山かも（二一九二）

秋風の日に異に吹けば水茎の岡の木の葉も色づきにけり（二一九三）

雁がねの来鳴きしなへに韓衣竜田の山はもみちそめたり（二一九四）

雁がねの声聞くなへに明日よりは春日の山はもみちそめなむ（二一九五）

しぐれの雨間なくし降れば真木の葉も争ひかねて色づきにけり（二一九六）

いちしろくしぐれの雨は降らなくに大城の山は色づきにけり「大城」といふものは筑前の国の御笠の郡の大野山の頂にあり、号けて「大城」といふ（二一九七）

風吹けば黄葉散りつつすくなくも吾の松原清くあらなくに（二一九八）

物思ふと隠らひ居りて今日見れば春日の山は色づきにけり（二一九九）

九月の白露負ひてあしひきの山のもみたむ見まくしもよし（二二〇〇）

●妹がりと馬に鞍置きて生駒山うち越え来れば黄葉散りつつ（二二〇一）

黄葉する時になるらし月人の桂の枝の色づく見れば（二二〇二）

里ゆ異に霜は置くらし高松の野山づかさの色づく見れば（二二〇三）

秋風の日に異に吹けば露を重み萩の下葉は色づきにけり（二二〇四）

秋萩の下葉もみちぬあらたまの月の経ぬれば風をいたみかも（二二〇五）

まそ鏡南淵山は今日もかも白露置きて黄葉散るらむ（二二〇六）

我がやどの浅茅色づく吉隠の夏身の上にしぐれ降るらし（二二〇七）

雁がねの寒く鳴きしゆ水茎の岡の葛葉は色づきにけり（二二〇八）

秋萩の下葉の黄葉花に継ぎ時過ぎゆかば後恋ひむかも（二二〇九）

明日香川黄葉流る葛城の山の木の葉は今し散るらし（二二一〇）

妹が紐解くと結びて竜田山今こそもみちそめてありけれ（二二一一）

雁がねの寒く鳴きしゆ春日なる御笠の山は色づきにけり（二二一二）
このころの暁露に我がやどの秋の萩原色づきにけり（二二一三）
●夕されば雁の越え行く竜田山しぐれに競ひ色づきにけり（二二一四）
さ夜更けてしぐれな降りそ秋萩の本葉の黄葉散らまく惜しも（二二一五）
故郷の初黄葉を手折り持ち今日ぞ我が来し見ぬ人のため（二二一六）
君が家の黄葉は早散りにけりしぐれの雨に濡れにけらしも（二二一七）
一年にふたたび行かぬ秋山を心に飽かず過ぐしつるかも（二二一八）

秋相聞には「山に寄す」、「黄葉に寄す」として次のようにある。

山に寄す

●秋されば雁飛び越ゆる竜田山立ちても居ても君をしぞ思ふ（二二九四）

黄葉に寄す

我がやどの葛葉日に異に色づきぬ来まさぬ君は何心ぞも（二二九五）
あしひきの山さな葛もみつまで妹に逢はずや我が恋ひ居らむ（二二九六）
黄葉の過ぎかてぬ子を人妻と見つつやあらむ恋しきものを（二二九七）

これらのおそらく新しい時代の歌々を見ても、黄葉の色付きあるいは散りに対する感銘が述べられるだけで、ことさらなさびしみを強調している様子はない（〰〰部）。なかでも当面の大伯の一首に通う「越ゆ」の語がある四首（●）をみても、黄葉と連動してその困難さをいっているものはない。二二一四、二二九四の二首は雁のことをいうのだが、これとて易々と山を越える雁をいいつつ、「竜田山」を抽き出す形容だけの意味しかない。

歌に漂うさびしさを専らに引き受けているのは、「別離」であったり挽歌の本質である「死」であったりする、歌の「背景」である。一〇六番歌だけが例外であるはずがない。その点を指摘した『私注』の、あるいは秋山について矛盾するままにその情趣を述べた。契沖の慧眼に驚く他はない。

四　行き過ぎ難き秋山を

かくのごとく行き過ぎ難い理由が、『注釈』などがいう秋山が本来もつさびしみにないとすれば、また万葉集の秋山が本来もっていると『私注』が主張する「趣き深さ」にもないとすれば、一首の解は遂に宙に浮いたままになる。『私注』の主張するところは、これまで見て来た通りである。大伯皇女の一首を含めて万葉集の秋山には「行き過ぎ難」い理由としての「さびしさ」の表現は一つとして見あたらなかった。「難き」と「かてに」の混同の誤りは確かにあるにしても、その主張するところは、正しい。

そこで一転して、大方の諸注が述べて来たところの、秋山がさびしいという考えそのものを、再検証してみる必要があると思う。

そもそも秋山が行き過ぎ難いという考えの発端になる事柄について考えてみよう（注2）。まず、物理的な困難があげられる。合理を尊ぶある人があって、「落ち葉で滑るから山道は大変だ」という。しかし、これは本稿のいう「しをる」を「し折る」と解するような物理的な事柄はふつう歌にしないという観点からいうと、やはり無理である（四章三節）。第一、万葉集で初めて「秋山」を評価した額田王が、対立する「春山」の短所について、「山を茂《し》み入りても取らず」とはっきりいっている。一方の秋山については、「黄葉をば取りてぞしのふ」という。

いま一つ、物理的な原因に近い、時間の問題がある。大伯の第一首に、「暁露」の一語がある。この「暁」を捉えて、弟大津の秋山越えが夜間であったととる向きがあるかもしれない。夜間の山越えの困難を示す恰好の例が、確かに後代にはある。

風吹けば沖つ白波竜田山夜半《よは》にや君が一人越ゆらむ

伊勢物語筒井筒の段にあるこの歌は、大和から河内高安郡《たかやすのこおり》の女の元へ通おうとする夫を送った妻の歌である。恋の通い路であるからには、「夜半」の時刻であることは当然であろう。しかし一首はそれが常ならぬ山越えの道であることを危ぶんでいる歌だ。「夜半にや」の一語がそれを示す。常ならぬ恋をも暗示している竜田越えなのである。この一首は物語に即して意味を考えなければならない。歌物語たる所以である。(注3)

月読《つくよ》みの光に来ませあしひきの山きへなりて遠からなくに

清澄の月光の中に相手を優しく誘っている。湯原王独自の感覚でなされた恋歌仕立ての一首。ここでも「山きへなりて遠からなくに」(「へなる」の一語、意味分明でないが、「山をはさんで」、あるいは「山を隔てて」の意か)といっている。伊勢の一首はおそらく、遠くは大伯の結句「一人越ゆらむ」の一首を基にして、近くは先掲の万葉集の秋山の歌々、とくに竜田山をうたった歌(二一九四、二二一一、二二一四、二二九四など)、また同じ山系である葛城山(二二一〇)、生駒山(二二〇一)、二上山(二一八五)の歌などの享受から派生したものと思われる。

しかし、これら万葉歌の山越えの歌に、もみぢなどの秋の風情に先んじて、その困難さをいうものはない。すべて夜の歌ではなく、その風情が目視できる日中の歌々だからだ。

以上、茂吉流に、物理的な秋山越えの困難を考えてみた。決定的な理由はついに見つからない。茂吉の、皇子は一人でなく伴もいたのであろうという合理解と合わせると、いよいよ「行き過ぎ難」い理由は見失われる。

五　二人行けど

「行き過ぎ難」い度合いを示すのが直前の「二人行けど」であった。男女二人の山越えといえばすぐに想い起こされる歌謡がある。

　梯立ての倉椅山を嶮しみと岩かきかねて我が手取らすも（七〇）

　梯立ての倉椅山は嶮しけど妹と登れば嶮しくもあらず（七一）

仁徳記にある速総別王と女鳥王の反逆の物語中の歌謡である。整った短歌体であるいは創作歌謡かとも思われるが、実際の地名「梯立ての倉椅山」を中心にして男女の掛け合いであるあたりが、表現も素朴で、民謡性が色濃い。男女の山越えの歌謡二首は、正に「二人行けど」という、山の「嶮しさ」に苦しむ恋の歌として、人々によく知られた歌であったらしい。実際にこの歌謡でなくとも、こうした地名を含む民謡は、広く流布する可能性が大きい。自分達が住む手近の地名山名に入れ替えが容易だからである。[注4]

　こうした山越えの困難を題材とした恋の掛け合いの歌の応用が、大伯皇女の表現の下地になったのではないか。『注釈』は、秋山を『私注』のように解しては、「『二人行けど』といふ語が生きて来ない」と批判したが、前述した山越えの困難さをうたう歌謡のごときが大伯歌の底にあるとしたら、それは当らないということになる。極端なことをいえば、秋山がさびしかろうが趣深かろうが、山越えの困難さを案じて初句にうたい出されたのが「二人行けど」の表現なのである。正に弟の旅の身を案じる姉の歌である。

　但し、大伯の一首を例えば記歌謡を簡単にアレンジしたものと見做しては、核心を見誤る。なぜならこの二首には先に概観した「秋山」の一語があるからだ。先の考察によれば、秋山の美（＝黄葉）を賞でる歌ばかりで、さびしさをうたうものは皆無であった。再びいうと大伯の一首だけがその例外とは考えにくい。

大伯皇女以前に「秋山」に対する感懐をうたったのは額田王の一首だけである。そこで額田王は秋山の具体を「秋山の木の葉を見ては　黄葉をば取りてぞしのふ　青きをば置きてぞ嘆く」とうたった。やはり黄葉を「しのふ」のである。大伯の場合は、大津皇子伊勢下向を旧暦九月中旬から下旬が想定される秋山とすれば、「青きをば置きてぞ嘆く」といった、染めかけの黄葉ではなかったろう。簡単にいえば、本稿が冒頭にいった〝全山の紅葉〟であったと思われる。額田王の言葉でいえば、満山これひたすら「しのふ」対象の美に覆われていたに違いない。

大伯が前世代から受け取った「秋山」は以上のようなものであったはずである。仮に大伯がそれとは違って万葉史上初めて「ものさびしい秋山」をうたったというなら、大伯以後の歌にその影響があって然るべきであろう。が、その片鱗さえもないこと前述の通りである。

六　万葉人の〝美〟

額田王の「黄葉をば取りてぞしのふ」の「しのふ」に、もっとも近いと思われる表現の秋山詠が、二首ある。

A 秋山の黄葉を茂み惑ひぬる妹を求めむ山道知らずも（一には「道知らずして」といふ）（2二〇八、柿本人麻呂）

B 秋山の黄葉あはれとうらぶれて入りにし妹は待てど来まさず（7一四〇九、挽歌）

Aは人麻呂の泣血哀慟歌、Bはこれに倣ったと思われる新しい時代の歌で、共に挽歌である。Aの「黄葉を茂み惑ひぬる」とBの「黄葉あはれとうらぶれて」はこれも共に挽歌における「敬避表現」で、妻の死の要因を美しく語ろうとしている。だが、ここで見逃してならないのは、いかに「敬避表現」といえども、黄葉の〝美〟に酔うことが実際の死に近い状態を招くことがありうることを、享受者共々作者自身が実感していることだ。Aの「惑ひぬる」は下に「山道知らずも」があるために、山道に妻が迷ったと解しがちだが、上接する「黄葉を茂み」の接尾語ミが果たす役割は、ことさらに重い。わが身を離れて、心が迷う、の意なのであろう。そのさまようわが心（＝魂＝命）を追って妻の肉体もまた、秋の山に迷い入るのである。Bはその点をはっきりと「入りにし」という。そして秋山に迷い入ったその原因はもみぢを「あはれ」と思うあまり、心を弱らせたためだという。

そもそも「しのふ」はある対象に強くひきつけられてゆく心の状態を指す言葉だ。人麻呂のAはその極端な状態を「惑ふ」と表現したのである。そして、Aの享受の上に立ってBは、まるでAの「惑ふ」の実態を解き明かすかのごとく、「うらぶれて」とうたった。

巻十三の相聞の部立にありながら、もと挽歌であったろうと思われる歌がある。

里人の我れに告ぐらく　汝《な》が恋ふるうるはし夫《づま》は　黄葉の散り乱《まが》ひたる　神なびのこの山辺から　ぬばたまの黒《くろ》馬《ま》に乗りて　川の瀬を七瀬渡りて　うらぶれて夫は逢ひきと　人ぞ告げつる（三三〇三）

「黒馬に乗りて」が恋の通い路の夫の姿を表現する。その文脈でいえば「うらぶれて」は妻をしたう恋の思いと受けとれる。しかし、この場合の「うらぶれて」はBと同じ強い意味を持ち、魂を失なった死者であることを表現して、もと一首が挽歌であることを告げている。死者が生前の姿のままに死者であるところに、痛切な悲しみが生まれるのである。

過度の美は魂を奪う。大伯の「行き過ぎ難き」その原因は、山越えの物理的な困難などをいうのではなく、「秋山」といっただけで当代の享受者の誰もが思う、心を奪うばかりの〝美〟なのであろう。

秋山をゆめ人懸くな忘れにしその黄葉の思ほゆらくに（10二一八四）

以上の観点からすれば、「二人行けど」の実態は、これも山の険しさに記歌謡の「我が手取らすも」といった実際のことではなく、あくがれ出ようとする魂を、互いに現実に引きとめようとするための「二人」なのであろう。

大伯の一首は、〝姉である我れと二人〟のうたいぶりである。常々忘我と現実の間を行き来することが多かったであろう、いかにも最高の巫女であるところの斎宮、大伯皇女らしい表現といえる。そして、大伯がかくうたったことで、これまで述べて来た万葉集の秋山がもつ〝美〟は、はるか後代に「趣き」と呼んだような軽さを超えて、人の命をも支配するかに思えるほどの、圧倒的な力を獲得したのである。

注

（1）斎藤茂吉『万葉秀歌』は、本稿筆者が大伯の一〇六番歌について始めて出会った注釈であった（学部一年生）。末尾の一行「また、『君がひとり』とあるがただの御一人でなく御伴もゐたものであらう」といった、一見言わずもがなのことのようでいて、かみしめてみると一首の理解のためには不可欠な指摘の様子が、妙におかしかった記憶がある。但し、万葉集研究の幼い出発は、『秀歌』の当面の一首についての「うらさびしいあの秋山」という解について、土屋文明『万葉名歌』に、全く逆の解釈があることを発見したところにあった。以下に述べる通りである。

（2）なるほど、岡山の路面電車は晩秋になると車体の前に二本の小さなシュロ箒を取り付けて走る。レール上に積もる並木の落ち葉を掃き分けながら進むのである。

（3）本稿もまた夜の秋山に物理的な困難というより心理的な恐さを感じたことがある。次のような歌詞の童謡を耳にしたときである。

山の鳥が
持ってきた
赤い小さな
状袋

あけて見たらば
「月の夜に
　山が焼け候
　恐く候」

返事書こうと
眼がさめりゃ
なんの　もみじの
葉がひとつ
　　　　（西條八十「鳥の手紙」）

全山紅葉の月夜の秋山。それは山の猿さえ、恐いだろう（使いである鳥が持って来た手紙の差出人は山の猿だろうと思い込んでいる。おそらく、この歌の前年にできたという鹿島鳴秋の「お山のお猿」の影響だろうと思う）。

（4）稲穂刈る中庄過ぎてしらかべの倉敷駅に汽車近づきぬ
　　ともしびの大門《だいもん》過ぎてさきはひの福山駅に汽車近づきぬ

昔、倉敷の講座に向う列車のなかで、一首生まれた。その日の話は人麻呂の羈旅八首の予定であった。「玉藻刈る敏馬を過ぎて夏草の野島の崎に船近づきぬ」の一首を考えていた。二首目は味をしめて別の日に「追ひて作る歌」である。かくの如く地名の入れ替えは、歌を作れぬ者にも容易に名歌?をもたらしてくれる。しかも、楽しいのである。

第二章　柿本人麻呂の手法

第一節　柿本人麻呂の生涯

一　序

生涯の全貌をあらわにしない歌人は万葉集に多い。しかし、これだけ厳しい追求にさらされながら、人麻呂ほどかたくなにその露呈を拒み続けている歌人もまた珍しい。

ところが、彼の歌々が持つ限りない魅力とそれ故の高名を考え合わせたとき、そのこと自体きわめて鮮やかにこの一歌人を物語るかのように思われる。作品のみによって自己のすべてを語り尽すという詩人本来の姿を万葉集に具現して、いま人麻呂はわれわれの前に厳存する。それを思えば、古今を独歩するそれら作品の形成過程の裏に、はたしていかなる彼の実人生が秘められてあったのかという当然の興味も、余分に過ぎるものといえるかもしれない。

とまれ、万葉集以外に足跡を記すことのなかった歌人人麻呂は、その作品の魅力の故に、古来、幾多の好奇心とそれらが生み出す様々な推測とによって歌人像を形成され修正され続けて来た。いずこにか動かぬ人麻呂像が存在して然るべきである、という思いは人麻呂研究の常なる端緒なのであろうか。奇跡的な資料の出現を俟たない限り消えさることのない生没年に関する疑問符、それに象徴される伝記的空白と、作品の存在という重みある一点が語る疑い得ない人麻呂の実在との間で、これからもわれわれはそのような思いを持ち続けるに違いない。

一つには人麻呂歌を愛するが故に。二つには彼の実人生に関する推測を追いあげ追いつめるという行為が、彼の作品群からより豊潤なものを導き出すことにつながると信じ得る限りにおいて。人麻呂研究にもし空しさがあるとするならば、それは決してそのような推測のつみかさねにあるのではなかろう。むしろ〝歌聖〟の一語を与えて人知れぬ祭壇のおくつきへと人麻呂を追いやってしまうことこそが、空しい仕業に思われるのである。

二　人麻呂の誕生

人麻呂が万葉集に初めて姿を現わすのはいつ頃かといえば、巻十に存する短い左注がそれを暗示する。人麻呂歌集出の次の七夕歌一首

天の川安の川原に定まりて神競者磨待無（10二〇三三、下二句定訓ナシ）

に付された「此歌一首庚辰年作之」がそれで、人麻呂関係年次初出のこの「庚辰年」が天武九（六八〇）年であることは疑いを容れない（粂川定一「人麿歌集庚辰年考」国語国文三十五巻十号）。そして人麻呂の若い頃の作と見られるこの一首が現在人麻呂の年齢推定の第一の手がかりとなっている。この当時彼が何歳であったかは諸説それぞれの解釈によって異なることはいうまでもないが、天武二年の大舎人登用の詔勅や養老令にあるその出仕年齢規定等の事情を考慮すれば、このとき人麻呂およそ二十二、三歳、逆算してその誕生は斉明四、五（六五八、九）年という目安をつけることができる。

しかし、かりに人麻呂生涯の起点をそこに置いてみても、二十数年間の彼の動勢はまったくの闇に鎖されているというより他ない。われわれが史書を以て知り得るのは、もとより斉明朝末期から天智朝へ、そして壬申の乱を経て白鳳朝へと至る時代の本流ともいうべき政治史的な諸事情でしかなく、その間に人麻呂がいかなる前半生を生きたのか

はさだかではない。

ただ、それに対してわれわれは彼の出生の点からいくつかの視点を持つことが可能であろう。一つは人麻呂が生を受けた柿本氏が彼の誕生をさかのぼること八十年ばかり、敏達天皇の御世にその始まりがあるとされ（『新撰姓氏録』）、さらにその祖をさかのぼれば古く孝昭天皇の御世に端を発する（『古事記』）ということである。氏族としてのこれだけの伝統は、当然のことながら、柿本氏が在野のものでなく朝廷と常に親近の立場を保持していたことを明瞭に物語る。とすれば、終生正史に登場しないという結果を招いた人麻呂の生涯が、朝廷を中心にめぐる歴史といったものにひどく消極的に対していたものとしても、それとまったく無縁の時期を持ったことがあるとは考えにくい。その上、近江でも石見でもなく、柿本氏の本貫が大和にあったことを思えば、人麻呂の生家は歴史の渦中ともいうべき朝廷との至近距離である。生々しい時代の激動を眼のあたりにしながら人麻呂は生い育ったのであろう。

たとえば、少年人麻呂にとって大きな体験としてあげるならば、壬申の乱（六七二）であろう。この古代における最大の歴史的事件がいかなる衝撃を彼に与えたかはもちろん明瞭でないが、後の高市皇子挽歌（2一九九〜二〇一）に戦闘の有様が生き生きと描かれてあるのは、彼が参戦した実体験に基づくという発言（土屋文明『万葉集私注』）さえ導いている。年齢的な面からして実際の参加は無理であるとしても、一首に戦乱の様子なり雰囲気なりがかりに予想できる文芸的な下敷の存在を超えて色鮮やかに描かれていることを思えば、それは大きな文学体験として歴史から抽出された人麻呂の前半生に受け止められたものなのであろう。

このような人麻呂の前半生を形成する外的条件に対して、さらにいま一つ、柿本氏がもと和珥氏などと同族で代々古詞伝承を業とする家柄であったとする推察（武田祐吉『国文学研究——柿本人麻呂攷』）は、いわば内的条件として注目すべきであろう。文の家に生まれ育ったことは、やがて開花する人麻呂の才能を培った土壌となったに相違なく、その前半生の内的空白を、歌学びも含む基礎的な文章鍛練に費されたとする想像で、埋めることも可能になるからである。

かような環境にこのように育ったことが、人麻呂出仕の道を用意したのであろうが、その直接のきっかけは人麻呂が生きた期間にもっとも近接して正史に登場している柿本朝臣猨の存在にあるといわれる（神田秀夫『人麻呂歌集と人麻呂伝』）。壬申の乱に功あっての故か天武十年小錦下の位を得て和銅元年従四位下で卒した猨が、人麻呂の父あるいは叔父であってそのひきがあったとする考えである。天武十三年、それまで臣姓であった柿本氏が朝臣姓を賜わるに力あったと目される猨は、一族の中でも抜きん出た実力者であったろうことは間違いない。しかし、それと人麻呂との関係はいま一つはっきりしないものを含んでいるといえる。

以上、七夕歌一首とその左注は多様な暗示を含みながらも確実には次の事柄を語る。天武九年、人麻呂は二十二、三歳ですでに宮廷に出仕しており、歌作のことに携っていた、と。ただし、われわれはこの一首について、その成立の場がおそらくは次期政権の把握を目前にした皇太子草壁の居所「島の宮」であった、という渡瀬昌忠氏の発言（「島の宮」（上・中・下）文学三十九巻九、十、十二号）を傾聴したことを記憶にとどめたいと思う。

七夕歌までの二十数年間だけではない。この後、人麻呂作としてその詠出時期が明らかな歌の出現まで、さらに十年近い空白を再び人麻呂の伝記は持つことになる。こうしてみると人麻呂の生涯を追求するという営為は、いわば飛石伝いに彼岸に達しようとする試みであるともいえる。飛石とは、偶然かあるいは何ほどかの意図に基づく布石か、いずれにしても万葉に残し置かれた「人麻呂作歌」と明記のある歌の数々である。その一つ一つを踏み外さないようにして人麻呂の人生を追体験的に渉ってみようとするとき、飛躍の距離は実感ある推測によってのみ、定めることが可能になる。

人麻呂が本格的に詠出を開始するのは三十歳前後からとされる。その間の飛石が七夕歌一首とはなんとも心細い限りだが、それも人麻呂の資料の乏しさを思えば、若い人麻呂の姿を垣間見せてくれる歌がたった一つでも存在していることは正に幸せと感じられて来る。ここに至って想起しなければならないのは、有意義な試みを果たして人麻呂伝記を形成しようとした神田秀夫氏の考察（先掲書）であろう。その表題の通り人麻呂の前半生の長い空白、あるいは本格的詠出に入ってからの断続的な空白期間を救いあげるにもっとも有力なものは、これまでふれてきた七夕歌のような人麻呂歌集の歌々であろうと思われる。人麻呂の生涯の大部分を占める空白に対する焦燥といったものを感じるとき、人麻呂歌集のすべてを彼の自作と受け取ってみたい、という願望は誰の胸にも去来してやまない。というのも、それが許されるならばわれわれは人麻呂の一時期をめぐって一篇の恋物語を編むことも可能になるし、明記ある人麻呂作歌を表とすれば人麻呂文芸の裏面といったものを、歌集によってうかがうことも可能になって来るからである。しかし、現段階ではこの願望をあまりに先行させるべきではなかろう。それよりもわれわれは人麻呂の誕生ということに関して、いま一つのことを確認すれば事足りるように思う。

歌人の誕生とは一体どのような謂いなのだろうか。その出自や場所や年次についての考究はこれからも能う限りなされなければならないだろう。しかし、一方、やはり一詩人の誕生といった作品論的な意味合いからこれを考えることが大切であり、人麻呂の場合はなおさらのことと思われる。先にいったように人麻呂がまったき詩人の姿を具現している歌人であることを思うからである。それにしても、詩人人麻呂の誕生と呼ぶに七夕歌を以てしては、作品の重みからいって不足であろう。世にいう〝宮廷歌人〟の名をもって呼ばれ、また長歌の大成者と目される人麻呂であってみれば、その本領を初めて発揮した時点は、さらに後の人麻呂歌に見出さねばならないと思う。そこで宮廷に密着した堂々たる詠出といえば、確実には九年後の草壁皇子挽歌（2一六七〜九）か、あるいはその一、二年前の作かと推測できる近江荒都歌（１二九〜三一）に求めるべきであり、そのいずれかが彼の唇をついて生まれた瞬間こそを、真の意味で人麻呂の誕生と呼ぶべきであろう。

明らかに人麻呂自作で年次の判明する歌の初出は草壁皇子挽歌（持統三年）だが、他に人麻呂歌には諸事情からおよその年次が判断できるものもある。人麻呂の処女作としては草壁皇子挽歌をあてるのが確実かもしれぬが、別途に緻密な作品論から近江荒都歌をもってそれと見做す説（伊藤博「近江荒都歌の文学史的意義」『古代和歌史研究３』）もある。皇子挽歌の作製に人麻呂が抜擢されたのは、近江荒都歌によって彼の名がすでに宮廷内に高かったためではないかと考えれば後者とすることに魅力を感じるのだが、いずれが前後するのか未だに決着を見ない。ただ近接したこの二作についていま、一つのことを指摘しておきたいと思う。それは、この二作が個別に論じられて普通なのだが、両者を見較べると共通した要素を見出すことができ、それによってうかがうことのできる本格的な詠出開始の時点における人麻呂の歌人としての姿勢についてである。

近江荒都歌について伊藤説の帰着するところの一点は、それが挽歌的発想によってなされた作品であるということだった。一方の草壁皇子挽歌はもちろん、そのまま挽歌詩人とも称される人麻呂の、面目をほどこす一作である。片や雑歌に、片や挽歌にと分類こそ違え、両者に共通するものは挽歌の本質である、滅びて失われたものへの追慕と哀悼の情であり、過去への讃嘆に満ちた憧憬である。すでにいわれていることではあるが、処女作がその作家の後々までの作品の本質を語り尽すというのは、人麻呂の場合も例外ではなかろう。彼に多い挽歌はいうまでもなく、その他の作品の多くにも挽歌的性格が一貫して流れていることは、衆目の一致するところといえる。人麻呂歌には常に究極に死を置いた様々の別離の様相を、悲痛に濡れながらも透徹した作家の眼で捉えつつうたおうとする姿勢をみることができる。

かつて茂吉は声調の面から人麻呂を「ディオニゾス的」と呼んだが、それはそのまま彼が貫いた作歌姿勢にもあてはまる。当面の二作に見られるそのような亡び過ぎ去ったものへの志向性といったものは、人麻呂の歌人としての出発の姿勢であると同時に、それ以後の彼のあり方をも決定するものであったように思われる。

近江荒都歌を得たのは人麻呂がようやく二十代を終えようとする頃であった。一首の成立に関してはいくつかの外的条件が考えられようが、注目すべきはそれによく応え見事に歌い得た人麻呂の意欲であろう。一首にみなぎる人麻呂の作歌意欲を思えば、近江荒都という題材は単なるおしきせのものでなく、彼自身の側にも能動的にそれに取り組む心構えが用意されていたことがわかる。

そのような意欲を生んだ原因の一つに人麻呂の年齢が考えられないだろうか。滅びて過去へおしやられたものへの哀惜の情が横溢する近江荒都歌は、また、作者自身の青春期への訣別の思いがひそかにこめられた一首であったかもしれない。そういった想像をあえてしてみるのも、人麻呂の歌人的特性がすべてその資質によるといった論に帰納してしまうことを恐れるためだが、もう一点、人麻呂について大事な事柄を敷衍しておく必要が感じられるからである。それは人麻呂が作歌する上での外部的な条件とそれとの関わり合いについてである。

荒都歌は内外の状況の合致から生まれた名歌と思われるが、一方の皇子挽歌になると限られた題材であることや、うたわねばならぬ使命といった外的条件は、一層の重みを加えたことと考えられる。しかし、それにも人麻呂はよく応えた。このような外部から与えられる作歌条件とそれに応えて作歌をなし得る内部の意欲、その両者の合致は人麻呂の作家生涯を通じて、終始変わらなかったように思われる。また、青春に別れを告げようとする時点で獲得した、挽歌詩人としての姿勢も根本において変わらなかったように思う。

人麻呂の歌人的特性を形成した根源は、そのような外部的なものとそれとの関わり方の真相、具体的には宮廷での彼の職掌や、そこでの一連の作歌事情の実態を検討することで明らかにし得るように思われる。

いかに詳細な年譜も一人の人間の生涯を語るに必ずしも十分なものとはいえない。なぜなら、何ものかに生命を傾け尽した生涯の一時期がその人生のすべてを語っている場合があるからで、その意味から人麻呂伝記の空白に対してわれわれは必要以上の焦燥と失望を抱くことはないであろう。それというのも、人麻呂がその才能と情念とを根限りに燃焼させようとし、また余すところなく燃焼しおおせたと思われる一時期を、明確に万葉集によみとることができるからである。

三　人麻呂の人生

人麻呂の手になる宮廷関係歌を概観するとき、特に眼を引くのは、それらが天武系の皇子皇女たちとの濃厚な関わりを持って存在していることであろう（武田祐吉「柿本人麻呂評伝」『万葉集大成』第九巻）。このため人麻呂は草壁皇子から高市皇子へというふうに、その死によって主人を代えることを余儀なくされながら生きた、と解されて来た。ところが、われわれはこの皇子皇女群の形成する円環の中心に、ある一人の人物を想定するようになった。人麻呂歌には皇子皇女たちの名前のみ明記されてあったところから、それまで人々はその裏に潜んでいた人を見失いがちであった。それはかつて天武天皇の后であり、夫の死後自ら即位して皇権を引き継いだ、持統女帝である。

初めに人麻呂歌に共通してうかがわれる後宮的性格と人麻呂の職掌を史家の言を援用しつつ説き、人麻呂と持統朝との強い結びつきを見たのは橋本達雄氏（「人麻呂と持統朝」文芸と批評二、四号）であった。さらに人麻呂のすべての宮廷関係歌（成立年次の明らかなもの及び推定可能なものすべて）が、持統称制（六八六）から持統崩御（七〇二）までの間に、なかんずくその表立った統治期間（上皇以前）に集中して納まっていることを詳細に確かめ、人麻呂が譜代忠僕的なトネリ歌人として緊密な紐帯を女帝に対して持っていたことを説いて、独自の人麻呂像を形成したのは伊藤博「トネリ文学」（日本文学一五巻一号）であった。

いま、持統朝における人麻呂の在り方を、貴重な二説をあげることで性急に述べたが、これにはもう少し説明の要があろう。

まず人麻呂の官人としての在り方について、次にその上に立っての歌人人麻呂の在り方についてである。出仕していたからには宮廷内でなんらかの官職にあったのだろうが、はたして人麻呂の職掌の実態はいかなるものであったのだろうか。歌のみきこえるばかりで正史に登場しない微官として生涯を終えた人麻呂を考えるとき、思いの行きつくところは、つとに真淵が指摘した舎人人麻呂であろう。ただし舎人といっても近来それは令以前のものを想定する（神田秀夫先掲書）のが普通で、官人というよりも、もっと私的に貴紳の側近にあって、全身的奉仕を目的とするそれである。

人麻呂の場合は持統朝後宮が奉仕の場であり、歌こそが唯一の奉仕の具であったと想像される。「トネリ歌人」と伊藤説が呼んだかような人麻呂の特質は、作品論から帰納されたものであったが、持統の称制から崩御までの期間における作品群の大半を占める挽歌、そして讃歌や献歌のことごとくが、そうした人麻呂の奉仕の在り方を示していることはいうまでもない。人麻呂の力量が十二分に発揮される時期が、持統が表立った統治を行なった期間と符号するのは単なる偶然では決してあるまい。彼の職責の一つが場の要請に応じて作歌することにあったというのが、その原因であったと思われる。皇子や皇女を通じて持統女帝と常に強い紐帯を保持していた立場だったからこそ、人麻呂は持統の擡頭と消滅との期を一にして、万葉集に浮かび上がり消え去っている訳である。

彼の歌才を疑うものではないが、極言すれば、もしそのような場が与えられることがなかったら、もっと寡黙な歌人として人麻呂は万葉集に存在したかもしれない。歌人としての人麻呂の生涯は、正に持統朝を背景として生まれ形成されたという、他律的な性格を根源に帯びるものであったといえよう。

これを証左する一つとして有力なものに、虚構の要素を持つ人麻呂歌の数々があげられる。主だったものだけでも吉備津采女挽歌（2二一七～九）、石見相聞歌（2一三一～四〇）、あるいは泣血哀慟歌（2二〇七～一六）等々、虚構性が色濃く漂っており、それはとりわけロマンを好んだと思われる後宮に供する目的で創作されたためらしい。つまりそれらは人麻呂の気ままな製作意図によるものでなく、彼の作歌の場である後宮の文芸享受の在り方に起因するもので、個々の作品内容に照らしてもそのような要請に全身的に応えようとする人麻呂の姿勢がうかがわれるのである。

こうして見たとき人麻呂の歌人としての在り方は「歌俳優」の名をもって呼ばれるにふさわしい（先掲伊藤説）。大別すれば儀式に密着したと思われる宮廷挽歌のような晴《はれ》の歌、そしてこれらロマンの性格を持ついわば褻《け》の歌の相違こそあれ、いずれもそれらを生み出す原動力は「歌俳優」としての人麻呂の本質に発するものといえる。歌人人麻呂の作歌活動は終始、孤高を気取った密室におけるものではなく、上からの要請とそれに応ずる奉仕といった、正しく職業的なものであったと想像される。

また持統女帝に結んだ人麻呂の紐帯の強さは、歌にあらわれた意識の面からも指摘できよう。持統女帝の天皇としての性格は、夫天武の時代を最上のものとして回顧し、その時代の再来を夢見つつ天武皇統の永続を願って生きた中継天子であったという。一方、人麻呂の高市皇子挽歌の長歌前半に見られるような先代天皇を英雄化したところの讃美、天皇を神そのものとして捉えるような讃仰は、人麻呂の前時代への深い共感を示している。そのことによって往々彼は懐古の詩人といった呼ばれ方をするが、この場合はむしろ、持統女帝の生涯をそのまま埋没的に生きようとした人麻呂を見た方がわかりやすい。

年次の明らかな人麻呂関係歌が、大宝元（七〇一）年の紀伊国行幸の歌（2一四六、人麻呂集出のもの）を最後として万葉集から姿を消すのは、持統上皇の死を翌年に控えてのことである。持統の称制からその死までの十六年間がほぼ人麻呂の作歌期間に等しいとすると、それは意外なほど短いものに感じられる。歌人人麻呂の活躍期間が長期にわたったという錯覚を呼び起こすのは、ひとえに彼がその間に持った歌が量的にも質的にも豊富であるためであろう。その豊かさに比して短いといえるこれだけの期間にこれほどの作歌を可能にしたものは、やはり人麻呂の持統朝への関わり方に由来するもので、彼が自由な立場でなく「トネリ歌人」としての使命感に縛られながら、身ぐるみ自己の義務に没入したからこそ初めてなし遂げられたものと思われる。

この間の人麻呂の内的情況はどんなものであったかという推測の試みは無意味とは思われない。なぜなら、われわれの人麻呂観は〝歌聖〟といった超人的な評価であってはならないと同時に、単なる〝御用詩人〟といった卑小にすぎる評価であってもならない、と思うからである。

人麻呂が持統朝の「トネリ歌人」として宮廷内にその場を確保した歌人であったと見れば、持統統治期間の彼は、いわば第一線の流行作家のような存在で、得意の絶頂でなかったかと思われる。時の絶対的な権力者の庇護のもとに人々の口の端にのぼる歌を次々に物し、その上それがそのまま彼の忠勤の証しとなる。人々に喜ばれることを望みとして作歌しようとした人麻呂の努力は、作品の上で端的には枕詞の独創（澤瀉久孝『万葉の作品と時代』）といった言語面や、常に目新しい題材の選択に腐心するといった内容面からもうかがうことができると思う。そうして、人々の絶賛を浴びることは、彼に使命を果たし得た安堵と歌人としての充分な誇りをもたらしたに違いない。そして、そのことが次の作歌に立ち向う意欲を養うという、いわば良循環の作歌活動を生んだと思われる。

義務に追われながらしかもそれに専心している限り、案外、人には不振の時が訪れないものである。おそらく人麻呂の作歌活動は望外といっていいほど幸福なものであったろう。そう思えば人麻呂における身分的な束縛は、むしろ彼の才能をのびやかに育んだ牧柵であったといえようか。

とはいえその間、人間が生きてゆくときに間断なく立ち現われる悲哀が、まったく人麻呂に訪れなかったとは思われない。それらはたぶん彼の誇りある使命であった作歌の過程に収斂され、詩へと昇華したのだと思う。そのような状況の中で彼の詩心とことばはいよいよ磨かれ、円熟の方向へと向かう。人麻呂晩年の絶唱「泣血哀慟歌」は、その果てに生まれた名篇の一つであったと思われる。人としてごく当り前のそれだけに生々しい哀歓を昇華させながら、ありたけの才能を惜しみなく自己の職務に注ぎこむことで無心に詩を形成した人麻呂をわれわれは想像する。

四　人麻呂の晩年

人麻呂には辞世歌とも称すべき一首がある。

　柿本朝臣人麻呂、石見国に在りて死に臨む時に、自ら傷みて作る歌一首

鴨山の磐根しまける我れをかも知らにと妹が待ちつつあるらむ（2二二三）

この一首とその題詞をめぐってこれまで、人麻呂の死に関する多くの発言がなされている。題詞に「死」とあるところから喪葬令によって彼は六位以下の官人のままに没したとか、石見国とは彼が晩年に至って赴任した所で、そこにはこの後に続く歌を呼んだ依羅娘子なる妻があったといった類いがそれである。なかでも人麻呂関係諸論の渉猟の果てに、人麻呂の没所「鴨山」を石見の地に求めようとした斎藤茂吉のたとえようもない情熱（『柿本人麿』）は眼を引く

ものがある。石見の地方官となった人麻呂は妻と別れたままに「鴨山」なる場所で孤りその生を終えた、というのが大方の論の帰結するところである。

ところが、それら動かし難く思われた推定にも新たな角度から修正の視線が向けられ始めている。その代表的なものは、「鴨山」という地名が石見だけに限って存するものでないとして、最終的には人麻呂終焉の地を大和の葛木山中に求めようとする神田秀夫氏の発言（先掲書）などに見ることができる。

また、人麻呂と石見国といえば、すぐさま想起される名歌石見相聞歌についても、それが虚構によって形成されたとする論（伊藤博『万葉集相聞の世界』、『古代和歌史研究３』第五章第四節）が見受けられる。それらを考慮しながらお題詞といったものが本来持っている揺らぎやすい信憑性をも思うとき、当面の題詞の裏にもう一つの秘密が存在しているのではないかといった疑心が呼び起こされて来る。

これまで述べて来たような人麻呂の歌人としての在り方、すなわち「歌俳優」的性格を考えれば、人麻呂歌から導き出されたことがらのすべてをそのまま彼の実人生と捉えるのはかえって危険で、むしろそれらに含まれる虚構性を念頭において作品を吟味する方が、確実な手応えが得られるように思われる。

その意味から、人麻呂の自傷歌はそれ一首ばかりで論じるべきものかどうか疑問といえよう。なぜなら、それに密着して後続する数首の存在の仕方が、ある一まとまりの体を如実に示しているからである。たとえ内容を無視したとしても、あるまとまりを示すからにはそこになんらかの意味があるはずで、全体の俯瞰からそれを訪ねつつ部分的な人麻呂歌の真実を見つめてゆくことが望ましく思われる。人麻呂歌に続く歌は次の通りである。

柿本朝臣人麻呂死せし時、妻依羅娘子《よさみのをとめ》の作る歌二首

今日《けふ》今日《けふ》と我が待つ君は石川のかひに（一には「谷に」といふ）交りてありとはいはずやも（２二二四）

直《ただ》に逢《あ》はば逢ひかつましじ石川に雲立ち渡れ見つつ偲はむ（二二五）

丹比真人《たぢひのまひと》名は欠《けたり》、柿本朝臣人麻呂の意に擬《なずら》へて報ふる歌一首

荒波に寄り来る玉を枕に置き我れここにありと誰か告げけむ（二二六）

或本の歌に曰はく

天離る夷《ひな》の荒野《あらの》に君を置きて思ひつつあれば生けりともなし（二二七）

右一首の歌は、作者未詳。但し古本《こほん》、この歌を以《もち》てこの次《つぎて》に載す。

以上四首、先の人麻呂歌を合わせて五首一群の存在が、或本歌の左注の言からうかがっても、やはり切り離すべきでないまとまりを尊重して受け容れられたことは明らかで、或本と現存万葉と複数の編纂者の手を経て来たものとしても事情は変らない。五首が全体として表現するなんらかの意味が享受されながら、それらは万葉集に組み入れられたものと思われる。ではその意味は何かといえば、一首一首の内容とその相互の関連を検討することから問われなければならないと思う。

人麻呂歌は山に行き倒れて死を眼前に一筋に妻を思い遣る歌であるが、これについてすぐさま連想される歌がある。

上宮聖徳太子、竹原《たかはら》の井《ゐ》に出遊せし時に、龍田山の死人を見て、悲傷して作らす歌一首

家にあらば妹が手まかむ草枕旅にこやせるこの旅人《たびと》あはれ（3四一五）

この一首に、死者の身の上を思い遣る第三者の憐愍から発した悲痛があるとすれば、一方の人麻呂歌にあるのは、死んでゆこうとする者の側から発せられた嘆きである。近似した状況にあって生まれた二首であっても、作歌主体の痛みとしてどちらが勝るかはいうまでもない。太子の歌を意識していたかどうかさだかでないにしても、人麻呂歌がよ

りつきつめられた形で、死を前にした生命の切なさを表現していることは確かであろう。
またこの他に次の一首も関連して意識にのぼって来る。

かくばかり恋ひつつあらずは高山《たかやま》の磐根《いはね》しまきて死なましものを（2八六）

これを含んで巻二相聞の巻頭を飾る四首は虚構性の強い連作と見られ、磐姫皇后の作と題詞にあってもそこには隠れた作者として人麻呂が存在すると論じられている（先掲「トネリ文学」）。それら類歌の存在から再び立ち戻ったとき、人麻呂の自傷歌は彼の真相を忠実に伝えようとしているものかどうか疑わしい気がして来る。その上、この場合のように突然の死の到来に際していかなる歌人といえども辞世歌なるものを作り得るものでないという当然の状況（集中純然たる辞世歌と呼べるものは、刑死もしくは憶良のごとき徐々に死に至る病いの場合に限られる）に思いを致せば、一首は人麻呂が自身の死を設定して前以て作っておいたものでないかという考えも成り立つ。あるいはもっとつきつめてみれば、これは適当な人麻呂歌が、何者かの手であたかも彼の辞世歌のごとく、題詞によって整えられたのではないかともいえる。

ただし、このように題詞の信憑性を疑ってもわれわれは一首が人麻呂以外の作者のものであろうとする考えに組することはできない。先にいったようなつきつめた結構や調べの高さが疑いもなく人麻呂自作を物語ると思うからである（そして何よりも我が死をうたうに「妻」を題材としている点である）。ただここで付言すべきは、死んでゆく本人にとってはそう感じるより他はなかったともいえるが、一首において、ことさら重く暗い死が表現されていることである。人麻呂がかつて斬新な題材として挽歌の世界に導入した火葬（2二一三「灰にていませば」など）のごとき、宗教的な救いを思わせる輝きがそこにはない。

人麻呂歌に続く依羅娘子の歌は第一首から第二首へ、夫の死を知ったときの驚嘆から追慕へという感情の流れを見せて並んでいる。二首を人麻呂歌とつき合わせてみれば、死にゆく夫の歌に響き合おうとする妻の嘆きといった劇的な形式を作り上げているかのように見える。しかし、応答歌の妙といってしまえばそれまでだが、人麻呂が山をうたうに対して娘子は川をうたうといった、現実的な場をめぐる矛盾に代表されるような不調和は覆うべくもない。ここに至ってわれわれは依羅娘子が人麻呂に贈答したとされるいま一つの歌を想起する。次の一首である。

柿本朝臣人麻呂の妻依羅娘子、人麻呂と相別るる歌一首

な思ひと君は言へども逢はむ時いつと知りてか我が恋ひずあらむ（２一四〇）

この一首はその直前にある別離の情をうたう人麻呂の石見相聞歌に対して贈答したもののごとく捉える見解（澤瀉久孝『万葉集注釈』）があり、一見呼応しているような両者の題詞はこの見解を保証するかのようだが、一首の内容を見れば事はそれほどに単純でない。「そんなに思って嘆いてくれるなとあなたはおっしゃるけれども」という物言いは、当然のことながら人麻呂と別れる時のことばである。

ところが、その前に位置する人麻呂の長大な別離歌は、妻と別れた後次第に遠離ろうとする過程でうたわれており、題詞にもまた「上り来る時の歌」とある。つまり、依羅娘子の歌は時間の流れを守る限り、人麻呂の歌の前に出なければならない。その上、別離という主題を一にするだけで人麻呂歌と娘子の歌は内容的にどのようにも贈答といったかみ合いを見せていない。これらの現象は娘子の歌が、人麻呂歌の成立の後に、別途に付加されたことを物語ると思われる。これと同じことは人麻呂自傷歌と娘子の歌との在り方についてもいえるのではないか。この場合も両者には主題が底流するだけで歌の内容そのものは矛盾をはらんだまま組織されているのである。

さらに丹比真人の一首は娘子の歌を承ける形で水辺での死を人麻呂の身上に立ってうたう。ところが、「人麻呂の意に擬へて」と題詞にはあっても、これもまた内容から見れば人麻呂自傷歌との距離は相当にあり、その上「報ふる

歌」といっても依羅娘子の歌に真率にかみ合っている訳でもない。一首の成立は人麻呂自傷歌と娘子の歌の享受もさることながら、むしろ人麻呂の狭岑嶋島石中死人の歌（2二二〇〜二）の強い影響下にあることを目立たせている。これに続く或本歌は丹比真人がうたった水辺に対して荒野が登場するといった矛盾を際立たせながらも、一応は人麻呂歌に対する娘子のように妻という形で配されてある。そしてこれまた泣血哀慟歌の短歌（二一五）を始めとする人麻呂の歌々の享受の上に成立しているといってよい。

こうして全体的に俯瞰してみると結果的には男↓女↓男↓女といった一筋の流れを表面に見せてはいても、その底には各々先行歌への誤解と矛盾とが拭いようもなく存在している。相互の関連を拒んで自立して残るのは人麻呂の自傷歌一首のみとなる。そのことから導き出されるのは、人麻呂自傷歌を核として出発し、石見相聞歌における場合と同様、依羅娘子の歌が生まれてそこに寄り添い、それらの享受の上に丹比真人の歌が成り、さらに或本歌が付加されて行くという発展の様相であろう。換言すれば人麻呂の死をめぐって次第にふくれあがり発展した、歌語りの体を見せているのが一連の歌々である。このことについてはさらに詳しい考究が俟たれるであろうが、いずれにしても、人麻呂の死が淋しく哀れなものであると共にそれは妻との愛情を抜きにしては語れないものであることを、一連の歌々が全体的に表現していることに変りはない。逆にいえばこのような歌語り的形態の現出は、人麻呂の死を人々がそう語りたかった証拠でもある。

かような歌語り的一群を生んだ人麻呂の死あるいはそれから想像される晩年について考える場合、われわれは次のことがらを念頭に置いてみる必要があろう。つまり、人麻呂自身と彼の文芸の享受のされ方をである。死によってうたうことをやめた歌人に、彼の歌を愛するあまり、人々は何事かうたわせようと試みることはなかったであろうか。宮廷挽歌や讃歌などの晴の歌は、その題材がある特定の個人に限られていたり儀式的な要素が多分に含まれていたりすることで、それらはいかに優れたものであっても、享受者への普遍性は希薄といえよう。となれば、後代の人々に多く愛され歌い続けられた人麻呂の歌といえば、主題が何人にも共通して広がり感動を生むことができるロマンの数々であったと思われる。なかでも相聞の絶唱石見相聞歌は、作者人麻呂を表象して余りある傑作中の傑作としてもてはやされ続けたのではなかろうか。そうなれば、自傷歌の題詞にある「石見国」が、人麻呂文芸の代表作、石見相聞歌の享受から導き出されて来たものかもしれないという想像が生まれる。また依羅娘子の存在についても、石見相聞歌が人々に歌い続けられる間に、何者かによって新趣向が付加された結果のものとも想像される。たとえば、妻と別れて痛切にうたった人麻呂に対して彼と別れた妻の立場を設定してみるといったことがあれば、すなわち妻依羅娘子の出現となる。依羅娘子なる女性がまったく架空の人物とはいえないが、その可能性はあるかもしれない。

このように見来って最終的に次のような考えにわれわれは至る。人麻呂の死をめぐっての歌語り的一群が語っているのは、結局、享受者の側が抱いた人麻呂の像ではないかと。孤り山中に行き倒れたという自傷歌一首の死様を見る限り、人麻呂の晩年はそんな暗い死を必然的に招くことを約束するような、辛く淋しいものであったと想像され受け取られていたと思うより他ない。孤独の極限から一筋にわが半身を希求しながら死んでいった不幸な歌人。そのような最終的な人麻呂像を抱くのは、ひとりわれわればかりでなく、人麻呂死後の当代の人々もすでにそうでなかったのだろうか。人麻呂伝説なるものの萌芽は彼が歌聖として文学史に再登場するよりも以前、意外に早いその辺りにあったのではないか。

「幼年未だ山柿の門に逕らず」といったとき、家持にとって人麻呂の時代は意識の上ですでに距離を隔てた高みにあったことも、わずかにそれを物語るかもしれない。そうなれば、自傷歌一首が紛う方なく人麻呂の自作であっても、それは享受者の人麻呂観に基づいて意図的に配備されたものとして受け取ってみる必要があり、後続の歌々についても同様である。

つまり、歌語り的一群が示すものは人麻呂が語った晩年とその死ではなく、いわば語られたところのそれである。かつて、人々は求めて人麻呂の唇から数多い死と別離の哀切なロマンを聴いた。その色調のなかにあってこそ、一きわ輝く愛の光芒を夢見ることを愛してやまなかった。彼の死後、それらの歌は現にわれわれが確かめているように、独自の生命をきらめかせながら人々の胸を打ち続けたに違いない。そのような歌を生んだ歌人が実人生を超えて伝説に移行しようとするとき、事実としての晩年とその死もやはり、彼の歌が形作った世界のあたかも主人公のそれのように語られるしかなかったのではないか。

人麻呂は自己の天分を「トネリ歌人」ともいうべき職分においていかんなく発揮してその生をまっとうした。それはあるときには実人生の哀歓を完璧な虚構にこめ、しかもそれを己がこととして公表するといった、まったく俳優的言語活動に徹したものであったらしい。「歌俳優」として生き切った人麻呂は死後もなお、「歌俳優」として宿命的に生き続けたのではなかろうか。

再び、人麻呂の実人生を直接に語る資料は皆無である。その空白を人はいかようにでも推測を以て埋めることが可能かもしれない。その結果、人麻呂だけに限ったことではないけれども、各人に各様の人麻呂像が存在することになろう。われわれの発言は以後人麻呂歌の一つ一つについての能う限り詳細な作品論の上に立ってなされてゆくであろうが、これだけの人麻呂観は、基本的に変化しないかもしれない。彼の歌才は疑いを容れぬが、それを抽き出し育んだのは強力な外部的条件であった。そして社会的な存在としては微小な役割しか持たなかったその人麻呂が、今日、万葉集に著しい個性の輝きを放つのは、よりよくうたうことだけを唯一の望みとして、無心に外部の条件に尽しきったという稀な存在の仕方をした歌人であったからである。

その人麻呂の晩年が不幸であったと万葉に語られ、われわれもまたそのように受け取って疑わないのは、一つには彼の作品がその出発から悲劇性に彩られてあるからではないか。そして二つには、多少なりとも人麻呂がどのように生き、あるいは生きなければならなかった歌人であったかを知るならば、外的な条件に支えられながら作歌することを至高の矜持として生きた一人の男から、持統朝の終焉によってその支えがまったく失われた場合を想像するからに他ならないであろう。

人麻呂の死は持統女帝に遅れること何年であったのか、さだかでない。また女帝の死後彼の実人生がいかなるものであったか確かでない。がしかし、それは正しく余生としか呼びようがないものであったろうと想像される。なぜなら、あてどない人麻呂の奉仕の精神から、もはや緊張を伴ったいかなる歌も生まれてこようとは思われないからである。女帝に殉死したのではないかと思わせるほどに、持統の死は実質的に歌人人麻呂の終焉を招いている。

このようにして、斉明末期からおそらくは元明初期までのほぼ五十年間、うち十数年を命がけの作歌期間として激しく人生を燃焼させ、柿本朝臣人麻呂は逝いたのである。

第二節　石見相聞歌二首Ⅰ

一　石見相聞歌の原点

柿本人麻呂と石見について考えるとき、その出発も帰結するところも、すべては次の歌でなければならない。人麻呂と石見という主題の根幹をなす歌、世にいう石見相聞歌である。

柿本朝臣人麻呂、石見《いはみ》の国より妻に別れて上り来る時の歌二首并せて短歌

石見の海角《つの》の浦廻《うらみ》を　浦なしと人こそ見らめ　潟《かた》なしと一には「磯なしと」といふ人こそ見らめ　よしゑやし浦はなくとも　よしゑやし潟は一には「磯は」といふなくとも　鯨魚取《いさなと》り海辺を指して　和田津《にきたづ》の荒磯《ありそ》の上《うへ》に　か青《あを》く生《お》ふる玉藻沖つ藻　朝羽振《あさはふ》る風こそ寄せめ　夕羽振《ゆふはふ》る波こそ来寄れ　波の共《むた》か寄りかく寄る　玉藻なす寄り寝し妹を一には「はしきよし妹が手本を」といふ　露霜《つゆしも》の置きてし来れば　この道の八十隈《やそくま》ごとに　万《よろづ》たびかへり見すれど　いや遠に里は離《さか》りぬ　いや高《たか》に山も越え来《き》ぬ　夏草の思ひ萎《しな》えて　偲ふらむ妹が門《かど》見む　靡けこの山（２一三一）

反歌二首

石見のや高角山《たかつのやま》の木《こ》の間より我が振る袖を妹見つらむか（一三二）

笹の葉はみ山もさやにさやげども我れは妹思ふ別れ来《き》ぬれば（一三三）

つのさはふ石見の海の　言《こと》さへく唐《から》の崎なる　海石《いくり》にぞ深海松《ふかみる》生ふる　荒磯にぞ玉藻は生ふる　玉藻なす靡き寝

し子を　深海松の深めて思へど　さ寝し夜は幾時《いくだ》もあらず　延《は》ふ蔦《つた》の別れし来れば　肝向《きもむか》ふ心を痛み　思ひつつかへり見すれど　大船《おほぶね》の渡《わたり》の山の　黄葉の散りの乱《まが》ひに　妹が袖さやにも見えず　妻ごもる屋上《やかみ》の 一には「室上山」といふ 山の雲間より渡らふ月の　惜しけども隠《かく》らひ来れば　天伝《あまつた》ふ入日《いりひ》さしぬれ　ますらをと思へる我れも　敷栲《しきたへ》の衣《ころも》の袖は　通りて濡れぬ（一三五）

反歌二首

青駒《あをこま》が足掻《あが》きを速み雲居《くもゐ》にぞ妹があたりを過ぎて来にける 一には「あたりは隠り来にける」といふ （一三六）

秋山に散らふ黄葉《もみちば》しましくはな散り乱ひそ妹があたり見む 一には「散りな乱ひそ」といふ （一三七）

右の長歌二首反歌四首の整然とした作品の姿がまずは意識されるべきであろう。これに付随して次に考えるべきは、一三二に対応する一三四の或本反歌一首と、一三一、二に対応する一三八、九の或本歌である。さらに考慮するならば、「妻依羅娘子」の歌という一四〇の存在である。

こうした順序をいいたてるのは、いまさらの感じがしてならないが、本文歌そのものがもつ多数の問題、或本歌との関連における問題、そして「依羅娘子」に関わる問題と、事は複雑に絡み合って、石見相聞歌の論がなされてきたからである。

そして、いま一つ、石見相聞歌と深く結び付いて考えられてきたいわゆる人麻呂自傷歌がある。

柿本朝臣人麻呂、石見の国に在りて死に臨む時に、自ら傷みて作る歌一首

鴨山の磐根しまける我れをかも知らにと妹が待ちつつあるらむ（2二二三）

ここにも「鴨山」を始めとするいくつかの問題があり、さらに人麻呂自傷歌群と称すべき後続の歌々（二二四〜七）の問題がある（二章一節参照）。

柿本人麻呂と石見について、取り上げる作品と、考える道筋は、以上がすべてであろう。作品の形式や「妻」という主題を考慮すれば、泣血哀慟歌二首など取り上げるべき作品は他にもある。しかし、原点たる作品は以上でなければならず、論の順序も右のようでなければ、確かなことは得られないと思われる。かつて人麻呂の死所と覚しき「鴨山」から、つまり人麻呂自傷歌群から、探究の旅を開始した斎藤茂吉『鴨山考』が、その冒頭に三つの「事項」を挙げて強引とも思える前置をしたのは、それが人麻呂と石見という研究においては、二義的な主題の設定であることを自覚していたためであろう。題詞に関することでいえば、歌を追究した結果、題詞にあることが納得されるべきなのだと思う。

若干の発言をなすに当って、本稿もまた以上のことを改めて確かめておきたいのである。

二　人麻呂の見た海

石見相聞歌についてこれまでに論じられて来たこと、いま論じられていること、そしてこれから論じられるべきことは無数にある。それらすべての論が目指すのは、この歌からどれほどの実感が看取し得るかという一点であろう。実感とは読者のそれであり、そして作者人麻呂のそれである。個々の問題に一々ふれない。いまとりあえず、石見相聞歌の文芸性という点について、題材とその表現の面から発言しておきたい。そのうちでも「石見の海」を中心とする石見の妻の造形の在り方と、その背景となる季節の問題についていくつか言及してみたいのである。

「石見の海」とは第一首長歌の初句であり、海に関する叙景は、以下「玉藻なす」まで二三句、全体の半分を費してなされる。それほどの量を割いてなされた海の描写は、最終的に「妹」を抽き出す序詞へと転じられる。豊富な対句表現を駆使して「海」「浦」「潟」「海辺」「荒磯」「風」「波」とうたい、やがては、「玉藻」に視線は収斂して妻を呼び起こすのである。こうした描写の手法と意味については、すでに伊藤博『万葉集相聞の世界』が「道行文」の用語を以て詳述している。後半部は一首の主題である妻との別離である。そして「道行文」形態の叙景があって、末尾「夏草の思ひ萎えて偲ふらむ妹が門見む靡けこの山」の強烈な叙情に至る。

ここには二つの考えるべきことがある。一つは前半部、最終的には序詞の機能を果たす海の叙景の意味である。詳細は先掲伊藤論に譲るとして、いまその表現が持つ意義を改めて考えてみたい。

短歌の場合の方が分かり易いが、一体、序詞ほど作品における意義を問うのが難しいものはない。歌の意味は、序詞が抽き出して来たところにある。意味はそこにあるとして、歌の価値はといえば、これは序詞の方にある（三章五節）。意味を伝えるだけならば無用の序詞が、表現としては、これほど豊かに美しいものはない。当面の長歌においても同様のことがいえる。一首の表現としての生命は「石見の海」とうたい起こされ、「玉藻なす」に至る前半部にある。

それにしても、何故かくも人麻呂は海に執着してうたうのか。「浦」や「潟」といい、また「風」や「波」といい、それほどの細述において、人麻呂が狙ったものは何だったのか。しかもそれらすべてが「玉藻」に収斂し、「妹」を呼び起こす序詞に転換するに至っては、この長々とした叙述の在り方そのものに、ある必然性を考える他はない。なぜなら、享受者の側に立てば、「玉藻なす」に至る迄の間、人麻呂の言語という舟に乗せられて「石見の海」をたゆたった時間は、まぎれもない詩的な真実であるはずだからだ。

このように長歌前半部を費やして詳述を行うのは、同じ人麻呂の手になる泣血哀慟歌第一首の場合と同じである。そこで人麻呂は、「軽」という地名と「忍び妻」の題材に固執してうたった。そしてそれは、虚構性の強い作品を為すときに駆使される人麻呂独自の表現の手法であったと思われる（二章四節）。

いま一つ、人麻呂の妻は、どこから来たか、それである。それは荒々とした石見の海に生れ出で、風と波に寄せられて、この世にやって来た、と思うことがある。それほどに長歌前半部を覆う海の叙述は、詩的な時間と空間とを有して展開している。そう思わせる原因の一つに、人麻呂の視点があろう。「鯨魚取り海辺を指して」という、沖合いから海岸への指向というのは、万葉集では珍しい表現といえる。こうした他に例を見ない表現は、宿命的に、複雑な合理解をもって解釈される。「海辺を指して」を「和田津」を渡りの地として、陸から海への方向と解したのは西郷信綱『万葉私記』で（『私記』では「和田津」をニキタヅではなくワタツと訓む）、以下これに従う説が多い（この間の事情をもっとも詳細に論じているものに菊地威雄『柿本人麻呂攷』がある）。

この点、諸説が「和田津」に固執する余り、「玉藻」に対する視線が働かなくなることが気になる。文脈に素直に従えば、人の寄らぬ茫漠たる石見の海という叙述の後、〝しかし、その海辺を目指して、和田津の荒々とした磯の上に寄りついた、青々とした美しい藻〟という意味以外、考えられない。その点からいって、もっとも文脈に即して一首を訓み解いているのは澤瀉久孝『万葉集注釈』である。「玉藻」がこの文脈の帰結するところとして重要だというのは、藻が海からの代表的な〝寄り物〟として、古代の人々に意識されていたであろうからである。藻をうたう歌の多くが「沖つ玉藻」、あるいは「玉藻沖つ藻」のように、ことさら「沖」というのは、「藻」が沖から寄って辺《へ》に至る意識が働いているためである。

一首の前半部を捉えて清水克彦『柿本人麻呂』は、人麻呂が石見への強い愛着から呪術的な歌形式をふまえて「この浦の繁栄を願」ったといった。その願いが凝縮していくところに「玉藻」がある。もし玉藻がそうした予祝の象徴であるとするなら、必ずやその来歴が語られなければならない。それが古代における物がもつ効果を発揮させるための手だてであったはずである。たとえば酒の場合なら、次のようになる。

この御酒《みき》は　我が御酒ならず　酒の司《くしのかみ》　常世《とこよ》に坐《いま》す　石立《いはた》たす　少名御神《すくなみかみ》の　神寿《かむほ》き　寿き狂《くる》ほし　豊《とよ》寿き　寿き廻《もとほ》し　献《まつ》り来《こ》し御酒ぞ　乾《あ》さず食《を》せ　ささ（記仲哀歌謡三九）

眼前の酒は、科学を知る目でみればあるがままの酒である。その酒の由来を力ある言葉で説き起こしていくことで、古代の酒はただの酒ではなくなるのであるらしい。

いま「玉藻」についても同じことがいえないだろうか。眼前の「玉藻」は、ただその青々とした美しさだけで力がある訳ではない。根源たる海が語られ、その遙か沖合い（古代の言葉でいえば「常世辺《とこよへ》」）から寄り来っていま、浪にゆられて生命そのものの揺らぎを見せているからこそ、眼前の藻は貴重なのである。

「人」の見捨てた荒々しい海岸に、美しい藻はまるでそこを目指すかのように寄りつき繁茂する。そこに人麻呂独自の発見があり、その美は人麻呂に独占されるのである。その藻の様をもって飾られる妻も、またロマンを以て語る人麻呂のいかにも己妻《おのづま》であることになる。

藻を序詞の素材としたのは人麻呂が初めてでないことは、すでに指摘されている（上田設夫『万葉序詞の研究』）。

沖つ藻は　辺《へ》には寄れども　さ寝床《ねどこ》も　与《あた》はぬかもよ　浜つ千鳥よ（紀歌謡四、豊吾田津姫＝木花開耶姫の話）

とこしへに　君も逢へやも　いさな取り　海の浜藻の　寄る時々を（允恭紀歌謡六八、衣通郎姫）

人麻呂の場合、こうした歌謡の単なる応用とは思われない。人麻呂歌は「寄る」過程を細やかに描くことで「玉藻」に限りない生命を与えている。実感を伴った表現の発見である。

人麻呂がこうした発見をなし得た原因は、かの茫々とした石見の海を見尽し、我が身へとその潮香をしみ込ませた故であろう。そして、後述するように春から初夏にかけての青々とした藻のあざやかさに、幾度か鈍色の冬に凍てついたその心をおどろかせた結果に他ならない。

もう少し想像を逞しくすれば、人麻呂に根生いのものとしかいいようのない、神話的要素が働いたのではないか。古代、海の彼方からこの地に寄り付き、やがては帰っていくものの例は藻の他にもある。神話の形をとるときそれは、多く女の姿をとる。前掲歌謡四の豊吾田津姫などはその典型であり、豊吾田津姫の海への帰還後に代って到来した、玉依姫のごとき類である。他にも弟橘姫などあげれば切りがないほど、それらの女性達が、古代の人々の心に住んでいたことだろう。

右のような捉え方が単なる錯覚だとしても、そのような錯覚を生むほどに石見の妻は、きわめて幻想的な存在に思われる。妻が玉藻にたとえられる以外には、人間としてあまりに具体なく、ひたすらに美しく思われるためであろう。

三　別離の季節

もう一つ述べなければならないのは、作品の背景をなす季節の問題である。いまそれを人麻呂の作歌の手法と共に考えてみる。

石見相聞歌第二首の季節は、「黄葉」の題材を中心として秋によって貫かれていることは明白である。問題は第一首長歌の後半部である。「露霜の」あるいは「夏草の」の普通には枕詞と呼ばれる表現を手掛かりに、一首の成立した季節を考えるのである（渡瀬昌忠「柿本人麻呂の詩の形成――相聞長歌を中心に――」日本文学昭和三十三年五月号、稲岡耕二「人麻呂の枕詞について」『万葉集研究』第一集、川島二郎「『夏草の思ひ萎えて』考」山辺道三三号など）。「露霜」や「夏草」が季節の実態を表徴するものか否か。あるいは単に「置く」「思ひ」（あるいは「萎え」）を常套的に喚起する序詞的表現なのか。にわかに決定し難い。一首の成立を季節によって考えることはとりも直さず、人麻呂が石見の妻と別離した季節を考えることになる。石見相聞歌の季節を統一的に見定めたいと思うのは、二首が時々の作ではなく、構成された一つの作品として見てみたいと思うからに他ならない。しかるに本稿はこの石見相聞歌二首をどのように捉えるかといえば、これを二首で一つの構造体と捉える。第一首と第二首の季節について、人麻呂らしい一貫した手法をそこに見るからである。

第一首における季節の問題は前述したごとく、一首の後半部について主になされる。この点についてはほぼ秋の別離と受け取って間違いないであろう。というのは、反歌第一首の場面が、第二首長歌に「袖」の題材をもって明瞭に連続しているからである。「我が振る袖を妹見つらむか」に第二首長歌「妹が袖さやにも見えず」は呼応して、別離の季節が「黄葉」に彩られた同じ秋の季節であることを告げている。

そもそも季節の問題が取沙汰される根本の原因は、第一首にはっきり秋を明示する表現がないことによる。これは人麻呂の表現の重心が、第一首長歌前半にあったためではないかと思われる。

しかし、「石見の海」と歌い起こし「玉藻なす」に至る前半部に季節ははっきりと示されている。すなわち、第一首前半部の中枢の題材であったと前述した「か青く生ふる玉藻沖つ藻」という海藻の様子である。これは、春の海をうたって余すところがない。

一体、人麻呂はこと妻を主題としてうたうときには、その出逢いと歓びの時を春、その別離と嘆きの時を秋に定めることが多い。それは、同じ妻の主題でうたった挽歌、泣血哀慟歌二首において、ことさらに顕著であったことを以前に述べたことがある（二章四、五節）。

古代の春の海に繁茂した海藻の様子はわれわれの想像を絶する豊かさであったろう。そして海の藻は陸上の植物と変わることなく季節に従って、秋には茶の色に変じ、多くの胞子を抱いて岩礁を離れ、次なる春の繁茂を期して漂い去ってゆくのである。

第二首の冒頭が第一首と異なり、海の藻へのより強い注視（「深海松」「玉藻」など）を見せながら、描写の量として半減するのは、第一首においてなされた「玉藻なす」に至る細述が簡略な表現の中にしまい込まれているためであろう。第二首は後半部の秋の別離に表現の重心が移動しているのである（ちなみに泣血哀慟歌の場合には、第二首の「世の中を背きし得ねば」の二句に、第一首の妻の死に関する細述がしまいこまれている）。

四　石見の妻

単純なことだが、二首の根本に関わる疑問が一つある。人麻呂はなぜ妻を京へと連れ帰らなかったのか、という疑問である。この疑問には、いくつかの答がすでに用意されてある。

簡単には人麻呂石見本貫説が浮上する。石見人人麻呂が上京し、妻は故郷に残る、という近代のわれわれに解しやすい想定である。また、人麻呂の一時上京説（朝集使説など）がある。両者共に帰還を当然のこととしての石見出立の想定である。様々に想定はなされるが、いずれも根本の疑問に、実は答えていない。つまり、作品はやはり、再会が期し難い永遠の別離をうたっているとしか思えないからである。それでこそ、石見相聞歌は名歌として人々の胸をうって止まなかったはずである。享受者としてのわれわれのことだけをいっているのではない。当代の石見相聞歌の享受者のことをいっているのである。人麻呂の口からこの別離歌を直接に聴いた人々は、必ずやそれを永遠の別れという前提で受け止めたはずなのである。依羅娘子の歌（一四〇）にあるように「逢はむ時いつと知りてか」の別れでなければ、この別離歌の魅力は半減するに違いない。

およそ石見相聞歌が、京人つまりは宮廷人を相手に語られたロマン的要素を持つものとするならば、歌の前提としてこの一点は不可欠のものといえる。もし、それが石見から京への出張説のように、一時の妻との別れを個人的にうたったものであったとしたら、そんな独り善がりの悲しみに誰も耳を貸すはずはない。再会が約束された一時の別離ではだめなのだ。

作者人麻呂にも、その別離歌を聴く者にも、石見の妻はひとたび別れて再びは逢えぬ妻、という了解があったに相違ない。その前提が成り立つについては、われわれには想像が及ばない古代のよほどに強い約束事が働いていたのではないか。なぜなら、歌にはもちろん題詞にも、妻と別れる絶対的な理由が一片たりとも述べられていないからである。強いて理由らしきものを挙げるならば、題詞にある「上り来る」という一句のみか。この一事が前提たり得るのは、人麻呂が本来京人であり、遠隔の石見に妻があったことを告げる相手もまた京人でなければならない。人麻呂石見本貫説が成り立ちにくい所以である。

ついでにいえば、石見の妻とは「さ寝し夜は幾時もあらず」と第二首にうたわれる。いよいよ具体的ではなく、常なる夫婦ではないことが明らかである。

古代の人々にとって遠隔の地における事柄のすべては、その地に実際に行った経験をもつ者のみが所有した。帰還した者が恐ろしかったといえば聴く者は畏怖をもってその地名を心に刻み、たとえようもなく素晴らしかったといえば、羨望と共にその世界を想像したのであろう。『風土記』の事業が画期的であったことを知ると共に、古代の情報世界の実態が改めて思われるのである。

人知れぬ石見の自然、そこに生きる美しい一人の女人。語る者が帰京した人麻呂の外に誰もいないとすれば、これは人麻呂の自在な創作の場であったに違いない。清水克彦「石中の死人を見て作れる歌――人麻呂における歌の実用的性格について――」(万葉四〇号)が石中死人歌に「出張報告」の要素ありといったとき、われわれが納得するのはそうした点においてである(この論、後に『柿本人麻呂』に所収。改訂が加えられて、「出張報告」などの叙述なし)。いかに特殊であっても、語る者だけが経験したことは、作品の前提として容認されるのが、古代の在り方であったらしい。

人麻呂の一首の歌い出し方には、前述した立場で語る者の余裕がある。「石見の海」の欠点をあげ、「よしゑやし」とそれを逆転してみせるのは、良くも悪しくも自在に語れる立場からの余裕であろう。「よしゑやし」の一語を人麻呂個人の価値観による強引な抗弁の語と受け取っては、この歌を見誤る。人麻呂が狙っているのは「人は見れども」の「人」の石見に対する価値観をいうことにある。「人」は無縁の世間一般の人々を指した語ではなく、眼前の京の人々の謂いなのであろう。具体的には人麻呂の眼前には持統女帝がいる。そして彼を囲むように多くの天武系皇子皇女達がいる。伊藤博氏が提言したところの、いわゆる「宮廷サロン」である。

以上述べたような傾向は、いま少し主題に沿った観点に立ってみると、異国を訪れた男と、その土地の女の問題になる。神話に言い及ぶまでもなく、そのおおよそは万葉集においてもうかがうことができる。たとえば、「遊行女婦」の場合を見れば、わかりやすい(三章一節参照)。旅人における筑紫娘子児島(3三八一、6九六五、六)や、遣新羅使人達における玉槻(15三七〇四、五)、家持における越中の土師(18四〇四七、四〇六七)や蒲生(19四二三二、四二三六、七)などである。

歌の優劣はいま問題ではない。旅人にしても、新羅使人にしても、もっとも新しい時代の大伴家持までもが、遊行女婦某と珍らかにその名を記すのは、その土地の女の歌を聞き、それと歌を交わすこと自体に意味があったとしか思えない。特に彼女達が地名を冠せられ、普通には明かされないはずの名前を記されるのは、その点に「遊行女婦」の存在の意義があったと見る他ない。異国の地名を冠せられ、魂たる名を男に献じた女達の在り方が、万葉集への記され方に表われている。それは異国の情調を漂わせ、京の男達の憧憬を誘ってやまない一つの女性像であったに相違ないのである。

こうした地方の女性達と逆の在り方を示しているのは、人麻呂の歌にも登場して来る采女達であろう。その多くが誰もが未だ見ぬ国の名を身に帯び、禁忌のベールによろわれながら、京人達の眼前にあったわけだ。

このように見てくれば、石見の妻は正しく人麻呂だけが語りうる異国の女の一人である。そして石見という土地に根生いの女であってみれば、石見の妻は遂に石見という土地から離れては、生きていけない女ということになる。「遊行女婦」たちがそうであるように、また、多く采女が彼女達のそれぞれの本貫を強く意識されて存在したようにである。人麻呂の地方の娘子をうたう歌（吉備津采女２二一七〜九、出雲娘子３四二九〜三〇など）が挽歌であったことは、決して偶然ではない。本貫を離れた女の不幸は、大和からみた他国の女だけに限らない。実際、旅人の妻は「泣く子なす慕ひ来」（５七九四）て無理に故郷大和を離れたことが異例であり、まるで古代の約束事に殉ずるように異国筑紫で死ぬのである。

五　結

柿本人麻呂が石見国に数年の間居たことはほぼ信じられる。かの相聞歌の題詞にあるいは挽歌の題詞に「石見国」とあるからではなく、次のおよそ三つの説や考えによってである。

一つには、人麻呂研究に遇進する過程で終始、石見国にあった人麻呂を疑わなかった清水克彦説である。それは斎藤茂吉がかつて『鴨山考』をなすに当って、人麻呂自傷歌群の題詞を前提たるべき事実と認めること、と断わって後に探求の道に就いた観点と、大いに違う。清水説には単純にして明解な論拠があり、それ故にこそ信じるに足りるのである。清水説の論拠とは、数多ある万葉の歌人のうちで、愛着をもって石見をうたった者が人麻呂の他に一人も居ない、という事実である（「わが石見」女子大国文九五号）。これは単純ながらに動きようのない真実であって、簡単な指摘や事のついでの言及といったものではない。

二つに歴史学の立場からの発言が直木孝次郎「柿本人麻呂の位階」（『夜の船出』）にある。直木説は人麻呂の実人生を考えるのに、従来から注目されて来た古今集序文「おほきみつのくらい」の解釈に端を発し、「おほきみつのくらい」を官位令における「三位」ではなく、人麻呂の時代にあった天武令位階の「勤大三」（官位令従六位上相当）の意であろうとする。そして、石見国が当時、大国ならぬ中国であったことから、六位の人麻呂が、その国の国司たり得る資格があったとした土屋文明『万葉集私注』の説を保証した。

三つに伊藤博『万葉集全注一』がある。直接に石見関係歌に言及するものでないだけに、かえって注目を引く。巻一に存する藤原宮関係歌、「役民歌」（1五〇）と「御井の歌」（1五二）が人麻呂の手になったものではない、と伊藤説はいう。そしてかような重大事に讃歌にすぐれる歌人人麻呂がうたっていないのは、その人が京に不在であったとしか考えられない、と述べる。

以上の三説が認められるならば、藤原宮の初期に数年間、人麻呂は石見国の国司として実際の任に就いていたということがいえることになる。

石見相聞歌を純粋に文芸の作と見る過程で、抜き得ない古代とその時代に生きた人麻呂の実感をいつくか確かめ得たような気がする。石見の妻がその地に密着して生き死にする古代の女性の典型であったこと、そして石見の海山が、人麻呂の実際に見聞した異国の自然であったろうこと、さらに何よりも石見相聞歌が作品として成り立つには人麻呂が、まずは石見の体験者でなければならぬことなどである。

以上のことを踏まえた上で、最終的に論ずべきは、人麻呂自傷歌であろう。茂吉の「鴨山」追尋を例に挙げるまでもなく、人麻呂の実人生にもっとも強く絡む問題がここにはあるとされてきた。本稿は冒頭に、この一首から、あるいは後続の依羅娘子の「石川」の歌を含む自傷歌群から、石見相聞歌へという道筋は、間違うことが多い、と述べた。それは、この一首と続く歌々（二二四〜七）の、いわゆる人麻呂自傷歌群と称すべき作品群が、いち早い人麻呂伝説の発端の様相を色濃く示していると思われるからである（二章一節）。

人麻呂の自傷歌群が人麻呂の伝説の発端を示すというのは、簡単に指摘できる。依羅娘子の存在である。依羅娘子は人麻呂歌のどこにもその影を落とさない。つまり、人麻呂歌に追随してうたうのみで、人麻呂に歌を誘発せしめたことがないのである。たとえば、依羅娘子の一首は石見相聞歌群においては最末尾に、別離の直前の設定で一首をなす。

柿本朝臣人麻呂が妻依羅娘子、人麻呂と相別るる歌一首

な思ひと君は言へども逢はむ時いつと知りてか我が恋ひずあらむ（2一四〇）

内容からいえば、人麻呂と別離する直前、人麻呂歌の前に位置すべきものであろう。もし、実際に娘子がうたうような内容が、別離時にあったとするなら、人麻呂歌のうちにその痕跡がまったく見られないのはなぜか。次のような夫婦間の歌のやりとりが思い浮ぶからである。

君が行く海辺《うみへ》の宿に霧立たば我が立ち嘆く息と知りませ（15三五八〇）
秋さらば相見むものを何しかも霧に立つべく嘆きしまさむ（三五八一）

この別離時の妻の嘆きはやがて夫の旅程での感懐を生む。

我がゆゑに妹嘆くらし風早《かざはや》の浦の沖辺《おきへ》に霧たなびけり（15三六一五）

沖つ風いたく吹きせば我妹子が嘆きの霧に飽かましものを（三六一六）

自傷歌群では、人麻呂の死の直後の設定で二首をなす。こうした在り方は、単なる偶然とは思われない。依羅娘子が人麻呂妻の役を担ったとき、どうしても歌い得ないのは、役柄たる妻の死を、人麻呂が嘆きうたった場合である。石見相聞歌に主題と形式が酷似する名歌、泣血哀慟歌の場合である。依羅娘子の存在が、人麻呂にとってあずかり知らぬ存在であったろうことは、単純なその一事をもってしても足りる。

人麻呂の死の実態は、ついにわからない。「鴨山」から導き出される鴨氏族の係累を思えば、『私注』が一貫して強調した大和葛城山が、人麻呂の実際の没所であるのかもしれない。茂吉の情熱に打たれつつ思えば、それは石見の国は江川のほとり、その小さい谷合いであったのかもしれない。ただ、詩人人麻呂の死を思うとき、それは実態に関わらず、人麻呂歌の熱烈な当代の享受者にとって、石見であらねばならなかったという感が深い。

人麻呂が石見国で死んだことで、石見相聞歌が巻二相聞の部立に輝いた訳では決してない。事は逆である。人麻呂という存在が石見相聞歌の絶唱をもって輝いたからこそ、内実はどうあれ、石見と密接な形で人麻呂は死を迎えねばならない。これは多くの人々に愛されたところの詩人の死であり、全き詩人としての生の完成ともいえるのである。

第三節　石見相聞歌二首Ⅱ

一　序

石見相聞歌二首の特質にさらにいくつかの言を及ぼしつつ、二首の成立と享受の実態に想像を馳せてみたいと思う。

柿本朝臣人麻呂、石見の国より妻に別れて上り来る時の歌二首并せて短歌

A石見の海角の浦廻を　浦なしと人こそ見らめ　潟なしと一には「磯なしと」といふ人こそ見らめ　よしゑやし浦はなくとも　よしゑやし潟は一には「磯は」といふなくとも　鯨魚取り海辺を指して　和田津の荒磯の上に　か青く生ふる玉藻沖つ藻　朝羽振る風こそ寄せめ　夕羽振る波こそ来寄れ　波の共か寄りかく寄る　玉藻なす寄り寝し妹を一には「はしきよし妹が手本を」といふ　露霜の置きてし来れば　この道の八十隈ごとに　万たびかへり見すれど　いや遠に里は離りぬ　いや高に山も越え来ぬ　夏草の思ひ萎えて　偲ふらむ妹が門見む　靡けこの山（2一三一）

反歌二首

A_1石見のや高角山の木の間より我が振る袖を妹見つらむか（一三二）

A_2笹の葉はみ山もさやにさやげども我れは妹思ふ別れ来ぬれば（一三三）

或本の反歌に曰はく

A_3石見なる高角山の木の間ゆも我が袖振るを妹見けむかも（一三四）

Bつのさはふ石見の海の　言さへく唐の崎なる　海石にぞ深海松生ふる　荒磯にぞ玉藻は生ふる　玉藻なす靡き寝し子を　深海松の深めて思へど　さ寝し夜は幾時もあらず　延ふ蔦の別れし来れば　肝向ふ心を痛み　思ひつつかへり見すれど　大船の渡の山の　黄葉の散りの乱ひに　妹が袖さやにも見えず　妻ごもる屋上の（一には「室上山」といふ）山の雲間より渡らふ月の　惜しけども隠らひ来れば　天伝ふ入日さしぬれ　ますらをと思へる我れも　敷栲の衣の袖は　通りて濡れぬ（一三五）

反歌二首

B_1青駒が足掻きを速み雲居にぞ妹があたりを過ぎて来にける（一には「あたりは隠り来にける」といふ）（一三六）

B_2秋山に散らふ黄葉しましくはな散り乱ひそ妹があたり見む（一には「散りな乱ひそ」といふ）（一三七）

或本の歌一首并せて短歌

C石見の海津の浦をなみ　浦なしと人こそ見らめ　潟なしと人こそ見らめ　よしゑやし浦はなくとも　よしゑやし潟はなくとも　鯨魚取り海辺を指して　和田津の荒磯の上に　か青く生ふる玉藻沖つ藻　明け来れば波こそ来寄れ　夕されば風こそ来寄れ　波の共か寄りかく寄る　玉藻なす靡き我が寝し　敷栲の妹が手本を　露霜の置きてし来れば　この道の八十隈ごとに　万たびかへり見すれど　いや遠に里離り来ぬ　いや高に山も越え来ぬ　はしきやし我が妻の子が　夏草の思ひ萎えて　嘆くらむ角の里見む　靡けこの山（一三八）

反歌一首

C_1石見の海打歌の山の木の間より我が振る袖を妹見つらむか（一三九）

右は、歌の躰同じといへども、句々相替れり。これに因りて重ねて載す。

柿本朝臣人林呂が妻依羅娘子、人麻呂と相別るる歌一首

Dな思ひと君は言へども逢はむ時いつと知りてか我が恋ひずあらむ（一三〇）

二　人麻呂の旅

石見相聞歌の作者柿本人麻呂の旅を、もっとも具体的に想像した最初は、賀茂真淵『万葉考』であろう。B歌群、特にその反歌B_1B_2によれば、時節は正に秋、「この度は朝集使にて、かりに上るなるべし」の発言には、やはり力がある。朝集使云々を別にして、この真淵の発言は、石見相聞歌に強く旅の要素を感じさせ、その旅の実態を探るための原動力であり続けた感がある。Aにおいては「この道の八十隈ごとに　万たびかへり見すれど　いや遠に里は離りぬ　いや高に山も越え来ぬ」、Bにおいては「思ひつつかへり見すれど　大船の渡の山の　黄葉の散りの乱ひに　妹が袖さやにも見えず　妻ごもる屋上の山の」といった、伊藤博『萬葉集相聞の世界』がいうところの「道行文」的な描写は、人麻呂の旅をいよいよ強調している。

二首に旅の要素を際立たせているのは、任意に一例のみあげれば、おそらく次のような歌との符合によると思われる。

備後《びんご》の国の神島《かみしま》の浜にして、調使首《つきのおみのおびと》、屍を見て作る歌一首并せて短歌

玉桙《たまほこ》の道に出で立ち　あしひきの野行き山行き　にはたづみ川行き渡り　鯨魚《いさな》取り海道《うみぢ》に出でて　吹く風もおほには吹かず　立つ波ものどには立たぬ　畏きや神の渡りの　しき波の寄する浜辺に　高山《たかやま》を隔てに置きて　浦ぶちを枕にまきて　うらもなく臥したる君は　母父《おもちち》が愛子《まなご》にもあらむ　若草の妻もあらむ　家問へど家道《いへぢ》も言はず

名を問へど名だにも告らず　誰《た》が言《こと》をいたはしとかも　とゐ波の畏き道を　直《ただ》渡りけむ（13三三三九）

反歌

母父も妻も子どもも高々《たかたか》に来《こ》むと待つらむ人の悲しさ（三三四〇）
家人《いへびと》の待つらむものをつれもなき荒磯をまきて臥せる君かも（三三四一）
浦ぶちに臥したる君を今日今日と来むと待つらむ妻し悲しも（三三四二）
浦波の来《き》寄する浜につれなくも臥したる君が家道知らずも（三三四三）

特に長歌冒頭部の「玉桙の道に出で立ち　あしひきの野行き山行き　にはたづみ川行き渡り　鯨魚取り海道に出でて」のあたりで、古代の旅人が辿り過ぎて行くべき場所（道、野、山、川、海）を、石見相聞歌の「道行文」はほぼ尽くしている。そして、後半部の「若草の妻もあらむ　家問へど家道も言はず」や、反歌四首にうたわれる「妻」や「家」の人麻呂歌との符合である。「妻」や「家」は石見相聞歌の主題ともいうべきものに深く関わり、その意味はことさらに重い。

家を思うことはすなわち妻を思うことであり、古代の旅の極限において、それらは限りなく哀切な歌々となった。巻十三長反歌に示された旅は、そのもっとも悲惨な形のもので、いわゆる行路死人の実態と歌との関係は、当の人麻呂の石中死人歌（2二二〇～二）を見ればさらによくわかる。

讃岐の狭岑《さみね》の島にして、石中の死人を見て、柿本朝臣人麻呂が作る歌并せて短歌

玉藻よし讃岐《さぬき》の国は　国からか見れども飽かぬ　神《かむ》からかここだ貴き　天地日月《あめつちひつき》とともに　足《た》り行かむ神の御面《みおも》と　継ぎ来《きた》る那珂《なか》の港ゆ　船浮けて我が漕ぎ来れば　時つ風雲居《くもゐ》に吹くに　沖見ればとゐ波立ち　辺《へ》見れば白波騒く　鯨魚取り海を畏み　行く船の梶《かぢ》引き折りて　をちこちの島は多けど　名ぐはし狭岑《さみね》の島の　荒磯面《ありそも》に廬《いほ》り

て見れば　波の音の繁き浜辺を　敷栲の枕になして　荒床《あらとこ》にころ臥す君が　家知らば行きても告げむ　妻知らば来《き》も問はましを　玉桙の道だに知らず　おほほしく待ちか恋ふらむ　はしき妻らは（２二〇）

反歌二首

妻もあらば摘みて食《た》げまし沙弥《さみ》の山野《やまの》の上《うへ》のうはぎ過ぎにけらずや（二二一）

沖つ波来《き》寄る荒磯を敷栲の枕とまきて寝《な》せる君かも（二二二）

そして上述の万葉集における家と旅にまつわる諸問題については、名作ともいうべき論文、伊藤博「家と旅」（『萬葉のいのち』）に、答えのすべてが尽くされているように思う。

本稿もまた、古代の一般的な旅の概念で石見相聞歌を見て来た一人である。ところが、ずいぶん仔細に歌を読み込んでいるつもりでありながら、石見相聞歌における古代の旅ということに関していくつかの矛盾点に気づかずにいたことも事実であった。たとえば、題詞には「妻」とありながらＡＢ両歌群のうちに具体的に「妻」の語が現われないこと、そして「妻」に密接な「家」の語が具体的に登場しないことである[注1]。

人麻呂は石見の妻を終始一貫して、「妹」と呼ぶ。これは万葉集においては、ごく一般の表現で、当たり前のことに、「妻」を指している。当然すぎることにあえて疑義をさしはさむ理由は、Ｃに「我が妻の子が」とあることによる。七音句の関係でそうなるのだろうが、「我が妻の子」の表現は、異様にくどい。しかもＣはＡの或本歌で、Ａの本文歌では、この一句は捨てられている。その経過に人麻呂のこだわりが感じられてならないのである。

こだわりといえば、「家」についても同様で、人麻呂はそれをＡ末尾に「妹が門」といい、Ｂの反歌$Ｂ_1Ｂ_2$で「妹があたり」という。

「妹が門」の用例は集中に六例あり、いずれも妻の家を象徴しており、強いなつかしみをもってうたわれている。

1……夏草の思ひ萎えて　偲ふらむ妹が門見む　靡けこの山（2一三一）
2妹が門出入の川の瀬を早み我が馬つまづく家思ふらしも（7一一九一）
3妹が門入り泉川の常滑にみ雪残れりいまだ冬かも（9一六九五、柿本人麻呂歌集）
4妹が門行き過ぎかねつひさかたの雨も降らぬかそをよしにせむ（11二六八五）
5妹が門行き過ぎかねて草結ぶ風吹き解くなまたかへり見む 一には「直に逢ふまでに」といふ（12三〇五六）
6妹が門いや遠そきぬ筑波山隠れぬほとに袖は振りてな（14三三八九）

2 3は序詞的な「妹が門」で、それぞれ「妹が門出」が「出入の川」を、「妹が門入り」が「泉川」を起こす。但し、2は「羈旅」の歌であることと、それに即した「我が馬つまづく家思ふらしも」の表現をもつことが注目される。4 5は具体性を帯びた「妹が門」で、「行き過ぎかねつ」の定型表現を伴う。1の人麻呂歌にもっとも近いのは6の東歌である。六例中、「妹が門」について「見む」とうたうのは人麻呂のみであるが、東歌一首も視覚の範囲でそれをうたっている。

「妹が門」が妻の家のもっとも具体的な範囲の限界点で、それ故に「家」の象徴的な存在であったと考えられる。このことはB_1B_2の「妹があたり」についてもいえる。

1海の底沖つ白波竜田山いつか越えなむ妹があたり見む（1八三）
2妹が家も継ぎて見ましを大和なる大島の嶺《ね》に家もあらましを 一には「妹があたり継ぎても見むに」といふ。一には「家居らましを」といふ（2九一）
3青駒が足《あ》掻《が》きを速み雲居にぞ妹があたりを過ぎて来にける 一には「あたりは隠り来にける」といふ（2一三六）
4秋山に散らふ黄葉しましくはな散り乱ひそ妹があたり見む 一には「散りな乱ひそ」といふ（2一三七）
5妹があたり我は袖振らむ木の間より出で来る月に雲なたなびき（7一〇八五）

6妹があたり今ぞ我が行く目のみだに我れに見えこそ言とはずとも（7一二一一）
7妹があたり繁き雁が音《ね》夕霧に来鳴《き》きて過ぎぬすべなきまでに（9一七〇二）
8白雲の五百重《いほへ》に隠り遠くとも宵さらず見む妹があたりは（10二〇二六）
9一日《ひとひ》には千重しくしくに我が恋ふる妹があたりにしぐれ降る見ゆ（10二二三四）
10妹があたり遠くも見ればあやしくも我れは恋ふるか逢ふよしなしに（11二四〇二）
11奥山の真木の板戸を音早み妹があたりの霜の上に寝ぬ（11二六一六）
12天地の寄り合ひの極み玉の緒の絶えじと思ふ妹があたり見つ（11二七八七）
13川上に洗ふ若菜の流れ来て妹があたりの瀬にこそ寄らめ（11二八三八）
14悪木山《あしきやま》木末ことごと明日よりは靡きてありこそ妹があたり見む（12三一五五）
15ぬばたまの夜渡る月は早も出でぬかも　海原の八十島の上ゆ妹があたり見む（15三六五一）

右の用例を見ると「妹があたり」の語には特徴があって、一五例中九例が「見る」の語を伴う（1 2 4 6 8 10 12 14 15）。「妹があたり」もまたいとしい妻そのものとして、見るべき対象であったらしい。そして「妹があたり」は「妹が家」に等質の意味を有していたであろうことは、著名な2の天智歌を、なかんずくその一云の有様をみれば、はっきりとわかる。

「妹があたり」に対して「妹が家」（「家道」「家言」を含む）の用例を集中から拾えば、ほぼ同数をかぞえる。

1妹が家も継ぎて見ましを大和なる大島の嶺に家もあらましを一には「妹があたり継ぎても見むに」といふ。一には「家居らましを」といふ（2九一）
2妹が家に咲きたる梅のいつもいつもなりなむ時に事は定めむ（3三九八）
3妹が家に咲きたる花の梅の花実にしなりなばかもかくもせむ（3三九九）

4妹が家に雪かも降ると見るまでにここだもまがふ梅の花かも（5八四四）
5遠くありて雲居に見ゆる妹が家に早く至らむ歩め黒駒（7一二七一）
6我妹子が家の垣内のさ百合花ゆりと言へるはいなと言ふに似る（8一五〇三）
7妹が家の門田を見むとうち出で来し心もしるく照る月夜かも（8一五九六）
8泊瀬川夕渡り来て我妹子が家のかな門に近づきにけり（9一七七五）
9春の雨にありけるものを立ち隠り妹が家道にこの日暮らしつ（10一八七七）
10天の川打橋渡せ妹が家道やまず通はむ時待たずとも（10二〇五六）
11白栲の袖はまゆひぬ我妹子が家のあたりをやまず振りしに（11二六〇九）
12上つ毛野伊香保の嶺ろに降ろ雪の行き過ぎかてぬ妹が家のあたり（14三四二三）
13ま遠くの雲居に見ゆる妹が家にいつか至らむ歩め我が駒（14三四四一）

柿本朝臣人麻呂が歌集には「遠くして」といふ。また「歩め黒駒」といふ。

14妹が家道近くありせば見れど飽かぬ麻里布の浦を見せましものを（15三六三五）
15妹が家に伊久里の社の藤の花今来む春も常かくし見む（17三九五二）
16家風《いへかぜ》は日《ひ》に日《け》に吹けど我妹子が家言持ぢて来る人もなし（20四三五三）

先ほどの天智歌は一云を重視すれば両方の用例にまたがり、すべて一六例である。特に注目すべきは5と13でその在り方は人麻呂のB_1に限りなく近い。両者の関わりをいいたいのではなく、人麻呂が石見相聞歌をなすにあたって「妹があたり」、あるいは「妹が門」と、あえて「妹が家」を避けて選びとっているふしがあったのではないか、ということである。というのも、「妹があたり」と「妹が家」の複合したような、「家のあたり」の例の有様をみるからだ。

1燈火《ともしび》の明石大門に入《い》らむ日や漕ぎ別れなむ家のあたり見ず（3二五四）

2天離る鄙の長道ゆ恋ひ来れば明石の門より大和島見ゆ（3二五五）

一本には「家のあたり見ゆ」といふ。

3……我が恋ふる千重の一重も　慰もる心もありやと　家のあたり我が立ち見れば……（4五〇九）

4娘子らが放《はな》りの髪を由布の山雲なたなびき家のあたり見む（7一二四四）

5思ひにしあまりにしかばすべをなみ我れは言ひてき忌むべきものを（12二九四七）

或本の歌には……。一には「すべをなみ出でてぞ行きし家のあたり見に」といふ。……

6天離《あまざか》る鄙の長道《ながち》を恋ひ来《く》れば明石の門《と》より家のあたり見ゆ（15三六〇八）

六例中で異彩を放っているのは、人麻呂の1 2と、それに密接な6であろう。人麻呂は羈旅の歌においては、明瞭に「家」の語を用いて旅歌の力を発揮している。そうした点からふり返って、石見相聞歌に旅の要素をみようとすると、上述の不審がいよいよ際立つのである。

三　石見相聞歌の家と旅

以上見て来たように、石見相聞歌における家と旅の様相は、他の旅歌一般に共通するようでいて、本質的に異なる面をもっている。その真相は人麻呂の実際の旅よりも、彼が生み出した作品石見相聞歌の場合の家と旅の質をたずねてみるより他に知りようがない。そしてその手掛かりは、次の歌などに色濃く表われる、古代の物語性の中にあるように思われる。

水江《みづのえ》の浦《うら》の島子《しまこ》を詠む一首并せて短歌

春の日の霞める時に　住吉の岸に出で居て　釣舟のとをらふ見れば　いにしへのことぞ思ほゆる　水江の浦の島子が　鰹釣り鯛釣りほこり　七日まで家にも来《こ》ずて　海境《うなさか》を過ぎて漕ぎ行くに　海神の神の娘子《をとめ》に　たまさかにい漕ぎ向ひ　相とぶらひ言成《ことな》りしかば　かき結び常世《とこよ》に至り　海神《わたつみ》の神の宮の　内のへの妙なる殿に　たづさはりふたり入《い》り居《ゐ》て　老いもせず死にもせずして　長き世にありけるものを　世間《よのなか》の愚か人の　我妹子に告りて語らく　しましくは家に帰りて　父母に事も告らひ　明日のごと我れは来《き》なむと　言ひければ妹が言へらく　常世辺にまた帰り来て　今のごと逢はむとならば　この櫛笥《くしげ》開くなゆめと　そこらくに堅めし言《こと》を　住吉に帰り来《きた》りて　家見れど家も見かねて　里見れど里も見かねて　あやしみとそこに思はく　家ゆ出でて三年《みとせ》の間に　垣もなく家失《う》せめやと　この箱を開きて見てば　もとのごと家はあらむと　玉櫛笥少し開くに　白雲《しらくも》の箱より出でて　常世辺にたなびきぬれば　立ち走り叫び袖振り　こいまろび足ずりしつつ　たちまちに心消失《けう》せぬ　若くありし肌も皺みぬ　黒くありし髪も白《しら》けぬ　ゆなゆなは息さへ絶えて　後《のち》つひに命《いのち》死にける　水江の浦の島子が　家ところ見ゆ（9一七四〇）

反歌

常世辺に住むべきものを剣大刀《つるぎたち》己《な》が心からおそやこの君（一七四一）

高橋虫麻呂が駆使した伝説を、人麻呂も知っていて直接石見相聞歌に応用したなどというのではない。要は虫麻呂の浦島歌にみられるような、現実一般のそれとは異質の旅が、人麻呂の時代にも当たり前に存したであろうということである。

この虫麻呂の浦島伝説歌の構造と成立をまことに明解に説いたのは、錦織浩文「高橋虫麻呂の浦島伝説歌の構図」

（万葉一三八号）で、それによれば、主人公の浦島子は歌中で二種類の旅をしていて、それがこの歌の構成の中核をなしているという。二種類の旅とはすなわち、「住吉」（浦島子の実家）から「常世なる海神の神の宮」に至り、故郷住吉に帰るという一つの旅と、「神の宮」（妻である神の娘子の家）から住吉に至り、家郷「神の宮」に帰るという、もう一つの旅である。

旅は往路と復路が共に果たされて完了する。浦島子は類稀れな旅ではあったが、住吉に戻ることで住吉から神の宮への旅を果たした。だが、浦島子の妻となった神の娘子から見たもう一つの旅は、往路のみで未完に終わっている。つまり、妻のいう「常世辺にまた帰り来て」という復路が果たされなかった。結果、浦島子は住吉で行路死人と同じ悲惨な状況で死ぬことになるのである。

錦織論文の魅力は、虫麻呂があらわに旅を語らず、一首の構成の中核に古代の人々が周知していた旅の概念を潜めていたことを、発見したところにある。いま人麻呂の石見相聞歌に本稿が想定しているのは、そうした少々錯綜したところの、家（＝妻）と旅である。

右のように想定する理由は二つある。一つには、人麻呂が京の官人として実際に石見に赴いたという事実。二つには、石見の妻が人麻呂が自在に造型した異郷の女性像であったことによる。

第一の理由とした点については、A歌前半を占める詳細な海の描写を中心として、石見相聞歌全体が、人麻呂が実際の石見の体験者でなければ、歌の享受者（京の人々）に対して説得力を持たないという観点から述べた（前節、二章一節）。そして第二の理由とした点については、采女や遊行女婦など万葉集における異郷の女性たちの在り方から、これを説いた（三章一節）。いわんとしたことは、古代の女性たちが自分の生まれ故郷を終生離れずに生きることが通常であり、采女や遊行女婦が本貫の地名を大切なものとして身に帯びているのはその証しであろうこと。そして本貫をやむなく離れた女性は大方不幸に見舞われるということであった。人麻呂の石見妻はそうした一般の古代の女性であったことを前提として造型されているのである。

右の理由を踏まえれば、官人（おそらくは石見国司）柿本人麻呂の旅は京を起点とし、石見を行く先とし、再び京へ帰るというものであったということができる。つまり石見相聞歌にある旅歌の要素はすべて、これが復路のものであったということである。京への復路である限り、石見に根生いの妻との別れは人麻呂にとって永訣と呼ぶべきものに相違なく、Dで依羅娘子が「逢はむ時いつと知りてか」とうたい嘆く通りに、二人の再会は期し難いことが石見相聞歌全体の前提となる。

Aで「露霜の置きてし来れば」と一見無情に、あるいはA_2で「別れ来ぬれば」と、あまりにはっきりうたうのは、一度別れては再び逢えぬ石見妻が、浦島子の妻であった海神の神の娘子のごとき、異郷の女の要素をもつからであろう。それらのすべてを享受者は前提として納得しつつ、人麻呂の口からこの別離歌を聴いたのであろうと思う。

四　第二首の「歌い継ぎ」

石見相聞歌について、画期的な論を展開したのは、伊藤博「石見相聞歌の構造と形成」（「〝歌人〟の誕生」言語と文芸復刊第一号・通巻七六号、『古代和歌史研究3』所収）で、以後、賛否いずれにしてもこれを意識する形で諸々の論がなされて来た。伊藤論はA_2の反歌一首の由来に端を発して、石見相聞歌ＡＢ両歌群とＣ歌群、さらにＤをも含み込んで石見相聞歌全体の構造と成立を詳細に述べたものであった。結果、第一首Ａ歌群の成立と公表、それに対する享受者たちの熱愛による続篇の要請、創作の視点を変えての苦心の第二首Ｂ歌群、ＡＢ両歌群を丸ごと承けてのＤの成立という道筋を解き明かした。そして、それらの内容は時間的には逆行しつつ、遠から近、大から小といった「求心的構図」という、まことに魅力的かつ刺激的な把捉がなされたのである。

賛否いずれにせよ、伊藤説を超え、根本的にこれに修正を迫る論は今日まで現われなかったように本稿には思われる。その理由はまことに個人的な事情に発する。伊藤説の根幹にある、第一首成立の後に享受者の第一首への熱愛から生まれた要請という他律的な要因によって第二首が成立するという過程を、それ以前に本稿自身がなしているからだ。

かつて、拙稿「泣血哀慟歌二首」（万葉七七号）は、伊藤博「歌俳優の哀歓」（上代文学一九号、『古代和歌史研究3』所収）の強烈な影響下において、「歌俳優の哀歓」の論者自らの導きのもとに生まれ出た。そこで得られたものは第一首の成立と流布、享受者の要請による第二首という、「歌い継ぎ」の論であった。泣血哀慟歌（2二〇七～一六）とまったく同じ妻の主題、そしてこれも同じ長歌二首立ての同一構造となれば、本稿にとって石見相聞歌についての伊藤説が、共感すべき第一等の説となることは、当然に過ぎる。（注2）

ただし、「求心的構図」の伊藤論を以てしても、かつて本稿が泣血哀慟歌の上に思い描いたいくつかの点を、石見相聞歌にそのまま適用するのが不可能に感じられたことがある。石見相聞歌が泣血哀慟歌に先立つ作品であったろうことはもとより、一つは、泣血哀慟歌第一首成立の背景にあると想定した、同母兄弟軽太子と軽大郎女の悲恋（允恭記）のごとき、人麻呂歌の享受者に周知の、記的神話の存在である。

二つには形式の面で、人麻呂の創造ともいうべき枕詞の使用法の違いである。泣血哀慟歌では第一首の初句に「天飛ぶや」の個性的な枕詞が据えられて、その後に語られるであろうロマンの要素色濃い歌の内容を、巧みに聴者に予告している。そして第二首の冒頭には人麻呂長歌独特の枕詞がなく、「うつせみと思ひし時に」と打ちつけにうたい出されて、これが第一首の続篇であることをあらわにしている。石見相聞歌ではこの在り方が逆になっている。右の二点について現在考えていることを、以下述べてみたい。

　第一点の歌の背景となる神話については、前述した京人にとっての異郷、石見の地という条件が、これを充分に代替して余りあったのではないかと考えられる。というのは、古代の情報社会を想像すれば、あだし神の領有する他国は、すべてがわが身が住む現実を離れた世界であったと思われるからである。

　妄想といわれることを覚悟していえば、石見相聞歌に神話的な要素が皆無とはいえない。たとえば第一首Aの半分以上を占めてなされた執拗とも思えるほどの石見の海の描写を聴きながら、人麻呂歌の享受者は次の歌謡にまつわるような著名な神話を思い起こすことはなかったのだろうか。

　1沖つ藻は　辺には寄れども、さ寝床も　与はぬかもよ。浜つ千鳥よ。（紀歌謡四）

　2常しへに　君も逢へやも。いきな取り　海の浜藻の　寄る時々を。（紀歌謡六八）

1は『日本書紀』瓊瓊杵尊《ににぎのみこと》条記載の歌謡で、豊吾田津姫《とよあだつひめ》（木花開耶姫《このはなさくやひめ》）の一夜妊娠にかかわる話の中にある。「沖つ藻は辺には寄れども」という藻の題材が、特にそれが海の沖から辺に寄るという点において、人麻呂のAB前半部の海の描写に通う。2は同じく紀の允恭天皇条にある歌謡で衣通郎姫がうたったとされるもの。1と同様に「いさな取り海の浜藻の寄る時々を」のあたりが、人麻呂歌に通じている。1 2共に海の藻を官能的な題材として成り立っている歌という点が注目すべきであろう。しかも神話とはいえ、二つの歌謡を中心にして語られているのは、いずれも夫にとっては〝逢い難き妻〟の話である。

　正しく石見妻は神話に登場して魅力を放つ〝逢い難き妻〟としかいいようがない。それほどに人麻呂の語る石見妻は、遠い海の見知らぬ果てに生まれ出で、この世の男（現に京人たちの眼前にある人麻呂）と結ばれ、やがては宿命ともいうべく別離する妻であったのではないか。広やかでしかも細密な石見の海の描写に、たとえば夫に別れて故郷の海へと帰り去った豊吾田津姫のことなどを思い合わせるためかもしれない。またその魂魄が白雲となって本来の神の娘子の住む常世辺へとたなびき去ったという浦島子の海を想うからかもしれない。第二首Bに「さ寝し夜は幾時もあらず」と何の説明もない一見不可解な表現も、その目で見れば、前の豊吾田津姫のような、「一夜妻」に通うものがあるような気がしてならない。

　第一首Aの好評裡の流布と、その後の続編第二首Bの成立という本稿の立場からすると、第二点の疑問であった初句の枕詞「つのさはふ」の使用に、ある程度の理解が届く。というのは、先になした泣血哀慟歌成立の見方からすれば、石見相聞歌第二首Bは、第一首をまるごと背景にしてこそ、成り立っていると思われるからである。つまり、第一首の充分な享受を前提として、人麻呂は第二首をなしているのである。

　単純にいえば、第二首の享受に際して、人々は、初二句「つのさはふ石見の海」の直後に、前作第一首Aの「浦なしと人こそ見らめ」以下、「波の共か寄りかく寄る」までの壮大なそして細密な石見の海の描写を瞬間的に思い描いているのであり、「延ふ蔦の別れし来れば」の後に、第一首Aの「この道の～山も越え来ぬ」を思い味わっているのである（旧稿「泣血哀慟歌二首」では、その在り方を「二重写し《ダブルイメージ》」と呼んでおいた）。

　泣血哀慟歌の場合がそうであったように、石見相聞歌第二首は、第一首をとりこむ点において、むしろ作品としては大型化していると思われる。それこそが、人麻呂の手法であり、場をとりこんでわがものとしている彼の根生いのものともいうべき文芸のあり方であった。

　「つのさはふ」の枕詞は以上の人麻呂の作歌方法からして、第二首の初句に据えられて当然であったと考えられる。第二首で、「角」に関して述べられたのは、この枕詞のみであったことがそれを物語る。第一首A、そしてA_1で設定された、妻の住む里「角」は、枕詞の形で、冒頭に現われるだけで、充分だったのではないか。

さらにいえば、「つのさはふ」の枕詞は他に万葉集には次の四例しか登場しない。

1つのさはふ磐余《いはれ》も過ぎず泊瀬山いつかも越えむ夜は更けにつつ（3二八二）

2つのさはふ磐余の道を　朝さらず行きけむ人の……（3四二三）

3……あさもよし城上《きのへ》の道ゆ　つのさはふ磐余を見つつ……（13三三二四）

4つのさはふ磐余の山に白栲にかかれる雲は大君にかも（13三三二五）

1は人麻呂と同時代の春日老の作。2は挽歌で山前王作とされるが、左注に「右の一首は、或いは『柿本人麻呂が作』といふ」とある。3は巻十三挽歌部の冒頭の長歌で、4はその反歌である。この長反歌はよく作者を人麻呂に擬せられて論じられることが多い。いずれにしても人麻呂と近い時代の歌々で、当時の人々には「つのさはふ磐余」で聞き覚えられた枕詞であったのだろう。

右のような事情を踏まえてさらに推し測れば、「つのさはふ」の枕詞が人林呂にとって深い意味を有するのは、次の紀歌謡であると本稿は思う。

つのさはふ　磐之媛《いはのひめ》が　おほろかに　聞こさぬ　うら桑《ぐわ》の木。
寄るましじき　川の隈々　寄ろほひ　行くかも。うら桑の木。（紀歌謡五六）

前に、紀歌謡を例に豊吾田津姫と衣通郎姫の〝逢い難き〟の特徴を述べた。〝逢い難き妻〟の代表といえば仁徳天皇の皇后磐之媛といっていい。嫉妬と怒りの話になっているが、磐之媛は筒城宮に入ったまま、紀の記載に従えば「吾は遂に返らじ」というのであり、天皇の訪問（該当歌謡の箇所）にも「参見ひたまはず」、遂にはそのまま「筒城宮に薨」るのである。

石見相聞歌第二首の初句「つのさはふ」の枕詞には、以上述べたような磐之媛に代表されるような〝逢い難き妻〟を思わせる働きの方が強かったのではないだろうか。

五　結

最後に石見相聞歌二首を統括するところの次の題詞について、言及しておく。

柿本朝臣人麻呂従石見國別妻上来時歌二首

題詞の信憑性についていては、歌そのものの検証から帰納されるべきであろう。それは歌の実際の公表にあたっては、今見る題詞の形のままで、歌の内容が説明され、うたい出されるといったことはなかったと思われるからである。何もないか、あったとしてもごくごく簡略な形の前置き程度であったと想像される。浄書の際に人麻呂が詳細な形で付したか、後の万葉編者が付したか、二通りが考えられる。いずれにしても、そうした題詞の生まれ方は、歌からの帰納なのであろう。

石見相聞歌のいくつかの点について述べて来て、最終的に題詞に立ち返ったとき、それはこの壮大な作品の本質を見事に帰納し、簡潔に表現していると改めて思わざるを得ない。それは後の泣血哀慟歌の場合も同じであったからである。

柿本朝臣人麻呂妻死之後泣血哀慟作歌二首

泣血哀慟歌の第一首は正に「妻死せし後」の直後における激情を表現し、第二首はそれを裏打ちとして「妻死せし後」をゆるやかにそれ故にこそ哀切に表現し尽くしている。そして二首に一貫する主題は、文飾があったとはいえ、正しく絶対的な別離を「泣血哀働」する心情なのであった。

石見相聞歌の題詞についてもいま同じことがいえる。述べて来たように、作品の前提として享受者たちが認め作者人麻呂がうたったところの旅は、石見から京への復路、まさに「上り来る時の歌」であった。（注3）そして二首を貫く主題は「妻に別れて」という以外の何物でもない、別離そのものであったと思われるからである。妻との生別、さらにつきつめた死別の主題は、柿本人麻呂の文芸性の根幹をなすものであったらしい。（注4）

注

（1）Bのうちに「妻ごもる屋上の山」とある。後述するように、人麻呂は一般の旅歌に常套的に用いられる「妻」や「家」の語を意図的に避けたと思われるふしがある。「妻ごもる」の枕詞は他に一例

妻ごもる矢野の神山露霜ににほひそめたり散らまく惜しも（10二一七八）

しかなく、おそらく人麻呂の創造したものと思われる。一度は捨てた「我が妻の子が」（或本歌C）を、さり気なく枕詞に取り込んだところに、むしろ人麻呂の絶妙な工夫を見る。

（2）その後、泣血哀働歌についてはいくつかの論（身崎壽「柿本人麻呂泣血哀働歌試論一～三」国語国文研究七二～七五号、平舘英子「『天天飛ぶや 軽の道は』の構想」万葉一二五号など）がなされているが、本稿が論の骨子とした「歌い継ぎ」の考え方について、基本的には修正の要を認めていない。

（3）特に「上る」の一語に注目して、次の例をあげておく。

1大津皇子竊下於伊勢神宮上来時大伯皇女御作歌二首（2一〇五）
2柿本朝臣人麻呂従石見國別妻上来時歌二首并短歌（2一三一）
3大津皇子薨之後大来皇女従伊勢齋宮上京之時御作歌二首（2一六三）
4従近江國上来時刑部垂麻呂作歌一首（3二六三）

5柿本朝臣人麻呂従近江國上来時至宇治河邊作歌一首（3二六四）
6桉作村主益人従豊前國上京時作歌一首（3三一一）
7天平二年庚午冬十二月大宰帥大伴卿向京上道之時作歌五首（3四四六）
8藤原宇合大夫遷任上京時常陸娘子贈歌一首（4五二一）
9土師宿祢水道従筑紫上京海路作歌二首（4五五七）
10大宰帥大伴卿上京之後沙弥満誓贈卿歌二首（4五七二）
11大宰帥大伴卿上京之後筑後守葛井連大成悲嘆作歌一首（4五七六）
12冬十二月大宰帥大伴卿上京時娘子作歌二首（6九六五）
13石川大夫遷任上京時播唐娘子贈歌二首（9一七七六）
14藤井連遷任上京時娘子贈歌一首（9一七七八）
15天平二年庚午冬十一月大宰帥大伴卿被任大納言兼帥如旧上京之時傔従等別取海路入京於是悲傷羇旅各陳所心作歌十首（17三八九〇）

多くの場合、官人を中心とする宮廷人の歌の題詞に「上」が表われる。それは彼らの旅の本質を表わしている。石見相聞歌の場合、「京に」となく「上り来る」とのみあるのは、その題詞が京の官人人麻呂の復路の旅であったことを当然のこととしていたことの一端を示すものといえよう。

（4）　或本歌Cについて一言しておく。現在のところ本稿は、Aの一云を柿本人麻呂の初案、すなわち泣血哀慟歌第一首にみられる推敲を示すものと思っている。Cが、泣血哀慟歌第二首が苦心の跡を示す或本歌を持つのとは違って、石見相聞歌の場合、Aの流布の広範だったことを表わすのではないか、と考えている。

第四節　泣血哀慟歌二首Ⅰ

一　序

柿本人麻呂には、妻との別離を主題とする名歌が二つある。一つは、妻との別離に際して詠まれたという石見の国での相聞歌（２一三一〜九或本歌を含む）がそれであり、もう一つは、亡き妻を悼んで作ったとされる泣血哀慟歌がそれである。なかでも、泣血哀慟歌の調べは、時代を越えて、いまもわれわれの胸を打つ。それは絶唱の名を冠するに足るもので、人麻呂の歌人としての個性を解く重要な鍵をなす作品であるといってよい。

柿本朝臣人麻呂、妻死せし後、泣血哀慟して作れる歌二首并せて短歌

Ａ天飛ぶや軽の道は　我妹子が里にしあれば　ねもころに見まく欲しけど　やまず行かば人目を多み　数多く行かば人知りぬべみ　さね葛後も逢はむと　大船の思ひ頼みて　玉かぎる磐垣淵《いはかきふち》の　隠りのみ恋ひつつあるに　渡る日の暮れゆくがごと　照る月の雲隠るごと　沖つ藻の靡きし妹は　黄葉《もみちば》の過ぎてい去《ゆ》くと　玉梓の使の言へば　梓弓音に聞きて（一には「音のみ聞きて」といふ）　言はむすべせむすべ知らに　音のみを聞きてありえねば　我が恋ふる千重《ちへ》の一重も　慰もる心もありやと　我妹子がやまず出で見し　軽の市に我が立ち聞けば　玉だすき畝傍の山に　鳴く鳥の声も聞えず　玉桙《たまほこ》の道行く人も　ひとりだに似てし行かねば　すべをなみ妹が名呼びて　袖ぞ振りつる
（或本には「名のみを聞きてありえねば」といふ句あり）（２二〇七）

短歌二首

A_1秋山の黄葉を茂み迷ひぬる妹を求めむ山道知らずも 一には「道知らずして」といふ （二〇八）

A_2黄葉の散りゆくなへに玉梓の使を見れば逢ひし日思ほゆ （二〇九）

Bうつせみと思ひし時に 一には「うつそみと思ひし」といふ 取り持ちて我が二人見し 走り出《で》の堤に立てる 槻《つき》の木のこちごちの枝の春の葉の茂きが如く 思へりし妹にはあれど たのめりし子らにはあれど 世の中を背きし得ねば 蜻火《かぎろひ》のもゆる荒野《あらの》に 白栲の天《あま》ひれ隠り 鳥じもの朝立ちいまして 入日《いりひ》なす隠《かく》りにしかば 我妹子が形見における みどり子の乞ひ泣くごとに 取り与ふる物しなければ 男《をとこ》じもの腋挟《わきばさ》み持ち 我妹子と二人我が寝し 枕付く妻屋の内に 昼はもうらさび暮し 夜はも息づき明かし 嘆けどもせむすべ知らに 恋ふれども逢ふよしをなみ 大鳥の羽易《はがひ》の山に 我が恋ふる妹はいますと 人の言へば岩根《いはね》さくみて なづみ来《こ》しよけくもぞなき うつせみと思ひし妹が 玉かぎるほのかにだにも 見えなく思へば （二一〇）

短歌二首

B_1去年《こぞ》見てし秋の月夜《つくよ》は照らせども相見し妹はいや年放《としさか》る （二一一）

B_2衾道《ふすまぢ》を引手《ひきて》の山に妹を置きて山道《やまぢ》を行けば生《い》けりともなし （二一二）

右が、その泣血哀慟歌二首であるが、古来、人々はこの作に秘められた詩人人麻呂の魅力を直感して、多くの論を寄せた。この作に集まる論の中心は、二首連作説と非連作説との相剋である。それは主に第一首と第二首とに詠まれている妻が、同人か別人かという形で為されて来た。人麻呂という歌人の在り方を決定する重要な一点として、この議論は長い歴史を持っている。

まず、契沖は題詞の通りに、二首の妻は同人であり、したがって、それは連作であると受け取って疑わなかった（『万葉代匠記』）。ところが、真淵は題詞に従う事への疑いを以て、二首を割り、第一首は「柿本朝臣人麻呂所竊通娘子死之時悲傷作哥」、第二首は「柿本朝臣人麻呂妻之死後悲傷作哥」と題があるべきだとした（『万葉考』）。「前一首は忍びて通ふ女の死たるをいたみ、次なるは児さへありしむかひ妻の死せるをなげける也。」というのが、その理由であった。以後、『考』の説は大方の支持を得て今日に至っている。その中には、特に非同人説の立場から、新たに二首の妻の相違、地理的な相違などを詳述したもの（澤瀉久孝『万葉歌人の誕生』）があり、また「軽の市」の独自な解明からそれを説いたものもある（中西進『万葉史の研究』）。

一方、少数ながら、同人連作の立場で、『代匠記』を追おうとする説もある。別人説を排して新たに論が為されたのは、そう遠い過去ではない。考以下の諸説に強く反駁して「一人の妻の死を傷める一回の詠なり」と断じたのは、山田孝雄氏であった（『講義』）。斎藤茂吉（『柿本人麿』評釈篇）、土屋文明（『私注』）、武田祐吉（『全註釈』）の三氏がこれに続く。そして、二首には一結構における「展開の妙」ありとする説（伊藤博「歌俳優の哀歓」上代文学十九号、『古代和歌史研究3』第五章第五節）を見るに至った。

万葉史上、亡妻哀悼歌の実質的な初登場の役を担い（橋本達雄「めおとの嘆き」解釈と鑑賞三五巻八号）、また後続の歌人達への深い影響を思うとき、泣血哀慟歌の持つ意義は大きい。その上、それが人麻呂を解くための重要な鍵であることや、歌として強烈な魅力を有する事などを合わせ考えれば、泣血哀慟歌二首に様々の論が集中するのも、不思議ではない。

二　第一首の成立要因

第一首長歌Aは、どのようにして人麻呂のうちに胚胎されたのであろうか。この問いに対してすぐさま用意されるのは、歌内容の全てが人麻呂の実人生に事実としてあった、という率直な答であるかもしれない。妻の死という抜き差しならぬ事実、本稿は泣血哀慟歌成立の要因をそこに置く事に、ことさら異を唱えるものではない。しかし、Aがその間の事情を有りのままに伝えているものと断定するには、打ち消し難いいくつかの疑問を感じるのである。

たとえばその一つは、「天飛ぶや軽の道は」と、歌い起こしから提示される「軽」なる地名である。冒頭から明示されたこの具体的な地名は、受け取る側に強烈な印象を与える。しかも一首は後半に再び「軽の市」の提示があり、全体として「軽」の地への強い密着性を際立たせているのである。「軽」は当面の歌の他には、笠金村の作と思われる長歌（4五四三）と紀皇女（3三九〇）、作者不明（11二六五六）の短歌と、万葉集中三回の使用例があるに過ぎない。歌として用例の少ないこの「軽」の強い提示は、やはりAに特異な様相を与えているといわざるを得ない。

そこで、はたしてAは「軽」の地を離れては成立し難いものであったのかどうかを考えてみると、多少不審な思いに駆られるのである。うたうべきは妻の死という切迫した悲劇であるはずならば、その舞台が必ず「軽」でなければならぬという、これといった理由は存在しない。一首が歌であるという当たり前の事実を踏まえてみれば、かつて妻が「軽の里」に住み、その死を悼んで人麻呂が「軽の市」に立ったことが、共に事実であったとしても、そううたう必然性は稀薄であるといえる。そうしてみるとAにおける「軽」の強い提示の仕方には、地名そのものに対する人麻呂の故のない執着が窺われるのである。そしてそれはむしろ主題を迂回してしまう以外の何物でもない。

しかし、この不審は作者人麻呂の亡妻に対する愛情を思いやることで払拭し得る。いとしい妻は「軽の里」に住み、常々「軽の市」へと好んで出かけた。妻を語ろうとすれば必ずや口をついて出てしまう、それは人麻呂にとってあまりに愛着ある地名であった、と考えれば得心できるのである。

ところが、この「軽」の提示に関してはもう一つ疑問に思われる点がある。それは人目が多くて逢い難かった、という生前の妻と人麻呂との間柄である。全体のおよそ三分の一を占める念入りな叙述は、『考』が断定した如く、人麻呂の妻が〝忍び妻〟であったことを、われわれに充分信じさせる。しかも妻の死を知ってそのもとに急行すべき人麻呂が、はかない幻影を求めて「軽の市」に立ち尽すに至っては、ほとんど不道徳ともいえるゆゆしさを感じてしまうのである。確かに人麻呂の妻は諸注の多くがそう説くように〝忍び妻〟以外の何物でもなく、それもゆゆしき〝忍び妻〟である。しかしそれでいながら、人麻呂は冒頭から妻の住む土地の名を明かし、なおかつそれを強調せんとする姿勢さえ見せる。「軽」の明示と〝忍び妻〟との矛盾は、どちらか一方を人麻呂が歌の表面に打ち出そうとすればするほど、深まるばかりである。さらにこの〝忍び妻〟に関する疑問に追い打ちをかけるように、いま一つの決定的な事柄が存在する。それは、当時の夫婦の間柄が一般に〝忍び妻〟の形態でしか有り得なかったことである。女のもとに男が通う。それはいつでも人目を避け、人に知られるのを恐れる愛のかたちであったことは、万葉の数多い恋歌がこれを証している（伊藤博『万葉集相聞の世界』）。

通常の男女関係がそれであるならば、人麻呂のAにおける〝忍び妻〟の叙述、なかんずく、そのくだくだしさはおよそ無意味というより他はない。この事実に思い至ったとき、前述の矛盾は矛盾のまま、漠たる疑惑の中に韜晦してしまうのである。

こうして〝忍び妻〟そのものに不審を抱きつつAを見れば、中間部の「使」の登場もその必然性の支えを失なって、いかにも唐突の感を免れない。またそれが事実であったにしても、「軽」の提示と同様に徒らに主題を外らしてしまうものでしかない。Aという歌にとって、この場合必須の事は、人麻呂が妻の死を知るという一事だけである。しかもAのみでなく、短歌A_2に再び「使」がうたわれるに及んでは、それに対する人麻呂の無意味なこだわり方を感じるのである。

以上の疑問を投げかけてみると、Aという作品には構造上の不可思議な矛盾が浮かび上がって来る。そしてそれらは全て根源の事実である妻の死を、不鮮明にしてしまう作品上の欠陥としか呼びようがない。

そこで、もう一度、これらの疑問を生むそもそもの地点に立ち戻ってみる。つまり、事実が有りのまま歌になった、といういとも率直な見方を少しく反省してみるのである。

古く契沖は結句「妹が名呼びて袖ぞ振りつる」を「心マトヒシテ生タル人ノ別ヲ慕フヤウニ招ク意ナリ。サハアルマシケレトカクヨムハ歌ノ習ナリ」(『代匠記』精撰本)と解釈した。つまり雑踏の「軽の市」で、名を呼び、袖振る行為を文学的誇張と見た訳である。人麻呂の歌に誇張表現を認めていた契沖の態度は、素朴ながらにわれわれに対して示唆的である。前述の疑問を生むかれこれを、有りのままのものとせず、誇張表現の故の所産と受け取ってみてはどうか。もっと広げていえば、Aは人麻呂の文芸的な意図のもとに構成されたものと見るのである。すなわち、「軽」なる地名の提示は、それが一首の舞台として不可欠であったが故に強調されたのであり、妻もまた内実を超えたゆしき〝忍び妻〟であらねばならなかったが故に、共に強調された。そして「使」もまた構成上必須の道具立てであったと考えてみる。そう受け取ってみると、Aにおける矛盾はわずかに解消し得る。

しかし、この見方も、それから先を考えると、事は徒らに拡散するばかりである。はたして、人麻呂が妻の死を語るに、その舞台を「軽」に選び、その妻を〝忍び妻〟とし、「使」を登場させる所以はどこにあったのか。そのいずれかの手掛かりを、Ａという作品に即して求められないものだろうか。

そこで、Ａの歌い起こし二句「天飛ぶや軽の道は」についてなされた澤瀉久孝『万葉の作品と時代』は、注目すべきである。それによれば、「軽」に冠せられた「天飛ぶや」の枕詞は、古事記歌謡をもとに人麻呂が積極的に創意工夫したものである、という。それまで、この「天飛ぶや」の一句は、たとえば、

天飛ぶや雁のつばさの覆羽の何処漏りてか霜の零りけむ（10二二三八）

の例を引いて、音の相通と転訛（カリ→カル）という事で説明された（仙覚以下）。あるいは記歌謡「天飛む軽の嬢子」（『古典大系』歌謡番号八三・八四）の例示のみに止まっていた（『全註釈』）。ところが、Ａの場合はそれだけでは説明が相済まぬものがある。なぜならば、この歌い起こし二句には、冒頭から一首の舞台である「軽」を強く提示し印象づけようとする、人麻呂の姿勢が窺われるからである。その点で「軽」の枕詞「天飛ぶや」に人麻呂の積極的な創意を見た澤瀉説は、注目に価する。そればかりでなく、これによって「軽」なる舞台の因って来たるところを、ひいてはＡの内容を掴む手掛かりの一端を、記歌謡に求めてみる根拠をわれわれは獲得できるのである。そしてこの意味で、先掲伊藤博「歌俳優の哀歓」に、記歌謡と泣血哀慟歌との関連を想像して、次のように説いているのは、単なる妄想ではあり得ない筈である。

〝軽の妻〟といへば、同母兄軽太子と恋慕の関連にあつた記紀の軽郎女が、連想される。同母兄妹の恋愛——世に「軽郎女」にまさる〝忍び妻〟はあるまい。ところが、この郎女を偲んで太子が詠んだと称する歌と人麻呂の第一歌群とには、その発想や辞句において相通ずる面がある。たとへば、小型ながら

天飛む　軽の娘子　いた泣かば　人知りぬべし　波佐の　山の鳩の　下泣きに泣く（記八三・軽太子）

といふ歌において、その前半は、人麻呂長歌の前半、「天飛ぶや軽の道は」以下「やまず行かば人目を多みまねく

行かば人知りぬべみ」あたりの発想や辞句と随分類似してゐる。またその後半は、鳥による修辞の技法といひ、ひとり妹を偲ぶ点といひ、人麻呂長歌の後半、「……玉だすき畝傍の山に　鳴く鳥の声も聞えず　玉桙の道行く人もひとりだに似てし行かねば　術をなみ妹が名呼びて　袖ぞ振りつる」のあたりに通ずるところがある。〝軽の妻〟は人麻呂にとつて、軽太子における軽郎女のごとき女性であつたかといふ想定が生ずる。

以上、A究明の第一歩として、該当の歌謡が存在する古事記允恭天皇条に注目して然るべき手掛かりを得たといっていい。

三　記歌謡物語の構成と主題

天皇崩りましし後、木梨の軽太子、日継知らしめすに定まれるを、未だ位に即きたまはざりし間に、その同母妹《いろも》軽大郎女に姧けて歌ひたまひしく、

1あしひきの　山田を作り　山高《やまだか》み　下樋《したひ》を走《わし》せ　下問ひに　我が問ふ妹を　下泣きに　我が泣く妻を　今夜《こぞ》こそは　安く肌触れ（記七八・軽太子）

とうたひたまひき。こは志良宜歌《しらげうた》なり。また歌ひたまひしく、

2笹葉《ささば》に　打つや霰の　たしだしに　率寝《ゐね》てむ後《のち》は　人は離《か》ゆとも（七九・軽太子）

3愛《うるは》しと　さ寝しさ寝てば　刈薦《かりごも》の　乱れば乱れ　さ寝しさ寝てば（八〇・軽太子）

とうたひたまひき。こは夷振《ひなぶり》の上歌《あげうた》なり。

ここをもちて百官また天の下の人等、軽太子に背きて、穴穂御子《あなほのみこ》に帰りき。ここに軽太子畏みて、大前小前宿《おほまへをまへ》

祢の大臣の家に逃げ入りて、兵器《つはもの》を備へ作りたまひき。その時に作りたまひし矢は、その箭の内を銅にせり。故、その矢を號けて軽箭と謂ふ　穴穂御子もまた、兵器を作りたまひき。この王子の作りたまひし矢は、すなはち今時の矢なり。これを穴穂箭と謂ふ　ここに穴穂御子、軍《いくさ》を興して大前小前宿祢の家を圍みたまひき。ここにその門に到りましし時、大《いた》く氷雨零りき。故《かれ》、歌ひたまひしく、

4大前　小前宿祢が　金門蔭《かなとかげ》　かく寄り来《こ》ね　雨立ち止《や》めむ（八一・穴穂御子）

とうたひたまひき。ここにその大前小前宿祢、手を挙げ膝を打ち、儛ひかなで歌ひ参来《まゐき》つ。その歌に曰ひしく、

5宮人の　足結《あゆひ》の小鈴　落ちにきと　宮人響《とよ》む　里人もゆめ（八二・大前小前宿祢）

といひき。この歌は宮人振《みやひとぶり》なり。かく歌ひ参帰て白《まを》しけらく、「我が天皇の御子、同母兄《いろせ》の王に兵をな及《や》りたまひそ。もし兵を及りたまはば、必ず人咲《わら》はむ。僕《あれ》捕へて貢進《たてまつ》らむ。」とまをしき。ここに兵を解きて退《そ》きましき。

故、大前小前宿祢、その軽太子を捕へて、率て参出《まゐいで》て貢進りき。その太子、捕へらえて歌ひたまひしく、

6天飛《あまだ》む　軽の嬢子《をとめ》　甚泣《いた》かば　人知りぬべし　波佐の山の　鳩の　下泣きに泣く（八三・軽太子）

とうたひたまひき。また歌ひたまひしく、

7天飛む　軽嬢子《かるをとめ》　しただにも　寄り寝て通れ　軽嬢子ども（八四・軽太子）

とうたひたまひき。故、その軽太子は、伊余《いよ》の湯《ゆ》に流しき。また流さえむとしたまひし時、歌ひたまひしく、

8天飛《あまと》ぶ　鳥も使そ　鶴《たづ》が音《ね》の　聞こえむ時は　我が名問《なと》はさね（八五・軽太子）

とうたひたまひき。この三歌は天田振《あまだぶり》なり。また歌ひたまひしく、

9大君を　島に放《はぶ》らば　船余《ふなあま》り　い帰《かへ》り来《こ》むぞ　我が畳ゆめ　言《こと》をこそ　畳と言はめ　我が妻はゆめ（八六・軽太子）

とうたひたまひき。この歌は夷振の片下《かたお》ろしなり。その衣通王《そとほしのみこ》、歌を獻りき。その歌に曰ひしく、

10夏草の　阿比泥《あひね》の浜の　蠣貝《かきがひ》に　足踏ますな　明かして通れ（八七・軽大郎女）

といひき。故、後また恋ひ慕《しの》ひ堪《あ》へずて、追ひ往きし時、歌ひたまひしく、

11君が行き　日《け》長くなりぬ　山たづの　迎へを行かむ　待つには待たじ ここに山たづと云へるは今の造木なり（八八・軽大郎女）

とうたひたまひき。故、追ひ到りましし時、待ち懐《おも》ひて歌ひたまひしく、

12隠国《こもりく》の　泊瀬《はつせ》の山の　大峰《おほを》には　幡《はた》張り立て　さ小峰《をを》には　幡張り立て　大峰にし　仲定《なかさだ》める　思ひ妻あはれ　槻弓《つくゆみ》の　伏《こや》る伏りも　梓弓　立てり立てりも　後《のち》も取り見る　思ひ妻あはれ（八九・軽太子）

とうたひたまひき。また歌ひたまひしく、

13隠国の　泊瀬の川の　上《かみ》つ瀬に　斎杙《いくひ》を打ち　下つ瀬に　真杙《まくひ》を打ち　斎杙には　鏡を掛け　真杙には　真《ま》玉《たま》を掛け　真玉なす　吾《あ》が思ふ妹　鏡なす　吾が思ふ妻　有りと　言はばこそよ　家にも行かめ　国をも偲はめ（九〇・軽太子）

とうたひたまひき。かく歌ひて、すなはち共に自ら死にたまひき。故、この二歌は読歌《よみうた》なり。

右、十三の歌謡を軸として織り成されるのは木梨軽太子と軽大郎女（衣通郎女）の物語である。允恭天皇崩御、その後を継ぐべき軽太子は同母妹軽大郎女に密かに通じる（1〜3）。ために臣民、太子に背き、太子の弟穴穂御子につく。穴穂御子、軽太子を追う（4 5）。太子捕えられる（6 7）。その後、太子伊予の湯に流される（8〜10）。軽大郎女、恋に耐えず太子の後を追う（11）。追い至って会い（12 13）、二人共に死す。

物語の筋を思い切り簡略にして述べると、右のようになる。簡略にして、といったが、実際に原文に当たってみても、これと大差ない。つまり、散文の部分は極めて簡略な、説明に徹したものでしかない。恋物語、といった抒情的な印象は、地の文からはほとんど受け取り難いといえる。そのことから物語の抒情性は、その大方を十三の歌謡に

負っている事が、明らかであろう。そればかりか、語りの役である地の文は、歌謡の配列にそれを任せてしまう傾向さえ見せている。軽太子と軽大郎女の物語は、実にこの豊富な歌謡を生命として成り立っているといえよう。

それでは、この歌謡を中心にして構成される物語の、古事記への存在を主張し得るほどに価値のあった主題とは、一体如何なるものであったのだろうか。

物語は、最初の地の文において、軽太子と軽大郎女の恋の性格が述べられて始まる。道ならぬ同母兄妹の恋、それは当物語の決定的な前提となる。１の歌謡は「下問ひに我が問ふ妹」と、その恋の性格をうたう。２３の歌謡は、軽太子の愛の激しさと、再び踵を返す事のできぬ二人の愛の事実がうたわれる。その罪のために太子が追われる経過を地の文が述べ、４５は追う者と追われる者の攻防の中にうたわれる。捕えられて後、太子は６７の歌謡で「天飛む軽の嬢子」と、愛人軽大郎女に呼びかける。軽太子は伊予の湯に流されることになるが、８からは愛人との別れに際しての太子の歌である。８では鳥にも二人の絆を託そうとうたい、９では愛人に身を慎めといって、一人残して行く不安の心情をうたう。10は軽大郎女の応じたもので、「蠣貝に足踏ますな」という、旅立つ太子への思いやりをうたっている。11はやはり大郎女の、一人残された煩悶と決意が「迎へを行かむ待つには待たじ」とうたわれる。12、13は自分の後を追って来る愛人を待つ、軽太子の恋歌である。そして最後に、地の文は「かく歌ひて、すなはち共に自ら死にたまひき」と締めくくって、物語を終える。いま簡略にその構成と歌謡の配分を示すと、次のようになる。

設定１（二人の恋の性格）
　２３（愛の事実）
破局４５（発覚から捕えられるまで）
　６７（呼びかけ）

別離８９10 11（応答）
終局12 13（愛の歌）

古事記歌謡は、本来、物語とは無縁の独立歌謡である事が多い。当面の歌謡もその例外ではない。(注1)任意に一つの歌を取り出してみたとき、それは明らかであろう。そのような歌謡をこれだけ豊富に集めて物語を編もうとすれば、当然、配列の良し悪しがその成否を決定する。この物語は、歌謡の配列の妙が、その生命でもある。それほど、当物語は歌謡の占める役割が、質量共に大きい。

地の文はそれぞれの歌謡を繋ぎ止める、いわばかすがいの役割を担って、物語の構築を補助しているのである。独立の歌謡を組み合わせる事が主で、地の文が従となれば、当然、筋と歌謡の結びつきには無理が生じて来る。当面の十三の歌謡をその点から検討してみれば、およそ半数は地の文との結びつきに矛盾を生じたり、あるいは独立歌謡の本来の姿を如実に示して浮き上がって見えたりする。つまり、歌謡が全面的に筋に協力しないのである。たとえば、恋の性格を提示して、物語の重要な設定部にある４５あるいは６７、そして12 13などは、さらにその傾向が著しい。これら歌謡の持つ抒情性を損う事なく、緊迫した条件下の恋に辛うじて繋ぎ止めるのは、鎹《かすがい》ともいうべき地の文であろう。

それならば、この物語を構成する歌謡群はすべてそのような危うい均衡で保たれているかというに、そうではない。歌謡それ自体で、ものの見事に結晶していると思われる部分がある。別離、の部分である。８～11の四つの歌謡群は、愛人同士の肉体的な別離を主題として、輝かしい結晶を見せている。避け得ぬ別離を眼前に、互いの絆を眼に見えぬ「鳥の声」にも託そうとして、太子の歌は悲痛の色を帯びて輝く（８）。そして残して行く愛人に対する太子の不安は、生々しく人間的である（９）。見送る軽大郎女の悲しみも、貝に足裏を切られる痛みを、われわれの肉体に感じさせるほどに、切迫している(10)。この痛切な悲しみが、残された者の苦悩と恋慕を如実に予想させ、自然に、再び禁を犯して愛人を追うという決意の歌へと移行するのである(11)。8～11の歌謡は、別離の主題で貫かれて、破綻がない。事実、この部分では地の文がその役目から解放されて、沈黙するのである。量において質において、この部分は軽太子と軽大郎女の物語の頂点たるにふさわしいのではないだろうか。そうしてみれば、独立歌謡の性格が色濃く見える6 7も、繰り返される「軽の嬢子」の詞が愛人への呼びかけとなり、別離部が歌い出される直前の、その序曲の役割を持つものと考えられる。

はたして、同母兄妹の恋という罪の特異さのみによって、軽太子と軽大郎女の物語は古事記に存在する価値を有したのであろうか。そうではあるまい。その設定がもたらす避け得ない悲劇、別離の悲しみが当物語の価値を決定しているのではないか。

それればかりか、人間にとって最大の悲劇である筈の死さえも、この主人公達にとって少しも悲しみではない。何故なら、それは彼等の宿命を乗り越えたところの、恋の成就であったからだ。それを証するように、最終の地の文は「かく歌ひて、すなはち共に自ら死にたまひき」と、いとも簡略にその結末を告げるに過ぎないのである。

この物語の主題は、同母兄妹の恋という罪そのものにも、あるいは彼等の歌にもない。二人の罪が宿命的に招く〝別離〟にこそあると思われる。その主題部に当たる歌謡群が、目立ったまとまりを有して、ひときわ光芒を放つのは、偶然の為せる業では決してあるまい。享受者の側に立てば、この部分こそが「泣かせどころ」であり、「さわり」の部分であったのではないか、と考えられるのである。

四　第一首と記歌謡との関連

Aの「天飛ぶや」の枕詞について、澤瀉氏が関連ありとした記歌謡は６７８であった。内容的な関連をいま措くとして、辞句だけに限ってみると、類似のものが他にも散見できる。たとえば、先掲伊藤説の指摘した６の「人知りぬべし」に対する人麻呂の「人知りぬべみ」、「波佐の山の鳩の下泣きに泣く」に対する「畝傍の山に鳴く鳥の」がある。また、本稿は別途に８にそれを見ている。８の鳥の「使」に対するAの「玉梓の使」、「鶴が音の聞えむ時は」に対する「鳴く鳥の声も聞えず」、結句「我が名問はさね」に対するA末尾「妹が名呼びて」などである。しかし、これら辞句の類似は、勿論それだけの事であって、両者の有機的関連を何ら証すものではない。そのためには、発想と構成の面での類似が、明らかにされなければならない。

発想の面で、最も顕著に両者に共通しているのは、やはり伊藤説の想像の根拠になった〝忍び妻〟である。記物語の構成はすでに見て来た。そこで軽大郎女は軽太子の〝忍び妻〟であり、それは二人の恋の宿命を象徴し、やがて悲痛な別離を招く、設定部の中核を成すものであった。

一方、「天飛ぶや軽の道は」から「隠りのみ恋ひつつあるに」までのA前半部は、奇しくも亡妻が〝忍び妻〟であったことの説明である。A前半におけるくだくだしい〝忍び妻〟の叙述は、当時の通常の男女関係から見て、およそ無意味である事を、本稿は先に疑問としてあげた。ところが、軽大郎女が〝忍び妻〟でなければならなかった宿命の重さと悲劇性とを、人麻呂はAの前半において表現したかったのではないか、と考えると、その疑問は一部氷解をみるのである。全体の三分の一の量を割いてまで〝忍び妻〟を強調したのは、軽大郎女とAの亡妻を「二重写し」にする事を、人麻呂が明らかに狙ったためではないか。そう考えて初めて、Aの〝忍び妻〟の叙述はAの大切な設定部の意味を有する事になり、その無意味さを払拭できるのである。

それでは、Aの歌い起こしにおける「軽」の明示、そして後半「軽の市」の再提示については、これを記物語との関連の上でいかように受け取るべきであろうか。「軽の市」で「我れ」は、狂熱の心情で、妻の死を悼む。それがAにおける頂点である。しかし、その悲しみが、妻の死を自己に確認させた上のものでない事は、注目すべきである。結句「妹が名呼びて袖ぞ振りつる」は、契沖が「心マトヒシテ生タル人ノ別ヲ慕フヤウニ招ク意ナリ」というように、あたかも、いま正に遠離って行こうとする妻を、呼び戻そうとするが如くである。一首において妻の死は、確認され如実なものとしてうたわれてはいない。死が如実にうたわれていないとすれば、Aに漲る悲痛は何によって生まれて来るのか。唯一、人麻呂が死を〝別離〟の時点で捉え、表現しているところにある。

一方、軽太子と軽大郎女の悲恋の物語は、何故古事記に書き記されるほどの傑作たり得たか。本稿は前にそれが秀れた〝別離〟の主題にあったのではないかと述べた。そして、その序曲たるものが「天飛む軽の嬢子」を以て歌い出される二つの歌謡であった事を想起したい。Aの「天飛ぶや軽の道は」の歌い起こしは、記物語の〝別離〟の序曲と〝忍び妻〟との暗示を兼ね備え、ものの見事に成功しているのではないかと思う。ここに至って初めて、澤瀉氏が指摘した「天飛ぶや」の枕詞に対する人麻呂の、積極的な改変の情熱も、むべなるものに思われるのである。さすれば、後半の「軽の市」の登場は、「軽」の再度の強調であり、〝別離〟の正に舞台として、必然的に人麻呂が選んだものであろうと納得できる。Aの主題を妻の死というよりは、記物語と同じ妻との〝別離〟として捉え直したとき、人麻呂が「軽」に固執した謎ははじめて解き得るのである。

妻の死が、ことさら「使」の知らせによって表現されたのも、Aが〝別離〟の主題を捉えて、記物語との「二重写し」を企ったものと見ると、納得が行く。なぜなら、記歌謡8との色濃い結びつきがそこにあると考えられるからである。記では、別れ行く軽太子と軽大郎女との絆は「鳥の使」によって辛うじて保証される。「鳥」（8では「鶴」）と「使」の結びつきは、古代では珍しい事ではない。たとえば、人麻呂歌集には次のような歌がある。

春草を馬咋山《うまくひやま》ゆ越え来《く》なる雁の使は宿り過ぐなり（9一七〇八）

妹に恋ひ寝《ね》ぬ朝明《あさけ》に鴛鴦《をしどり》のここゆ渡るは妹が使か（11二四九一）

おそらくAの「玉梓の使」は、8の「鳥の使」であり、より現実的な姿（人間）に置き換えられたものであろう。Aにおいて、いま遠離って行こうとする「妻」と「我れ」の間を辛うじて仲立ちしているのは、そのような「使」であり、眼に見えぬ鳥の声のような、その「言葉」だけなのである。短歌A_2において、再び「使」が登場し、その姿を通して妻が偲ばれる。それもおそらく、使である鳥の声に愛人を偲ぶ8からの連想であろう、と考えられる。8の結句「我が名問はさね」が、A末尾「妹が名呼びて」と辞句上の類似がある事は、指摘したが、こうして見れば、その発想は明らかに8に基づくものといえる。

歴史的事実から、現存の古事記を眼の当りにして人麻呂がAを為したとは勿論考えない。しかし、記成立以前にいま見る類いの歌謡物語が存在した事は充分に信じられる（神田秀夫『古事記の構造』）。人々に愛好されたであろうこの悲恋物語に、人麻呂が無関心であった筈はない。

かくして、Aを事実を有りのままうたったものとしたときに生まれて来る曖昧さは、Aを軽太子と軽大郎女の物語を抜き得ない背景として成立した、虚構と見る事で払拭し得ると思う。

それならば、泣血哀慟歌第一首は、その多くを記物語に依存した価値の薄いものであるかというにそうではない。なぜなら一首の価値は、記物語の別離の主題を、さらにつきつめた結構において再生してみせたところにあると思うからである。つまり一方が死に一方が生き残るという、絶対的な別離の結構である。たとえば記歌謡では愛人達の絆は、鳥の声によって辛くも支えられる。しかし、Aにおいては「鳴く鳥の声も聞えず」とそれさえも保証されなかった。その故にこそ「すべをなみ」の句は、力強く息吹きしてくるのである。

また、「妹が名呼びて袖ぞ振りつる」の結句は、茂吉のいうように「強い響き」を持つ(『柿本人麿』評釈篇上)。それは、人麻呂が用いた「呼ぶ」の語の力強さでもあろう。万葉集中「名」については「告る」というのが普通であって、今のように「呼ぶ」の語が使われた例はこの他に、たった一つ(14三三六二)しかない。自己から他へと拡散的な「告る」を避け、求心的な「呼ぶ」の語の選択。つきつめた結構と相俟って、そのような人麻呂の切迫した表現の配慮により、Aの末尾は、記歌謡の「我が名問はさね」にあるはかなさを限りなく超えて、最終を飾るのである。

A成立の事情をこのように辿ってみると、短歌A_1は確かな意味を持って存在する事になる。

記歌謡11は、幾分の変形を見せて巻二巻頭を飾っている事は、周知の通りである。

君が行き日《け》長くなりぬ山たづね迎へか行かむ待ちにか待たむ(2八五)

磐姫皇后の恋歌として、この一首は続く三首(八六~八)と合わせ、連作の形を顕著に見せている(伊藤博『万葉集相聞の世界』)。この四首が「煩悶→興奮→反省→嘆息」の構成を有している事は、連作と捉えたとき、明らかである。いま注目すべきは、四首の連作が〝別離〟の状態で、その苦しみをうたっている事であろう。その状態での煩悶、興奮、反省、嘆息なのである。一方、記歌謡11は別離の煩悶から決意への、移行の歌である。

迎へを行かむ待つには待たじ(記)
↑
迎へか行かむ待ちにか待たむ(万)

記歌謡から万葉集巻二巻頭歌へ、その変形の要因は、11の歌を別離の状態のままに捉え、続く八六~八の連作をなすにあったと考えられる。そのような記から万葉への定着の仕方が、人麻呂のA_1にも窺われる。亡妻が秋山に迷い入った事は、「古代人の死生観」で説かれることが多い。勿論、人麻呂はそれも踏まえてA_1をなしたと思う。しかし、直接の動機は、「山たづの迎へを行かむ」（記）にあり、「山たづね迎へか行かむ」（万）を経由して、生まれたものではないか。Aが極限状態の別離の結構で成っている事は先に述べた。軽大郎女の決意は、別離した愛人同士が再び相逢うという、恋の成就を見た。しかし、人麻呂のA_1は「山道知らずも」の結句によって、別離の状態からの離脱の道は、完全に断たれている。巻二巻頭歌と同じく、別離の状態に放置されたまま、さらにA_1は興奮、反省の感が生まれる余地のないところまで、追いつめられているのである。

A_2に「使」がうたわれるのは、先に記歌謡8との関連から述べたように、決して無意味のことではない。この使はAにおいて、妻の死の知らせをもたらした使であり、「妻」と「我れ」との間を繋ぐ、唯一の絆でもあった。そしていまもう一つ、使は生前の「妻」と「我れ」との間でも重要な存在であった、という意味がかぶせられる。諸注の多くがそう説くように、使は生前の妻との仲立ちをした使でもある。なぜなら、亡妻はゆゆしき〝忍び妻〟であったのだから。結句「逢ひし日思ほゆ」は、確かな意味を有して、A歌群を締めくくる。結句の重味は、すでに茂吉の直感がこれを指摘している。

短歌の妙味は、かふいふ微妙な点に存するので、そして一首の重心はこの場合は大体この結句にあると謂つてい い。重心が第四句にあることもあり、結句にあることもあつて、万葉の短歌では重心は大体下句にあるのが多く、この一首などは、黄葉と使者と生前歓会と三つの融合にあると謂つても、重心は、『逢ひし日おもほゆ』にあると看做すべきである。（先掲書）

この一句によって、享受者の意識は、妻生前の時点へと回帰せしめられる。そしてA前半の、生前の妻が〝忍び妻〟

であったという設定部へと再び辿り着くのである。そのような機能的な役割を有すると共に、A_2は最終短歌として、それにふさわしいだけの悲痛の輝きを帯びている。それはおそらく、死と生との見事な対比が、使の姿によって成されたところに発するのであろう。使が死の使者であると同時に、生の歓喜の使者でもあったところに、発するのである。

A歌群は、記的物語の結構と主題を亡妻哀悼の虚構によって再生し、見事なまとまりを見せている作品である。ならば、当時の後宮に歌を以て全身的に奉仕する人麻呂（先掲伊藤博「トネリ文学」日本文学一五巻一号）の泣血哀慟歌第一首は、そこに集う人々に披露され、必ずや絶讃を受けたであろう事は、想像に難くない。仮にそのような場面を想像してみる。「天飛ぶや軽の道は」と歌い出されたとき、人々の脳裏にはすぐさま、「軽」にまつわる兄妹の悲恋物語が浮かび上がったであろう。綿々たる〝忍び妻〟の強調は、同母兄妹の恋の重い宿命の悲しみを、人々の胸に呼び起したに違いない。そして、物語の精粋であった〝別離〟は、極限の結構を以てうたわれたのである。

前人未踏の特異な題材に挑み、既存のものも、力強い文芸力で昇華しようとする人麻呂の姿勢が、泣血哀慟歌第一首には顕著に窺われるのではないだろうか。虚構を駆使して極めて文芸性に富む人麻呂の一面を、われわれはここに見る事ができるのである。（注2）

注

（1）土橋寛氏の岩波古典大系3『古代歌謡集』の頭注によれば、明らかに独立歌謡と見られるものは1 2 3 6 7 10。明確ではないがそう見られるもの8 11 12である。なお7は「恐らく元来は軽の市の歌垣で歌われた、女を誘う歌であろう」、10は「男を引き止める女の誘い歌」で7と類似のものとする見解は、本稿にとって注目すべきものである。

（2） 人麻呂が亡妻哀悼の主題で作歌をなそうとしたとき、題材としたのは、聞く人々誰もが知っている悲恋の物語であった。なかんずくその哀れな別離の場面であった。それを具体的な〝己妻〟のごとくに表現し尽くしたのである。

題材というと雪であったり月であったり花であったり、多くモノであることが多い。しかし、言《こと》（あるいは事）もまた魅力的な題材たりうることを、人麻呂は古物語を活用してみせることで証明した。〝詞《し》もまた題材なり〟。まさしくそうなのである。

第五節　泣血哀慟歌二首Ⅱ

一　第二首の題材と表現

前節で泣血哀慟歌第一首、A歌群について、その成立要因を見て来た。それは古代歌謡物語に材をとって、わが妻との不意の死別を嘆くものであった。第二首B歌群の成立については、A歌群との関連において述べなければならぬ点が多くある。それは後に譲る事にして、いまは単独にB歌群の題材とその表現の特徴を見ておきたい。

Bは「うつせみと思ひし時に」という簡略な提示を以て歌い出される。前半は妻生前の描写であり、時は春、妻と二人堤に立って、茂った槻の枝を見るのである。これもまた事実そのままの何でもない行為の描写と見れば、それまでである。しかし、この行為にはある意味が含まれている。それは同様の事が他の歌にも現われる事で、証明できると思う。

霹靂《かむとけ》のひかをる空の　九月《ながつき》のしぐれの降れば　雁がねも未だ来鳴かね　神奈備《かむなび》の清き御田屋《みたや》の　垣内田《かきつた》の池の堤の
百《もも》足《た》らず斎槻《いつき》が枝《えだ》に　瑞枝《みづえ》さす秋の黄葉《もみちば》　まき持てる小鈴《をすず》もゆらに　たわや女《め》に我れはあれども　引き攀《よ》ぢて枝
もとををに　ふさ手折《たを》り我れは持ちてゆく　君がかざしに（13三二二三）

反歌

独《ひとり》のみ見れば恋しみ神奈備の山の黄葉手折《たを》り来《こ》ぬ君（三二二四）

季節は秋であるが、B前半の行為と、その背景と素材（「池の堤」「斎槻が枝」など）を通して、同一のものと見ることができる。ではこの行為はいかなる性質のものか。巻十三長歌においてもB前半においても、これを神事に関わるものと見做すことができる。槻の木が神聖視されていたことは、他にも例を見る。巻十三長歌の「神奈備の清き御田屋の」あるいは「我れは持ちてゆく君がかざしに」などは、この行為が神事的なものであった事を充分に示すと思う。また、Bにおける「取り持ちて」は詞全体が神事的な重々しさを直接に含んでいる（本田義寿「万葉集における『取持』」論究日本文学二七・二八号）。

春秋の神事的行為、これを代表するものは国見の行事であろう。国見の行事と密接なものに歌垣《うたがき》があったことは周知の通りである（土橋寛『古代歌謡と儀礼の研究』）。巻十三長歌は、男にうたいかけた女の歌であり、Bもまた「我れ」と「妻」の二人である。男女相逢い生を歓喜する歌垣を以て、B前半部の背景とするのは、武断に過ぎるだろうか。いずれにしても、春という生命の躍動する季節の中に、妻が生き生きと描かれていることに変わりはない。B歌の特徴はここにある。つまり、対比表現である。B前半の描写は、すでに歌い起こし二句によって、妻が生前の時という限定を受けている。妻の描写の部分が生命の充実を示せば示すほど、対比的に、同じその妻の死が深化されて、受け取る側に伝わって来るのである。相反するものを同時にうたって、主題や表現を深化する対比の手法は、人麻呂にとっては事新しいものではない。なかんずく、春秋といった季節の対比は、人麻呂の得意とするものであった。(注1)いま瞠目すべきは、人麻呂が死をうたうに、生との対比表現を行なった点にある。

一首の後半には「みどり子」が登場する。「みどり子」は当歌において集中初出である。(注2)人麻呂とBにうたわれた妻との間には子供があった。それが事実であったとして何ら不思議はない。がしかし、一首が歌であることの当たり前すぎる事実も、われわれは忘れてならないと思う。歌材として前例のない「みどり子」を、何故あえて人麻呂はB

たか。

に登場せしめ、うたわなければならなかったか。これもまた、対比表現という作歌の姿勢が要求した素材ではなかったか。

亡妻が形見として残して行ったのは、「みどり子」であった。乳を乞うて泣きやまぬ「みどり子」は、正に生命そのものである。ここにも明確な生と死の対比が見られるのではなかろうか。充実した生命を腕の中に抱きながら、「我れ」は「亡き妻」を恋い、うらぶれ暮す。「みどり子」によって強く生の場に繋ぎとめられながらも、なお、「妻」の行った死の場を恋うる。うらぶれ嘆く「我れ」の悲しみは、生と死の中間に危うく位置しているところから発していると見ることができるのである。

そうして見たとき、「妻屋」もまた、対比表現の一つの素材でないかと思われる。この「妻屋」をめぐって二つの対比が交錯していると見られるからだ。一つは「妻」の肉体の有（生）から無（死）へ、もう一つはそれら人間の転変に対する「妻屋」の存在の不変である。最も生命的な時を「妻」と共有した部屋は、悲しみに満たされて変わらずにある。「我れ」の心の歓から悲へ、「妻」の肉体の有から無へ、変化して止まないのは人間だけである。そして末尾「うつせみと思ひし妹が　玉かぎるほのかにだにも　見えなく思へば」は、はるかに歌い出しと呼応しつつ、妻の肉体の有から無へ、より端的な対比で終えられるのである（或本歌はさらに端的に「うつせみと思ひし妹が　灰にていませば」とある）。

「妻屋」をめぐる変と不変の対比は、短歌B_1においてさらに強く再現されている。「妻屋」はさらに永久で不変の「月」に託されるのである。第三句の「ども」は、変と不変とを強く対比させて詠嘆の意を表現するのである。

最終短歌B_2は、生と死の中間にあって悲嘆にくれる「我れ」が、その離脱を企って、妻を求め、得られなかった後の心情を述べる。生の場にありながら、亡妻を恋うる故に死を懐しむ「我れ」の、自身の死が来たるまで続く悲しみをうたって、B歌群は終る。

Bはその手法として、対比表現を以て貫かれている。では、その生と死の過酷なまでの対比を支えるものは何か。それはB中間の「世の中を背きし得ねば」の句ではないかと思う。

対比表現は、手法として客観的な姿勢が要求される方法であろう。感情的にのめり込まず、この手法を駆使するには、まず何よりも堅固な足場が作者には必要となる。

「世の中」はその定義が多岐にわたる。しかしこの場合、妻の死についていった現実であるから、「人間は必ず死んで行くもの」という意味にとって、間違いはなかろう。おそらく、その〝理〟といったものが、この歌における確固たる足場であろう。この揺るがぬ〝理〟の上で、一首は様々の対比によって、悲しみを表現するのである。「世の中」の一句は、それほどに確実な強い意味を含んでいる。それを証すように、この一句が抽き出す中間部の描写は、主情の入る余地を全く見せぬ、客観に徹した葬送の叙述である。実景であろう「荒野」が描かれ（挽歌においては、普段には見慣れた野であっても「荒」を冠してうたう。「荒床」「荒山中」など）、「鳥じもの朝立ちいまして入日なす隠りにしかば」と具体的な葬送の時間が明示される。この中間部の葬送描写はBの最も本質的な特徴を顕著にするものといえる。一首の構成が、すべてこの客観的な手法と作歌姿勢からなっているからである。

第二首の構成は簡略に見て、次の三つからなる。

Ⅰ妻の回想（うつせみと～子らにはあれど）

Ⅱ妻の葬送（世の中を～隠りにしかば）

Ⅲ妻の死後１「みどり子」と「妻屋」（我妹子が～逢ふよしをなみ）

　２嘆きの山（大鳥の～見えなく思へば）

回想や後日談が客観的な心情においてなされることはうなずける。しかし、最も悲しみが横溢して然るべき葬送の部分に、全く感情表現が無いのは、何故か。人はこれを〝非情の眼〟として、人麻呂の作歌視線の秀逸さととるか。泣血哀慟歌第二首は、第一首に比べて、著しく客観性が濃厚である。この故に、別人説はもとより諸説は、Aは主観的、Bは客観的の明らかな別ありとする。また、そこにこそ、二首連作歌の「展開の妙」があるとする説もある（伊藤博「歌俳優の哀歓」）。

かような二首に見られる全体としての明らかな歌柄の相違は、別人非連作の根拠として力があるといえる。内容的にもBはAと明らかな〝場〟の相違もある。Bに登場する「大鳥の羽易の山」は、具体的な、一首の場を指し示す唯一のものである。いずれも、二首を連作と見る場合の困難として、それらの問題は立ち塞がって来るのである。本稿は先に第一首を、記的物語を題材とする虚構であり、一まとまりの独立生を有するものとした。では、第二首はこれと全く別個のものであるのか。形式において内容において、両者は全く関わり合わぬという別人説をよしとすべきなのか。第一首との関連ということを念頭に、さらに第二首の構造を検討してみなければならない。

二　第二首冒頭部の考察

Bの歌い起こしは、人麻呂長歌中唯一の例外ともいえる、まことに簡略な姿を示している。一人の作者の手になる一連の作品に例外が生まれるためには、それなりの理由があって然るべきである。はたして、Bのこの簡略な歌い起こし二句、「うつせみと思ひし時に」が生まれたのは、如何なる事情によるものであったのだろうか。

泣血哀慟歌二首を「一人の妻の死を傷める一回の詠なり」と断じたのは、山田孝雄『万葉集講義』であったが、氏の連作説の中核は人麻呂の作品形成の概観にあった。そして、その第二の武器ともいえるのが、この歌い起こし二句の解釈である。それによれば、「うつせみと思ひし時に」の句は、一作品の真ん中に位置して初めて落ち着きを得る、というのである。その例としてあげられたのが、明日香皇女挽歌である。

明日香皇女の城上《きのうへ》の殯宮の時に、柿本朝臣人麻呂が作る歌一首并せて短歌

飛ぶ鳥明日香の川の　上《かみ》つ瀬に石橋《いしはし》渡す（一には「石並」といふ）　下つ瀬に打橋《うちはし》渡す　石橋に（一には「石並に」といふ）生ひ靡ける　玉藻もぞ絶ゆれば生ふる　打橋に生ひをゐれる　川藻もぞ枯るれば生《お》ゆる　なにしかも我が大君の　立たせば玉藻のもころ臥《こ》やせば川藻のごとく　靡かひし宜《よろ》しき君が　朝宮《あさみや》を忘れたまふや　夕宮《ゆふみや》を背きたまふや　うつそみと思ひし時に　春へは花折りかざし　秋立てば黄葉かざし　敷栲の袖たづさはり　鏡なす見れども飽かず　望月《もちづき》のいや愛《め》づらしみ　思ほしし君と時時　出でまして遊びたまひし　御食向《みけむか》ふ城上の宮を　常宮《とこみや》と定めたまひて　あぢさはふ目言《めこと》も絶えぬ　しかれかも（一には「そこをしも」といふ）あやに悲しみ　ぬえ鳥の片恋づま（一には「しつつ」といふ）　朝鳥《あさとり》の（一には「朝霧の」といふ）通はす君が　夏草の思ひ萎《しな》えて　夕星《ゆふつづ》のか行きかく行き　大船のたゆたふ見れば　慰《なぐさ》もる心もあらず　そこ故に為《せ》むすべ知れや　音《おと》のみも名のみも絶えず　天地のいや遠長く　偲ひ行かむ御名《みな》に懸かせる　明日香川万代までに　はしきやし我が大君の　形見にここを（2一九六）

短歌二首

明日香川しがらみ渡し塞《せ》かませば進める水ものどにかあらまし（一には「水の淀にかあらまし」といふ）（一九七）

明日香川明日だに（一には「さへ」といふ）見むと思へやも（一には「思へかも」といふ）我が大君の御名忘れせぬ（一には「御名忘らえぬ」といふ）（一九八）

それを見れば確かに該当二句は、作品の中央に位置し、その前後を繋ぐ役割を持つものと認められる。B歌い起こしの人麻呂長歌における孤立は、二首を連作と見做すことでしか、救い得ない。冒頭二句の簡略さは、明らかに前を承

けることで生まれたものと思われる。

以後、氏のこの第二の武器は長く看過されていたのだが、独自の連作論の立場でこれを再掘したのは、先掲「歌俳優の哀歓」(伊藤博)であった。この論は泣血哀慟歌二首が、主観(第一首)から客観(第二首)へというような「展開の妙」を見せる一連のものだとする。その第一首と第二首の結節点を、やはりBの歌い起こし二句の特異性に求めている。数少ない同人連作説は、この貴重な二説に力強く支えられているのである。

本稿もまたBの歌い起こし二句については、前説と意を同じうする。ならば、B冒頭に描かれた生前の妻は、Aの亡妻と同一人になる。伊藤説は両者の場の問題にふれて「『軽』そのものは明確に登場せず」と第二首の場を前置きして、二首が同一結構においてなされた連作とした後、「『走り出の堤』も『二人吾が寝し妻屋』も第一歌群を受けて現われるからには、当然『軽』の里に在ったものに相違な」いと断定している。伊藤説の当然の帰結として、この推断は生まれた。

本稿は未だこの同時連作の結論に至り得るものではない。しかし、B冒頭部については、その舞台が「軽」であることを、かなり明確なものとして捉える事ができる。それは次の二首がこれを保証するからである。

　軽の池の浦廻《うらみ》ゆき廻る鴨すらに玉藻の上にひとり寝なくに(3三九〇、紀皇女)

天飛ぶや軽の社《やしろ》の斎槻《いはひつき》幾世まであらむ隠《こも》り妻ぞも(11二六五六、作者不明)

「軽の池」の記載は記紀に多いが、万葉集には紀皇女の一首だけである。記紀の記載の多さからも(「軽の酒折池」崇神記、「軽池」垂仁記、応神紀)、また皇女が歌に詠んでいるのをみても、「軽の池」は人々によく知られていた由緒ある池であった事がわかる。この一首がB冒頭の舞台を明かす手掛かりになると思う。直接にはBの「走り出の堤」の句との関連からである。堤というからには、池がある。これが紀皇女の歌の「軽の池」なのではないだろうか。「走り出の堤」を、古来、諸注は「門近い所にある堤」と解釈した。しかし、これは、「水に向かって突き出た」とする解、つまり堤の形状と見る説（『全註釈』、井手至「万葉語のイハバシル・ハシリヰ・ハシリデ」万葉三二号『遊文録』）を正着とすべきものと考えられる。然るに、紀皇女の歌には「軽の池」には「浦廻」があるといっている。「浦廻」は入江である。それならば当然、「軽の池」には「走り出の堤」があっていいはずである。この合致は、B冒頭の舞台が、「軽の池」の堤であるとする一根拠となるであろう。

一方、巻十一の作者不明歌は、一見して泣血哀慟歌第一首との親近をわれわれに感じさせる。初句「天飛ぶや」そして「軽」、結句「隠り妻」は、Aの成立に関してすでに前節で述べたところのものである。いま一首は作者不明であることから、軽々には取り扱えないが、直接に関連して述べたいのは「斎槻」の一句である。槻の木に関しては、冒頭の素材と背景の点で類似の歌（13三二二三）を引いて先に述べた。「斎槻」というのだから、槻の木が神事的な意義を有する事は、この作者不明歌でいよいよ顕著であろう。池と堤と槻の木、それらが「軽」にまつわって歌にある。そして、B冒頭の妻と我れ、二人の行為が、歌垣にまつわるものではなかったか、というのは先に述べたところである。B冒頭の場は、「軽」の歌垣を措いては、他に想定し難い。Aにおいて抜き難かった「軽」の場は、明らかにB冒頭、妻生前の描写の場と連続して、登場しているのである。

想起すれば、Aを成立せしめた記歌謡別離部の序曲に当たる二つの歌謡（八四・八五）は、独立歌謡として軽の歌垣で謡われたものとされる（土橋寛『古代歌謡』）。のみならず、記歌謡の多くが歌垣という場を母胎として生まれた事は、周知の通りである。B冒頭は「軽」の代表的な行事である歌垣を背景とすることで、Aを承けていると見られる。

Aの重要な設定として〝忍び妻〟があった。作者不明歌は「隠り妻」の題材から、「軽」との関連と共に、いよいよ泣血哀慟歌第一首に親近のものとなる。この一首が存在する巻十一が、巻十二と合わせ「古今相聞往来歌」上下二部である事は知られている。両巻は人麻呂歌集の歌を各々最初の部分に置くという構造上の特徴を有している。その人麻呂歌集の歌が目録にいう「古」であり、その他の歌が「今」に当たり、「今」の歌々は「古」の影響下に生まれているのであろう事は、すでに身崎寿氏の指摘するところである（和歌文学会第六九回例会）。そのような事情を考慮すれば、当面の作者不明歌が、人麻呂の泣血哀慟歌第一首の強い影響下に生まれたのではないかという想像は、いきおいなされる。辞句の類似、題材の〝忍び妻〟の共通からも、その可能性は強いと思われる。

三　第二首の内部構造

第二首冒頭が第一首を承けて、同じ「軽」の地をその舞台とし、当然、亡妻も同一人であろうことは、前述の通りである。「走り出の堤」も「二人我が寝し妻屋」も、「軽」に存在する。では、後半に登場する「羽易の山」の存在は、どう解釈すべきなのであろうか。この具体的な山名の提示は、古来別人説の有力な根拠であった。第二首の場を「軽」としたとき、「軽」と「羽易の山」との距離は、同人説の前に大きな困難として存在したのだった。

「羽易の山」は、古くは奈良盆地の北端、春日の地に想定されていた。「軽」は盆地の最南端である。ところが、「羽易の山」なる名称が山の形状から来た愛称であり、「大鳥の羽易の山」は、春日のものとは別に、三輪山をはさんだ龍王、巻向の三山を指すことは、大浜巌比古「大鳥の羽易山」（万葉六四号）が指摘したところである。そして、B_2にうたわれる妻を葬った「引手の山」が、三山のうちの龍王山であろうこともすでに説かれている（『注釈』）。

同人説がとうてい乗り越えられないと思われていた距離は、貴重な研究によって激減した。それにしても、距離は残る。仮に墓所として適当と思われる龍王山の麓、衾田墓まで直線にしておよそ九キロ。然るべき道を辿って迂回した場合、その距離は倍加する。

しかし、これは或本歌の結句「灰にていませば」から、火葬を考慮に入れたとき、説明がつく。妻の屍を灰にして持って行く事が、二点間の距離を越える事を可能にするのである（伊藤博「歌俳優の哀歓」）。

本稿はまた独自に、この地理的な問題に一つの解釈を持っている。それは同人説に困難であったこの距離が、Bという作品にとっては、むしろ不可欠のものであった、と見るからである。そして、同時にこの距離が最適のものではないか、と考えるからである。妻の墓所は、「軽」と同地、または至近距離にあっては、かえっていけないと思われる。なぜなら、中間部の葬送描写がその意味を失なうと思うからである（その点、石見相聞歌第一首前半の海の描写部分が充分な時間と空間を保有するのと同じ）。「鳥じもの朝立ちいまして　入日なす隠りにしかば」という時間の明示、そして「荒野」を背景とする葬送の具体的な描写が、この「軽」と「龍王山」との距離によって効果を発揮するのではないかと考えるからである。

続日本紀に、元正天皇の自らの葬儀に関しての詔がある。

朕《われ》聞く、万物の生、死有らずといふこと靡《な》し。此れ則ち天地の理《ことはり》、奚《なに》ぞ哀悲すべき。葬《さふ》を厚くして業《わざ》を破り、服《ふく》を重《かさ》ねて生を傷《やぶ》ることは、朕甚《はなは》だ取らず。（略）一《いつ》に平日に同じくし、王侯卿相及び文武の百官、輒《ことごと》く職掌を離れて喪車《もしや》に追ひ従ふこと得ざれ。各本司を守り事を視《み》ること恒《つね》の如くせよ。（養老五年十月十三日）

葬儀に関して、過度の「哀悲」の行為を戒めたものであるが、ことさら詔して禁じているところを見れば、それまでの葬儀が「業を破り」「生を傷る」形で行なわれるのが、通常であったことがわかる。もう一つ注目すべきは、その「哀悲」が、頂点として火葬の場へ向かう「喪車に追ひ従ふこと」にあったことである。葬送の悲しみは、死者に伴って歩くその過程、野辺の送りを頂点とするのである。

Bの亡妻の場合、この記事に見られる葬儀の形が、そのまま当てはまらぬのは勿論である。しかし、野辺送りの習俗は一般的であったろうし、その中にこめられる「哀悲」の感情は、少しも異なるものではなかったであろう。B中間部の葬送描写は、野辺送りの「哀悲」の感情に裏打ちされている。それならば、朝に出立し夕に葬られるという、死者を送る人々の最も悲しみに満ちた時間と、はろばろとした野辺送りの距離は、この一首に必須のものであり、「軽」から「羽易の山」(龍王山)への距離は正しく最適といえるのではないか。一首を聴く者は、葬りの地としておそらく誰もが知っている具体的な場所が想定できたのではないか。野辺の送りといえば、いま軽を出立してあの「羽易の山」までと、その距離は瞬時に想定するところではなかったか。

悲しみの感情の裏打ちがあると見れば、B中間部の葬送描写は、決して客観的で平板なものとはいえなくなる。そして、この部分を強く裏打ちするものが、もう一つ確実にあるとの見解を本稿は持つ。詳しくは後に述べるが、Aの主題であった熱狂的な〝別離〟の情がそれである。Aにおいて強く表出された感情が、Bの遙かな野辺送り、その時間と距離を裏側から支えているのではないか、と考えられるのである。

このBにおけるAの裏打ちということに関して、もう一つ、季節の問題が上げられる。Aで、妻の死は「黄葉」に象徴される秋であった。Bもまた、季節は秋で統一できるし、同じ「秋」でなければならないと思う。

B歌群は一首を一貫するその手法が、対比表現である事は先に述べた。いまB冒頭部の春の描写は、妻の死をうたうに強く秋の季節を打ち出したA歌群と、見事に対比していると見なければならない。生前の妻の描写は、二首を一貫する秋の季節の中で、浮かび上がり、より鮮明に妻の生命を象徴するのである。秋に死んだ「軽の妻」を、春の季節の中に、そして最も生命的な歌垣の場に再び登場させる。そこに人麻呂の類い稀な工夫が看て取れる。

この点から、冒頭の春の描写を捉えて妻が秋に死んで翌年の春に葬られたとする説(武田『全註釈』)は、当たらない。この春の描写は、やはり「うつせみと思ひし時に」という限定を受け、さらに「春の葉の茂きが如く」と、比喩に転換するからである。これを嘱目という事に囚われて、B歌群全体を春とするならば、人麻呂のB歌群における対比表現の妙は当然失なわれるし、なかんずく、B_1の解釈に無理が生じて来るからである。もし前説のように取ると、B_1では春の月を眼前に、去年の秋の月を思いやる事になる。これは嘱目を基礎とした前述の姿勢からいっても、矛盾であろう。

また、B_1について一周忌の説が当たらないことも、山田『講義』の反駁を俟つまでもない。ここはやはり妻の死んだ同じ秋の時を眼前にしたもので、われわれの知る名訳によっていうならば

今迄にもそこばくの月日はたつているが、かくして妻なき年月がいよいよ重なつてゆく事を思つての、将来をかけての悲歎がこめられているのである。(『注釈』)

と見るのが正着だと思う。B_1をそうとってこそ、B_2に「我れ」が死ぬまで続くであろう、限りない悲しみの情が生まれるのである。

こうして、Bの季節もAと同じ秋である。人あって中間部「かぎろひ」を捉えて、春のものではないか、というかもしれない。確かに「かぎろひ」は春の季節を代表するものとして、やがて固定して行く。しかし人麻呂において、それが春に限らないものであったことは、冬の作とされる有名な次の歌が証明する。

東《ひむがし》の野にかぎろひの立つ見えてかへり見すれば月かたぶきぬ(1四八)

Bの「蜻火」は或本歌に「香切火」とある。或本歌を重視するならば、これはまた季節と離れた別の問題を生むであろう。

「人麻呂長歌の季節感は、秋において最も高度であった」というのは、渡瀬昌忠「柿本人麻呂における季節感」(国

学院雑誌七四五号）である。氏の人麻呂の季節感への肉迫から生まれたこの言は、泣血哀慟歌の季節表現を考えたとき、さらにその昇華をみるのではあるまいか。こと泣血哀慟歌二首に限っていえば、妻の死を「秋」、その生を「春」に象徴した近代的な季節感は、瞠目に価する。それは人麻呂の才能が偶然に選びとったものであるとしても、それが泣血哀慟歌の作品としての価値を高めていることに変わりはない。

以上見て来たように、B歌群はA歌群と一連の切り離せないものを内在する。地理的問題において、B歌群をA歌群と切り離すべき理由は見当たらない。そればかりか、B歌群はA歌群を切り離しては存在し得ない要素を、その冒頭部において、季節において、対比表現の手法において見ることができるのである。かくして、本稿は泣血哀慟歌二首を同一人の妻を詠んだ連作と見る。

それならば、二首を、山田説のように「一回の詠」と見做し、伊藤説のように「筋の展開を」そこに見て、二首の「時相の相違」をむしろ「展開の妙」と見るべきかというに、そこに本稿は異議を持つ。次にB歌群の成立について見解を述べ、その点を明らかにしてみたい。

四　第二首の成立と第一首との関連

これまで、A歌群は虚構によって成立した一篇のまとまりを持つものであり、B歌群は対比の手法の一貫した作品である事を述べて来た。そしてBの妻が、Aの〝軽の妻〟と同一人であろう事は、B冒頭に関して述べた。しかし、A歌群の強い独立性と二首の明らかな手法の違いは、同じ妻をうたっていながら、一結構において同時に為された連作とするのを躊躇させるものがある。二首には明らかに、「展開の妙」を円滑にさせない、歌柄の相違がある。この点が解明されない限り、同人説は依然としてその足場を確保し得ないのではないかと思う。

では、A歌群とB歌群の全体的な相違は、どこから生まれて来るのであろうか。一にかかって、B歌群の成立の仕方にあると思われる。同人説の立場を取る本稿が、B歌群をA歌群との関連において解明しようとした姿勢は、故のない事ではない。同人説をとろうとするとき、論点は必ずそこに置かれる。何故か。A歌群はB歌群の予想を全く含んで居ないからである。これは、人麻呂自身が第二首を予想せず、第一首をなしたと考える他はない。もし人麻呂が同一結構の上で二首をなす事を、最初から予想していたなら、A歌群に一主題を与え、顕著なまとまりを持たせて歌い切ってしまうのは、いかにも不利である。事実、A歌群はB歌群に少しも関わらずに、自立する。しかし、Bはその冒頭から深くA歌群に関わって行くのである。

これは何を意味するのか。人麻呂が時間的にも意識的にも相当後に、A歌群を念頭に置いて、B歌群を個別になしたものとは考えられないか。つまり、B歌群は、一度歌い切ったA歌群を、別時に「歌い継ぎ」をすることで、成立したものではなかったか。

おそらくA歌群は、記的物語の〝別離〟の主題との出会いによって、一気呵成に成った。それは「感情の高潮をそのままに歌ひ上げて、惻々とせまり、滔々と押し寄せて来る悲歎の趣」(土屋『私注』)を、手法の点で表現の点で、A歌群に許したのであろう。主題と形式との見事な出会いであり、合致である。そのようなA歌群を、B歌群は歌い継いだ。もしB歌群を「歌い継ぎ」のものとすれば、当然B歌群の方が苦心している。まず題材の面で、そして何よりも、作歌に必須の昂奮の再喚起という面で、これは作品に即してさらに明確に指摘し得ると思う(後述)。

それでは、「歌い継ぎ」に当たって、人麻呂はA歌群のどこに取りついて、その道を見出したのか。具体的には、A_2最終短歌の結句「逢ひし日思ほゆ」であろう。A歌群の最末尾がB歌群冒頭と密接であるとすれば、両歌群を最初から一結構において見るのと変わりはないようだが、そうではない。何故なら、B冒頭におけるA2「逢ひし日思ほゆ」の生かされ方に、「歌い継ぎ」のための積極的な姿勢が窺われるからである。

A2において、「逢ひし日思ほゆ」の結句は、Aの初頭に時点を回帰せしめるものであった。それ故に、A歌群は作品として自立し、A2は卓抜な最終短歌として価値を有したのであった。この結句は、A2においてはたとえば「昔逢ひ初めた日」(金子『評釈』)と取ってもいいし、また漠然とA冒頭の状態になる以前、妻と愛情が確かめ合えた状態の日々、と意味を広げて取ってもいいと思う。しかし、一方、人麻呂には「逢ひし日」に、次の用例がある。

そら数《かぞ》ふ大津の子が逢ひし日におほに見しくは今ぞ悔しき(2二一九)

ここで「逢ひし日」は、大津の子と出逢った一日という、限定された意味を持つ。B冒頭部の舞台が、歌垣であろう事は先に述べた。歌垣がある特定な一日、吉日を選んで行なわれた事は明らかである。とすれば、Bの「歌い継ぎ」はA2の結句の一日に、歌垣の日、という具体的な背景を与える事で、可能になったのではなかろうか。

一句が違う意味で捉えられ、別な歌を生むというのは珍しいことではない。たとえば、額田王と天武天皇の間に交された有名な二首(1二〇、二一)も、「紫」の一句が、それを生む結節点となっている。額田王の「紫野」の「紫」を捉え、格別の意味を与えたところに天武の歌はなったのであり、それこそが「和歌」の妙であった。

人麻呂の「歌い継ぎ」は、A2の結句に新たな意味をかぶせることで、可能になったのではないか。「うつせみと思ひし時に」の簡略な提示は、「思ふ」という辞句の類似からも、「逢ひし日思ほゆ」の句に、よりかかって生まれた歌い起こしだと思われる。「逢ひし日」の内容をBの立場で捉え直したところで、はじめて冒頭部は生まれていると思われる。

人麻呂の二首が終始孤独な状態の中でなされたかどうか、問題が残る。しかし、この「歌い継ぎ」の点から述べれば、享受者の側にA歌群の単独の流布があったと見た方が、説明しやすい。簡略な提示によって、すぐさま軽の歌垣の描写に入れば、聞く者は「軽」の連想から、一首が感動的であったA歌群の続篇であることを了解し、A_2末尾の「逢ひし日」が、実は歌垣の一日であったか、と思い至る訳である。享受者にはB冒頭に登場した妻は、すでに悲しく死別した〝軽の妻〟であるという予備知識がある。冒頭の回想場面は、A歌群を念頭に置いたとき、さらに生と死との対比が鮮明になって効を奏する。簡略な提示で抽き出される妻生前の描写は、人麻呂がそのような享受者の知識を踏まえたものなのであろう。

そうなれば中間部の葬送描写は、客観に徹すれば徹するほど、その効果は大きい。Aの中で痛切にうたわれた〝別離〟の主情は、客観描写の堅固な容器にすっぽり納まって提示されるからである。はろばろとした野辺送りの描写のうちに、人々はAの妻との別離に哀慟する夫の、号泣を聞くのである。前にB中間部を裏側から強く支えているのはAではないかといったのはこの意味からである。

葬送の後の悲しみと、亡妻を山に訪ねて行くというⅢ妻の死後の描写も、A歌群の裏打ちがあると見ていい。この題材は、よく漢詩文に求められる（主に文選、潘安仁の悼亡詩三首など）。しかし、人麻呂の漢詩文の教養がその題材を選んだとしても、直接に関わっているのはA歌群ではないかと思う。A_1からの連想を考えるからである。A_1では亡妻は秋山に入り、残された「我れ」はそれを訪ねる「山道」を知らなかった。Bでは「我れ」は悲しみに堪えず、遂に妻のいるという山を訪ねる決心をする。あたかも軽大郎女が愛人を追う決心をしたように。そして、別離の状態からの離脱を願う「我れ」に、最終的な絶望が訪れる。A歌群の別離の悲しみは、B歌群において取り返しようもない現実を確認する事で、永遠の中に放置される。そしてB_1B_2の短歌二首は、永劫の悲しみを表象して輝くのである。

極論すればB歌群はA歌群を題材として成立したといっていい。Bの一見平板な叙述の裏には、A歌群における別離の主情が、常に基調音として流れている。語りは常に平静な調子で一貫されるが、それはBの内容に即してうねり、盛り上がるA歌群という音楽と共に語られるのである。そうしてみたとき、B歌群はA歌群を含みこんで、さらに作品としては広がりを持つものといえる。A歌群が記物語との「二重写し《ダブルイメージ》」で成立しているように、B歌群もまたA歌群との「二重写し」を以て、内容としてさらに大きい型で成立している。A歌群からB歌群へという一筋の展開ではなく、B歌群はA歌群と表裏一体で味わってこそ価値がある。たとえてみれば、A歌群は主情的な珠玉の一短篇であり、B歌群はその短篇の主題を含みこんで大型化した、長編である。

　B歌群が「歌い継ぎ」である事を証すもう一つは、その苦心の痕跡である。B歌群に或本歌が存在するのは、両者の辞句の異同があまりに多かったためだという（『全註釈』）。その異同を人麻呂の推敲の痕跡とすれば（曾倉岑「万葉集巻一巻二における人麻呂歌の異伝」国語と国文学昭和三八年八月など）、それはそのままB歌群を作品にするための人麻呂の苦心であろう。B歌群に比してA歌群にははるかにそれが少ない（三個所）。題材と結構の苦心、それに伴う表現の苦慮、なかんずく、作歌意欲の鼓舞に、人麻呂は並々ならぬ犠牲をB歌群に払っているものと思われる。歌い尽くしたA歌群を含みこむ結構の誕生と、人麻呂のそのような努力によって、B歌群は成立したのであろう。一般に平板でA歌群に劣るとされるB歌群の価値は、A歌群の裏打ちとする結構で、さらにそれを大型化したものとして、新たに見直される必要があると思う。（注3）

注

（1）たとえば、明日香皇女殯宮挽歌（2一九六）の「春へは花折りかざし秋立てば黄葉かざし」に端的に看て取れる。なお同例で見れば他に「上つ瀬・下つ瀬」「立たせば・臥やせば」「朝宮・夕宮」などの対句に豊富な対比表現が見られる。

（2） それと共に、死者の「形見」としてそれを登場させたのも人麻呂が最初である。亡妻の形見としてみどり子をうたってこれに続くのは、当歌の模倣であろう高橋朝臣の一首（3四八一）と家持の亡妾歌（3四六七）である。

（3） 本節と前節は「泣血哀慟歌二首――柿本人麻呂の文芸性――」（萬葉七七号）と題して発表されたものである。前節は、第一首が古事記にみられるような古歌謡物語を題材として成立したことを述べるものであり、本節は第一首の流布の後、好評を受けて第一首そのものを題材として人麻呂が第二首を苦心してなしたことを述べたものであった。つまり「歌い継ぎ」の論である。今回はもと一篇のまとまりであった論を二つに分割した。目的が「題材と表現」、とくにその面においての人麻呂の手法を見るためであった。元の論文は副題にあるように人の文芸性、なかんずく人麻呂の虚構の駆使の仕方を探ることに主眼が置かれていた。従って、その結論部（旧稿最終九節）を本節では取り去り、虚構の問題を論じた、本稿の終章に回すこととした。

第三章　題材と表現その享受の手法

第一節　異郷の女性像

一　序

万葉集にはさまざまな女性達が登場する。その一人一人の豊かな個性と彼女らが生み出した歌々の魅力をそれぞれ論ずることは、万葉研究の中心的な課題であるといえる。その点からいっても、万葉の女性あるいは古代の女性といった具合に、一括してこれを論じ切ることはひどく難しいことになろう。

その困難な視点から、あえて一言してみようとする理由は、柿本人麻呂をはじめとする幾人かの歌人たちがうたった、妻を主題とする作品に対する関心からといえる。たとえば人麻呂のうたった石見妻や泣血哀慟歌における亡妻などは、おそらくは具体的な一人のわが妻という現実をはなれて、古代の女性たちの一般のあり方に立脚しつつきわめて象徴的にうたわれた妻ではなかったかと考えられる。つまり現実の女性の血の暖かさを通わせながらも、それは文芸的に造形された妻の像ではなかったか。その造形の根本的なありようが、単なる絵空事ではなく、古代一般の人々の実感に即して、充分に納得されるものであったのではないかということである。

右の点については、これまでに何度か言及して来た（二章）。以上の発言の根底に常にあった課題は、人麻呂が己妻《おのづま》のこととして痛切にうたい表現したものが、結果、生々しい現実としてわれわれに感動をもって迫ってくる、その作品としての仕組みについてであった。それは人麻呂の言語そのものが、本来的に内蔵している力に加えて、彼の類ない表現の工夫にもよるのであろう。あるいは、もっと根本的に主題の設定における彼の並はずれた着想の力にもよるのであろうか。

様々に想像を巡らした結果、一度は、これら人麻呂の妻をうたう一群の歌々が享受者にもたらす感動の根源は、現実から文芸へという道筋と逆のところに存するのではないかと思うことがあった。すなわち、ほぼ完璧に高次な虚構の力が、われわれに如実な現実を見せているのではないか（終章）、と。しかし、虚構ということに思いが及ぶとき、一方で単なる絵空事ではこれほどに迫力を持ち得ないという事実が、作品の背後の探究へと促すのである。

ここでは、主に人麻呂の石見妻の造形のあり方を心底において考察を進めていく。そして具体的には前述した古代の一般的な女性のあり方について、その一端を考察してみようと思う。すなわち、人麻呂の石見妻を代表とする、異郷の女性達のあり方を一望することで、万葉における女性像の造形の一つの方法を探ってみようと思うのである。

二　遊行女婦の場合

異郷の女性といえば、もっとも特色ある記載のされ方で万葉集に登場する人々がいる。「遊行女婦」の四文字で表記される女性たちが、それである。その最初の例に注目してみよう。

冬の十二月に、大宰帥《だざいのそち》大伴卿、京に上る時に、娘子が作る歌二首

おほならばかもかもせむを畏みと振りたき袖を忍びてあるかも（6九六五）

大和道《やまとぢ》は雲隠りたりしかれども我が振る袖をなめしと思ふな（九六六）

右は、大宰帥大伴卿、大納言を兼任し、京に向ひて道に上る。この日に、馬を水城《みづき》に駐《とど》めて、府家《ふか》を顧み望

む。その時に、卿を送る府吏《ふり》の中《うち》に、遊行女婦あり、その字を児島《こしま》といふ。ここに、娘子、この別れの易《やす》きことを傷み、その会《あ》ひの難《かた》きことを嘆き、涕《なみた》を拭《のご》ひて自ら袖を振る歌を吟《うた》ふ。

大納言大伴卿が和ふる歌二首

大和道の吉備《きび》の児島を過ぎて行かば筑紫《つくし》の児島思ほえむかも（九六七）

ますらをと思へる我れや水茎《みずくき》の水城《みづき》の上に涙拭《のご》はむ（九六八）

天平二（七三〇）年、大宰府の長官大伴旅人は任ようやく果てて帰京の途につこうとしている。大宰府にいよいよ別れを告げようとするとき、おそらくはその別離の宴に、一人の遊行女婦があったという。事の子細は左注に許しい。児島には別にもう一首ある。

筑紫の娘子、行旅に贈る歌一首　娘子、字を児島といふ

家思ふと心進《こころすす》むな風まもり好くしていませ荒しその道（3三八一）

児島の三首は遊行女婦の実感を考える最初の手がかりといえる。ここで確かめられることは、第一に、九六六左注における「遊行女婦」の記載が文献上の初出であること、第二に「児島」という具体的な名前が記されていること（6九六六左注、3三八一題詞脚注）、である。以上の二点がまず基本的なことといえる。さらに児島について一応個別に考えておかなければならぬのは、その三首を通じていえる歌の性質であろう。三首共に別離歌であり、そして相手を見送る立場でうたわれている。

次に遊行女婦が登場するのは、児島から一八年後の天平二十（七四八）年のことで、ところは越中の国、旅人の子である家持に深くかかわって現われる。

水海に至りて遊覧する時に、おのもおのも懐を述べて作る歌

神さぶる垂姫《たるひめ》の崎漕《こ》ぎ廻《めぐ》り見れども飽かずいかに我れせむ（18四〇四六）

右の一首は田辺史《たなべのふひと》 福麻呂《さきまろ》。

●垂姫《たるひめ》の浦を漕ぎつつ今日の日は楽しく遊べ言ひ継《つ》ぎにせむ（四〇四七）

右の一首は遊行女婦土師《はにし》。

垂姫の浦を漕ぐ舟梶間《かぢま》にも奈良の我家《わぎへ》を忘れて思へや（四〇四八）

右の一首は大伴家持。

おろかにぞ我れは思ひし乎布《をふ》の浦の荒磯の廻《めぐ》り見れど飽かずけり（四〇四九）

右の一首は田辺史福麻呂。

めづらしき君が来まさば鳴けと言ひし山ほととぎす何か来鳴かぬ（四〇五〇）

右の一首は掾久米朝臣広縄。

多祜《たこ》の崎木《こ》の暗茂《くれしげ》にほととぎす来鳴き響《とよ》めばはだ恋ひめやも（四〇五一）

右の一首は大伴宿祢家持。

前《さき》の件《くだり》の十五首の歌は、二十五日に作る。

これが万葉集で二番目にみえる「遊行女婦」の記載である。児島の場合と同じく、「土師」と具体的に名を記されている。そして、歌の性格をいえば、「楽しく遊べ」という一座の興奮の喚起を促す一首であり、「言ひ継ぎにせむ」という讃歌形式の一首である。

土師はその六日後、四月一日にも引き続き登場する。

四月の一日に、掾久米朝臣広縄が館にして宴する歌四首

卯の花の咲く月立ちぬほととぎす来鳴き響めよふふみたりとも（18四〇六六）

右の一首は、守大伴宿祢家持作る。

●二上の山に隠れるほととぎす今も鳴かぬか君に聞かせむ（四〇六七）

右の一首は、遊行女婦土師作る。

居《を》り明《あ》かしも今夜《こよひ》は飲まむほととぎす明けむ朝《あした》は鳴き渡らむぞ 二日は立夏の節に応る。このゆゑに、「明けむ朝は鳴かむ」といふ（四〇六八）

右の一首は、守大伴宿祢家持作る。

明日よりは継ぎて聞こえむほととぎす一夜のからに恋ひわたるかも（四〇六九）

右の一首は、羽咋の郡の擬主帳能登臣乙美作る。

記載形式はまったく同じ。歌の性格は、家持の「ほととぎす」を承けて「二上の山に隠れるほととぎす」ととりなして応じる即詠である。児島にくらべて即妙の技量が目に立つ。土師の歌のみでなく、いま歌群を掲げたのは、官人の集団の中で即応の気息をみせて彼女の歌が遜色なく溶け込んでいる様を見たいがためである。

右の土師の他に、越中において家持とかかわるもう一人の遊行女婦、蒲生がいる。天平勝宝三（七五一）年正月三日、内蔵忌寸縄麻呂宅での宴に、万葉集中四人目（三人目は後述の左夫流）の遊行女婦として登場する。

降る雪を腰になづみて参《ま》ゐて来《こ》し験《しるし》もあるか年の初めに（19四二三〇）

右の一首は、三日に介内蔵忌寸縄麻呂が館に会集して宴楽する時に、大伴宿祢家持作る。

時に、雪を積みて重巌《ちようがん》の起《た》てるを彫《ゑ》り成し、奇巧《たく》みに草樹の花を綵《いろど》り発《いだ》す。これに属《つ》きて掾久米朝臣広縄が作る歌一首

なでしこは秋咲くものを君が家の雪の巌《いはほ》に咲けりけるかも（四二三一）

遊行女婦蒲生娘子《がまふのをとめ》が歌一首

●雪の山斎《しま》巌に植ゑたるなでしこは千代《ちよ》に咲かぬか君がかざしに（四二三二）

ここに、諸人《もろひと》酒酣《たけなは》にして、更深《よふ》けて鶏《とり》鳴く。これによりて、主人内蔵伊美吉縄麻呂《あろじくらのいみきつなまろ》が作る歌一首

うち羽振《はぶ》き鶏は鳴くともかくばかり降り敷く雪に君いまさめやも（四二三三）

守大伴宿祢家持が和ふる歌一首

鳴く鶏はいやしき鳴けど降る雪の千重に積めこそ我が立ちかてね（四二三四）

太政大臣《だいじやうだいじん》藤原家の県犬養命婦《あがたいぬかひのみやうぶ》、天皇に奉る歌一首

天雲をほろに踏みあだし鳴る神も今日にまさりて畏けめやも（四二三五）

右の一首、伝誦するは掾久米朝臣広縄。

死にし妻を悲傷《かな》しぶる歌一首并せて短歌 作主いまだ詳らかにあらず

●天地の神はなかれや　愛《うつく》しき我が妻離《さか》る　光る神鳴りはた娘子　携《たづさ》はりともにあらむと　思ひしに心違《たが》ひぬ

言はむすべ為《せ》むすべ知らに　木綿《ゆふ》たすき肩に取り懸け　倭文幣《しづぬさ》を手に取りて持ちて　な放《さ》けそと我れは祈れど

まきて寝し妹が手本《たもと》は　雲にたなびく（四二三六）

反歌一首

うつつにと思ひてしかも夢のみに手本《たもと》まき寝《ぬ》と見ればすべなし（四二三七）

右の二首、伝誦するは遊行女婦蒲生ぞ。

四二三二は広縄の四二三一の「なでしこ」を承けて、寿歌を即詠したもので、これも集団の中でよく調和している。

四二三六、七の長反歌は、蒲生が伝承したもの。伝誦歌、とくに長歌一首反歌一首という整った形の伝誦というとこ

ろに際立った特色がみられる。前の児島の歌は別離の歌に徹している点で、仁徳記の黒媛の歌謡などと色濃い頼似点をもつ（土橋寛『古代歌謡全注釈』など）。おそらくは定型を応用した歌々なのであろう。その点からいえば、蒲生の即詠と伝誦は、児島と土師の両方の性質を兼ね備えているといえる。

そして、何よりも蒲生の伝誦歌の披瀝の仕方に特徴がある。「愛しき我が妻」とは「光る神なりはた娘子」であり、それは土地の伝説上の女人と思われる。この類いの女性像を己妻として京人に紹介したら、それは柿本人麻呂の石見妻になるのかもしれない。

めでたい正月の宴に挽歌は唐突の感がある。しかし、これも家持はじめここに集う人々が、すべて官人達であることを考慮すべきかもしれない。彼らの〝妻恋ひ〟の思いに寄りそうように、むしろこれを選んで蒲生は吟《うた》ったのかもしれない。

越中の遊行女婦といえば、土師の歌の翌年である天平感宝元（七四九）年に、特異な例が一つある。遊行女婦三番目の例である。

史生《ししやう》尾《を》張少咋《はりのをくひ》を教へ喩す歌一首并せて短歌

七出例《しちしゆつれい》に云はく、

「ただし、一条を犯《をか》さば、すなはち出だすべし。七出なくして輙《たやす》く棄《す》つる者は、徒《づ》一年半」といふ。

三不去《さんふきよ》に云はく、

「七出を犯すとも、棄つべくあらず。違《たが》ふ者は杖《ぢやう》一百。ただし奸《かん》を犯したると悪疾《あくしつ》とは棄つること得」といふ。

両妻例《りやうさいれい》に云はく、

「妻有りてさらに娶《めと》る者は徒一年、女家《ぢよか》は杖百にして離て」といふ。

詔書に云はく、
「義夫節婦を愍《めぐ》み賜ふ」とのりたまふ。
謹みて案ふるに、先の件の数条は、法《のり》を建つる基にして、道を化《をし》ふる源なり。しかればすなはち、義夫の道は、情存して別なく、一家財を同じくす。あに旧《ふる》きを忘れ新しきを愛《うつく》しぶる志《こころ》あらめや。このゆゑに数行の歌を綴り作《な》し、旧きを棄つる惑ひを悔いしむ。その詞に曰はく
大汝少彦名《おほなむちすくなびこな》の　神代より言ひ継ぎけらく　父母《ちちはは》を見れば貴く　妻子《めこ》見れば愛《かな》しくめぐし　うつせみの世のことわりと　かくさまに言ひけるものを　世の人の立つる言立《ことだ》て　ちさの花咲ける盛りに　はしきよしその妻の子と　朝夕《あさよひ》に笑《ゑ》みみ笑まずも　うち嘆き語りけまくは　とこしへにかくしもあらめや　天地の神言《ことよ》寄せて　春花の盛りもあらむと　待たしけむ時の盛りぞ　離れ居て嘆かす妹が　いつしかも使の来《こ》むと　待たすらむ心寂しく　南風《みなみ》吹き雪消《ゆきげ》溢《はふ》りて　射水川《いみづかは》流る水沫《みなわ》の　寄るへなみ左夫流《さぶる》その子に　紐の緒のいつがり合ひて　にほ鳥のふたり並び居《ゐ》　奈呉《なご》の海の奥を深めて　さどはせる君が心の　すべもすべなさ左夫流と言ふは遊行女婦が字なり（18四一〇六）
反歌三首
あをによし奈良にある妹が高々に待つらむ心しかにはあらじか（四一〇七）
里人の見る目恥《は》づかし左夫流子にさどはす君が宮出後姿《みやでしりぶり》（四一〇八）
紅《くれなゐ》はうつろふものぞ橡《つるはみ》のなれにし衣《きぬ》になほしかめやも（四一〇九）
右は、五月の十五日に、守大伴宿祢家持作る。
先妻、夫君の喚ぶ使を待たずして自ら来る時に、作る歌一首
左夫流子が斎《いつ》きし殿に鈴懸けぬ駅馬《はゆま》下《くだ》れり里もとどろに（四一一〇）

同じき月の十七日に、大伴宿祢家持作る。

この左夫流が、後に「遊行女婦」の四文字に和名抄によってウカレメやアソビメといった訓みを与えられて、納得される決定的な原因になっているように思われる。ところが家持の作を虚心にみれば、この中に左末流に対する批判はほとんど見当らない。序文にあることさらないかめしさは、あまりに大仰すぎてかえって笑いを誘う。そこにある批判はすべて、部下の史生尾張少咋に向けられている。長反歌にうたわれるところもすべて、少咋の妻に対する同情と、少咋の浅薄さに対する揶揄の表現といえる。結論としていえば、一首の目的は、憶良の「惑情を反さしむる歌」（5八〇〇～一）になぞらえつつ、少咋の起こした醜聞を揶揄的に叱るというところにある。少咋の浅はかさは、本来妻とはなしえない遊行女婦左夫流を一般の男女の仲に思いなしたところにある。左夫流その人に対する道徳的批判が家持にあるとしたら、彼自身の土師や蒲生との歌の交流も責めを負うことになろう。さかのぼれば父旅人に対する批判をも生むことになる。

最後に、珍しい例として名前のわからない遊行女婦の例が一つだけある。

橘の歌一首　遊行女婦

君が家の花橘はなりにけり花なる時に逢はましものを（8一四九二）

これが珍しいというのは、これまでみてきたように遊行女婦の記載にあたっては、名が記されることが重要視されているふしがあるからだ。児島・土師・蒲生・左夫流などいずれも、それが通り名であれ実名であれ、彼女らの名前に記載者の関心が集中している。旅人の場合、左往の記し方にその強い傾向が表われていた。左注を措くとしても、旅人自身、九六七の歌の中にそれを詠み込んでいることでもそれは明らかといえる。

この歌の場合、題詞の脚注「遊行女婦」が記名の役割を果したものらしい。なぜなら、巻八の編集の基本的な方針は記名歌巻であるからだ。扱いは「縁達師」（一五三六）、「沙弥尼」（一五五八、九）などと同じことであろう。巻八の記名の仕方でもっとも不思議なのは「草香山の歌」(一四二八)である。左注に「右の一首は、作者の微しきによりて、名字を顕さず」とあって、その断り書きをもって記名歌の資格を得ている。この点をもってしても、遊行女婦を賤しい身分の女とみなすのは当たらない。脚注の「遊行女婦」も尼や沙門などと同様にみるべきで、それは一四二八の場合とは違う。橘の歌をうたった遊行女婦はもし名前がわかっていたなら、必ず記されたはずである。なぜなら、家持の越中における遊行女婦の記載の仕方は、徹底して名前を明記する方法であったからである。

以上、遊行女婦と明記された例をみてきた。これらを概観したとき改めて気づかされるのは、遊行女婦なる存在が、非常に限定されたものであるということだろう。名を明記されたものは、児島・土師・蒲生・左夫流の四人に加えて、無記名の一人(8一四九二)の計五人に過ぎない。登場する場所も筑紫(児島)と越中(土師・蒲生・左夫流)の二箇所といった次第で、極端に限定される。

一般に遊行女婦は「娘子」なる呼称とまぎれながら、場合によっては、同じものとして扱われることがある。その原因は次のような記載のあり方によるのであろう。

1　冬の十二月に、大宰帥大伴卿、京に上る時に、娘子が作る歌二首(6九六五題詞)

2　……その時に、卿を送る府吏の中に、遊行女婦あり、その字を児島といふ。ここに、娘子、この別れの易きことを傷み、その会ひの難きことを嘆き、涕を拭ひて自ら袖を振る歌を吟ふ。(九六六左注)

3　筑紫の娘子、行旅に贈る歌一首 娘子、字を児島といふ (3三八一題詞)

4　遊行女婦蒲生娘子が歌一首(19四二三二題詞)

1〜3における「遊行女婦」「娘子」「児島」という三つの呼称が連動して理解されること、4で家持が当然のように「遊行女婦」と「娘子」とを重復して用いていることなどが、「遊行女婦」と「娘子」とを同じものとする結果を生んでいるらしい。

しかし、「遊行女婦」の呼称が一般的なものでなく、旅人と特に家持に強く限定されて現われるのはもっと重視していい。これは「娘子」とごく一般的に呼ばれる女性たちの中から、旅人が、あるいは家持が特殊な視線で切り取って来た結果に他ならない。つまり、万葉集に数多く記載された娘子すなわち遊行女婦という図式は簡単には成り立たない。従って、遊行女婦の性格や実態を考えるとき、他の娘子と称される女性たちがもつ特色をそのまま付与してしまうこともまたできないことになる。「遊行女婦」のことは、家持の意識の範囲内でまず考えるべきなのであろう。(注1)

三　采女の場合

これまでに述べてきた遊行女婦とは対照的な異郷の女性がある。遊行女婦の場合は、異郷に暮らす女性たちだったが、これから言及しようとするのは、異郷から京へ来た女性たちである。その代表的なものとして采女を考えてみたい。

采女そのものの実態については、これまでに詳しく論じられている（門脇禎二『采女』など）。それらと別途に本稿が述べてみたいのは、万葉集における采女のあり方についてである。采女に関する歌をあげると次のようになる。

1　内大臣藤原卿、采女《うねめ》安見児《やすみこ》を娶《めと》る時に作る歌一首
我れはもや安見児得たり皆人《みなひと》の得かてにすといふ安見児得たり（2九五）

2　明日香の宮より藤原の宮に遷りし後に、志貴皇子の作らす歌
采女の袖吹きかへす明日香《あすか》風都《かぜみやこ》を遠みいたづらに吹く（1五一）

3　吉備津采女が死にし時に、柿本朝臣人麻呂が作る歌一首并せて短歌

秋山のしたへる妹　なよ竹のとをよる子らは　いかさまに思ひ居《を》れか　栲綱《たくつな》の長き命を　露こそば朝に置きて夕は消ゆといへ　霧こそば夕に立ちて　朝《あした》は失すといへ　梓弓音聞く我れも　おほに見しこと悔しきを　敷栲の手枕《たまくら》まきて　剣大刀身に添へ寝けむ　若草のその夫の子は　寂しみか思ひて寝らむ　悔しみか思ひ恋ふらむ　時にあらず過ぎにし子らが　朝露のごと夕霧のごと（2二一七）

短歌二首

楽浪《ささなみ》の志賀津の子らが（一には「志賀の津の子が」といふ）罷《まか》り道《ち》の川瀬の道を見れば寂しも（二一八）

そら数《かぞ》ふ大津の子が逢ひし日におほに見しくは今ぞ悔しき（二一九）

4　安貴王《あきのおほきみ》が歌一首并せて短歌

遠妻《とほづま》のここにしあらねば　玉桙の道をた遠《どほ》み　思ふそら安けなくに　嘆くそら苦しきものを　み空行く雲にもがも　高飛《たかと》ぶ鳥にもがも　明日《あす》行きて妹に言《こと》どひ　我がために妹も事なく　妹がため我れも事なく　今も見しごとたぐひてもがも（4五三四）

反　歌

敷栲の手枕まかず間置《あひだお》きて年ぞ経にける逢はなく思へば（五三五）

右、安貴王、因幡《いなば》の八上采女《やかみのうねめ》を娶る。係念《けいねん》きはめて甚し。愛情《あいじやう》もとも盛りなり。時に勅《みことのり》して、不敬の罪に断《さだ》め、本郷《もとつくに》に退却《しりぞ》く。ここに王の意悼《こころいた》び悲しびて、いささかにこの歌を作る。

5　安積香山《あさかやま》影さへ見ゆる山の井《ゐ》の浅き心を我が思はなくに（16三八〇七）

右の歌は、伝へて云はく、「葛城王《かづらきのおほきみ》、陸奥《みちのく》の国に遣《つか》はさえける時に、国司の祇承《しじよう》、緩怠にあること異には

なはだし。時に、王の意《こころ》悦びずして、怒りの色面《いろおもて》に顕《あらは》れぬ。飲饌を設くといへども、あへて宴楽せず。ここに、前《さき》の采女あり。風流の娘子なり。左手に觴《さかづき》を捧げ、右手に水を持ち、王の膝《ひざ》を撃《う》ちて、この歌を詠む。すなはち、王の意解け悦びて、楽飲すること終日なり」といふ。

6 駿河采女が歌一首

敷栲の枕ゆくくる涙にぞ浮寝《うきね》をしける恋の繁きに（4五〇七）

駿河采女が歌一首

沫雪《あはゆき》かはだれに降ると見るまでに流らへ散るは何の花ぞも（8一四二〇）

7ももしきの大宮人は今日もかも暇をなみと里に出でずあらむ（6一〇二六）

右の一首は、右大臣伝へて「故豊島采女が歌」といふ。

橘の本《もと》に道踏む八衢《やちまた》に物をぞ思ふ人に知らえず（一〇二七）

右の一首は、右大弁《うだいべん》高橋安麻呂卿語りて「故豊島采女が作なり」といふ。ただし、或本には「三方沙弥《みかたのさみ》、妻園臣《そののおみ》に恋ひて作る歌なり」といふ。しからばすなはち、豊島采女は当時当所にしてこの歌を口吟《うた》へるか。

1は、天皇に所属する采女を賜ったという臣下最高の栄誉を誇る歌といわれる。古代における采女の本来の在り方を示しつつ、鎌足という人物の面目をいきいきと伝える一首で、「安見児」の名と共に印象深く人々に記憶された歌だ。2もまた古代的な采女の在り方を直に示した一首で、透明感の溢れる秀歌である。

こうした采女のうたわれ方が文芸の本質として一変するのは、3の柿本人麻呂の挽歌においてである。「吉備津采女」のうたわれ方は前二者と大いに異なる。采女の死という主題の特異性もさることながら、采女そのものに対する見方が違っているのである。1の鎌足の場合は、主題が題詞にあるごとく「采女安見児を娶る」点にあって、安見児そのものをうたっているわけではない。2の志貴皇子の一首も、主題は題詞にあるところのもので、采女そのものをうたっていない。「采女の袖吹きかへす」の描写は「明日香風」にかかっていく。一首の視線が一筋に風に向っていくところにこの歌の透明感が生まれている。二首を通じて采女を見るならば、鎌足の狂喜をもって、安見児の得がたい美しさが想像され、志貴皇子の視線を導く風を飾ることによって、采女の爽快なあでやかさが想像されるのである。

それに比較して、人麻呂は「秋山のしたへる妹　なよ竹のとをよる子らは」と采女を描き、「いかさまに思ひ居れか」と一首の女主人公の心情に立ち入ってうたおうとする。この吉備津采女挽歌については、人麻呂研究の立場からなされた発言がいくつかある（伊藤博「志賀津の子ら」『古代和歌史研究6』七章五節、川島二郎「吉備津采女挽歌読解の一つの試み」万葉一一七号など）。それらの嚆矢として印象深いのは、澤瀉久孝「万葉の虚実」（『万葉歌人の誕生』）で、人麻呂の一首における「我れ」をとりあげてそこに強い虚構性の存在することを説いた、画期的な論であった（終章）。いま本稿にとって氏の論は、采女という存在が、文芸の題材として真正面から取り上げられていることを証すものとして、興味深い。

4の安貴王の長反歌は、八上采女を「妹」と呼びつつ、それに対する「係念」をひたぶるにうたっている。歌そのものに八上采女の描写はなく、その点が人麻呂の吉備津采女とは違っている。この歌は歌そのものよりも、左注に語られた事件の方に人々の興味が向いている。左注が述べる顚末を踏まえてこそ初めて「遠妻のここにしあらねば　玉桙の道をた遠み」や「み空行く雲にもがも　高飛ぶ鳥にもがも」といった表現が生きるのであろう。采女との恋という禁忌を如実に示すものとして、一首は貴重な例であるが、なお文芸としては、歌そのものだけで自立し得ない要素を含んでいる。

歌のみで自立しないといえば、負の評価と受け取られる恐れがある。こうしたあり方は万葉集には多く見受けられる傾向で、むしろ、采女というものの特異な実態が人々に強く認識され、その上で成り立っている古代的な歌世界といえる。その点、鎌足や志貴皇子、うたい方に際立った特色のある人麻呂と変わるところがない。

こうして采女を見てくると、前述した遊行女婦の場合と思い合わせて、注目すべき論があることに気づく。久米常民「万葉の娘子歌人」（『万葉集の文学論的研究』四章一節）で、氏は、万葉に登場する娘子（遊行女婦、采女を含む）を「歌う娘子」と「歌われる娘子」に分けている。（注2）采女の場合にも、うたわれる采女とうたう采女の別があきらかに見られる。すなわち、1～4がうたわれる采女であり、5～7の例がうたう采女である。

6の駿河采女は実感の濃く伝わる女性で、その歌も非常に個性的である。新しい時代に現実の人としてその歌が採録されたためであろうか。それにくらべて5と7の采女は、橘諸兄にまつわって伝承性が色濃い。とくに5の陸奥の国の采女については、左注が興味深い。「ここに、前の采女あり。風流の娘子なり。左手に觴を捧げ、右手に水を持ち、王の膝を撃ちて、この歌を詠む」とあり、場に即して伝統的な歌をうたうあたり、遊行女婦児島や蒲生のあり方に近い。

帰結するところ、采女もまたその実質が制度から解放されたとき、自在にうたわれる対象になるということである。古代、後には「遊行女婦」と呼ばれる女性たちが、折口信夫がいうところの聖なる水の女の系譜を担ってそれぞれの地方に存在していた頃、それは積極的にうたう異郷の女であったのであろう。采女もまた橋本四郎氏が指摘するが如く、地方を代表する聖なる女の役割を身に帯びていた頃、古事記の三重采女のように、積極的にうたう異郷の女たちであった（『注釈』）。万葉集には明瞭にではないにしても、両者のあり方とその変遷の痕跡がうかがわれるように思われる。

四　石見妻の造形

異郷の女性像として、遊行女婦と采女の場合とを見てきた。本稿の視点はその両者に共通してある、うたう場合とうたわれる場合の性格の違いにあった。遊行女婦が、あるいは采女がうたうとき、それらには彼女たちの実態に即した現実感がある。それが一転してうたわれる対象となったとき、何ほどか現実を離れて自在な存在に変わる。その原因は彼女たちが、身に帯びた異郷にあるとしか思えない。そうした女性たちの異郷の要素を歌の生命に取り込んでもっともよくうたったのが、柿本人麻呂であったと思われる。

人麻呂には吉備津采女の挽歌をみても、そこにはかつて鎌足の心を踊らせた、あるいは志貴皇子が高貴なさわやかさを感じた、采女に対する憧憬がいきづいている。采女そのものの在り方が人麻呂の時代にはそうであったのか。いずれにしても、人麻呂の采女をはじめとする異郷の女性に対する見方は前時代に属する。吉備津采女や出雲娘子に代表される異郷からやって来た女性たちは、柿本人麻呂にとって、まさしくロマンの要因であったといえる。

そうした人麻呂のロマンが完結を見せたところに、石見の妻があると思われる。

柿本朝臣人麻呂、石見の国より妻に別れて上り来る時の歌二首并せて短歌

石見の海角の浦廻を　浦なしと人こそ見らめ　潟なしと（一には「磯なしと」といふ）人こそ見らめ　よしゑやし浦はなくとも　よしゑやし潟は（一には「磯は」といふ）なくとも　鯨魚取り海辺を指して　和田津の荒磯の上に　か青く生ふる玉藻沖つ藻　朝羽振る風こそ寄らめ　夕羽振る波こそ来寄れ　波の共か寄りかく寄る　玉藻なす寄り寝し妹を（一には「はしきよし妹が手本を」といふ）　露霜の置きてし来れば　この道の八十隈ごとに　万たびかへり見すれど　いや遠に里は離りぬ　いや高に山も越え来ぬ

夏草の思ひ萎えて　偲ふらむ妹が門見む　靡けこの山（2一三一）

反歌二首

石見のや高角山の木の間より我が振る袖を味見つらむか（一三二）

笹の葉はみ山もさやにさやげども我れは妹思ふ別れ来ぬれば（一三三）

或本の反歌に日はく

石見にある高角山の木の間ゆも我が袖振るを妹見けむかも（一三四）

つのさはふ石見の海の　言さへく唐の崎なる　海石にぞ深海松生ふる　荒磯にぞ玉藻は生ふる　玉藻なす靡き寝し子を　深海松の深めて思へど　さ寝し夜は幾時もあらず　延ふ蔦の別れし来れば　肝向ふ心を痛み　思ひつつかへり見すれど　大船の渡の山の　黄葉の散りの乱ひに　妹が袖さやにも見えず　妻ごもる屋上の（一には「室上山」といふ）山の雲間より渡らふ月の　惜しけども隠らひ来れは　天伝ふ入日さしぬれ　ますらをと思へる我れも　敷拷の衣の袖は　通りて濡れぬ（一三五）

反歌二首

青駒が足掻きを速み雲居にぞ妹があたりを過ぎて来にける（一には「あたりは隠り来にける」といふ）（一三六）

秋山に散らふ黄葉しましくはな散り乱ひそ妹があたり見む（一には「散りな乱ひそ」といふ）（一三七）

右の二首については、古来様々の論が集中する。万葉集中屈指の名歌であり、柿本人麻呂の個に関わる歌であるために、それは当然のことといえよう。人麻呂個人の人生について述べた論について、作品内部に存する多様な問題についての諸論について、それぞれを傾聴する過程で、本稿がもっとも基本的な疑問として抱き続けた一つは、作品の前提たるべき、人麻呂と妻との別離を招く絶対的な条件についてであった。

人麻呂石見本貫説や、真淵の『考』が「この度は朝集使にて、かりに上るなるべし」というような一時上京説などに満足し得ないのは、それが妻との絶対的な別離の条件たり得ないためである。泣血哀慟歌と同様に、石見相聞歌が、京人に公表されて共感を得たところのロマン的作品とみる立場からすれば、これは根本的な問題となる。

歌中には一言たりとも妻と別れる理由が語られない。題詞にもさり気なく「妻に別れて上り来る時の歌」とあるばかりである。そこで人麻呂の実人生が深く石見に関わるという前述の論（二章二節）が浮上して来ることになる。人麻呂の出生やその後の生涯が故郷石見国を根源とするというならば、京人のこれはあずかり知らぬ一人の男の人生であろう。それが別離の前提となるのでは、歌の説得力は皆無に等しくなる。

たしかに、石見の別離が人麻呂の個の人生から出発するのでないとすれば、考えるべき道筋は完全に閉ざされてしまう感じがある。だが、一筋、道は残されている。それは「石見の国」に限定された「妻」に、別離の要因を求める道である。〝石見妻〟と呼び慣わされるほどに、人麻呂が別れて来た妻は、「石見の国」に限定されている。石見の国。京人にはもちろん人麻呂にとってもそれはまさしく、異郷であった。簡略な題詞こそが、委曲を尽くして見事なこの作品の前提として、すべてであったのではないか。作品に即していえば、第一首と第二首の冒頭に強くあざやかに提示される「石見」こそが、人麻呂の語る妻、それとの別離のすべてであったのではないか。

題詞にある「上来」は、いずれ京を中心としてなされた表現といえる。万葉集が中央の意識を基盤として成り立っていることは自明であろう。人麻呂の作品だけがそれと無縁であったとは考えにくい。石見相聞歌第二首末尾に、「ますらをと思へる我れも」の表現がある。これは抜き得ない官人意識をもつ人麻呂が、根源的に京の人間であった証しであったと思われる。人麻呂が、官人として数年石見の国にあったことは、いくつかの研究によってほぼ保証される（清水克彦「わが石見」『万葉論集』二、直木孝次郎「柿本人麻呂の位階」『夜の船出』、伊藤博『万葉集全注』一）。

以上述べ来って、ことさらに思うことが一つある。それは京からみたときに生ずる異郷への安易な蔑視である。万葉集の時代においても、人麻呂以降、その現象はすでに生じているかに見える。采女についても遊行女婦についても、家持たちの時代にはそれが普通のこととしてあらわれているように思われる。その傾向に加えて万葉を享受する近代のわれわれの中央志向がかぶさっているように思われてならない。そうした意識は、人麻呂が熱愛しつつ造形した石見妻を〝現地妻〟などと呼んではばからない事態を生む。これは近代人の中央への浅薄な羨望の裏返しに他ならないのではないか。

作者人麻呂にはもちろん、その作品を享受する京人の側にも、異郷に対する充分な畏れと憧れを想定しなければ、石見相聞歌の真の理解には至らない。家持たちの時代にあっては、異郷はほぼくまなく京人たちの掌中にあったのだろうか。家持の敬愛する諸兄の采女に対するあり方（16三八〇七）など参照すれば、そのような感じがある。しかし、京を離れる不安をそして京に戻る喜びを、あれほど如実に旅歌（3二四九〜二五六）としてうたった人麻呂に、そのような心安さがあったとは思えない。彼の石中死人歌（2二二〇〜二）をみるだけでも、それは容易に理解できる。采女にしても、遊行女婦と呼ばれるに至る地方の女性にしても、後代の定義からさかのぼるのではなく、人麻呂の時代における姿を知ることが、不可欠に思われる。

五　結

人麻呂の石見妻を考えるために、ずい分、遠い地点から説いて来た気がする。異郷の女性という一点を改めて理解しない限り、石見相聞歌の真髄が見えて来ないと思うのは、本稿の思い過ごしなのであろうか。柳田や折口が説いた

「他界の女」ということがいまさらに思われてならない。それらの貴重な考えが、万葉の歌に直接しないのは、それが、あまりに時空を超えた古代であり過ぎたためであろうか。石見相聞歌を一作品として捉えようとする場合、その方法が直に響いて来ないところに、文芸論が位置しているためであろうか。

右の感想を抱きつつ思えば、伊藤博「家と旅」(『万葉のいのち』)は画期的な論といえる。細部においてなお究明すべき点を残しつつも、論の根幹は揺るぎを見せない。万葉の時代にあっては、比較的新しい時代の次の歌についてそれが展開されたからである。

日本挽歌一首

大君の遠《とほ》の朝廷《みかど》と　しらぬひ筑紫の国に　泣く子なす慕ひ来まして　息だにもいまだ休めず　年月《としつき》もいまだあらねば　心ゆも思はぬ間《あひだ》に　うち靡き臥《こ》やしぬれ　言はむすべ為むすべ知らに　石木《いはき》をも問ひ放《さ》け知らず　家ならばかたちはあらむを　恨めしき妹の命《みこと》の　我れをばもいかにせよとか　にほ鳥のふたり並び居　語らひし心背《そむ》きて　家離《いへざか》りいます(5七九四)

反　歌

家に行きていかにか我《あ》がせむ枕付《まくらづ》く妻屋《つまや》寂《さぶ》しく思ほゆべしも(七九五)
はしきよしかくのみからに慕ひ来《こ》し妹が心のすべもすべなさ(七九六)
悔しかもかく知らませばあをによし国内《くぬち》ことごと見せましものを(七九七)
妹が見し楝《あふち》の花は散りぬべし我が泣く涙いまだ干《ひ》なくに(七九八)
大野山《おほのやま》霧立ちわたる我が嘆くおきその風に霧立ちわたる(七九九)

伊藤説によれば、反歌第三首の「あをによし国内」は、妻の生れ故郷、奈良をさす。旅人の亡妻はこのとき、われわれの意表をついて異郷の女性の一人である。そこに着眼したときに憶良の一首がなったとみていいほど、それは作品の根源の力となっている。旅人の妻の場合、京人が異郷の人となった万葉集では珍しい例である。そして、それは旅を行く男たち、多くは京の官人たちの等しく抱いた異郷の人間としての自己認識を根底としている。その認識が、官人中の官人といえる大伴旅人や山上憶良たちの基盤にある。その上に立って異郷の女性、旅人妻は描かれたのであった。旅人の場合、大和を故郷とする亡妻への熱愛と、「遊行女婦」児島への愛情を示すことが、万葉内部で両立しているのは、その意味からごく自然の結果であると思われるのである。

京の人間が異郷にあるとき、そのままに受け容れて、旅の不安をいやすのは、そこに住む異郷の女性たちの無償の愛と奉仕であったことは疑いを容れない。古代の旅人は誰しもが浦島子《うらのしまこ》であった。めぐり逢う異郷の女性はすべてが神の娘子であった。それは通常の男女の話にはならない。結果、異郷の女性像は、神の娘子《をとめ》のごとく具体なくひたすらに美しい女として造形されるのが、古代の文芸の方法であったことが納得されるのである。

注

（1）遊行女婦については、先行の研究が多い。いちいち言及しなかったが、扇畑忠雄「遊行女婦と娘子群」（『万葉集大成』10）、土橋寛『古代歌謡の世界』、犬飼公之「遊行女婦と娘子群」（『万葉集講座』6）など、多く「遊行女婦」と「娘子」の関わりにおいて、その性格を考えている。「娘子」を中心として考えるものには、藤原芳夫「万葉の郎女」（万葉四六号）、神田秀夫「『娘子』と『郎女』」（『古事記の構造』）、橋本四郎「幇間詩人佐伯赤麻呂と娘子の歌」（『橋本四郎論文集』）、久米常民「万葉の娘子歌人」（『万葉集の文学論的研究』）など。以上の論の過程で、本稿が後述する采女にふれているものも多い。遊行女婦、采女を「異郷の女性」の端的な例とするにとどめ、右の諸論についての詳しい言及を割愛したまま、論を進める。

（2）久米論に先行するのは神田説（1）で、これに賛同する橋本説（1）のまとめによれば、「娘子」は「遊行女婦」と「物語のヒロイン」とに二分される。

第二節　湯原王と娘子の歌

一　語られる恋

歌はある意味において寡黙である。たとえば、額田王と大海人皇子との間に交された著名な二首（一二〇、二一）にさえも、時として人はそれを感じるはずだ。妖艶の色彩をあやなして恋の一場面をみごとに彫琢した王の一首と、その色彩に染められながら自身の恋情をすばやく造形してみせた皇子の一首。それぞれのあざやかさを誇りながら二首が並び立つところ、そこには一つの完結した美の世界がある。二首はその姿のままに、それ以上のことを語らない。

しかし実際にはそれ以上のことを強いて歌に語らせようとしたのが、この二首の享受の歴史であった。それはおそらくそこに表現された世界のみずみずしい魅力に打たれた人々の、愛着からくるないものねだりであったと思われる。二人の恋の来し方や行く末についてうがった解釈がほどこされたり、ついにはそれを壬申の乱の引き金としてまことしやかに取り沙汰したなどは、その顕著な例といえる。

ところがこうした人々の態度は、たとえ歌の真実を誤らせたとしても、時々の楽しみ方として許されるべき性質のものなのかもしれない。なぜなら、宴の場での楽しみに供するために生まれたらしいこの二首が、人々にその事実を見失わせてしまうほどに「作品」として深い力を持っていることを、そのような享受の在り方が証明しているに他ならないからである。

初期万葉の一例がそうした古典本来の寡黙さを守り、その秘密めいた魅力の故に饒舌に楽しまれてきたとするならば、時を経るにつれて、今度は心ゆくまで饒舌に物語ってみようとする作歌の姿勢が生まれてくるのは当然のなりゆきといえる。特に終始個の人生のうちに閉ざされてあり、そのことでいっそう美しく燃焼する恋の主題において、そうした要求は強いものであったらしい。たとえば、柿本人麻呂は長大な石見相聞歌によって〝我が恋〟を歌い尽くした。それが享受者と人麻呂双方の要求を満たすために物語られた作品であることを、われわれは認めることができる。

人麻呂のそれが〝我が恋〟を語ったものであるとするなら、さらに下った時代には贈答の形式をもって〝我らが恋〟を歌い尽くそうとした男女がある。巻四に存する湯原王と娘子が、それである。湯原王七首、娘子五首、合わせて一二首の短歌でつづられたこれは万葉集における恋を主題とする一掌篇といっていい。

湯原王《ゆはらのおほきみ》、娘子に贈る歌二首　志貴皇子の子なり

うはへなきものかも人はしかばかり遠き家路を帰さく思へば（4六三一）

目には見て手には取らえぬ月の内の楓《かつら》のごとき妹をいかにせむ（六三二）

娘子、報《こた》へ贈る歌二首

ここだくに思ひけめかもしきたへの枕片去《かたさ》る夢《いめ》に見えこし（六三三）

家にして見れど飽かぬを草枕旅にも妻とあるが羨《とも》しさ（六三四）

湯原王、また贈る歌二首

草枕旅には妻は率《ゐ》たれども匣《くしげ》の内《うち》の珠《たま》こそ思ほゆれ（六三五）

我が衣《ころも》形見に奉《まつ》るしきたへの枕を放《さ》けずまきてさ寝《ね》ませ（六三六）

娘子、また報へ贈る歌一首

我が背子が形見の衣妻問ひに我が身は放《さ》けじ言問《ことと》はずとも（六三七）

湯原王、また贈る歌一首

ただ一夜隔《ひとよへだ》てしからにあらたまの月か経《へ》ぬると心まどひぬ（六三八）

娘子、また報へ贈る歌一首

我が背子がかく恋ふれこそぬばたまの夢に見えつつい寝らえずけれ（六三九）

湯原王、また贈る歌一首

はしけやし間近き里を雲居《くもゐ》にや恋ひつつ居《を》らむ月も経なくに（六四〇）

娘子、また報へ贈る歌一首

絶ゆといはばわびしみせむと焼大刀《やきたち》のへつかふことは幸《さき》くや我《あ》が君（六四一）

湯原王の一首

我妹子に恋ひて乱ればくるべきにかけて寄せむと我が恋ひ初《そ》めし（六四二）

二　歌群の構成

一二首によって織りなされたこの恋物語の魅力を一言でいうならば、二人の恋情の動的な起伏ということであろう。男と女のそれぞれの気持が時に反撥し合い、時に寄り添いながらみごとな変化をもって展開してゆく。しかもそれは意表をつく新鮮な題材とすばやく転換する背景とによって表現されるのである。長歌ではなく短歌だけで叙述されたこと、また簡略な題詞だけでたたみこむように連ねられていることなど、表面的にはそのような在り方が、この歌群に出会う者の興味を捉えて放すことがない。

ところが、二人の応答の妙や、その軽快なテンポだけに目を奪われるならば、この歌群の魅力は半減するかもしれない。たとえば、二人の恋の経過が案外長い期間にわたっていることなどは、うっかりすると見過ごされてしまう恐れがある。それは歌が直接に述べるのでなく、歌の前後にそれ相当の時間が存在することを暗示するにとどまるからであろう。

具体的に指摘するなら歌群冒頭に据えられた湯原王の歌がすでにしてそのような暗示を含み持っている。つまり、直《ただ》に逢うことをせず、そっけなく自分を帰してしまうという恨み言にせよ、月の世界にある楓のように得ようとして得られないというじれったい嘆きにせよ、愛情を拒絶されたところに発する男歌である。そううたうからには当然王が愛情を告白し、娘子がそれを拒んだ経過がこの歌の前に予想される。思いのたけを述べて迫る男に対し、相手への不信やら何やらをいい立てることで女がはねつける、という恋歌の型は万葉に多く見られるところで、それは当時の一般の風習にもとづくものといわれる。湯原王の二首はそうした経過を前提としたところで成り立っているのである。

続く娘子の二首についても同じことがいえる。娘子のうたう内容は「前の歌に対してでなく、関係の進行して後、湯原王の旅に出ることのあった時に、詠んだ」（武田祐吉『全註釈』）とみるしかないからである。時間ということに注目しながら読んでみれば、このように二人の間に贈答された歌と歌との間には常識的に想像できる時間とそれなりに想像できる恋人たちの心情が隠されている。その意味のある空白に、そうした男女の間に普通に交されるであろう数首の恋歌を勝手に想像しながら楽しむのならば、この歌群は短歌一二首という量をはるかに超えたふくらみを持つことになるわけである。

三　恋人たちの履歴書

この恋物語の主人公である湯原王と娘子の二人は、彼らの歌のみ印象深いばかりで、実のところはっきりしたことがわからない。

湯原王は万葉集にとって第三期から第四期にかけての一時期を画する重要な歌人であることは疑えない。「優美婉麗の作風で、当時の新風を示している」（澤瀉久孝『注釈』、3三七五について）といった評がそのことを保証するのだが、その実人生はほとんど不明といっていい。確かなところでは、六三一題詞の脚注にあるとおり、志貴皇子の子であり、それから系譜を辿れば天智天皇の孫、後に光仁天皇となる白壁王の兄弟にあたる高貴の血脈であることがいえるに過ぎない。また、史書（『日本後紀』『本朝皇胤紹運録』）に「湯原親王」とあり、万葉集には当面の七首の外に一二首、総じて一九首の短歌をもって登場し、「湯原王」と統一表記されていることなどをあげれば、それでわかることのすべてである。

こうした数少ない史書の記載（系譜中に名前のみ記されている）を核に実人生を推測し、万葉集に残る作品をもってその性格などを肉付けして、湯原王の人間像を形成しようとする試みはすでになされている（阿部俊子「湯原王」国文学三巻一号、中西進「湯原王」むらさき一三号）。政権抗争の渦中から身を退けて、悠々と生活を楽しんだ風流の人と王像を捉えた阿部論文、それよりはむしろ風流を韜晦の具として生涯の不遇に抗さねばならなかった、政変の只中に生きる王像を説く中西論文、いずれも前述の試みから生まれた貴重な実りである。

一方の娘子については知るすべが皆無である。名前はもちろんのこと、姿形など具体的なことのいっさいがわからない。当面の五首から、湯原王の生涯（阿部の推定によれば湯原王は元明天皇の頃に誕生、光仁天皇即位の頃の七七〇年には確実に生存していたという）のある時期に現われて、王のあこがれを獲得し、その恋を受け容れ、彼の妻に嫉妬し、いとしい男の姿を夢に見、ついには別れることになった娘であることがわかるばかりである。二人の恋が事実に即したものであったとしても、もちろんのことだが、歴史はそれをまったく保証しない。額田王と大海人皇子の場合がそうであったように、この恋もまた万葉集だけが、いいかえれば文芸の世界だけが生命を吹きこんでいる恋といえるのである。

四　作品としての歌

事実性が稀薄であるならば、われわれにはこの歌群を純粋に「作品」として取り扱うことが許される。のみならず、文芸の集である万葉だけが存在を保証する恋であってみれば、その道だけがこの歌群を十全に解釈するために残された、唯一の方法であるといっていいかもしれない。

試みに事実という観念を取り去って、湯原王と娘子の歌を見つめ直すと、そこには従来の解釈では窒息させられていたと思われる歌による遊びの楽しさが息づいて来るような気がする。そのつもりでみれば、湯原王の歌には思いつめたものではなく、そううたうことで我人と共に楽しんでいるといった余裕がうかがわれるし、相手の娘子の歌にもそうした遊びの世界でのみ許される類の、痛烈な皮肉や常でない誇張した表現が看て取れるのである。たとえば湯原王の最初の二首がそのことを端的に示している。六三一の「うはへなき」の第一句は、愛想のないという意味を持つ語といわれているが、この語は他に大伴家持が一度使用しているだけの特殊なことばである。

うはへなき妹にあるかもかくばかり人の情《こころ》を尽くさく思へば（4六九二）

この家持の歌いぶりをみても、王の「うはへなき」の歌い出しをもった表現が、模倣するに足る新鮮さを充分に備えていたことがわかろう。そればかりではない。六三二にもまた目新しい表現を誇示している。「月の内の楓」という題材は、初学記月引用の虞喜『安天論』に出典があるとされるが、この語句の使用が一首をして他に類をみないまことに珍しい歌に仕立て上げている。

六三二が「譬喩でもっている歌である」（『全註釈』）と評されたのは、ひどく暗示的であった。なぜならその批評どおり湯原王の二首は、恋の実質よりも表現の豊かさの方を一筋に志向しているからである。ここにあるのは作者の恋歌における「新風」への意欲であり、恋における欠如感をみごとにうたってみせた、満足なのではないか。作者の表現意欲と享受者の新しい歌への欲求、彼我の気持を充分に満たす魅力を持った二首といえる。

湯原王の歌を受けた娘子の歌にも並み並みでないものが読みとれる。前述のように王の愛を受け容れた経過を踏まえつつ、六三三はこんなふうにいう。試みに口語訳でみてみると「それほどまで私を思って下さったかしら。そういえば、あなたの枕を片隅に置いて独り寝しく寝た夜の夢に、お姿が見えました」（新潮日本古典集成『万葉集』）というのだ。相手が自分を思ってくれるから相手の姿が夢に現われる、というのが万葉人の夢に対する考え方である。一首はその夢をとりあげて、自分を思ってくれたことを感謝するような歌い出しでありながら、実のところ「枕片去る」がみごとな皮肉になっている。愛しているときれいごとをいうわりには、ずいぶんごぶさた続きじゃありませんか、と口ばかりで少しも実が伴わない男へのからかいである。前の湯原王の二首が巧みな言語表現を誇示しているから、ここでは余計にその効果が上がっている。

六三四は一転して「家」と「旅」を対比する当時の類型表現の上になりたっている。類型的な発想でありながらこの歌が新しい印象を与えるのは、嫉妬の対象として「妻」を呼びこんだためであろう。「妻」の語は万葉集に意外に少ない。当面の「妻」が文脈から見て「人妻」と呼ばれるべき妻に該当することは明らかである。すると本稿の云う「一回的題材」（序章）にこの一語は当る。

この一事は歌群全体に対する影響がきわめて大きい。「妻」は湯原王の妻と受け取って自然であるなら、先に娘子が湯原王の愛を拒絶したのも、関係が進行した後に彼の訪れが途絶えがちであったのも、それが原因のように思われてくる。そしてこの後も逢えぬことを嘆くにもっぱらであり、ついにはその二人の間に別離の影がさすのもこの妻の存在が働いているように読めてしまうからである。

五　二つの読み方

歌群の最初から歌を遊びの世界に解き放ってみたが、これは享受する場合の一つの姿勢を示したにとどまる。というのは一方にこの恋を事実として受け取って解釈を一貫させようとする読み方が、それなりの妥当性をもって存在するからである。例えば六三三の解釈にしても「思ひけめかも」の主体を娘子とする（『全註釈』、日本古典文学大系、『注釈』など）と、恋人を思いつめながら独り寝を嘆く、はかなげな彼女の姿態が浮かび上がる。六三三がそうであるならば、六三四の「妻」の存在も娘子の真剣で重苦しい嫉妬の対象として考える他はない。六三四における妻の登場は、歌群全体の性格を大きく左右するだけでなく、その成立の本質や享受に当たって取るべき姿勢を決定する大事な鍵といえるのである。

楽しまれた作品群とする見方と、事実に即して切なく生まれ出た歌群とする見方と、相容れない二様の在り方は、そのまま現今の万葉集全体の評価の縮図のようである。ただしその状態にあって、一つの論文がわれわれに前者の姿勢でこの歌群を見ることを強く促したことを特記しておく必要がある。橋本四郎「幇間歌人佐伯赤麻呂」（境田教授喜寿記念論文集『上代の文学と言語』）である。

橋本論は表題にある如く佐伯赤麻呂と娘子の歌（4六二七〜三〇）に視線を注ぐものだが、踵を接してそれを追う当面の湯原王と娘子の歌群も、その卓見に覆われていることはいうまでもない。

そこでは万葉集に登場する「娘子」が一般に著しい虚構の要素を持っていること、その「娘子」を相手として贈答された歌群が巧妙な物語的構成を見せていることなどが詳細に確かめられている。さらに湯原王と娘子のことに注目して橋本論を辿れば、「この『娘子』は旅の徒然を慰める遊行女婦であろう」という発言にぶつかる。徹底して正体が不明だったわれわれの娘子は、ここで初めて「遊行女婦」という具体的な性格を与えられるのである。

娘子の実態が宴席において主に男性と即妙な歌のかけあいをすることで座を盛り立て、それを身すぎの手立てとする遊行女婦であったとすれば、わかりやすく説明できる部分がある。前述したこの歌群の鍵となる「妻」をめぐって切迫した気息をみせる六三四と六三五の二首である。

いま仮に湯原王を中心とした宴の場を想像してみる。旅先の宴というのに、普通には家にいるはずの妻を伴った湯原王がいる。仲睦まじい王夫婦を囲んで人々がおり、遊行女婦たちが、酒を勧め、歌を勧める。宴たけなわの頃に、誰もがちょっといってみたいことを機転のきく女がうたってみせる。〝大事な奥さんをこの度はまあ、旅先にまでお連れになって、とても幸せそうなご様子はいいとして、みせつけられている独りの私をどうしてくれますか〟という意味のことである。皆の視線が集中する中で、湯原王が間を置かずに答えてみせる。〝妻は妻として大事にとっておくことにして、実のところ自分はそういうおまえのことを〃と。これはまったく虫のいい言い訳で、しかも接続助詞「ども」の一語によって大逆転を演じたわけである。

かような状況に二首を投入してみると、まことにすばやい機智に湧いた人々の哄笑が聞こえてくるような気がする。

六　湯原王と娘子の歌が持つ意味

宴に限らなくても、要は歌の応酬を楽しむ状況を想定すると、無理な解釈をほどこさずともわかりやすくなる組合せは他にも見つけることができる。「衣」をはさんで六三六と六三七、男の持ちものである「大刀」に女の持ちものである「くるべき」（糸車）を対応させる六四一と六四二などは顕著なまとまりをみせている。

ところが、それだけのことを知って再び歌群全体を眺めてみると、やはり一二首は連綿とした恋歌の往復であり、述べられていることは仲を塞《せ》かれた逢い難い恋の経過である。そこで考えられるのは唯一、それぞれ違う時違う場で取り交された歌のかたまりのいくつかが、現にみる一二首の歌群の配列に編集された、ということである。ひどく整然とした題詞の在り方もそれを物語る。

結局、成立の実態がそうであっても編集されこれが一個の作品として提示されたからには、いかなる読み方も許されていいはずである。一首一首の表現美、歌から歌への絶妙の気息、さらにはそれらを一定の時間の流れに乗せて物語化した構成の手腕などを楽しむ読者がいていい。また己が恋に引きつけて物語に没入し、主人公とともに嘆くことで慰められる読者もあっていい。この一掌篇が生きてきた長い歴史は、そのままその二様の読者たちの歴史でもあろう。いずれにしてもそのような読みに堪えたのは、ひとえに作品そのものが有した題材と表現のもつ力のためである。

湯原王には次のような歌がある。

湯原王が打酒《うちさけ》の歌一首

焼大刀《やきたち》のかど打放《うちはな》ちますらをの禱《ほ》く豊御酒《とよみき》に我れ酔《ゑ》ひにけり（6九八九）

この一首に限らず湯原王には宴席での即興歌が多い。酔うべきときにその機を逃さず最善の酔いの表現を操れるのは、いかなる環境においても平衡を失わない強靭な理性の所有者といえる。「我れ酔ひにけり」とことさら言挙げするのは、酔っていない人間にだけできる技である。

口をつく歌がこれすべて「新風」と呼ぶにふさわしい作歌技量を支えたものは湯原王の深い教養と知識であり、それを活用できる俊敏な頭脳である。そしてそれらすべての基底には、冷徹な平衡感覚が存在しているように思われてならない。一見情の世界に陶然としているようにみえる歌であっても、仔細にみればそこには非凡な計算がはりめぐらされているのである。やはり湯原王はただの風流人ではない。父志貴皇子の生涯や、歩みをほぼ同じくしたであろう兄弟の白壁王の人生から推しても、彼の人生に安呑とした幸福を予想することは難しい。

してみれば、そのような湯原王の生涯の時々に現われて、その心を躍らせた無名の女性たちの、歌をもってした心づくしはうれしい。歴史に全く足跡を記すことのなかった湯原王を、情の世界の主人公として万葉集につなぎとめたのは、そのような「娘子」たちの身にしていた歌の力であった。(注)

注

湯原王と娘子の歌一二首を、宴の場を想定してそのうちに放ってみた。湯原王の宴歌における秀敏な理知の歌をみるためである。本文にあげた6九八九の他にも、本稿が述べた状況に近い歌がある。

豊前の国の娘子が月の歌一首 娘子、字を大宅といふ。姓氏いまだ詳らかにあらず

雲隠りゆくへをなみと我が恋ふる月をや君が見まく欲《ほ》りする （6九八四）

湯原王が月の歌二首

天《あめ》にます月読壮士《つくよみをとこ》賄《まひ》はせむ今夜の長さ五百夜《いほよ》継ぎこそ （九八五）

はしきやし間近《まちか》き里の君来《こ》むとおほのびにかも月の照りたる （九八六）

『注釈』が湯原王に与えた「新風」のほまれは、以上の宴歌とおぼしき歌々だけでは語れない。むしろ次のような歌々が『注釈』がいうところの新風というのであろう。

湯原王、吉野にして作る歌一首

吉野にある菜摘《なつみ》の川の川淀《かはよど》に鴨ぞ鳴くなる山蔭にして （3三七五）

雲を染める夕日を見て月光の清らかさを想像する祖父の歌（1一五）、采女の袖を吹く明日香風をうたう父の歌（1五一）、そしてこの一首。貫くものは清澄の感である。想像の月光、明日香の風、鴨の声、具体に粘着する万葉びと独特の視覚への依存がない。すべてが透明である。湯原王は特にこの一首のごとく聴覚を主とする歌人であったようである。最も繊細なるものに

夕月夜《ゆふづくよ》心もしのに白露の置くこの庭にこほろぎ鳴くも （8一五五二）

があり、当面歌に類するものに

秋萩の散りの乱《まが》ひに呼びたてて鳴くなる鹿の声の遥けさ （8一五五〇）

がある。いずれも澄んだ大気に響く生き物の声を遥かな心持で聴いている。人の五感のうち聴覚は最も受け身の感覚であるといわれる。その聴覚をもってする歌をあえて好んだのは、湯原王の個人の資質というほかはない。が、その血脈に沿うごとき歌のありよう、また志貴から湯原への時代のありようを思うとき、一首が至り着いた歌境に抜きがたい必然の力も認めざるを得ない。無心の生き物

の声は大気を貫き、果ては王の心をさえ透過して響く。どこまでも澄んでいる。つけても、祖父天智の

海神《わたつみ》の豊旗雲《とよはたくも》に入日《いりひ》さし今夜《こよひ》の月夜《つくよ》さやけくありこそ（1一五）

に対して、孫の湯原王には

月読《つくよみ》の光に来《き》ませあしひきの山きへなりて遠からなくに（4六七〇）

があり、志貴の

葦辺《あしへ》行く鴨の羽交《はが》ひに霜降りて寒き夕《ゆふへ》は大和し思ほゆ（1六四）

に対して、当面の一首（三七五）があることが思われる。湯原王が祖父や父の秀れた歌々に積極的に学び、意識的に応じながらうたったとするなら、「家学」とも呼ぶべき作歌の一つのあり方が、そこに見えて来そうである。

第三節　「君がため」とうたう意味

一　初句「君がため」

万葉集には「君がため」という一句を含みもつ歌が六首ある。(注1)

1 月草《つきくさ》に衣《ころも》ぞ染《そ》むる君がため斑《まだら》の衣摺《ころもす》らむと思ひて（7一二五五、古歌集）

2 君がため浮沼《うきぬ》の池の菱《ひし》摘むと我が染めし袖濡れにけるかも（7一二四九、柿本人麻呂歌集）

3 君がため手力《たぢから》疲れ織《お》りたる衣《きぬ》ぞ　春さらばいかなる色に摺《す》りてばよけむ（7一二八一、柿本人麻呂歌集）

4 君がため醸《か》みし待酒《まちさけ》安《やす》の野にひとりや飲まむ友なしにして（4五五五、大伴旅人）

5 五月《さつき》の花橘《はなたちばな》を君がため玉にこそ貫け散らまく惜しみ（8一五〇二、坂上郎女）

6 君がため山田の沢《さは》にゑぐ摘むと雪消《ゆきげ》の水に裳《も》の裾《すそ》濡れぬ（10一八三九）

歌中に用いられた「君がため」の一句には表記や音数の上でまったく揺れが見られない。よほどに固定していた表現であったといえる。また六首中、四首までが初句に用いられていることも、一句の用法の固定化を示す。

後代にもこの初句「君がため」の用法が意識された顕著な例がいくつかある。とくに百人一首に採られた二首の名歌が、共にこの句を初めに据えているのがいい例である。

君がため春の野に出でて若菜摘むわが衣手に雪はふりつつ（光孝天皇）

君がためをしからざりし命さへながくもがなとおもひぬる哉（藤原義孝）

そもそも短歌の場合、固定した表現と意味をもつ一句を初めに据えた場合、うたいやすさという点に有利さがあるにしても、その後のうたい方に相当な制約が生まれて来る。自由なオリジナルの歌を志向するときには、不利ということになろう。百人一首の二人までが、あえて初句に「君がため」を選んでいるのは、この一句がよほどに好ましくそれなりの深い意義をもっていたためなのであろう。一句のもつ意義を、万葉集の原点から、見つめ直してみたいのである。

二　一句「君がため」の意味

歴史的なことをいえば、「君がため」の初出は1になろう。古歌集の正確な年代は不明であるが、巻七「臨時」の項目にある23の柿本人麻呂歌集出の歌に先立って掲げられているところから、少なくとも人麻呂歌集より古いと、編纂時には見なされていたことになる。1は当面の一句が第三句目にあり、形式的にいうとこれを忠実に追うのは、坂上郎女の5ということになる。

初句という限定を与えると、もっとも古いのは人麻呂歌集歌の二首23であるが、これも2は短歌、3は旋頭歌で同一に扱うことに躊躇を感じさせる。ただ、初句「君がため」の用法には相似たところがあって、両者共に直後に古代の女が携った春の労働がうたわれており、2は菜摘みで、3は機織である。その点二首には、いかにも古代の生活を思わせる民謡の風が漂う。古代女性の労働という視点に立ってみると、古歌集歌は染色をうたって、人麻呂歌集歌と相通じる。「君がため」とうたうのは、その労働が〝我が愛する人のため〟という決まった方向を表示するためであったことがわかるのである。古歌集歌と人麻呂歌集歌に共通する、この流れの上に、造酒をいう4の旅人歌、菜摘みをいう6の作者不明歌もある（5の郎女歌は、これらと流れを異にすると思われる。後述）。

古歌集歌と人麻呂歌集歌は共通するものがありながら、表現の上で大きく違う点がある。それは、うたわれる女の労働の目的が、一途に「君がため」の方向に向うのに対し、人麻呂歌集歌の場合、その過程の苦痛が必ずうたわれて、一種屈折した効果を生んでいる点である。たとえば3は、「手力疲れ」という。〝あなたのために疲れ疲れて、そうして織った衣〟と一旦相手をつき離して、我が身の苦痛のみをうたう。一呼吸を置いて、〝ねえ、春になったらどんな色に染めましょう（あなたのお好きな色に）〟と下句で一転して相手へと寄り添うのである。

人麻呂歌集歌に限らず、こうした気息を持つものが、古歌集中の旋頭歌にある。

　玉垂《たまだれ》の小簾《をす》のすけきに入《い》り通《かよ》ひ来《こ》ね　たらちねの母が問はさば風と申《まを》さむ（11二三六四）

若者を誘う娘の歌である。古代の通い婚は、男が女のもとに人目を忍んで逢いに行く。待つしかない娘の恋心は、若者に、風になれと無理をいう。

〝誰か来たの、と母さんが聞いたなら、風、といってあげるから〟。母親に嘘をついて恋人をかばおうというのだ。〝簾の隙間からいらっしゃい〟と無理なことをうたいかけられて、戸惑いながら若者は〝たとえこの身が風だとしても、おまえの母さん、恐いから〟とでも答えるのか。〝だから、風だといえばいいじゃない〟と、やはり娘は無理をいう。無理を承知でいいつのるところに、それでいて、〝恐い母さんに嘘をついてでも、あなたを〟というところに、若くみずみずしいコケトリーがある。

無理なことと素っ気ないことを上句にうたい、一転して下句で相手に寄り添っていく。旋頭歌がもつ独特な媚態は、おおむねこの構造に発している。その点で、人麻呂歌集歌の旋頭歌と共通の魅力をもつのである。

2は普通の短歌形式で旋頭歌とまったく同じようには論じられないが、機能としては同質のものを有している。やはり下句のあり方で「我が染めし袖濡れにけるかも」が、それである。単に「菱摘むと」「我が袖濡れにけるかも」ではないことに注目すべきであるろう。「我が染めし袖」なのである。1や3にあるような、これも古代の女性の染色という代表的な労働を、この一句は如実に示している。〝せっかく染めた袖が池水に濡れあせてしまって（それでもいい、あなたのために）〟と結句の詠嘆は初句に回帰して、相手への愛情を表出する仕組みになっている。

人麻呂歌集歌の斬新さを改めて知ってみると、この流れにもっとも忠実なのは6の作者不明歌であろう。春の季節の菜摘みといい、水といい、2に酷似している。「我が染めし袖濡れにけるかも」に対して「雪消の水に裳の裾濡れぬ」と、2に比べて6の方が、土の匂いからいくぶん離れたみやびやかさがあるが、それだけに清んだ美しさももっている。清冽に乙女の白い足を洗う冷たい「雪消の水」が、そう感じさせるのだろうか。

古歌集歌1から人麻呂歌集歌23への流れ、人麻呂歌集歌2に酷似する作者不明歌6、とおおよその流れを捉えたとき、旅人歌4はどのような歌とみるべきなのだろうか。初句「君がため」に続く造酒の表現「醸みし待酒」をみれば、これがやはり古歌集歌並びに人麻呂歌集歌を承ける、女歌の系譜にあることがわかる。但し第三句以下は、その内容が一転して男歌になっている。旅人独特の手法でなされた一首で、それがもつ意味は詳しく後述したい。

残る坂上郎女の一首5は、これまでの五首と趣きを大いに異にする。前にふれたように、5は、一句の位置だけを形式的にみると、1に等しい。しかし、その内容を子細に見れば、まったく異質の歌であることがわかる。「君がため」が抽き出す彼女の行為「玉にこそ貫け」は、労働とはかけ離れた、時々の季節における呪術の行為である。こうした呪術の行為もまた古代的ではあるのだが、「花橘」を玉として貫くという譬喩そのものがすでにして美的な風流を志向している。他の五首は女の労働とその労苦をうたう表現の方向が、一途に「君がため」に向うのだが、郎女の歌は明らかに違っている。結句も橘が「散らまく惜しみ」となっていて、「玉にこそ貫け」の気持が「君」ではなく「花橘」の方へと向いているのである。

旅人歌の下句に男歌の要素が濃いといった。坂上郎女の一首がひとり他の五首とかけ離れた性格をもつともいった。「君がため」とうたう女歌に対して、男歌に相当する表現に「妹がため」がある。次にそれらの歌のあり方を参照してみよう。

三 「妹がため」とうたう意味

言葉として「君がため」に直接対応する「妹がため」は、集中一一首ある。(注2)「君がため」の場合と同様、初句にあるものを注目すれば七首4～6、8～11を数えることができる。

1……我がために妹も事なく　妹がため我れも事なく　今も見しごとたぐひてもがも（4五三四、安貴王）
2沖辺行き辺を行き今や妹がため我が漁れる藻臥束鮒《もふしつかふな》（4六二五、高安王）
3風高く辺には吹けども妹がため袖さへ濡れて刈れる玉藻ぞ（4七八二、紀女郎）
4妹がため貝を拾《ひり》ふと茅渟《ちぬ》の海に濡れにし袖は干せど乾かず（7一一四五）
5妹がため玉を拾ふと紀伊の国の由良の岬にこの日暮らしつ（7一二二〇、藤原卿）
6妹がため菅の実摘みに行きし我れ山道に惑ひこの日暮らしつ（7一二五〇、柿本人麻呂歌集）
7住吉の小田を刈らす子奴《やっこ》かもなき　奴あれど妹がみためと私田刈る（7一二七五、柿本人麻呂歌集）
8妹がため我れ玉拾ふ沖辺なる玉寄せ持ち来《こ》沖つ白波（9一六六五）

9 妹がため我れ玉求む沖辺なる白玉寄せ来沖つ白波（9一六六七）

10 妹がためほつ枝の梅を手折るとは下枝の露に濡れにけるかも（10二三三〇）

11 妹がため命残せり刈り薦の思ひ乱れて死ぬべきものを（11二七六四）

12……沖つ波寄せ来《く》る玉藻　片縒《かたよ》りに蘰《かづら》に作り　妹がため手に巻き持ちて……（17三九九三、大伴池主）

1は11の主旨と通う表現で、一首の反歌五三五の左注「右、安貴王、因幡の八上采女を娶る。係念きはめて甚し。愛情もとも盛りなり。時に勅して、不敬の罪に断め、本郷に退却く。ここに王の意悼び悲しびて、いささかにこの歌を作る。」を見るに、非常に特殊な状況で詠まれた歌であり、内容も抽象的な要素が勝った歌といえる。1と11の二首は〝わが命は愛する人のもの〟とつきつめてうたう点、他の一〇首と比較して異質な歌いぶりを示している。

2〜10、12はすべて、「妹がため」の具体的な行為をうたっている。「君がため」の女歌に顕著であった愛ゆえの労苦をうたう手法は、これらの歌の中に生かされている。2の「沖辺行き辺を行き」、3の「風高く辺には吹けども」「袖さへ濡れて」、4の「濡れにし袖は干せど乾かず」、5の「この日暮らしつ」、6の「山道に惑ひこの日暮らしつ」、10の「下枝の露に濡れにけるかも」などがそれである。

愛する相手のために忍ぶ、行為に伴う苦痛。その点、女歌の場合と同じなのだが、実はまったく異なる感触が男歌にはある。それは、不思議なほどに、苦痛感が稀薄なことである。その理由はおそらく、彼らがうたう行為が、根本的に女歌にあった労苦の重みを有していないためであろう。2〜6、8〜10、12の九首をみれば、これは行為の目的がすべて相手をよろこばすための苞《つと》を得るためのものである。とくに2〜5、8、9、12の七首は、たまさかに訪れた海浜の詠で、「貝」や「玉」という、万葉集ではすでに定型化された〝家苞《いえづと》〟をうたう。

非日常的な場面における呪術的な行為で、女歌にある日常的な労働の辛苦から生まれた愛情の表出には、その重みにおいて及ぶべくもない。先にふれた坂上郎女が「君がため」とうたいつつ、他と異質であったのは、彼女の一首がむしろ男歌と同様の立場でうたわれていたからに違いない。その点、男歌に立ち混ってうたわれている紀女郎の一首に、かえって、女歌の面影があるのが面白い。「袖さへ濡れて刈れる玉藻ぞ」の特に「刈れる玉藻」が、本来海人娘子の代表的な労働を示す表現だからである。

女歌の「君がため」、男歌の「妹がため」の用法の違いを以上のように考えて来ると、そのうたいぶりの本来は、古歌集や人麻呂歌集に見られるがごとき、女歌の「君がため」に発していると思われる。男歌の「妹がため」の用法は、女歌にあって魅力的であった「君がため」を模倣した、新しい歌であったのではないだろうか。そしてそれらは表現の基盤である実際の労働における苦痛という内実を持たなかったために、結局は空疎さを免れ得なかったのではないかと考えられるのである。

それを思えば、後の光孝天皇の一首が、春の若菜摘みという視点から、本来の女歌の流れを驚くほど忠実な形で選びとったのは、見事という他はない。名歌たる所以である。一方の義孝の歌は、1や、とくに11の男歌に端を発する流れの中にある一首といえる。内容は万葉の泥臭いともいえる女歌の実感からはるかに遠いが、男歌の流れにあったために抽象的な理屈の歌が、かえって生命を得た。子供のようなものいいで理屈立てたところに、夭折の貴公子のいかにも純な姿がうかがわれたのであろう。

以上で「君がため」とうたう意味について、およその概観を果たした。次に、女歌と男歌のすべてを通じて、この一句をもっとも特異な形で用いたと思われる、旅人の一首に視点を定めてみよう。

酒をうたうことが多かった大伴旅人にとって（讃酒歌一三首、3三三八〜五〇）、4は変わった酒の歌といえる。おそらくは「君がため」の使用が、旅人に特異な酒の歌をもたらした要因になっていると思われる。題詞とともに再出してみる。

四　待酒の賦

大宰帥大伴卿、大弐丹比県守卿が民部卿に遷任するに贈る歌一首

君がため醸みし待酒安の野にひとりや飲まむ友なしにして（4五五五）

右の歌の成り立ちは題詞に明らかで、澤瀉久孝『万葉集注釈』は丹比県守の大宰府から京への遷任を、天平元年（七二九）二月のこととする。餞別歌である。さりげない歌であるが、何事か普通と違って胸を打ってくるものがある。土屋文明『万葉集私注』に、「一通りの挨拶の歌であるが、空々しくなく実感のこもつて居るのは旅人の人柄であらう」とあり、その通りの感じがある。いったい、旅人の歌には平易でさらりとしていながら、常に深いものがある。まさしく「人柄」のゆえであろうか。

初句「君がため」は、前述した女歌の一形態で、普通には下句に「君」への奉仕に伴う困難さをうたうことになっている。それらとは異なって、旅人は下句に「ひとりや飲まむ友なしにして」、と一転して男歌にしかあり得ない感情をうたう。この歌が特異性を持つとすれば、まずこの一点が挙げられる。

もう一点、「待酒」の語がある。集中唯一例で、一首の解釈に当たって、もう少し注目されていい言葉である。というのは、この語、古事記にもう一例あって仲哀天皇条に次の二首の歌謡を伴って登場する。

この御酒《みき》は　我が御酒ならず　酒《くし》の司《かみ》　常世に坐《いま》す　石《いは》立たす　少名《すくな》御神《みかみ》の　神寿《かむほ》き　寿《ほ》き狂ほし　豊寿《とよほ》き　寿き廻《もとほ》し　献《まつ》り来し御酒ぞ　乾《あ》さず食《を》せ　ささ（記三九）

この御酒を　醸《か》みけむ人は　その鼓《つづみ》　臼《うす》に立てて　歌ひつつ　醸みけれかも　舞ひつつ　醸みけれかも　この御酒の　御酒の　あやにうた楽《だの》し　ささ（記四〇）

角鹿での禊を終えて帰京した武内宿祢と太子を迎えて神功皇后がうたったのが第一首である。歌の直前に「是に還り上《ま》り坐しし時、其の御祖《みおや》息長帯日売命、待酒を醸みて献らしき。爾に其の御祖、御歌曰《よ》みしたまひしく」とあり、そこに「待酒」の語がある。二首目は太子に代わって武内宿祢が応えうたった歌である。

万葉集と古事記に「待酒」は各一例ずつ、これしかない。偶然にそれだけの例が残ったと考えれば、強いて両者の関係を述べたてるのは危険かもしれぬが、どうしてもそれを考えたくなるのは、「安の野」と旅人がうたったせいかもしれない。「安野」は神功即位前紀（仲哀九年三月）に、

辛卯に、層増岐野《そそきの》に至りて、即ち兵《いくさ》を挙《こぞ》りて羽白熊鷲《はじろくまわし》を撃ちて滅《ころ》しつ。左右《もとこひと》に謂《かた》りて曰はく、「熊鷲を取り得つ。我が心即ち安し」とのたまふ。故、其の処を号《なづ》けて安と曰《い》ふ。

とあり、大宰府から十二キロほど東南の夜須町（現在は筑前町）とされる。『注釈』が「かつて作者が県守と宴した地であらう」というように、送る旅人にとっても送られる県守にとっても、共通の思い出の地であったに違いない。そして筑紫歌壇の人々が共通に意識していた神功皇后ゆかりの地でもある。旅人の一首に神功皇后の事蹟にまつわる意識がないか。そして何よりも酒にまつわって、前記の歌謡二首が旅人に思い起こされることがなかったか。

県守は遷任されて都へと上る。それは任果てて「還り上り坐しし時」の武内宿祢と太子の有様と同じであろう。そして「待酒」である。歌謡二首について今一つ述べれば、歌謡の命は「この御酒は」に始まる酒の来歴を述べるとこ

ろにある。しかし、歌謡の最終目的は「乾さず食せ　ささ」にある。第二首目も同様に酒の来歴をリズミカルにうたい述べ、それが歌謡の命なのであるが、やはり最終的には「あやにうた楽し　ささ」とうたって、第一首を承けることに眼目がある。二首の末尾、「ささ」は酒を勧めるときの囃し言葉であろう。

「君がため醸み し待酒」の二句は、初句において女歌の形式を標榜し、第二句において女歌の形式どおり「醸む」という女特有の労働をうたっている。古歌集歌のあるいは人麻呂歌集歌の「君がため」の用法に忠実にならっている。そして第二句の「待酒」に至って、「君がため」とうたった本人が、あたかも神功皇后その人であったかのように思わせ、同時に「乾さず食せ　ささ」の歌謡のリズムを想起させているのである。

以上のように考えてくると、旅人の「待酒」の歌は、決して孤独の寂寥のうちになされ、まったく個別に県守へと贈られたものとは思われない。おそらくは県守を送る餞別の宴の場で披瀝されたものに違いない。旅人の意図は神功皇后の酒を勧める歌謡を背景としながら、県守を「友」と呼びつつそれを送る寂しさをうたうことにあった。寂しさをうたいつつ去る人を惜しみ、以て宴の別れの酒を勧める。一首はそうした働きを持ったものと思われる。というのも、あるいは旅人に無縁であったかもしれないが、次のような唐詩一篇を想起するからに他ならない。

勧酒　　于武陵

君に勧む金屈卮《きむくつし》。満酌、辞するを須《もち》ひず。花発《ひら》いて風雨多し。人生、別離足《た》る。

詩の前半はまさしく「勧酒」、後半は別離そのものの悲しみと寂しみである。旅人の歌には武陵の一篇に相通じるものがある。必ずしも旅人の漢籍に対する教養ばかりに期待することもない。それこそ武陵の詩と旅人の歌に似通って流れているものは、正直に寂しさを吐露しながら、寂しがることで去って行く相手への愛情を表現するという、まことに旅人の人柄から生まれ出たものかもしれないからである。

五　結

「君がため」という表現がもつ意味を、とくに初句における場合を中心として、考えてきた。「君がため」の一句は、初め、古歌集の旋頭歌に用いられて、特徴的な効果を発揮した。そして、人麻呂歌集歌において新たな文芸の意図のもとに用いられたらしい。すなわち、同じ旋頭歌の形式をもってする、より民謡的な女歌の創成と、短歌の初句に置いた場合の機能の発見とである。

右によって確かめられることは、「君がため」の一句はその後にかならず古代の女性の代表的な労働がうたわれ、その自虐的ともいえる労苦が、相手への愛情の表出の役を果たしているということであった。古代の生活に根差した、いかにも万葉らしい意味を、この一句はもっている。

こうして出来上がった見事な女歌の形式を応用し、神話を背景に参加させることで、これまた見事な離別歌をなしたのが大伴旅人であった。歌の数としてそれほど多くはないが、「君がため」の一句には、表現と意味の面における独自の変遷が見られるのである。

注

（1）この六首の他に巻十六に次の一首がある。

渋谿の二上山に鷲ぞ子産むといふ　翳にも君のみために鷲ぞ子産むといふ（三八八二）

「越中国歌四首」の中の第二首で、繰り返し句が特徴のいかにも謡い物で、あるいは家持あたりが興味深く採集した越中地方の民謡であったろうか。旋頭歌である点など、人麻呂歌集歌3などに通じるものがあるかと思うが、語形の違い出所の違いを考慮して、一応別扱いにしておく。

（2）　この一一首の他に、次の二首がある。

玉《たま》くせの清き川原にみそぎして斎《いは》ふ命《いのち》は妹がためこそ（11二四〇三、柿本人麻呂歌集）

時つ風吹飯《ふけひ》の浜に出で居つつ贖《あか》ふ命は妹がためこそ（12三二〇一）

いずれも「命」をうたう点、11に通うものがある。倒置の手法ということで、三二〇一は二四〇三の人麻呂歌集歌に準じて造られたことが、明らかである。これも応用が効く一つの型と思うが、とりあえず別種のものとして、考察の対象から、外しておく。

第四節　呼子鳥の歌九首

一　坂上郎女の呼子鳥

次の歌は巻八春雑歌の部を締めくくる坂上郎女の一首である。

世の常に聞けば苦しき呼子鳥《よぶこどり》声なつかしき時にはなりぬ（一四四七）

初句「世の常に」は日本古典文学全集『万葉集』の頭注では「普通の時に。いつもいつも」と解され、一首全体は「いつもだと聞けば苦しい呼子鳥も声の懐かしい時期とはなった」と口語訳されている。そして他の諸注釈もほぼこれと同様の解を、この一首に与えているのである。

しかし、一見して妥当な感じがするこの解には、いま一歩踏み込んでみると、何か釈然としないものが生まれてくる。まず初句の意味だが、たった二文字の原文「尋常」に「世の常に」という名訓を与えておきながら、その語義が〝世の常として〟あるいは〝世の習いとして〟といった素直な形で解されていない。「いつもだと」という解は、訓みとはいま一つかけ離れた意味で、むしろ「尋常」の文字面に引かれているのではないだろうか。いずれにしてもこの間接的な解釈には何らかの背景が秘められているように思われる。

「世の常に」を『全集』の如くに解するならば、当然のことながら第二句以下もその解に規制されつつ説かれることになる。同頭注が「呼子鳥」について「ただし、ここは鳥に似た不快な鳴き声を発するごいさぎをいうか、とする説がある。」と一説を紹介したくなるのも無理からぬところであろう。「呼子鳥」は後に『古今伝授』三木三鳥に入るほどに正体が不明の鳥だが、この一首に限って、「ごいさぎ」だといい出すのも、考えてみれば不思議である。これにもまた何らかの事情が、その結論に至る経過の中にひそんでいるような気がする。

二　呼子鳥の正体

前述のような解の根源は『万葉代匠記』にあるらしい。その初稿本には一首を「よのつねにきくはくるしき」と訓んで「よふこ鳥は、ぬえ歟、鳩の類なるへし」といい、さらに精撰本では「尋常トハ、春ナラヌ他時ナリ。此哥、喚子鳥ノイツモ鳴證ナリ。聞者苦寸ハ、聞苦シキニテ、キキニクキナリ。見ニクキヲ見苦シト云カ如シ」といっている。結局は『代匠記』のこの解がその後の諸注に踏襲されて、今日に及んでいるのである。

「聞けば苦しき」という第二句を、鳴き声の悪さによって生まれる不快感と捉えた『代匠記』の解を受け継ぐ過程において、これをもっとも強力に補佐したのは、東光治『続万葉動物考』の考察であった。『全集』が紹介した一説とは、この東説である。「呼子鳥」の特徴が、第一に鳴き声の悪さ、第二に季節を限らず鳴くことの二点を前提として、東説は出発している。『代匠記』の解を前面的に容認して論を起こしているわけである。結果として、『代匠記』の「よふこ鳥は、ぬえ歟、鳩の類なるへし」という推測を乗り越えた形で、「呼子鳥」は「五位鷺」であるという考えが獲得されたのであった。

しかし、東説にみられる「呼子鳥」の実体追求の情熱を十分に肯うにしても、前章に述べたような初歩的な疑問と、それに加えて次のような単純な感想を披瀝するならば、『代匠記』の解に対する疑問が生まれてもいい理由となろう。

単純な感想とは他でもない。戯笑歌などに見られる趣向ならばいざ知らず、歌は普通には醜い題材をことさらに選ぶことは稀であり、気持の苦しさもやはり美しいものに触発された苦しさでなければ、文芸としての純度は低下するのが道理ではないか、ということである。その点からいうなら、「呼子鳥」はたとえば『万葉考』や『万葉集美夫君志』が力説するように、春から夏にかけてよく響く独特な声で鳴く郭公（かっこう）でありたいところである。

ところが、五位鷺の如き奇怪な声を持つ鳥ではなく、郭公のように哀れを誘う声の鳥であってほしいという願いも、『考』以下がなした名称についての考究や、民俗を以てする解釈からでは解き切れず、こちらの身勝手な要求に終る場合が多いようである。その真実の声に行き逢うためには、やはり万葉集の「呼子鳥」をうたった歌を一首ずつ丹念に訪ねていく他はない。集中「呼子鳥」の歌は九首ある。以下に列挙してみよう（ヨブコドリは原文表記）。

1　太上天皇、吉野の宮に幸《いでま》す時に高市連黒人《たけちのむらじくろひと》が作る歌

大和《やまと》には鳴きてか来らむ呼児鳥象《きさ》の中山《なかやま》呼びそ越ゆなる（1七〇、雑）

2　鏡王女《かがみのおほきみ》の歌一首

神奈備《かむなび》の磐瀬《いはせ》の社《もり》の喚子鳥いたくな鳴きそ我が恋増さる（8一四一九、春雑）

3　大伴坂上郎女が歌一首

世の常《つね》に聞けば苦しき喚子鳥声なつかしき時にはなりぬ（8一四四七、春雑）

右一首、天平四年三月一日、佐保の宅にして作る。

4　芳野の離宮《とつみや》に幸す時の歌二首

瀧の上《うへ》の三船《みふね》の山ゆ秋津辺《あきつへ》に来《き》鳴き渡るは誰《たれ》喚児鳥（9一七一三、雑）

5　我が背子を莫越《なこし》の山の喚子鳥君呼び返せ夜《よ》のふけぬとに（10一八二二、春雑）

6春日《かすが》なる羽易《はがひ》の山ゆ佐保《さほ》の内へ鳴き行くなるは誰喚子鳥（10一八二七、春雑）

7答へぬにな呼びとよめそ喚子鳥佐保の山辺《やまへ》を上《のぼ》り下《くだ》りに（10一八二八、春雑）

8朝霧《あさぎり》にしののに濡れて喚子鳥三船の山ゆ鳴き渡る見ゆ（10一八三一、春雑）

9朝霧の八《や》重《へ》山《やま》越えて喚孤鳥鳴きや汝《な》が来るやどもあらなくに（10一九四一、夏雑）

以上九首に若干の整理を施してみると次のようになる。

A　作者

イ　記名歌　1黒人　2鏡王女　3坂上郎女

ロ　無記名歌　4〜9

B　部立

イ　雑歌　1 4

ロ　春雑歌　2 3 5 7 8

ハ　夏雑歌　9

C　地名

1　吉野（題詞）　象の中山→大和

2　磐瀬の社

3　佐保（左注）

4　吉野（題詞）　三船の山→秋津辺

5　莫越の山

6　羽易の山（春日）↓佐保の内
7　佐保の山
8　三船の山
9　八重山（普通名詞という説あり）

D　表記
イ　呼兒鳥　1
ロ　喚子鳥　2 3 5 7 8
ハ　喚兒鳥　4
ニ　喚孤鳥　9

しかし、こうした機械的な分類からは、呼子鳥についてのいかほどの発言も期待できそうにない。たとえばわずかな地名の重複（吉野1 4。三船の山4 8。佐保3 6 7）も、何事かを明らかに語ろうとするには、やはり不十分であろう。後代、古今伝授の三鳥に数えられたこととも相俟って、「呼子鳥」が正体不明の謎の鳥と噂されたのも、根源の万葉集の有様を見れば無理からぬところである。

ただ、確認の意味を含んで基本的な発言を試みるならば、まず第一に部立の偏りに注目したい。九首すべてが雑歌である。そのうち二首（2 3）が巻八、四首（5 6 7 8）が巻十の春雑歌に入る。この点だけを見ると大方「呼子鳥」は春の季節に限るものと見ていいと思われるが、1と4の二首は春と限定するには決め手を欠き、中でも9の一首ははっきりと夏雑歌の部立に入っている。加えて『代匠記』は前述のように3の第一句「尋常」を捉えて「此哥、喚子鳥ノイツモ鳴證ナリ」と断じた。

「呼子鳥」の季節に関して、論点を整理してみると、単純に数の上からは九首中六首が春雑歌に属するということで春の鳥とすべきだが、季節の決め手を欠く1と4、それに『代匠記』が季節を問わぬと解した3、その『代匠記』の解を保証するように夏雑歌に属している9という計四首の存在が、春の鳥とする見方と季節を問わない鳥とする見方という二つの解釈を拮抗させているということになる。こうした「呼子鳥」の属する季節の問題を論じることは、本稿の究極の目的ではないのだが、避けられない道筋と思われるので、以下、その点についての考えをいささか述べておきたい。

三　呼子鳥の季節

初めに本稿の結論を述べておくならば、「呼子鳥」は春の鳥であると考えられる。季節を限らない鳥とするのは、前項で触れた九首がすべて雑歌に属するという点からみても当らないように思われる。巻八や巻十のように四季分類された雑歌ではなおさらのことであるが、相聞でも挽歌でもなく、また他のどの部立にも属さず九首が雑歌だけに属しているのは、「呼子鳥」が特定の季節といった限定を受ける象徴的な鳥であり、題詠的な題材として受け取られていたことを示しているといえるのではないだろうか。巻八巻十両巻を貫く編纂意識は万葉集の他巻と比して最も新しいといわれるが、少なくとも両巻の成立の時期に、「呼子鳥」は春のものとして固定していたと思われるのである。

もちろんこの見方には、一つの障害が残されている。巻十の夏雑歌に存する一首9である。従来「呼子鳥」を春の季節に閉じこめてみたいという願望は、一首をして巻十夏雑歌への錯簡あるいは乱入と見做すことがあった。しかし、この見方は巻八や巻十を貫いている編纂意図に対する尊重が、欠けていた結果のように思われてならない。際立って明瞭な四季分類を施された両巻の意図については、いま細部にわたっての構造論的な解明の途上にあるといえる。しかし、この両巻が四季分類ということだけで、各部立内部に何らの構造もなく、錯入を犯すほどにいい加減な羅列によって成り立っているという見方だけは否定しておきたく思う。というのは、一見無意味な錯簡のように見える9の夏雑歌中におけるあり方に、それなりの必然性がありそうだからである。

巻十の夏雑歌、その中でも9の属する「詠鳥」の項目は、まことに主題が明解である。二七首（一九三七～六三）の中、9の一首のみ除いて、他はすべて「霍公鳥」の題材で貫かれているからだ。これではいよいよ「呼子鳥」の一首が場違いに迷いこんだものと見做されてもいたしかたがない。ところが、「詠鳥」の項目の最初に据えられた古歌集出の長反歌二首（一九三七・八）を象徴的な冒頭歌と見て別格とし、一九三九から順を追ってみると、かすかながら歌の配列に従って一本の筋が浮かび上がって来るのである。

ほととぎす汝が初声は我れにもが五月の玉に交へて貫かむ（10一九三九）
朝霞たなびく野辺にあしひきの山ほととぎすいつか来鳴かむ（一九四〇）
●朝霧の八重山越えて呼子鳥鳴きや汝が来るやどもあらなくに（一九四一）
ほととぎす鳴く声聞くや卯の花の咲き散る岡に葛引く娘子（一九四二）
月夜良み鳴くほととぎす見まく欲り我れ草取れり見む人もがも（一九四三）
藤波の散らまく惜しみほととぎす今城の岡を鳴きて越ゆなり（一九四四）
○朝霧の八重山越えてほととぎす卯の花辺から鳴きて越え来ぬ（一九四五）

文芸上の約束事として、夏になればまず待たれるのが「霍公鳥」であった。第一首はその「初声」を期待する歌であり、第二首もまた「いつか来鳴かむ」と声が待たれている。「呼子鳥」の一首一九四一を措いて一九四二は初声を待ち焦れている者が、娘子にそれを聞いたかどうかを問いかけている。続く一九四三は問われた娘子の立場でうたわれ、〝霍公鳥の声は聞いた。その鳴いている霍公鳥の姿を見ようとして私は〟といういくぶん相手を羨しがらせてからかうような答えの歌である。そうして待たせたあげく、一九四四でついに霍公鳥は登場する。藤の花が散るのを惜しんで、鳴きながら、しかもうれしいことに姿を見せながら、霍公鳥は岡を越えてやって来るのである（甲乙が違うが「今城」は「今来」の意であろうかと思わせるほどの文脈である）。

こうして劇的に霍公鳥が登場するように歌の配列は工夫されている。この経緯の中に置かれて一九四一（●）は、本当に場違いの流れを壊す異分子なのだろうか。そうは思われない。この「呼子鳥」は、霍公鳥を待ちわびる気持を誇張して表現するためにわざわざ呼び込まれた〝笑いもの〟なのである。結句「やどもあらなくに」が端的にそれを示している。「呼子鳥」は答える相手もないままに相変らず勤勉に呼び鳴きをしながら飛んで来る。しかし春の鳥である「呼子鳥」には、もう宿るべき場所が、夏という季節にはないのだ。それを踏まえてのこれは効果的な配置なのである。くだいていえば〝春ならば耳を傾けようもしようが、今私が焦れて待っているのは霍公鳥、それだけだ。うるさいだけの馬鹿な奴だ、呼子鳥。住処さえも、ありゃあしないのに〟といったところだろうか。

こうして「呼子鳥」は、場違いの〝笑いもの〟として夏雑歌に登場することで、かえって春の季節に限られる鳥であったことを証明している。この見方をさらに補強するのは、一九四一と初句第二句が同型である一九四五（○）である。同じ方向から飛んで来て期待を持たせ笑いものにされた「呼子鳥」に代わって、お目当ての霍公鳥は登場するのである。しかも藤の花（一九四四）を目指して、自分の住処である「卯の花辺」から飛び立って。

いま鳥ということに限っていえば、万葉集においても季節の主役はちゃんと規則的に交替している感じを承ける。初春からの鶯を受けて、晩春には「呼子鳥」が鳴き、夏の到来（暦上の）によって他のどの鳥でもなく霍公鳥だけが、ひたすら待たれる訳である。夏雑歌に孤独に存する9の「呼子鳥」は、かくして、決して答える相手がないままに呼び続ける本来の季節（自分の住処）にはぐれた哀れな鳥である。前掲のD表記を一瞥するに、9の「喚孤鳥」という特殊な文字使いも、その間の事情を裏書きしているような気がしてならない。

四　呼子鳥二首の呼応

以上のように夏雑歌に存する呼子鳥の一首の意味を本稿なりに説いてみたが、このような一首に対する見方を補佐するものとして、真淵が説くところの「呼子鳥」＝「容鳥」＝「閑古鳥」の説を受けながら、さらにそれを敷衍し、「呼子鳥」＝「鵺」の考察を経て、つまるところ「呼子鳥」は「片恋を為る鳥」と規定した飯田季治『和歌秘伝詳解』がある。氏のいう一首の歌の意は、それを導いた道筋こそ違えほとんど本稿の見方と一致する。たとえば、夏雑歌所属の一首9についての氏の訳をみれば

呼子鳥よ、汝は生涯を片恋に畢ふる鳥にて、呼べど恋ふれど汝を相手にする者は絶えて無き事なれば、如何に鳴き叫びて夫を呼び求むとも、汝が泊るべき宿もあらぬに、此の朝げ、朝霞の深く立籠めたる多くの山々を翔り越え来て、共寝すべき宿を求めて呼び叫ぶとも、苦労儲けのみにて益なき事ぞ。

となる。氏の想定した「呼子鳥」が、同じ万葉集にうたわれた「容鳥」と同一のもので、宿命的に「片恋を為る鳥」であったろうことはおそらく正しいと予想される。

事は夏雑歌の一首に限らない。本稿冒頭にあげた坂上郎女の一首の解についても、飯田氏のものがこれまでの中でもっとも正着に近いと考えられるのである。すなわち

世の常の云ひ慣はし《世間で普通一般に云ふ評判》に依れば、呼子鳥は片恋に泣く鳥也との事なり。然らば其の片恋に泣き悲しむ声を聞く事は、甚だ同情の感に堪へずして、いと心苦しき限りなれども、呼子鳥の声は、長閑なる春の時期ならでは聞かれぬ事なれば其の声の懐かしき時節……即ち妾が最も好む春の時節……になりし事は嬉しき極み也。即ち妾は、呼子鳥の片恋に嘆き悲しむ声を懐かしく思ふには非ず。その鳥の鳴くに伴れて、我が好む春の時節に成れる事を嬉しと思ふ也。之に依りて呼子鳥の声をも懐かしく思ふ也。

というのだが、初句「尋常」を「世の常の云ひ慣はし《世間で普通一般に云ふ評判》」という辺りは、本稿のいわんとするところにはなはだ近い。また第二句の「聞けば苦しき」が、単純に鳴き声の悪さから来る不快感でないことも、同様に賛成である。確かに鳴き声云々という以前に、坂上郎女の歌に「三月一日」と左注があるのは、作歌の時点で彼女の関心が季節の推移の方に傾いていたことを裏書きしている。

こうして「呼子鳥」は春に限られた、季節を象徴する鳥と見ていいかと思う（郭公であるからには実際には夏にも鳴く。ここで春の鳥というのはあくまでも文芸上の約束としてであることというまでもない。大事な点なので再確認しておく）。ただし、前述したように、「呼子鳥」の実体を追求することだけが本稿の目的ではない。その意味からいえば、巻八の坂上郎女の一首も、飯田氏の解だけではもちろん満足できない。というのは、巻八春雑歌の最終に位置する坂上郎女の一首が、同じ春雑歌の冒頭部（第二首目）にある鏡王女の一首と呼応しているように思われるからである。

鏡王女歌一首

神奈備の磐瀬の社の呼子鳥いたくな鳴きそ我が恋増さる（一四一九）

大伴坂上郎女一首

世の常に聞けば苦しき呼子鳥声なつかしき時にはなりぬ（一四四七）

巻八春雑歌の部立に「呼子鳥」はこの二首にしか登場しない。しかも冒頭部と最終というきわめて象徴的な位置に二首は存在しているのである。二首の間に何らかの影響関係を考えたとしても、あながち的外れではないように思う。

鏡王女は第一期の女流歌人であり、数こそ少ないがその歌はそれぞれに異彩を放っている。当面の一四一九も集中屈指の秀歌と評価していいであろう。神の斎きます「神奈備」、そこに連想されるのは一種壮厳な静けさであり、そのおどろおどろしい静寂を破って「孤悲」の痛みを嘆き鳴くのが「呼子鳥」のあはれを含んだ声である。押さえかねる恋の心をそれに託して鏡王女の一首は見事である。神聖なゆゆしさの中にあって女の恋心がつのるという歌は

伊勢の海の磯もとどろに寄する波恐《かしこ》き人に恋ひ渡るかも（4六〇〇、笠女郎）

のように他にもあって、おそらく鏡王女の一首はそれらの先駆をなすものであろう。

そこで、第三期の女流歌人坂上郎女の一四四七は、先行する鏡王女の名歌を踏まえているという考えが生まれる。「世の常に」とは、ほぼ確実に鏡王女の一首にある状態を指している。なぜ「聞けば苦しき」なのか。それは「我が恋増さる」からである。「呼子鳥」九首の中で、坂上郎女の一首だけが歌の中に場所の指定がない異質の歌であること（前掲表C地名参照）や、解釈の上で疑問を招くような「世の常に」といった説明不足の表現をするのも、ひとえに一首が先行歌と共に味うべき性質のものであったことを示しているのではないだろうか。

さらに坂上郎女の歌において「聞けば苦しき」の内実が「我が恋増さる」であろうことは、同じ彼女の

ほととぎすいたくな鳴きそ一人居《ゐ》て寐《い》の寝らえぬに聞けば苦しも（8一四八四）

という、まるで鏡王女の歌を解説しているような一首をみてもしのぶことができる。一人寝の状態と鳥の声にかき立てられる孤悲の心を「苦し」と表現するのである。また坂上郎女が「苦し」と表現するのは多く恋においてであることも、たとえば次の一首がそれをあかす。

夏の野の繁みに咲ける姫百合《ひめゆり》の知らえぬ恋は苦しきものそ（8一五〇〇）

その上先掲の「呼子鳥」九首を概観すれば、自らの心の苦しさを「恋」において直接に表現した歌は、鏡王女と坂上郎女の二首にしかない。前述の見方はいよいよ確信を深めるのである。

このように、鏡王女と坂上郎女という、二人の女性によってうたわれた「呼子鳥」の二首には、その題材が共通であるというばかりでなく、前者を踏まえての後者、つまりは冒頭歌の前者に呼応して巻八春雑歌を首尾一貫させる最終歌の後者という、有機的な関連が看て取れる。ただしこの図式が確認されたとき、一つの疑問が生まれることもまた確かである。その疑問とは、それならばなぜ鏡王女の一首は、春雑歌の部の第二首目であって冒頭歌ではないのか、ということである。これは巻八の呼子鳥二首にとっては、もっとも解明を要する事柄なのであるかもしれない。以下、その点について試みに考察を加えておく。

五　巻八巻頭歌の問題

鏡王女の歌の直前に位置して万葉集巻八の巻頭、すなわち春雑歌の冒頭を飾るのは、人口に膾炙した次の一首である。

志貴皇子《しきのみこ》の懽《よろこ》びの御歌《みうた》一首

石走《いはばし》る垂水《たるみ》の上のさわらびの萌え出づる春になりにけるかも（一四一八）

「石走る垂水」が「さわらび」や「萌え出づる」といった語と相俟って、雪解け水の清澄さを思わせる。また、結句「なりにけるかも」の力強い響きが、冬からの解放感と春という季節に向かっての限りない期待感を表現し尽している。
初句「石激」の訓みや「垂水」の語義をめぐる論の歴史は古いが、その訓みや解釈にいかほどかの変更があったとしても、われわれが一首から受け取る前述の爽快感にさほどの修正が加えられるとは思えない。まさに名歌である。この一首は誰の目にも春雑歌の冒頭歌としてふさわしいものに映るであろう。こうした歌本来の魅力に加えて、題詞に「懽びの御歌」とあるのも、心憎いまでの仕業といえる。ここには、歌が題詞を経過して味わわれるものであるという鉄則が生きている（一章二節）。春に対する志貴皇子の懽びの気持と共に、一首は享受されるようになっているのである。

この「懽」を捉えて「ここは、どのような喜びか不明であるが、酒宴での感興をうたったのであろう」（『全集』）といった推測がある。しかしここは単に「雑歌」ではなく、「春雑歌」であることを考慮すべきであろう。皇子の一首が、たとえ酒宴の場で生まれたものであったとしても、春雑歌の部の冒頭に据えられているからには、ここでは題詞の「懽」を〝春を迎えた懽び〟と素直に受け取っていい。

そればかりではない。このように心の内部を表現した題詞は、当面の春雑歌では唯一のものである。してみると、この名歌一首をもって宣せられた志貴皇子の春の「懽び」は、この部立全体を覆う感情の表徴としたいという特別な意図として受け取れる。

ちなみに、この巻頭歌の由来についてまことに興味深い論がある。それは山内明彦氏の着想（伊藤博『古代和歌史研究6』に紹介）で、志貴皇子の「さわらび」の一首は本来、巻一の

長皇子《ながのみこ》、志貴皇子と佐紀《さき》の宮にして倶《とも》に宴する歌

秋さらば今も見るごと妻恋《つまご》ひに鹿鳴《かな》かむ山ぞ高野原《たかのはら》の上（八四）

右の一首は、長皇子。

と同一の場で生まれ、八四の後すなわち巻一の巻末にあった歌である、というのである。現存の万葉集巻一の巻末から志貴皇子の一首が消失していることは、風雅を旨としたであろう佐紀宮の宴の様を想像する手掛りの大半を失なっていることに他ならない。その意味で氏の着想は貴重な復元を可能にしたといえる。

この想像がもし確かなものであるなら、志貴皇子の一首はいま、二重の幸福を獲得することになろう。なぜなら志貴皇子の一首は巻一巻末においては、長皇子の秋を想像する挨拶の一首に対して、春を想像する即妙な応答歌であり、片や巻八においては、巻頭歌の栄を担って高らかに春の到来を告げる名歌ということになるからである。巻一からの持ちこみということであれば、一首に予想外の輝きを与えたのは、巻八春雑歌編者の手柄ということになる。

巻八巻頭歌に関してこれほどの思慮を持つ編者が、巻一巻末に位置することで巻一巻頭の雄略天皇御製歌と呼応する志貴皇子の春の歌を、ただただ巻八だけのために無残に引き離してしまったとはもちろん考えられない。おそらく重複ということで残しておいたに違いないと思われる。重複ということで一首を巻一巻末から削ってしまったのは、巻八編纂者の意図を見失ってから相当後のことであったらしい。事実、その痕跡がわずかではあるが写本（元暦校本・紀州本）の目録によってうかがわれるからである。

志貴皇子の一首が巻八春雑歌の冒頭歌としてふさわしい心と姿を備えていることは、疑いがない。その事柄だけを以てしても、鏡王女が二番手の位置に退く十分な理由となり得る。それならば、前述の如く「呼子鳥」という題材の同一性と二人の力ある女流歌人ということでこの部立の首尾を整えようとした意図が消えてなくなるかというと、そうではない。というのは、一人の皇子と二人の女性の歌をめぐって、一つのことが予想されるからである。すなわち、鏡王女の一首は坂上郎女の一首と「呼子鳥」をもって呼応しつつ、同時に志貴皇子の一首と「早春」対「晩春」

の関係をもって対になるという、次のような図式である。

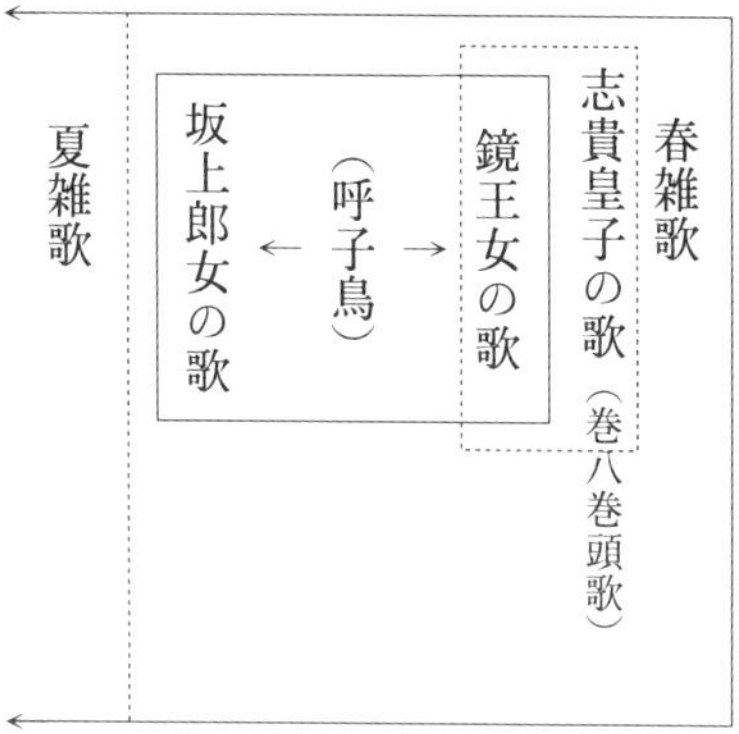

単純な事柄に目を向ければ、春雑歌の冒頭歌はそのまま巻八の巻頭歌である。人々がこぞって待ち望む春を、そのような春として普遍的にうたい上げた志貴皇子の一首に、鏡王女のむしろ相聞に属するにふさわしい「我が恋」をうたった一首は、雑歌の部立を先頭に押し立てた巻の構成の面からみた価値としては及ぶべくもない。

かつて巻八春雑歌の部立は、古今二人の女性が耳を傾けた、「吾子《あこ》」という呼子鳥の清澄な鳴き声によって、全体を貫かれていたのかもしれない。そして、前に触れた山内氏の着想を容認するならば、鏡王女の歌の性質からくる不足を補うべく、巻八巻頭歌として志貴皇子の一首が、格調の高さを以てなる巻一から要請されたとき、人々はそのことで十分納得したのであろう。また春雑歌の部立内部のことでいうならば、早春をうたう志貴皇子と晩春をうたう鏡王女という対照的な二首を、同巻秋相聞における二首（一六〇六、一六〇七）と同様に、一対の形の冒頭歌と見做すことで、人々は喜んで満足したのではなかろうか。享受者の意を満たすべく、万葉集は予想以上に堅固な構造を有している。

第五節　譬喩の要因

一　姫百合の歌

卓抜な譬喩というものは、表現上の一技巧といった軽さを超えて、現実的な風景を鮮やかに喚起させるものである。坂上郎女の次の一首は、その好例といえよう。

夏の野の繁みに咲ける姫百合の知らえぬ恋は苦しきものぞ（8一五〇〇）

上三句は第四句の「知らえぬ恋」を起こす序であるといわれている。歌の実質は下句にあるが、この序の役割を持つ上三句こそが、一首の表現としての生命であろう。ここには、ことばによって形象された一つの確かな世界がある。

重たい濃緑の繁茂と、立ちこめるむっと熱い草いきれ。その中に籠もり咲く姫百合の花が、風景に可憐なしかも鮮やかな朱を点じている。

読む側にとっての印象は以上のようなものであろうが、この一首の成り立ちに関しては、これまでになされた想像が、いくつかある。たとえば万葉集中唯一の例である姫百合の素材を捉えて、「ヒメユリを主題とした題詠的動機からの作であらう」と土屋文明『万葉集私注』は想像する。

これに賛意を表しながら、『注釈万葉集《選》』は、一首を次のように説く。

その色は目に鮮やかな赤色（たまに黄）で、秘めた恋の情熱のイメージを持っている花である。そこで、三句「姫百合の」を比喩とせず、「知らえぬ恋」にかける連体修飾として、恋する花姫百合を擬人法で歌ったものと解釈してみたい。夏野の繁みに隠れてひとり燃えている姫百合の秘めた恋は、苦しいものですよ。秘めた恋という、姫百合の花の本意的なイメージを歌った詠物歌とみなすことになる。いずれにせよ、作者がおのれの恋の苦しさを訴えた歌とばかり解釈することもないわけで、鑑賞の幅をもっとひろげたい好い歌である。（井村哲夫氏担当）

確かに姫百合の題材は唯一例であるということからも、注目すべきである。

だが、この歌の魅力を解く鍵は、むしろ坂上郎女がことさらに指定した姫百合が咲いている場所、すなわち初二句の「夏の野の繁み」に存するのではないかと本稿は考える。以下、その点を閲してみたい。

二　夏野の恋

「夏野」の用例は集中八例である。以下に列挙してみよう。
1夏野行く小鹿《をしか》の角の束《つか》の間《ま》も妹が心を忘れて思へや（4五〇二、柿本人麻呂）
2夏の野の繁みに咲ける姫百合の知らえぬ恋は苦しきものそ（8一五〇〇、坂上郎女）
3人言《ひとごと》は夏野《なつの》の草の繁くとも妹と我れとし携はり寝ば（10一九八三、寄草）
4ま葛延ふ夏野の繁くかく恋ひばまこと我が命常ならめやも（10一九八五、寄草）
5父母に知らせぬ子ゆゑ三宅道《みやけぢ》の夏野の草をなづみ来るかも（13三二九六）

6……なでしこをやどに蒔《ま》き生《お》ほし　夏の野のさ百合引き植ゑて　咲く花を出で見るごとに　なでしこがその花妻《はなづま》に　さ百合花ゆりも逢はむと……（18四一一三、大伴家持）

7……夏の野のさ百合の花の　花笑《はなゑ》みににふぶに笑みて……（18四一一六、大伴家持）

8この里は継ぎて霜や置く夏の野に我が見し草はもみちたりけり（19四二六八、孝謙天皇）

こうしてみると、「夏野」は次のような用いられ方をしている。

A　季節の風景として……………………18

B　イ　恋心の繁さをいうため…………4

　　ロ　人言の繁さをいうため…………3

　　ハ　通い道の難渋をいうため………5

C　「さ百合」を引き出すため………67

Aの分類項目は多少大ざっぱである。いわんとするところは、「夏野」そのものに対する注視の度合の他と比較しての軽さであって、1は「小鹿」に、8は夏に対する秋といった季節あるいは題詞にある「沢蘭《さわあららぎ》」という植物に、一首としての関心があるということである。

Cは二首とも大伴家持の歌で、これは2の坂上郎女歌の強い影響下でなされたものであることが、「ナツノノ」の五音であることや、同じように、それに伴って「百合」が導き出される機能という点でも明らかであろう。

それでは、当面の考察対象である坂上郎女の一首は、どこに属すべきか。これは文句なく、Bである。だが、Bのイ～ハのいずれの項目に入れるかとなると、その判断はなかなかに難しい。第四句で「恋」とあるからにはイにいれる、というのでは事が単純に過ぎよう。なぜなら第四句は「知らえぬ恋」とあって、4ほどに直截にほとばしる恋心とは性質が異なるからである。当然、第五句の「苦しきものそ」と4の「まこと我が命常ならめやも」とは「苦しきもの」という状況は似ていても内実は非なるものといえる。4に比べて坂上郎女の一首の方ははるかに複雑に屈折した恋の苦しみを表現しているように思われる。ハの5は、一見して郎女の歌と遠い。だが、「知らせぬ子ゆゑ」と「知らえぬ恋は」の字句の似かよりは少し気になる。「父母」を始めとして、恋する二人以外の人に知られぬ、秘めた恋、という点で両者は共通するのである。郎女の歌はさらに恋の相手にさえも知られぬ恋というところに、一首の独自性がある。坂上郎女は、巻十三に存するような古歌を踏まえて、作歌することが多い歌人であったという見方（五味保義「大伴坂上郎女の作品」文学昭和一五年一二月）も、この場合大いに参考になる。

こうして、坂上郎女の姫百合の一首は内容において表現において、4や5と付かず離れずの関係を持っている。それとは別に、本稿は独自に3との強い結びつきを一首に見ている。というのは、姫百合の咲いている「繁み」とは、「人言繁み」を暗示する譬喩ではないか、と考えるためである。坂上郎女が一首をなすに当たって、巻十の3を踏まえたかどうかということは、最終的に想像の域を出ない。が、一首の「繁み」の語の背景に3の「人言繁み」の意を置いてみると、解釈が従来のものよりも筋が通ってくることは確かである。坂上郎女は、なぜ、「知らえぬ恋」と我が恋を表現し、「苦しきものそ」と嘆くのか。その要因は、おそらく前述した「人言繁み」にある。たとえば、一首を解する場合、同じ作者の手になる次の六首を、その内容を語るものとして受け取ってみると、さらに意味が明瞭になろう。

大伴坂上郎女の歌六首

我れのみそ君には恋ふる我が背子が恋ふと言ふことは言《こと》のなぐさそ（4六五六）

思はじと言ひてしものをはねず色のうつろひやすき我が心かも（六五七）

思へども験《しるし》もなしと知るものをなにかここだく我が恋ひ渡る（六五八）

あらかじめ人言《ひとごと》繁《しげ》しかくしあらばしゑや我が背子奥《おく》もいかにあらめ（六五九）

汝をと我れを人そ放《さ》くなるいで我が君人の中言《なかごと》聞きこすなゆめ（六六〇）

恋ひ恋ひて逢へる時だに愛《うつく》しき言尽《ことつ》くしてよ長くと思はば（六六一）

「人言」ということで、特に第四首に注目してみたい。新潮日本古典集成『万葉集』では、第四首を今のうちからつまらぬ噂がうるさいことです。こんなだったら、ああいやだ、あなた、この先どうなることでしょう。私はもうどうなったって……。

と口語訳し、「あらかじめ」の初句を「深い関係とも言えぬ今の段階から」と説明する。

姫百合の歌で、坂上郎女の恋を「知らえぬ恋」にした原因は、おそらく「あらかじめ人言繁し」の如き状態だったのではないか、と考えると「苦しきものそ」という内実が、いっそうはっきりするように思われてならない。つまり「知らえぬ恋」とは恋する相手に我が恋心を知ってもらえない、「我れのみそ君には恋ふる」という片恋の悲しみであると同時に、「あらかじめ人言繁し」という状態によって他律的に表白を禁じられたところの、「恋」であったのではないだろうか。

三　一首の背景

ここまで坂上郎女の姫百合の歌の上三句の因って来るところを想像した。「夏野」にしても、「繁み」にしても、それらは単なる嘱目の、あるいはその経験だけから生まれたものでなく、恋歌の伝統を背負う言葉であったことが解る。一首の前半がそのような背景をもつ文芸の産物とみられなかったのは、前述したように、郎女の操った譬喩がその卓抜さの故に、あまりにありありとした風景を描出したためであろう。ほとんどそれは写実の作と見紛うばかりだ。

それでは、一首の成立の真の背景はいかなるものであったのか。管見に入ったものの中で、本稿がもっとも賛意を表すことができる解をあげてみる。

さて、かけあいで男性に直接言いかけた歌と状況をとると、可憐さとは又別の味わいをもって来る。「人に知られない恋は苦しいものです」と訴える相手の男性こそが、その「人」である。「私はこんなにも恋しているのにあなたは知らんぷりね」というのである。手なれた、したたかな物言いだが、にくめないのは男を挑発するコケトリーがあるからだろう。男の方では「もうあなたに心から焦がれてどうにも自分で始末がつきません」という内容の歌が前にあって、その返事にこの歌をわざと「知らえぬ恋」と言っているのであろう。

かけあい歌は男からしかけるのがルールだし、はぐらかした言い方は女歌の実用領分であった。それも本心なのか、歌だけの恋なのか、恋の「戯歌」を作った女性であるから、歌から実生活をはかることはなかなかむずかしい。

人の心の本当の部分は、本人にもわからないことが多い。異性が恋しいといっても、どの人が恋しいのかは決まり難い。恋しい人があって恋しくなるのではなく、恋しい状態があって恋しい人が定まる。これは不純ではない。そういう時、人は目に触れたものから歌い起こして、やがて自分の本心を言いあてて行く。

嘱目発想と呼ばれる現象は、日本人がはるか昔から繰り返し繰り返しして見つけ出し、日本人の心を育てて来た。それは過去に終わった起源の問題ではなく、今日でも文学やそれに類似した恋愛に登場し、発生する。だが、坂上郎女は、そんな土台をもう承知していて、その上にのって、男に「手紙」しているのである。

（井口樹生『くらしの季節』）

井口氏の一首の解は、「明治の明星派歌人の作かとも思われる、新鮮な可憐な歌に見える」という書き出しに始まる。続いて、当時独白という文学の形が数少ないことを述べて、一首が「かけあい」の要素をもつ「手紙」であったとして、前掲の引用に入る。そして「相聞の花は、恋の表徴であり、手紙の実体であった」と結論する。

この解は、偶然にわが視界に入った両者ながら、最初に掲げた井村氏の「三句『姫百合の』を比喩とせず、『知らえぬ恋』にかける連体修飾として、恋する花姫百合を擬人法で歌ったものと解釈してみたい。」という解と、不思議に呼応する。坂上郎女のうたった「姫百合」は、やはり「恋の表徴であり、手紙の実体であった」らしい。

さらに井口氏の解で本稿にとって興味深いのは、「手紙」であるからには一首の前に男からの歌があったと想像している点である。本稿もまた坂上郎女の一首が独詠の形で生み出されたものとは考えない。やはり何らかの歌に対応してという機能を有したものであろうと思う。

四　百合の文芸

植物の「百合」にどのような文芸としての意図が託されたかを考えてみることも、坂上郎女の一首を理解するために、不可欠のことであろう。つぎに「百合」の用例をあげてみる。初めに無記名歌、次に記名歌を巻順に並べておく。

1道の辺《へ》の草深百合《くさふかゆり》の花笑《はなゑ》みに笑みしがからに妻と言ふべしや（7一二五七）

2道の辺の草深百合の後《ゆり》もと言ふ妹が命《いのち》を我れ知らめやも（11二四六七）

3夏の野の繁みに咲ける姫百合の知らえぬ恋は苦しきものそ（8一五〇〇、坂上郎女）

4我妹子が家の垣内《かきつ》のさ百合花後《ゆり》と言へるは否《いな》と言ふに似る（8一五〇三、紀豊河）

同じ月の九日に、諸僚《しよりよう》、少目 秦伊美吉石竹《せうさかんはたのいみきいはたけ》の館に会し飲宴《うたげ》す。ここに主人、百合の花縵《はなかづら》三枚を造り、豆器《とうき》に畳《かさ》ね置き、賓客に捧げ贈る。各《おのもおのも》　この縵を賦して作る三首

5油火《あぶらび》の光に見ゆる我が縵さ百合の花の笑《ゑ》まはしきかも（18四〇八六）

右の一首、守大伴宿祢家持。

6燈火《ともしび》の光に見ゆるさ百合花後《ゆり》も逢はむと思ひそめてき（四〇八七）

右の一首、介内蔵伊美吉縄麻呂。

7さ百合花後《ゆり》も逢はむと思へこそ今のまさかもうるはしみすれ（四〇八八）

右の一首、大伴宿祢家持和へたるなり。

庭中の花に作る歌一首并せて短歌

8大君の遠の朝廷と　任《ま》きたまふ官《つかさ》のまにま　み雪降る越《こし》に下り来《き》　あらたまの年の五年《いつとせ》　しきたへの手枕まかず　紐解かず丸寝《まろね》をすれば　いぶせみと心なぐさに　なでしこをやどに蒔き生《お》ほし　夏の野のさ百合引き植ゑて　咲く花を出で見るごとに　なでしこがその花妻《はなづま》に　さ百合花後《ゆり》も逢はむと　慰さむる心しなくは　天離る鄙《ひな》に一日もあるべくもあれや（18四一一三）

反歌二首

なでしこが花見るごとに娘子《をとめ》らが笑まひのにほひ思ほゆるかも（四一一四）

9さ百合花後《ゆり》も逢はむと下延《したは》ふる心しなくは今日も経めやも（四一一五）

同じ閏《うるふ》五月二十六日に大伴宿祢家持作る。

10……嘆きつつ我《あ》が待つ君が　事終はり帰り罷《まか》りて　夏の野のさ百合の花の　花笑みににふぶに笑みて　逢はしたる今日を始めて　鏡なすかくし常《つね》見む　面変《おもが》はりせず（18四一一六、大伴家持）

11筑波嶺《つくばね》のさ百合《ゆる》の花の夜床《ゆとこ》にもかなしけ妹《いも》そ昼もかなしけ（20四三六九、防人千文）

通覧してみると「百合」にはおよそ二種類の機能があって、それは１２の無記名歌の例に依るとわかりやすい。

Ａ「笑み」を抽き出す………１５10

Ｂ「後」「夜」を抽き出す……２４６７８９11

Ａは数の面からみると特異な機能で、無記名歌１を注目するのが家持だけである点からみてもそのことがいえる。Ｂは音の相通を注目するもので一般性を生じやすい。数の多さもさることながら、家持の他に豊河・縄麻呂・防人千文の三人が用いている点がそれを示している。

無記名歌によって機能を二種に大別したのは、もちろん便宜のためだが、理由がないわけではない。それは１２共に初二句「道の辺の草深百合の」が同じだからである。同一の条件下にありながら、下句は異なった機能をもっている。この様相を裏返してみれば、これは「百合」が元来「笑み」と「後」の両方を連想させる性質を併せ持つということだ。

この想像の一端はすでに『仙覚抄』にみえていて、「後《ゆり》」ということについて

さゆりはなゆりもあはむとつゞくることは、ゆりといふ名につけて、つゞけぬべきうへに、かの花は、こと花よりも、おほヰらかに、おもきによりて、風なといささかも吹時は、わきてゆられたちたれば、ゆりもあはんとよそへよめる也。

と、百合という植物の実態に即して「ゆり＝揺り」の語源論を述べている。

風に吹かれて少女の「笑」のような花を首を振るように揺らす「百合」は、無記名歌1 2がそれぞれうたうような二つの性質を本来もっているものと思われる。すなわち、1の笑みは男の愛を許諾するものであり、2の「後」はそれを拒否する仕草を意味する。豊河の4は「ゆりと言へるは否と言ふに似る」と2がもつ意味を説明しているような形になっている。

許諾と拒否とその両者を含みもっている点に、「百合」に文芸的な意図が仮託される由縁があったと思われる。「百合」は諾うような「笑み」をたたえながら「後《ゆり》」（〝後《あと》で〟）と首を振る、誘う男を焦らす女の媚態を表わす、恋と深くまつわる花と見做されていたらしい。

井村氏が「姫百合の花の本意的なイメージを歌った」歌と坂上郎女の一首を捉えた解の方針も、井口氏が「男を挑発するコケトリーがある」と一首を評するのも、以上のような「百合」の文芸上の実態を知れば、十分に肯けるのである。

五　知らえぬ恋

坂上郎女の一首で、もっとも重要な意味をもっている部分は、やはり第四句「知らえぬ恋」であろう。これは恋する相手に知ってもらえない恋、と受け取るのが普通で、『集成』も「あの人に知ってもらえない恋は」と口語訳し、「片思いのせつなさを表わしている」と一首を説明する。ところが、この解は当然のようにみえながら、万葉集の中においてみると、少々安定を欠く。原文「不所知」に着目して見ると次のような例に遭遇するからである。

白玉《しらたま》は人に知らえず知らずとも我れし知れらば知らずともよし（6―〇一八）
橘の本に道踏む八ちまたに物をそ思ふ人に知らえず（6―〇二七）
南淵《みなぶち》の細川山に立つ檀弓束巻《まゆみゆづかま》くまで人に知らえじ（7―三三〇）
我がやどに植ゑ生ほしたる秋萩を誰か標刺《しめさ》す我れに知らえず（10―二一一四）
たらちねの母に知らえず我が持てる心はよしゑ君がまにまに（11―二五三七）
いくばくも生けらじ命恋ひつつそ我れは息づく人に知らえず（12―二九〇五）
おのがじし人死《ひとじ》にすらし妹に恋ひ日《ひ》に異《け》に痩せぬ人に知らえず（12―二九二八）

大方が坂上郎女と同じ恋の嘆きをうたっている。恋の嘆きとは「人に知らえず」と思う苦しみに発している。そしてこの「人」とは口さがない世間の人であって、恋の相手を指しているものは少ない。第四首目の「我れ」も五首目の「母」も、恋する当事者にとってみれば、二人の仲を隔てるもので、世間の人と変わるところがない。この傾向は徹底していて、原文「人不知」の三文字を「人に知らえず」と補って訓んだ場合の歌を追加してみても事情は変わらない。

をちこちの磯の中なる白玉を人に知らえず見むよしもがも（7―三〇〇）
磯の上に生ふる小松《こまつ》の名を惜しみ人に知らえず恋ひ渡るかも（12―二八六一）

以上の例をみても坂上郎女の「不所知恋者」は、集中たった一つの例外とみるよりも、〝世間の人に知られぬようにしてする恋は〟という一般の意味に受け取る方が自然であろう。特に初二句に〝人言繁み〟の意が強く反映していることをおもえば、なおさら前述の解の妥当性が解る。

坂上郎女がわが恋を「知らえぬ恋」といい「苦しきものそ」と嘆いた原因は、「人言繁し」にあったことを述べてきた。一体に彼女の恋歌には「人言繁し」の状況を巧みに背景とすることで効果が上がっている特徴がある。前掲「大伴坂上郎女の歌六首」（4六五六〜六六一）がそうであった。「あらかじめ人言繁し」（六五九）や「人の中言聞きこすなゆめ」（六六〇）の効果があって、初めて六首目の熱情が輝きを帯びるのである。

次の場合もそうである。

大伴坂上郎女の歌七首

言ふことの畏き国そ紅の色にな出でそ思ひ死ぬとも（4六八三）
今は我《あ》は死なむよ我が背生《い》けりとも我れに寄るべしと言ふと言はなくに（六八四）
人言の繁みや君が二鞘《ふたさや》の家を隔てて恋ひつついまさむ（六八五）
このころは千年《ちとせ》や行きも過ぎぬると我れや然《しか》思ふ見まく欲りかも（六八六）
愛《うる》はしと我が思ふ心速川《はやかは》の塞《せ》きに塞くともなほや崩《く》えなむ（六八七）
青山《あをやま》を横《よこ》ぎる雲のいちしろく我れと笑まして人に知らゆな（六八八）
海山《うみやま》も隔たらなくになにしかも目言《めこと》をだにもここだ乏《とも》しき（六八九）

ひたぶるな恋情が、「人言」に塞かれて孤の状態に逼塞するところに、郎女の恋歌の真価が発揮されるらしい。坂上郎女が「人言」といった恋に困難な他律性をいかに巧みに歌に利用したかは、以上のような例で明らかだと思う。姫百合の歌だけが例外であろうはずがない。

かく述べてきたところで、郎女の一首には未だ言い尽くせない魅力が残る。「知らえぬ恋」という表現は、第一義として世間の人に知られない秘めた恋を表すのだが、二義的にはやはり相手に知られない〝片恋〟の意味をも許すのである。従来の解はその二義的な意味での解釈の方が、一首がより魅力的な歌になることを直感した結果であると思う。〝人に知られぬように秘めた、それどころか、あなたにさえも届かないそうした恋は〟という解釈があれば、一首の魅力は倍加しよう。

郎女の一首は初句から辿ってみる限り「人言」といった他律的な束縛にあえぐ「知らえぬ恋」であるが、「苦しきものそ」という末句に至って〝あなたにさえも知られない〟片恋の意味をも付加する構造になっていると思われる。

第四章　宴の手法と孤の手法

第一節　「花に問ふ」とうたう意味

一　偶然の二首

『類聚古集』巻一の「梅」の項目には、次の二首が並んで載っている。それぞれ簡略に作者名が記されているが、通行の題詞に直して示せば、

大伴宿祢駿河麻呂《するがまろ》の歌一首

霞立つ春日の里の梅の花花《はな》に問《と》はむと我が思はなくに（8一四三八）

大伴坂上郎女の歌一首

風交《かぜま》じり雪は降るとも実《み》に成《な》らぬ我家《わぎへ》の梅を花に散らすな（8一四四五）

という二首である。もちろん「梅」ということで類聚したために、二首の間にある六首を飛ばして偶然並んでいるのだが、こうして改めて並べてみると、この二首には不思議に通い合うものがあるような気がしてならない。「梅」という題材からそう感じるのは当り前のこととしても、歌意において両者が即妙に応じ合っているような気配が読みとれるのである。

そうした感じはおそらく、駿河麻呂の「花に問はむと」という表現と坂上郎女の「花に散らすな」という表現が、類似していることによるものらしい。なかでも、「花に」という一致した二人の形容が、われわれの心に美しく映る

せいであろうか。

二　「花に」と「あだに」

この「花に」を諸注はほぼ同じく「あだに」の意味であると解している。たとえば、「花に問はむと」を、日本古典文学全集『万葉集』は「実のない一時的な気持で訪問しようなどと」の意味であるとし、

息《いき》の緒《を》に思へる我れを山ぢさの花にか君がうつろひぬらむ（7一三六〇）

の歌を参照する。そしてこの参照歌の「花に」を説明して「『花』は、はなやかだが実のないものの比喩に用いる」と述べている。

この解をさかのぼってみても、ほとんど事情は変らない。「ハナニは、語源は『花に』、ハナは咲くだけで実にならない意から、誠実がない、真実でない意。外面にあらわれただけで、内実のない意。」（日本古典文学大系『万葉集』）とするもの、「ハナニは、真実味なくあだにの意の副詞。花の如くにの義であろう」（武田祐吉『全註釈』）とするもの、と一致した見解を持つ。この見解をもっとも強く反映した口語訳を見るならば「春日の里の梅の花を、そのハナといふ名のやうに、實のないあだな心で訪ねよると自分は思はないことよ」（澤瀉久孝『注釈』）となる。

これらの解釈の根源を訪ねると、それは古く契沖『代匠記』精撰本の「下句ノ意ハ、花ノ一盛ナル如ク、アタナル意ニ人ヲ問ハムトハ思ハストナリ」という発言に由来するものであるらしい。この発言は同初稿本に「これは花の咲時きてみるを、人をとふらふになすらへて、とふといへり。霜雪の時、今のことく花を見むとはおもはさりしとなり。若相聞なとにたとふる心ならば、花は盛にのみきてみて、ちりぬれはこぬを、わか人をとふことは、さはせしとおも

ふよしなり」という考察を凝縮した結果である。

本居宣長は『万葉集疑問』の中で「サテ集中ニ、アダニト云事ヲ、ハナニト云ル事多シ、アダ心ヲハナ心ト云、ハナニ問フトハ、アダニトフト云事也」とはっきり答えており、橘千蔭『万葉集略解』はさらに「花ニトフとは華華しくあだに問ふ意なり。巻廿、まひしつつきみがおほせるなでしこが花のみとはむ君ならなくに、と言ふと同じ」という宣長の言を伝える。

こうして『代匠記』の解を踏襲した系譜は、そのまま坂上郎女の一首の解の系譜でもある。「花に散らすな」を「アダ花ニチラスナトナリ。巻十二モ、秋芽ハ雁ニアハシト云ヘレハカ聲ヲ聞テハ花ニ散ヌルトヨメリ。和名云。爾雅云。栄《エテ》而不レ実《ル》　謂《ノラフ》二之《ヲ》英《ト》一（於驚反。訓。阿太波名。）今花ト云ヘルハ、此英ナリ」（精撰本）と『代匠記』が「花に」の解をそのまま郎女の歌に持ち込んで敷衍したからである。そのために『略解』は「ハナニはアダニと言ふ意にて、未だ逢ひも見ぬ男のうへを言ひ騒ぐ事なかれと言ふ譬歌か」と不思議な想像さえなしている。『略解』のいわんとするところは、鹿持雅澄『万葉集古義』の「初ノ二句は、たとひ世ノ間の人は、とりどりさまざまにいひたてさわくとも、と云意を、たとへたり、實尓不成《ミニナラヌ》は、まだ實《マコト》に夫婦となりえぬをいふ、花尓令落莫《ハナニチラスナ》は、唯風《ホノカ》に言かはしたるのみにて、止ことなかれの意なるべし」という詳述によって初めて理解できる。『略解』や『古義』がなしたような寓意ではないにしても、何らかの寓意を郎女の歌から感じられることを告白しているのは、『大系』と『全集』である。

一方、そのような寓意を排して、純粋に梅をうたったものとする見方で至りついた口語訳が『注釈』の「風にまじつて雪が零らうとも、まだ実に成らぬ私の家の梅を、いたづらに花だけで散らすな」であり、同様な見方から生まれた批評が『全註釈』の「どうせ実にはならないのだから、せめて花として眺めたいという心である。しかし鑑賞としては、やはり実ニナラヌが、説明し過ぎてじゃまである。そうしてまたそれがないと、歌が全く平凡になってしまう。」というものである。
いずれにしても、『代匠記』以来の「花に」は「あだに」の意であるとする解では、駿河麻呂の歌の訳がいま一つ明確にならない。また坂上郎女の歌に至っては『全註釈』の評に代表されるように、まったく面白みを欠く要領を得ないものになってしまう。
それではいかなる解をもってすれば、二首本来の意を十全に満たすことができるのか。いまここに貴重な手掛りとしての発言が一つある。駿河麻呂の歌についてなされた土屋文明『万葉集私注』の語釈が、それである。
ハナニは花の如くあだに、いたづらにの意であると説かれ、ハナニトフはあだに問ふ意とし、三句までは、同音によりハナニにつづけた序と説かれて居る。しかし此のトフはコトドフ意で、ハナニは花に対してと解くべきであらう。尋ね、訪ふ意のトフは助辞ヲをとるが、コトドフはニをとる。ここにニを取って居るのも其の為であらう。ハナニをあだにの意とする用例も集中にはない。
「此のトフはコトドフ意で」あるとする見解には、まだ再考の余地を残す（たとえば、コトトフ、ツマトフのトは万葉集では乙類、問フのトには甲乙双方があることなど）。しかしながら、「あだに」ではなく、直接「花に対して」と解いた氏の卓抜な指摘は、それをそのまま他の歌に照射してみても、破綻がない。それどころかたとえば「あだに」の説を強力に推した宣長が、そのために援用した
幣《まひ》しつつ君が生《お》ほせる撫子《なでしこ》が花のみ問はむ君ならなくに（20四四四七）
の一首は逆に、「あだに問ふ」という解そのものを完全に突き崩すものとなる（この点については、次の考察を経た後に細述）。

三　花と実と

「花に問はむと」についての語釈を以て、『代匠記』以来の解に誤解の断を下した『私注』でありながら、その批評においては、駿河麻呂と坂上郎女の二首共にすこぶる悪い印象でこれを迎えている。駿河麻呂の歌については、「ハナニをあだにと見て、序歌の体とし、譬喩歌の類としても、つまらぬ歌であるが、花に物を言ふつもりはない、人にこそ言ひたい意としても、歌としては別に意義を加へるともいへぬ」と述べ、坂上郎女の歌については、「坂上郎女の歌としては、平淡な方であらう。それでもどこか寓意めいて聞えるのは、此の作者の悪い手癖のためである。寓意など考えずに受け入れるべきである。」といった次第だが、これはうがち過ぎを嫌うあまりに、歌から寓意性を排除し過ぎた結果のように思われる。

そこで再び虚心に二首を見つめてみると、新たに気づくことがいくつかある。まず駿河麻呂の歌の上三句だが、これは「あだに」の意味を持つ四句目の「花」を導き出す序詞であるとして、考察の対象としては打ち捨てられることが多かった。しかしこの上三句について窪田空穂『万葉集評釈』が、これを序詞としながらも「しかし単に音の上だけのものではなく、『春日の里』を女の住地、『梅の花』は女を暗示するものにして、気分の上で繋がりを付けてゐるものである。」と読み込んだように、ここには何らかの現実の反映があるように思われる。この点を『全集』はさらに具体的に「梅の花」を「この歌を贈った相手の女性（四〇〇〜四〇二・六四九左注などから見て、大伴坂上郎女か）をたとえたものであろう」と推察した。

たしかに「春日の里」といえば大伴家の別邸春日邸に居た坂上郎女（尾山篤二郎『大伴家持の研究』）がすぐに想起され

るし、「梅の花」といえば

大伴宿祢駿河麻呂の梅の歌一首

梅の花咲きて散りぬと人は言へど我が標結《しめゆ》ひし枝ならめやも（3四〇〇）

の一首と、それに続く坂上郎女とのかけあいの二首

大伴坂上郎女、親族《うがら》を宴する日に吟《うた》ふ歌一首

山守のありける知らにその山に標結《ゆ》ひ立てて結ひの恥しつ（四〇一）

大伴宿祢駿河麻呂、即ち和ふる歌一首

山守はけだしありとも我妹子が結ひけむ標を人解《と》かめやも（四〇二）

はすぐさま思い浮ぶところで、右の『評釈』と『全集』の推察はまことに妥当なものに思われる。

このように駿河麻呂の歌の上三句が単なる序詞でないとすれば、「花に問はむと」の「花」もまたあらゆる花をこきまぜた普通一般の移ろいやすさを象徴する「花」ではなく、三句目の「梅の花」そのものを指すところの「花」でなければならない。従来の解は、上三句を実を反映したものと受け取って「（その梅の）花に問はむ」とした場合の、的確な説明を見失なっていたのである。第四句の「花」が上三句を受けて「梅の花」であることの説明は、実に『類聚古集』でのみ、この歌に踵を接して寄り添う坂上郎女の一首が明らかな形で果たしている。というのは坂上郎女がかくうたうからには、「梅」なる植物においては「花」と「実」の状態が、二つながらに着目すべきものであったことが明瞭にわかるからである。

花と実といえば植物の生長過程を如実に示した姿の謂いであり、坂上郎女はその自然の摂理をあるがままにうたっているに過ぎない。但し「我家の梅」というからにはこの場合、坂上郎女が、実に成るまでを願って慈愛のうちに育

て、今ようやく美しく花開いたばかりの梅である。この梅は「どうせ実にはならない」（『全註釈』）梅などでは決してなく、「まだ実にならぬ私の家の梅」（『注釈』）と受け取って自然であろう。もう少し待てばやがて実になろうという梅を、花の状態のままに散らすことを惜しんで、郎女は咎めの歌をものしているのである。

ちなみに梅が中国において花よりもむしろ実の方が薬用として珍重されたという周知の事実、またそれを踏まえての我が国への原木の移入であったろうことは、この場合もう一度確認しておく必要がある。梅といえば大伴旅人らが九州大宰府でなした「梅花の宴」（5八一五〜八四六）がすぐさま想起される。彼らがその花のみを以て彼らの風流心の象徴としたために、万葉集を読むわれわれは梅が持つ本来の素姓を忘れがちであるらしい。思えば唐風の風流を目指して、梅花の清楚な純白をことさらに賞でた彼らの方が、むしろ特異な存在であり、一般にはあらゆる樹木と草花は、ありのままの生の形態とそれぞれの特性を認められて、人々の生活の背景となり、歌の題材として取り上げられたに違いないのである。

梅は桜とも柳とも違う梅独自の特性によって人々に愛された樹木であったらしい。たとえば

中納言阿倍広庭の歌一首

去年《こぞ》の春いこじて植ゑし我が宿の若木《わかき》の梅は花咲きにけり（8一四二三）

とあるように、わざわざ我が家の庭に移植されて根付くことを願われ、若木のつけた初花は根付いたことの証しとしてまず喜ばれている。そして花の美しさを賞でられ散ることを惜しまれたことは万葉の多くの梅の歌がうたうところであり、最後には豊かに貴重な実を付けることが期待される樹木であったことは、坂上郎女の一首がこれを明白に語っている。つまり、花だけあるいは新緑だけの美しさといった生長過程の一部だけを任意に取り上げられるのではなく、生長の初めから終りまでの全過程を見守られ、最終的には実用としての結実を強く期待されるのが、人々が見

た梅という植物の特性なのである。

このような梅の実態を坂上郎女の歌が反映しているように、駿河麻呂の歌にもそれが見られないかと考えてみることは、試みとして無意味なことではあるまい。もちろん駿河麻呂の一首が選びとった題材が、前述の実態を持つ「梅」だからこその試みである。駿河麻呂の「花に問はむと」の「花」には、坂上郎女の場合と全く同様に、梅の「花」に対する「実」の意識があったのではないか。つまり「春日の里に美しく咲いている梅の花、その花だけに（あるいは、花のうちに）問おうと思う私ではない」という意味に一首を解するのである。そうすれば、「花に」を「あだに」の意味で解した場合よりも、はるかに歌意が明瞭になる。『私注』の「花に」の見事な解釈に導かれた縁で、土屋氏の評語をいいかえるならば、駿河麻呂の一首は「花に物を言うつもりはない、実にこそ言いたい」意とすれば「歌としては大いに意義を加える」ことになるのではなかろうか。

かように考えれば、駿河麻呂の歌は欲ばりな気持を巧みにうたってみせた歌として、たやすく理解がゆく。そればかりではない。駿河麻呂の歌から坂上郎女の歌への距離は、間に六首を挟んで少し遠いが、直前に位置する二首と駿河麻呂の歌との関係は、このことで意味を強く持つことになる。

直前の二首とは

大伴宿祢村上《むらかみ》の梅の歌二首

含《ふふ》めりと言ひし梅が枝今朝《けさ》降りし沫雪《あわゆき》にあひて咲きぬらむかも（8一四三六）

霞立つ春日の里の梅の花山の嵐《あらし》に散りこすなゆめ（一四三七）

であるが、とくに二首目は駿河麻呂の歌と同じ上三句を持つことで関わりは深い。これは誰が見ても、村上の二首目を駿河麻呂の歌が受けていることが明らかであろう。〝山の強い風に、花よ散ってくれるな〟とうたった村上に対し、その上三句を丸ごと受けて、簡単にいってしまえば駿河麻呂は、〝花は散ってもいい、私が欲しいのはその実なのだから〟とうたったのである。文脈の上からいって確実な実質を持つ村上の上三句「霞立つ春日の里の梅の花」をそのままに受けているからには、駿河麻呂の上三句もまた単なる序詞であるはずがない。

駿河麻呂と坂上郎女の二首に、さらに村上の二首が加わると、この四首には相互に関わりめいたものが浮かび上がってくる。すなわち村上の第一首にある「雪」と第二首にある「嵐」が、坂上郎女の歌の初句と第二句「風交り雪は降るとも」に受け止められていること、村上の第二首にある「散る」ことと、それを受けた駿河麻呂の歌にある〝花に問う〟ということで意識された「実」が、坂上郎女の歌の第三・四・五句「実に成らぬ我家の梅を花に散らすな」で受け止められていることである。こうなると村上と駿河麻呂のうたう「春日の里の梅の花」とは、正しく坂上郎女の「我家の梅」であることに間違いなくなる。

四　梅の寓意

こうして三者が同一の題材「梅」をうたって有機的な関連を如実に示すということになれば、近接したこれらの歌が単なる叙景歌や孤立した出生を持つ作品の羅列ではないはずである。加えて『全集』が指摘した通り巻三・四〇〇～四〇二（先掲）の在り方が、確かに駿河麻呂と坂上郎女の間に何らかの寓意を仲立ちとして、歌を交すことが多かったことを物語っているからである。事のついでに参考すべき歌を追加しておくが、この巻三の駿河麻呂と郎女の三首の直前には、さらに梅の題材を同じくした二首がある。

藤原朝臣八束《やつか》の梅の歌二首

妹が家に咲きたる梅のいつもいつもなりなむ時に事《こと》は定めむ（3三九八）

妹が家に咲きたる花の梅の花実にしなりなばかもかくもせむ（三九九）

これによっても前述した花と実によって強く意識される梅の特性はいよいよ明らかであろう。

巻三に存する八束・駿河麻呂・坂上郎女のこれら五首は、譬喩歌の部立に属しているだけあって寓意が色濃く託されている。当面の巻八の歌共も巻三のそれとまったく同類の題材を同じ手法でうたった歌であるから、本来は同じような場面での歌と考えて然るべきである。編纂の上で「雑歌」に属している以上、巻三の歌ほどではないにしてもおそらく何らかの寓意が秘められているに違いない。その辺の事情からも『全集』は「梅の花」は坂上郎女を譬えたものか、と推察したのであろう。

ただし、梅の花を『評釈』のように「女を暗示する」と見ることに賛意を表しはするものの、これを坂上郎女とする見方を本稿は採らない。なぜならば、坂上郎女の歌は養育している梅の生長過程、つまり花から実になるまでの順調な過程に起きる心ない妨げを危ぶんだ歌であるからだ。保護すべきものを見守る立場で詠んでおり、これはもちろん我が身をうたったものではない。たとえるならばこの「梅の花」は成熟を待つ段階の〝娘〟であろう。さらに考えられるのは花のように美しく育ってはいても、いまだ結婚するほどには成熟していない、彼女の娘である。村上の二首にその寓意があったかどうかはわからない。村上の第二首を切り返した駿河麻呂にもそれがあったかどうか、それもわからない。しかし、「あだに問う気持はない」という意味でなく、梅を花から実への成熟段階の意識で捉えているとすれば駿河麻呂の一首は、坂上郎女の一首と、郎女の娘を寓意したものとして、見事に響き合うのである。この点、折口信夫『口訳万葉集』が「或男から坂ノ上ノ郎女の娘のことを、様々にいひ入れて来たのに答へて」と注しているのは、正鵠を射ている（この解をも吸収して、梅の実の寓意については、渡瀬昌忠氏に詳しい論〔『柿本人麻呂研究』歌集篇上・第三章」がある)。

そして、その目で見るならば、別の駿河麻呂の一首も、明瞭な意味を持って、これまで述べて来た見方を補佐することになろう。

大伴宿祢駿河麻呂、同坂上家の二嬢《おといらつめ》を娉《つまど》ふ歌一首

春霞春日の里の植ゑ小水葱《こなぎ》苗なりといひし柄《え》はさしにけむ（3四〇七）

やはり巻三に譬喩歌としてある一首である。これもまた植物の未成熟と成熟の段階の二つの状態で何事かを譬えている歌であり、題詞から見る限りにおいては、おそらく坂上郎女の娘二嬢の成長の具合をコナギに托して尋ねているのである。

駿河麻呂と坂上郎女の二首について、なかでも駿河麻呂の「花に問はむと」の「花に」の意をめぐって述べるべきことは、ほぼこれで尽きる。両者の歌が響き合うといっても、あるいはそこにさらに村上の二首が参加して意味を持っているといっても、まだ確実にそれは保証されるものではない。それを保証するには別途に周辺の歌を含めた詳しい構造論が用意されなければならない。本稿は表題の通りに「花に問ふ」の意味を明らかにすることで、新たにその価値を見直せる歌を探すのを主旨とするから、論を本筋に戻して先を急ぐこととする。

五　誤写の問題

宣長が「花に」は「アダニ」の意であるとして引例したのは、次の三首の中の第二首目であった。

同月十一日左大臣橘卿、右大弁《うだいべん》丹比国人真人の宅にて宴せる歌三首

我が宿に咲ける撫子幣《なでしこまひ》はせむゆめ花散るないやをちに咲け（20四四四六）

右の一首、丹比国人真人、左大臣を寿く歌。

●幣しつつ君が生ほせる撫子が花のみ問はむ君ならなくに（四四四七、「君」は原文「伎美」）

右の一首、左大臣の和ふる歌。

あぢさゐの八重《やへ》咲くごとく八つ代《やよ》にをいませ我が背子見つつ偲はむ（四四四八）

右の一首、左大臣、味狭藍花《あぢさゐ》に寄せて詠む。

『略解』は先の駿河麻呂の歌の場合と同様に宣長説を素直に受けて「上の句は花と言はん序なり。花ノミとは、はなばなしく実の無き事に言へり」としている。

『代匠記』は「花のみ問はむ」に対して、初稿本では「撫子の花のみならす、君をとはんとなり」とし、精撰本では「花ヲノミイヤヲチニサケトハ云ハム君ニアラス。君モ弥彼《イヤヲチ》ニ栄ユヘキ君ソトナリ」と両案を立て、直接には「花のみ」についての解釈をしていない。「花ばかりではなくあなたを訪れたい」とかあるいは、「花ばかりではなく、あなたこそ永く栄えて欲しい」というように、第四句の「花」と第五句の「君」との関係を定めるべく、努力は専らそちらに注がれているようだ。

左大臣橘諸兄のうたった「花のみ問はむ君ならなくに」の一首に対する『代匠記』と宣長の解は、先に「花に問はむと」の解をめぐって見て来た系譜のままに、近来の諸注に及んでいるように思われる。しかしこれもまたその解のままで説明できるものではなく、『代匠記』が迷ったままに、近代の諸注はこの一首の解釈に苦しんでいる。なかでも『全註釈』の〈訳〉と〈評語〉は、もっとも苦汁に満ちている。訳は

贈り物をしてあなたが咲けと言いつけたナデシコの花ばかりをたずねるあなたではなく、わたしをたずねるで

しょう。

であり、評語はすなわち

よく意味の徹っていない歌である。作者の意は、ナデシコの花のみを問題にする君ではなく、真実のある君だの意であろうが、それは通じない。五句の伎美は、もと我とあったのを改書したものといわれるが、もとのままでやはりもとから伎美とあったのだろう。

というものである。

ここに逐一『全註釈』の解説をあげたのは他でもない。第五句の「伎美」をそのままに間違いない伝来として容認し、その上で果敢に解釈に努めようとする氏の姿に心打たれるものがあるからである。武田氏が自信を持っていい切る如く、「伎美」と表記された以外のものは万葉集の諸本には、一本も見当らない。そして、あるがままの原典「伎美」を認める限り、『全註釈』は『代匠記』がすでに感じ取っていた解釈上の困難さを、一身に引き受けざるを得なかったのである。

左大臣の歌の「君ならなくに」の「伎美」が、「吾」を「君」と誤写した結果であるといい出したもともとは『略解札記』であり、それを誤写の過程を跡づけることで是としたのは井上通泰『万葉集新考』であった。

伎美は阿礼の誤ならむ。花ノ為ノミ此宿ニ来ラム我ナラズといへるなり。古書には往々吾を君と写し誤れり、今も君と写し誤れるを更に伎美と仮字書に改めたるならむ。

というのが、その発言だが、『代匠記』初稿本に源を発する解を正当化するために、誤写の可能性を持ち出したのである。『大系』がその可能性をさらに合理化し、『注釈』もまたそれに倣う。それら圧倒的な誤写説の流れを充分に意識しながら、万葉集の諸本が一致して伝えた「君ならなくに」の表記を尊重しようとしたのが、『全集』であった。その結果としての訳は「大事にしてあなたが育てたなでしこの花——移り気で交わるあなたでないことです」というものである。

『全集』が至りついた訳は、まことに平易で簡明なよさを持つ。その長所のために、解釈上の問題点も顕著にその訳に表われていると思われる。たとえば「移り気で交わる」という訳には、これまで本稿が論じて来た対象であるところの、「花に」は「アダニ」の意であるという否定すべき見解が、根強く投影しているからである。駿河麻呂の場合の「花に問はむと」が、花が実になるまでの、植物の成熟過程を踏まえた上での表現であるならば、この場合の「花のみ問はむ」も同じで、前者がさらに強調されたものに違いない。

花が花でなくなった後（駿河麻呂の場合は特に梅であったから、花の後の実が強調されたのだが）人は花を賞でる時の愛情と同じだけの愛情を、その花を落としてしまった後の枯れるのを待つだけの植物に注いでくれるものだろうか。少々理屈っぽくなるが、左大臣の「花のみ問はむ」の表現が、そのような気持から生れたものとみれば、諸注が体験した解釈上の困難さは氷解するはずである。

左大臣の歌は「撫子のその花だけを賞でようとするあなたではないでしょう」と素直に訳してもっとも正当であると思われる。ここでも「花」ははかなく移ろいやすいということの美学的な象徴であるよりも、生い育って開花しそして散ってゆく、その植物の自然な生の一過程であることの認識がある。但し、一首をこうして素直に訳してみても、それだけでは充分な説明にはならない。そのような意味の一首が生れ出た状況の必然性に理解が届かなければ、訳は試みの段階に、止まるだけにすぎない。

六　あぢさゐの一首

天平勝宝七（七五五）年五月一一日、左大臣橘諸兄は、右大弁丹比真人の家に招かれて宴した。はるか高位の賓客を迎えて、主人の丹比真人は高齢の左大臣を寿く一首を詠じた（諸兄七二才、死を二年後に控えている）。先掲巻二〇・四四四六の歌がすなわちそれである。いくぶん緊張気味で肩に力が入っている歌であり、「幣はせむ」の語がそのことをよく示している。

若ければ道行知らじ幣はせむ黄泉《したへ》の使ひ負ひて通らせ（5九〇五）

玉桙の道の神たち幣はせむ我が思ふ君をなつかしみせよ（17四〇〇九）

といった反歌における用例を思い出すまでもなく、この一語は道の神に供物を捧げるのを本来とする表現であって、軽々な贈り物を指すものではない。丹比真人は左大臣の長寿を寿《ことほ》くあまり、撫子にそれをしようと誇張したのである。

真人本人が意識しているのかいないのか、とにかく可憐な花に幣しようという奇妙な取り合わせによっておかしみを誘う。しかも、花に託されて寿がれるのなら、いま諸兄は撫子である。時に諸兄七二歳。堂々の左大臣である。「幣はせむ」の一語を、すばやく捉えて諸兄は歌を返した。「何とまあ、あなたが幣までしてせっせと育てたというその撫子の花」という四四四七の歌である。そう受けておいて下二句は真人に対する揶揄となる。〝それほど過分な保護を受けて確かに美しく咲いている撫子、それを私への寿きに託してくれるのは嬉しいとして、花のときの私だけ、つまり今現在の私だけを持ち上げてくれようとするあなたではないでしょうな〟とくだくだしく述べれば、そういったからかいを含んで、真人の真っ向うからの気負った寿歌を、諸兄は軽く外らしたのである。もちろん真人との間に充分な信頼関係があったはずで、そうでなければ諸兄の一首が持つ機智に富んでいて、しかもほのぼのとした余裕は伝わって来ない。諸兄という人の諧謔を含んだ揶揄を好む性格は、巻一七・三九二六の左注もこれを語っていて、この見方に有利である。左注には「但し、秦忌寸朝元は、左大臣橘卿謔《たはぶ》れて云はく、歌を賦するに堪へずは、麝《じゃ》を以て之を贖《あか》へと。これによりて黙已《もだを》り。」とある。諸兄の歌の「花のみ問はむ」の意味は、ますます前述したところに落ち着くといえよう。

四四四七で「花だけを欲しがるあなた」と高みからからかっておき、「これによりて黙已り」といった状態の真人に、諸兄はさらに次のあじさいの一首を追加するのである。今度は色の変化することでことさら花のみを賞でられる「あぢさゐ」が初句に据えられている。「あぢさゐの八重咲くごとく」と歌い出されれば、その場で聞く真人はもちろん、誰もが次のような一首を思い浮かべたに違いない。

言とはぬ木すらあぢさゐ諸弟らが練りのむらとにあざむかえけり（4七七三）

この歌はあぢさゐの色が変わることに注目して、信のおけないもののたとえとしてうたわれたものである。これは四四四七を経過している限り、真人への揶揄の追い打ちかと誰もが思ったに違いない。ところが、諸兄はその花が八重である点に着目して「八重咲くごとく」とうたった。そして「八つ代にを」、八代後まであなたのお家の繁栄を、と諸兄は一転させて、真人への深々とした愛情の表白の歌として、見事に納めたのである。真人一首諸兄二首の三首が、一一日の宴の場で生れた一群であるからには、そこには自らの緊密な関係を保った流れがあるはずである。「花のみ問はむ」の意味を誤解したことで、われわれはその流れを見出すことができなかったような気がする。

なかんずく、間違いなくそうあらねばならない「君ならなくに」を、強引に「吾ならなくに」と解した無理は、この三首が持つ本来の流れを、完全に見失なわせたものといえよう。

七　「花に問ふ」の真意

巻二〇における三首の流れを認めた上で、本稿前半部に説いた駿河麻呂の歌に立ち戻ると、真人と諸兄の歌の場合と同じ流れをそこに発見する。

A
●霞立つ春日の里の梅の花山の嵐に散りこすなゆめ（村上）
↓
○霞立つ春日の里の梅の花花に問はむと我が思はなくに（駿河麻呂）

B
●我が宿に咲ける撫子幣はせむゆめ花散るないやをちに咲け（真人）
↓
○幣しつつ君が生ほせる撫子が花のみ問はむ君ならなくに（諸兄）

後者○の上三句は、ＡＢ共に前者●の上三句を受けている。Ａの場合は●の上三句を寸分違わず受け取って繰り返すことで、Ｂの場合は●が「我が宿に」といったのをさらに具体的に「君が生ほせる」と解釈することで意味を強めて受けている。Ａが形式的でＢが内面的という差こそあれ、●の歌意を○が上三句でまずは一見従順に認めたかのように思わせる、という機能は同じである。この機能によって、下二句に託される前者への切り返し的な面白味が、意外性を発揮して効果を増すことになる。●が「花よ散るな」の願望を露わにするのに対して、○が「花だけに問う」の意を持ち出して、●を切り返すのである。

ＡとＢの構成上の酷似については、言を及ぼすべき事柄が多数ある。Ｂの場合が同じ場における二首ならば、同一の構造を持つＡもまた、Ｂと同等あるいはそれに近い状況から生れたといったことが、まず述べられるべきであろう。それらのことは、これまで取り上げた歌の周辺の歌にまで視野を広げて別途に論を展開しなければならない。その意味からいえばいま示した簡単な表も、「花に問ふ」の一語が一首の中で重要な位置を占めている事実がわかるだけでも充分である。

第二節　山守考

一　歌群の構成

単独に取り上げた一首を、その一首内部で矛盾なく意味を解こうとするのが、これまで大方の諸注釈書の姿勢であったと思われる。ところが、万葉集には二首以上の複数の歌群で一つの主題を語ろうとする形が案外多く見受けられ、従って一首を単独で見つめるだけではどうしても解決しなかった矛盾が、そうした歌群の持つ流れに浮かべてみると、たちまちにして氷解する場合もある。

まずは、考察の対象とする歌々を掲げておく。巻三譬喩歌の部立に属する一群である。

藤原朝臣八束《やつか》の梅の歌二首　八束、後の名は真楯、房前の第三子にあたる

妹が家に咲きたる梅のいつもいつもなりなむ時に事は定めむ（3三九八）

妹が家に咲きたる花の梅の花実にしなりなばかもかくもせむ（三九九）

大伴宿祢駿河麻呂の梅の歌一首

梅の花咲きて散りぬと人は言へど我が標結《しめゆ》ひし枝ならめやも（四〇〇）

大伴坂上郎女、親族を宴する日に吟《うた》ふ歌一首

山守《やまもり》のありける知らにその山に標結ひ立てて結ひの恥《はぢ》しつ（四〇一）

大伴宿祢駿河麻呂、即ち和ふる歌一首

山主はけだしありとも我妹子が結ひけむ標を人解かめやも（四〇二）

五首中第四首目の坂上郎女の歌と第五首目の駿河麻呂の歌に、新潮日本古典集成『万葉集』は次のような解を与えている。まず坂上郎女の一首に対する口語訳は

山の番人がいたとは知らずに、その山に占有の標を張り立てて私は赤恥をかきましたよ。

とあり、

郎女が次女二嬢の婿として白羽の矢を立てた駿河麻呂にすでに女がいるのではないかと、暗にその反応をうかがった歌か。男性の立場で詠んだ歌を用いて、戯れに駿河麻呂を女性に見立てて歌いかけている。

と説明する。そして「山守」の語を釈して山を守る人の意で、本来は女の夫を譬えるのにふさわしい語であるが、ここでは、駿河麻呂の愛人をさす。といい、さらに「結ひの恥」についてここは、

愛人のいる駿河麻呂に求婚したことに対する恥をいう。

という。

一方、駿河麻呂の一首に対する口語訳は、

かりに番人がいたって、坂上の刀自の張られたという標ですもの、誰も解く者はおりますまい。

とあり、

前歌の山守を承けて続けて答えた歌で、坂上の刀自に逆う人などいないと、わざと恐縮してみせたもの。

と説明する。

『集成』の以上の説明が、二首についての現在までになされた解釈の到達点として認められる。ところが、一見して不審

に思われるのは、「駿河麻呂にすでに女がいるのではないか」の意として坂上郎女の歌を解した点である。当然のことながら、そう解すれば「山守」の語は「本来は女の夫を譬えるのにふさわしい語であるが」と疑義を抱きながらも、「駿河麻呂の愛人をさす」と説かれることになる。そして同じ「山守」を承けたからには、駿河麻呂の一首も前掲の如き解となる。

虚心に読む限りにおいて、二首の「山守」が「駿河麻呂の愛人をさす」という根拠は、どこにもない。この解の背景には、おそらくそうした想像をなした『代匠記』の

わかむこにさためんとおもふ人の、かねてこと人のむすめを本妻にもとちきりかはし、山もりの山をもることく外の人をふせくをしらて、心のしめをその人にゆひける事の、とりかへさまほしくはつかしきとたとへたり。

という発言があり、『集成』はそれを容認した結果のように思われる。はたして「山守」のもつ意味は、その解で充分満たされるのであろうか。

いま一つ、郎女の歌の題詞にある「親族を宴する日に吟ふ」という殊更な書きぶりに関して、未だに明快な発言がないことも気になる。『集成』の頭注からうかがうに、郎女と駿河麻呂の二首は、この宴での同時の成立ということで他から切り離されてひとくくりに扱われた節があるからだ。「山守」は「駿河麻呂の愛人」という意味に受け取って、二首は宴歌として充分に面白いのだが、歌の配列を見渡せば、郎女はその直前の駿河麻呂の歌（四〇〇）を「標」の語で受けていることは明らかである。場が違うということで四〇〇と四〇一とを切り離して考えては、おそらく解釈の上で歪みが生じて来るであろうという不安が否定できない。当面の歌群の中にこの題詞がどう溶け込んで位置するかを、まずは考えるべきであろう。

さらに、「駿河麻呂の梅の歌」を一連のものとして考察の範囲に参加させるとするならば、同じ形態を示す題詞を持った「藤原朝臣八束の梅の歌二首」（3三九八、九）をも、無視する訳にはいかないだろう。事実、歌内容としても

八束の第二首第三句と同じ「梅の花」の語を初句に据えて、駿河麻呂の一首は前の八束の歌を明らかに受けているのである。先掲三九八〜四〇二を、一主題をうたう一群のものとして扱うべきであると考える所以である。それならば、この五首からなる一群にいかような流れの一筋を見るべきなのか。以下に試案を述べてみたい。

二　山守と標

始めに郎女と駿河麻呂の間に交わされた二首の鍵になる「山守」の一語について検討を加えておきたい。この語、集中に五例あり、いま重複をいとわずに列挙してみる。

楽浪《ささなみ》の大山守《おほやまもり》は誰《た》がためか山に標結ふ君もあらなくに（2一五四、挽歌、石川夫人）

山守のありける知らにその山に標結ひ立てて結ひの恥しつ（3四〇一、坂上郎女）

山主はけだしありとも我妹子が結ひけむ標を人解かめやも（3四〇二、駿河麻呂）

大君の境《さか》ひたまふと山守置き守《も》るといふ山に入《い》らずは止《や》まじ（6九五〇、雑歌、笠金村歌集〔車持千年〕）

山守の里辺《さとべ》通ひし山道そ繁くなりける忘れけらしも（7一二六一、雑歌、臨時）

坂上郎女と駿河麻呂の二人の念頭にあった「標」の概念は、こうして並べてみると、巻二の石川夫人の歌が規範を示しているように思われる。単純に見て「山守」と「標」の二つの語が連れ立って一首の中に詠みこまれている共通性が、その第一の理由である。次に「山守」は「標」を結う役目を持つ人間であることは歴然としているが、それは天皇の代行という権限によってなされているというのは注目すべき事柄であろう。「山守」は山の主である天皇の代行であるという事実は、一五四、九五〇が明らかにそれを語っている。「山守」はその権限として結局は山の主と同じ者であるという観念が、たとえば駿河麻呂の第一句「山主」の表記を生んでいるのではなかろうか。

あるいは、九五〇にこだわるならば、標を結う者のみがその標を解く権限を持つ、という想像もなされる。天皇が標を結って山守を置いたからには、標を解くのは天皇自身の権限でなされる、というわけである。同一の権限を持っているかのように見えて実は、山守はあくまで従属するだけの存在なのである。「山主」と「山守」とはその点、充分に弁別すべきなのかもしれない。

以上のことは説き尽くされたこととしてほぼ問題なく納得できるであろう。坂上郎女が発した「山守」とは何物かを占有している人間を譬喩した一語である。すなわち、既に他の占有者がいること（歌語に即していえば、「標」が結われている状態）を知らずに、我が占有を言挙げしたのが「恥」の原因である。こうした意味を踏まえた上で、前に述べた予測に立ち戻ってみたい。郎女が「標結ひ立てて」と駿河麻呂に向かっていうからには、郎女の一首に先行する同じ駿河麻呂の梅の歌（四〇〇）の「標」を必ずや承けていると思われるのである。

四〇〇から四〇一への流れを重視するならば、四〇一の「標結ひ立て」た張本人は四〇〇で「我が標結ひし」といった駿河麻呂でなければならない。「結ひの恥」をしたのは、諸注多く坂上郎女自身と説くのだが、それでは四〇〇から四〇一への流れが断たれてしまう（「恥」の用例は集中に少ない。当面の坂上郎女と憶良に「恥し《やさ》」（5八九三）の例があるばかりである。特に「恥」については、日本紀崇神天皇条に、「吾に恥じ見せつ。汝に恥を返さむ」とあって、必ずしも女性側ばかりのものではなかった）。

思うにこれは駿河麻呂に対する坂上郎女の痛烈な嘲弄なのではないか。それに報復して〝私ばかりではない。あなた自身が結った標ではないか。あれはお互いの了解の上での約束事だったではないか〟と不服気に応えたのが、四〇二の駿河麻呂の一首だったのではないだろうか。

こうも性急に述べたてては、単なる思いつきの解に過ぎないと見なされるかもしれない。そこで、この考えを導く理由のいくつかを述べてみたい。その一つは、八束の梅の歌二首と駿河麻呂の梅の歌一首との関連である。年頃の少女を梅に譬えて歌を詠むということについては、既に前節に言及した（四章一節）。そこでは、巻八の春雑歌に存する次の四首の解について多く言を費やした。

△大伴宿祢村上の梅の歌二首

含めりと言ひし梅が枝今朝降りし沫雪《あはゆき》にあひて咲きぬらむかも（一四三六）

霞立つ春日の里の梅の花山の嵐に散りこすなゆめ

○大伴宿祢駿河麻呂の歌一首

霞立つ春日の里の梅の花花に問はむと我が思はなくに（一四三八）

●大伴坂上郎女の歌一首

風交《まじ》り雪は降るとも実にならぬ我家の梅を花に散らすな（一四四五）

三者が一様に「梅の花」とうたっているのは、おそらく坂上郎女の娘を譬喩したのであろうと推測すると、この四首のあり方が当面巻三の譬喩歌群と似ていることに気がつく。特にある男（巻三では八束、巻八では村上）と坂上郎女の歌の間に立つ、駿河麻呂の在り方の酷似である。

梅を題材に八束と村上が共に二首ずつうたい、それぞれに対して判で押したように駿河麻呂が一首を以て反撥する点は目をひく。男二人が、目当てである一人の少女（巻三歌群、巻八歌群、いずれも坂上郎女の娘か。後述）をめぐって争い、最後に決着をつける形で坂上郎女が登場する辺りが、両方に共通しているのである。

こう確認した上で、さらに駿河麻呂という歌人の万葉集でのあり方を通覧してみると次のごとき様相を見せる。

○大伴宿祢駿河麻呂、同じ坂上家の二嬢を娉ふ歌一首
春霞春日の里の植ゑ小水葱苗なりと言ひし柄はさしにけむ（3四〇七）

大伴宿祢家持、同じ坂上家の大嬢に贈る歌一首
なでしこがその花にもが朝な朝な手に取り持ちて恋ひぬ日なけむ（四〇八）

○大伴宿祢駿河麻呂の歌一首
一日には千重波敷きに思へどもなぞその玉の手に巻きかたき（四〇九）

●大伴坂上郎女の橘の歌一首
橘をやどに植ゑ生ほし立ちて居て後に悔ゆとも験あらめやも（四一〇）

？和ふる歌一首
我妹子がやどの橘いと近く植ゑてしゆゑに成らずは止まじ（四一一）

○大伴宿祢駿河麻呂の歌一首
ますらをの思ひわびつつ度まねく嘆く嘆きを負《お》はぬものかも（4六四六）

●大伴坂上郎女の歌一首
心には忘るる日なく思へども人の言こそ繁き君にあれ（六四七）

○大伴宿祢駿河麻呂の歌一首
相見ずて日長くなりぬこのころはいかにさきくやいふかし我妹《わぎも》（六四八）

●大伴坂上郎女の歌一首
夏葛の絶えぬ使ひのよどめれば事しもあるごと思ひつるかも（六四九）
右、坂上郎女は佐保《さほ》大納言卿の女《むすめ》なり。駿河麻呂は、この高市大卿《たけちのまへつきみ》の孫なり。両卿は兄弟の家、女孫は姑姪《をばをひ》の族《うがら》なり。ここを以て、歌を題して送答し、起居を相問《さうもん》す。

○大伴宿祢駿河麻呂の歌三首
心には忘れぬものをたまさかに見ぬ日さまねく月そ経にける（六五三）
相見ては月も経なくに恋ふと言はばをそろと我れを思ほさむかも（六五四）
思はぬを思ふと言はば天地の神も知らさむ邑礼左変（六五五、結句定訓ナシ）
●大伴坂上郎女の歌六首
我れのみそ君には恋ふる我が背子が恋ふと言ふことは言《こと》のなぐさそ（六五六）
思はじと言ひてしものをはねず色のうつろひやすき我が心かも（六五七）
思へども験もなしと知るものをなにかここだく我が恋ひ渡る（六五八）
あらかじめ人言繁しかくしあらばしゑや我が背子奥《おく》もいかにあらめ（六五九）
汝《な》をと我《あ》を人そ放くなるいで我が君人の中言聞きこすなゆめ（六六〇）
恋ひ恋ひて逢へる時だに愛《うつく》しき言《こと》尽くしてよ長くと思はば（六六一）

●大伴坂上郎女の歌一首
酒坏《さかづき》に梅の花浮かべ思ふどち飲みての後は散りぬともよし（８一六五六）
？和ふる歌一首
官《つかさ》にも許したまへり今夜のみ飲まむ酒かも散りこすなゆめ（一六五七）
右、酒は官に禁制して稱はく、京中閭里《りより》に、集宴すること得ざれ、ただし、親々《はらから》一二《ひとりふたり》にして飲楽することは聴許《ゆる》す、といふ。これによりて和ふる人この発句を作る。
○大伴宿祢駿河麻呂の歌一首
梅の花散らすあらしの音のみに聞きし我妹を見らくし良しも（一六六〇）

一瞥してみるだけで、駿河麻呂の歌は坂上郎女と共に相応じながら、近接して登場する場合が多い。

当面巻三の場合に立ち戻れば、上述のような傾向からしても、駿河麻呂の一首（四〇〇）が直前の八束の二首（三九八、九）とのみ関わるとは考えられない。むしろ四〇〇は坂上郎女の四〇一との呼応を俟ってこそ、本来の駿河麻呂のあり方といえるであろう。

以上、三九八～四〇二の五首一群が切り離すべきでない一つの構造体であることを、主に形式の面から説いてきた。が、問題はこれからである。五首を一つの構造体と見るならば、それは全体として一体いかなる有機的な意味を有しているのであろうか。またそこに一貫して流れる主題は何か。またその主題ははたしていかなる起伏をみせて表現されているのであろうか。

三　駿河麻呂の歌手法

五首が一貫してうたった主題は何か。それは八束によって「梅」に譬えられた一人の娘をめぐる婚姻についてであるらしい。その主題を八束・駿河麻呂・坂上郎女の三者がそれぞれ三様の立場でうたって、事の顚末を語ったのが五首であろう。それを確かめるために、今度は八束の歌から忠実に五首の流れに沿って考えてみたい。

八束の二首はほぼ同型の初二句をもっている。「妹が家に咲きたる梅の」(三九八)と「妹が家に咲きたる花の」(三九九)とうたった八束の真意は、『集成』が説くとおり前者が「少女を梅に譬え、その成熟を待とうとの意」であり、後者は「少女の成人する日にかける男の気持」にある。いわば相当に強引な婚約の要求を、八束は二首の連作によって「妹」(「少女の母親をさす」と『集成』にある)につきつけた恰好になる。しかも「事を定め」る主導権はもちろん自分にあるという口ぶりで、いかにも自身たっぷりである。

駿河麻呂はいつもこのような状況の時に登場する。私見によれば巻八の場合がそうであった。巻八では村上が、巻三では八束が、それぞれに梅の花に譬えて望みの娘の生長を心配し、それに対抗する形で駿河麻呂が娘のもう一人の候補者として自ら名乗り出るのである。それでは、駿河麻呂が村上とそして八束と争った娘は一体誰だったのか。

巻八で村上が「春日の里の梅の花」と譬えたのは、おそらく「春日の里」に住む坂上郎女の娘であろうとは、前節で本稿が抱いた確信であった。巻三の場合はそれよりも明瞭に同じことを指摘し得る。三九八〜四〇二が切り離せない一群のものと見なす本稿の立場では、八束のいう「妹が家」とは坂上郎女の家であり、「咲きたる梅」とは結婚適齢期にさしかかった、郎女の娘に間違いないように思われる。

そう見るならば、駿河麻呂の歌の意味は、その前後に関わる形でいま少し多様な解釈が可能かに思える。すなわち、『集成』が説くように単に「噂を聞いて一瞬脳裏をかすめた不安を述べた歌」という駿河麻呂の個人的な感慨が受動的な形でうたわれたものでなく、上句では主に娘の求婚者である八束に挑み、下句では娘の管理者である坂上郎女に挑む、という積極的な一首として解せるのである。

上句では八束に、下句では郎女に挑む、という理由はこうである。駿河麻呂の第一句は、八束の第一首にある「咲きたる梅の」や、もっとはっきりと第二首にある「梅の花」をそのまま受け止めて立つところのものである。さらに、「咲きて散りぬ」という第二句は、確実に八束の「実にしなりなば」を受けている。なぜなら、結実を待つというからには、いま梅の花は散ることを予想されているからである。

梅の花が咲き、散ってやがては結実するというのは、少女が美しく成人して結婚の時を迎える迄の譬喩であろう。つまり、八束の歌は坂上郎女の娘の一人が成人するのを見守り、頃合を見計らって我がものとすることを宣言している訳である。

駿河麻呂の上句には、八束に立ち遅れたいまいましさが汪溢している。駿河麻呂のように上句で前者の発した語を一応素直に受けるのは、下句で痛烈な逆転のしっぺ返しをするための用意で、これは切り返し歌の常道である。ところが、八束が自信たっぷりにうたうように、事はすでに定まった方向に動いてしまっていたようだ。そこで、駿河麻呂はせめてもの、聞こえぬふりの〝捨てぜりふ〟を、敵である八束に投げつけて、矛先を坂上郎女に転じるのである。

〝捨てぜりふ〟とはつまり第三句「人は言へど」である。諸注この「人」を捉えて、駿河麻呂が（人＝世間の）「噂を聞いて」この一首をなしたとするのだが、どうも違う。というのは、前述のごとく、駿河麻呂は初二句ではっきりと八束の歌をうけているからである。駿河麻呂は事情を確実に知っていて、つまりは八束の歌を真正面から受けて、一首を詠出しているのであって、これは単なるあやふやな噂を聞いて出発したものではない。

それでは、駿河麻呂の第三句「人は言へど」をどのように解すべきかというに、これは実際には近しい間柄の八束をことさら疎遠に「人」と呼んでみせて敵対したものであるらしい。すなわち、〝娘さんが俺にとその気になっている、とどこかの馬の骨がいいふらしているけれど、まさかね〟というものいいなのではないか。「人」は駿河麻呂がわざと突き放してみせた八束その人であろう。具体的な相手を「人」と呼んで突き放す例は他にもある。一例のみあげよう。

うはへなきものかも人はしかばかり遠き家道を帰さく思へば（4六三一、湯原王）

「人は言へど」の一句を〝捨てぜりふ〟と呼ぶ所以である。

八束のいうことをあたかも人の噂のように聞き流すふりをして、当面の敵を牽制しながら、駿河麻呂は先口は自分だと坂上郎女に詰問の矛先を向ける。しかもこれは同時に、こういう事実があるのだという八束への威嚇に他ならない。一首をかく読み取るならば、駿河麻呂という人物は、人（＝世間）の噂を聞いて不安におろおろしながら娘の母親である郎女の許に駆け込むような、愚かな男では、決してないようだ。述べ来った一首にみなぎる機知のすばやさが、そのことを端的に物語っているように思われるのである。

四　親族の宴

坂上郎女と駿河麻呂の二首がことさら切り離されて考えられたのは、二首の題詞「大伴坂上郎女宴親族吟歌一首」

が、二首がなされた場と目的を明示していたからである。特に「宴親族」というものいいが、郎女と駿河麻呂二人の親密感を表現して二首を覆う、その故であるらしい。「宴親族」とはいかにも一族の刀自である坂上郎女を表象しているが、この「親族」の語、意外に集中に少ない。

1……問ひ放《さ》くる親族《うがら》兄弟《はらから》　無き国に渡り来まして……（3四六〇、坂上郎女）

2　大伴坂上郎女の、親族と宴する歌一首

　かくしつつ遊び飲みこそ草木すら春は生ひつつ秋は散り行く（6九九五）

3……ところつら尋め行きければ　親族どちい行き集ひ……（9一八〇九）

4　族を喩す歌一首（20四四六五〜七題詞、大伴家持）

5　六年正月四日に、氏族の人等、少納言大伴宿祢家持の宅に賀き集ひて宴飲する歌三首（20四二九八〜三〇〇題詞）

1、2は同じ坂上郎女の使用であり、特に2は当面の歌の題詞に酷似する。「親族」の意識は、やはり郎女の身近な生活に色濃く、それが集中するのは大伴家と万葉集の関係を考えれば当然のことといえる。この傾向は同じ立場の家持をみてもうなずけることで、五例中4、5の二例が彼に集中するのである。

但し、坂上郎女と家持の歌及び題詞に現れる「族」には明瞭な違いがある。それは、郎女の方には「親族」とあり、家持の方には「族」あるいは「氏族」とある違いである。この違いは郎女の「親族」の表現が、一族中でももっと内輪の血族の集まりを指し、家持の「族」「氏族」が、公私にわたる大伴氏族全体を指すところからうまれたものではないか。まさしく〝刀自〟と〝族長〟との一族に対する場合の相違を、これらのことばは表現している。

この傾向を重視すれば「宴親族」とは、刀自たる女性が一族の親しい人々を集めて催す宴の謂いであるらしい。そういえば、3もある娘の恋死《こいじ》にという個的な事件に関する親族の集いであった。「親族」の一語が持つ特別な意味合いは、以上の点から見ても注目に値する。

では、「親族」の一語が指し示す内容は具体的にどういうものだったのか。ここにそれがある程度明らかになる例がある。令の一文である。

凡《およ》そ女に嫁せむことは、皆《みな》先《ま》づ祖父母、父母、伯叔父姑、兄弟、外祖父母に由《ふ》れよ。次に舅従母、従父兄弟に及ぼせ。若し舅従母、従父兄弟、同居共財せず、及び此《これ》の親無くは、並《ひとしなみ》に女の欲せむ所に任せて、婚主と為《せ》よ。（戸令第八）

ここにあげた一文がすぐにそのまま、「親族」の一語の内実を語ることにならないのは、もちろんである。が、それにしても、「親族」と呼ばれる範囲が、およそここにいう「祖父母、父母、伯叔父姑、兄弟、外祖父母」を始めとし「舅従母、従父兄弟」に及ぶ迄をいうとみて、大きな狂いはないであろう。特に「女」の結婚という点で、この令の規定は当面の歌群と事の性質が似通っている。坂上郎女の招集した親族の宴とは、郎女の娘の婿を、親族の間で決定、あるいは披露するそのためのものではなかったか、と本稿は想像する。そして、娘婿とは藤原八束その人であったろうとも、想像するのである。

一方、大伴駿河麻呂は、六四九番歌左注によれば、坂上郎女と「姑姪」（おばおい）の関係ということになる。令のいうところの「親族」の範囲にきわめて近い。公的な記録は極端に少なく、万葉集に特異な歌を数多く残すこの人物は、大伴家の親族の中でも人々の内に埋没して見えるほどに、一族の中心たる存在だったのではないだろうか。

駿河麻呂という人物に考察の焦点を絞るために、先掲坂上郎女との贈答歌以外の彼の歌をあげてみよう。

大伴宿祢駿河麻呂、同じ坂上家の二嬢を娉《つまど》ふ歌一首

春霞春日の里の植ゑ小水葱苗なりと言ひし柄はさしにけむ（3四〇七）

同じ巻の同じ譬喩の部立に属し、当面の歌群に近接する一首である。この一首は駿河麻呂の人となりを特徴的に示すものとして、ことさらに受け取られてきたのではなかろうか。一種とぼけた好色の男が、二嬢に言い寄っている。この歌はそんな感じを人々に与える。これには家持歌が続くが、両者を比較してみればそれが歴然とする。

大伴宿祢家持、同じ坂上家の大嬢に贈る歌一首

なでしこがその花にもが朝な朝な手に取り持ちて恋ひぬ日なけむ（四〇八）

家持に駿河麻呂の感じは全くない。内実はどうあれ、歌をみる限りにおいて家持はひたぶるに恋をし、その思いを綴って飽くことがない。歌の様相をそのままに信じるなら、家持と比べる迄もなく駿河麻呂に恋の勝目はない。題詞のいうように二嬢に言い寄り、それを獲得しようと真剣に思うならば、駿河麻呂もまたよろしく家持のようであらねばならないだろう。なぜ、駿河麻呂はそうしなかったのか。というのは、彼がこれまで見てきたように、充分機知に富んで見事な歌を操る人物だからである。これもまた内実はどうあれ、ひたぶるに誠実な恋の思いを歌に表現するなど、彼にとっては造作もなかったであろう。

全体、坂上郎女との歌のやりとりを見ても、駿河麻呂には郎女と同様に年長けた風流の男としての余裕が感じられる。二嬢に限ってのみ愚かしい迄に図太い好色ぶりを発揮するとは、どうしても思えないのである。こうも徹底して駿河麻呂が好色の男としてふるまうのは、むざむざ人々の笑い者にされるためでは決してあるまい。必ずや別の目的が駿河麻呂の歌々の底には潜んでいると考えた方が自然である。

一体、娘に求婚してだらしなくその母親に泣きつくような男が、当の母親と先掲のごとき恋歌仕立ての相聞を取り交わすものであろうか。

思うに駿河麻呂がかくの如きの道化役を買って出るのは、一族の娘達に真の親以上の深い愛情を彼がもっていたかららしい。大伴家の村上ではない。この場合は特に藤原家の八束である。誇り高い大伴一族の娘達はすべからく惜しまれて嫁がなければならない。〝こんなに大切な娘をやるからには、大事にしなければ勘弁しないぞ〟という相手の男への愛情故の威嚇なのである。八束へ娘を嫁がせるに当たって、駿河麻呂が不服をいえばいうほど、その効果は強まる。おそらく八束は閉口しながら、何度も何度も妻を幸福にすることを約束させられたに相違ない。いってみればこれは〝引き止め歌〟の心に根ざす歌である。

以上の如き想像をさらに具体的に描写するならば、吉日、宴の最中に、坂上郎女は、日頃から八束を牽制し続けてきた駿河麻呂に向かってうたいかけた。〝娘をやろうととっくの昔に決めていた八束という男性の存在を知らずに、つまらない邪魔立てをして、あなた、恥をかいてしまったわね〟と。これは、親しい駿河麻呂に対する充分に心得た挑発であり、歌の催促である。これもまた心得て、駿河麻呂は、〝山の主（坂上郎女が決めた本来の婿）は確かに居るけれど〟と事情を容認しながら、なお不平をならしてみせるのである。「山主」が「山守」とは違って、山の本来の所有者を指すことは先に述べた。坂上郎女のこの場合の気持に即していうなら、さらに好例がある。

大伴坂上郎女の歌二首

ひさかたの天の露霜置きにけり家なる人も待ち恋ひぬらむ（4六五一）

玉主に玉は授けてかつがつも枕と我れはいざ二人寝む（六五二）

郎女の歌の相手は駿河麻呂なのか、家持なのか、両説あって定まらない。いずれにしても二首は娘の婿にあてた母親の気持である。郎女一流の気遣いと、定めるべき所に娘を定め終えた母親の心のやすらぎを充分に表現し得ている。二首目の「玉主」は、玉本来の所有者に玉を与えて、の意でなければ納まりが悪い。我が実の娘でありながら、母は最終的にその所有者ではない。愛くしんで育てる過程は正に「玉守」と呼ぶにふさわしい。

前述したように、駿河麻呂は愚かさを伴ううら若い男という感じが歌の様相からは窺われない。後年の経歴からみるに、当時大伴家持よりは随分年嵩の大人であったのではないか。たとえば、宝亀三年九月二九日、駿河麻呂は従四位下で陸奥按察使を命じられて老衰の故をもって辞退している。同時期家持は従四位下で五十六歳。宝字元年の橘奈良麻呂の謀叛事件に連座以後、駿河麻呂は昇叙に関しては二十余年に及ぶ長い空白がある。その事実を考慮すれば、駿河麻呂は家持より相当に年長と見た方がいい（以上『続日本紀』）。

また、宝亀七年七月七日、駿河麻呂卒の記事をみれば、従三位で参議である。大伴一族中でも傑出した実力を備えていた人物と見なされる。大伴旅人亡き後、家持は年若い族長であった。その後、坂上郎女と共に一族の閉じめを陰からなした人物が駿河麻呂ではなかったか。駿河麻呂を巡る想像は尽きない。万葉集の側からだけでなく、改めて彼を見直す必要がありそうだ。

以上、巻三に存する三九八〜四〇二の歌群について想像したところを述べて来た。かくいう本稿の立場からすれば、駿河麻呂が、説かれるように坂上家の二嬢を四〇七番歌の段階で獲得したかどうかは保留にして置きたい。八束が申し込んだ相手は坂上家のどの娘なのか、依然として不明な部分がある。最終的にいえることは、少なくとも、述べ来った経過が五首一群には明らかに読み取れるということである。

さらにいうならば、この経過の前に、巻八に分割して吸収された、四首（一四三六〜八、一四四五）が物語る事情があったのではないか。巻八の村上の場合は、結局駿河麻呂共々、御破算の結末であったがために、原型を壊して春雑歌に入れられることになったと思われるのである。

第三節　梅の花雪にしをれて

一　新年宴歌三首

天平勝宝五（七五三）年正月四日、石上朝臣宅嗣邸で一つの宴がもたれた。万葉集巻第十九は、この賀宴でうたわれた歌三首を登録している。巻十九といえば大伴家持の歌日誌に記された三首ということになるが、彼自身の歌詠はない（伊藤博『古代和歌史研究２』によれば、この三首は「伝聞宴歌」と称すべきもので、この場に家持は居なかったとする）。とりあえずは万葉集が伝えるその日の有様を記しておこう。

　五年正月四日に、治部少輔《ぢぶのせうふ》石上朝臣宅嗣《いそのかみのあそみやかつぐ》の家にして宴する歌三首

言繁《ことしげ》み相問《あひと》はなくに梅の花雪にしをれてうつろはむかも（四二八二）

　右の一首、主人石上朝臣宅嗣。

梅の花咲けるが中に含《ふふ》めるは恋や隠《こも》れる雪を待つとか（四二八三）

　右の一首、中務大輔《なかつかさのだいふ》茨田王《まむたのおほきみ》。

新《あらた》しき年の初めに思ふどちい群れて居《を》れば嬉しくもあるか（四二八四）

　右の一首、大膳大夫《だいぜんのだいぶ》道祖王《ふなどのおほきみ》。

思えば不思議な三首で、正月四日の宴歌といえば新年の寿ぎという主題がまず考えられて然るべきなのだが、宅嗣

と茨田王の二人の歌は「梅の花」と「雪」の題材を共有するのみで、寿歌のおもかげはない。そして最後の道祖王の一首だけが、「新しき年の初めに」と突然賀歌本来の姿をみせる。

三首全体の構造においても偏りが目に立つ。宅嗣と茨田王の二首は、主客の間に取り交された挨拶歌として、内容を別にすれば緊密である。しかし、そのあり方は「梅の花」と「雪」の題材に固執し過ぎていて、むしろ異様なほどといっていい。二首がそのような性格をもつために、もとより唐突の感がある道祖王の一首は、なおさら孤立の様相を呈する。全体として三首には一貫した歌の流れというものが失なわれているように思われるのである。

そのためであろうか、この三首について好意的な批評を寄せた論は少ない。わずかに、歌が実際にうたわれていた酒宴の「場」を重視する立場からこれらの歌の価値を擁護するという、久米常民『万葉集の文学論的研究』の発言が認められる程度である。

確かに事は家持の歌日誌に記載された一日である。淀みがちな歌の交換が正直に書き留められている場合があっても、不思議はない。そうであるならば、あまりはずまぬ雰囲気で終始したこの日の宴を、われわれは三首から想像するだけのことである。

しかし、そのような想像のままで済ませてしまうならば、家持の歌人としての主体が、あまりに空しいものになるのではないか。取柄のない歌が無秩序にうたわれて沈滞のままに終った宴の記録を受け取って、家持がそのまま無批判に自分の歌巻に組み入れたとは、何としても考え難い。巻十九が家持個人に深く関わる重要な巻であるだけに、その思いはなおさらである。

たとえば、状況が異なるにしても、後に巻二十の防人歌巻を、拙劣歌を果敢に切り捨てることで形成した家持をわれわれは知っている。この日の宴歌に限って家持の歌人としての眼が曇ったとも、あるいは歌のこと以外に何らかの事情があって強いて三首を許容したとも想像し難い。なぜなら、巻十九は彼にとって本質的に〝わが歌集〟であると思うからだ。そのような巻に、宅嗣邸で生まれた宴歌は敢えて存在する。いま三首について新たな問い直しを発してみる必要を感じる所以である。

そこで、一転して次のような考えに立ってみる。この日の三首に対して家持は、充分な満足を以てこれを〝わが歌集〟に迎え入れた、と。つまり、家持は三首の在り方に強固な構造体としての価値が十全に備わっていることを見抜いていたという考え方である。少しく反省をこめていうならば、われわれの眼が三首に一貫する流れとその価値を見出さなかっただけなのではないか。歌人家持の眼を信じるという前提に立つことで、再考の端緒が開けるような気がするのである。

こうした前提から出発して新たな見直しを図ったとき、三首をいかなる文芸の一形態として捉え直せるかを、本稿は試みたい。

二　主人宅嗣の雪梅歌

宅嗣と茨田王の二首は、一見して恋歌仕立ての主客の挨拶歌である。四二八二左注の「主人」ということさらな書きぶりにも、これが挨拶歌であることが強調されている。

主人宅嗣は「言繁み相問はなくに」と恋歌の仕立てで、まずは久濶を叙した。この宴の主客は互いに久しく会うことがなかったらしく、「相問はなくに」の一語がその事情を忠実に物語っている。宅嗣が第一に述べたいことは、三句以下の「梅の花」でも「雪」でもなく、まずは第二句「相問はなくに」であって、その一事が述べられてこそ主人の挨拶歌といえる。久潤を叙したというのはその意味からである（この場合、客として挨拶を返した茨田王は予想されていないから、宅嗣の一首は客全体に対して久潤を叙するものであった）。

歌の前半の真意はそれとして、次にどのようにうたったかが、直接一首の価値に関わってくる。一首が恋歌仕立ての趣向であるといったが、それは「言繁み」の第一句で明らかにされている。つまり機能的な面からいうと初句は発声と同時に一首が恋歌仕立てであることを宣言する役割を担っているのである。

第一句は原文「辞繁」で、この言葉には解釈の上で歴史がある。古くに「辞繁とかきたれど事繁なり」（『万葉代匠記』初稿本）という解があり、これは古典文学大系『万葉集』の頭注まで引き継がれている。この解に修正を施したのは澤瀉久孝『万葉集注釈』であった。それによれば、「辞繁」は字義通り「言繁み」で、〝人の噂がしげくあるので〟の意、つまり、恋歌の常套句である、恋する男女を逢わせない最大の原因「人言繁み」の意とする。

『代匠記』の発言には、宅嗣と茨田王が共に男だからという素朴な配慮がうかがわれる。だが、万葉集では男同士でも歌の交換に当っては、恋歌の趣向で楽しむ例が多いことを知れば、『注釈』の指摘は当を得たものといえる。しかも、『代匠記』を承けて『大系』が述べた「用事にとりまぎれて」という大意は、万葉集においては普通「暇無み」の語で表現される。『注釈』の見解は動かないであろう。ちなみにいま、一首の口語訳を『注釈』に依ってみておきたい。

人言が繁くあるので訪はずにゐるうちに、梅の花は、雪に萎れて散つてしまふであらうか、ナァ。

このように、恋歌の形式で宅嗣は〝しばらくお会いいたしませんでした〟と挨拶した。ただし、それだけが全てではない。そのことから派生する何事かを、「梅の花」と「雪」という注目すべき題材を用いて、以下うたっているからである。

宅嗣が久潤を叙するに「梅の花」を以てした理由はいくつか考えられる。「席上に梅の一枝を見て、園中の梅を思つた」（武田祐吉『万葉集全註釈』）のかもしれない。あるいは、庭前の植物を嘱目して詠ずる挨拶歌の型（渡瀬昌忠『柿本人麻呂研究』歌集篇上）に由来するものかもしれない。型通りの挨拶歌とするならば、一首は要するに〝お久し振りです〟の意を伝えるだけの、『全註釈』が評する通り「平淡な作である」ということになる。

ところが、これに挨拶を返した茨田王の一首には、宅嗣の歌を「平淡な作」とは受け取っていないふしがある。というのは、先述した「梅の花」と「雪」の題材に対する徹底した執着が茨田王の歌にあるからだ。宅嗣の下三句にはそれに着目して歌を返すべき何か面白味があったと考える他はない。思い当ることが一つある。それは宅嗣の第四句に用いられた「しをる」の一語である。万葉集中、この場限りの唯一の用例で、これはある。

梅と雪の題材の取り合わせは、万葉集においてもはやさほどの珍しさをもたない。この点については、後にも述べる。だが、「梅の花」が「雪」に「しをる」というのは、このとき宅嗣がはじめて披瀝した新しい表現であった。新鮮な表現に触発されて、客は挨拶を返した。すなわち、同じ「梅の花」と「雪」の題材を承けて応じた茨田王の一首がそれである。ここには歌を返すときの、常套的な切り返しの型がみられる。宅嗣の「梅の花」を第一句で承けておいて、〝散ってしまうだろうか〟という相手に対して〝いいえ、蕾のままで待っております〟と、第五句で「雪」を承けてうたう。しかも、宅嗣の「言繁み」を「恋や隠れる」とやはり「恋」で承けているのである。茨田王の一首も、口語訳を『注釈』に依ってみておこうと思う。

梅の花の咲いてる中にまだつぼみのまゝのものもあるのは、恋が籠つてゐるのか、それとも雪を待つて咲かうといふのか。

三　雪にしをれて

このようにみてくると、主客の間に一応の挨拶は成り立ったかに思える。しかし、これまでの考察は、その大方を従来の解釈に依存したものであって、未だ皮相の感を免れない。第一に、興味ある一点が全く未解決のままに残されている。それは、勝宝五年正月四日のこの日、一体雪は降っていたのか否か、という疑問である。

というのも、宅嗣に和した茨田王の一首が、前者の提出した題材に密着してうたいながらも、結果的には妙に外々しい感じを与えるのは、その点が曖昧であるところに原因があると思われるからである。「雪にしをれて」という前者に対して、「雪を待つとか」と応じる後者のあり方は、一見、あまりにも統一がない。先の『注釈』の訳をみても、宅嗣の歌には雪が降っているかのようにみえる。「うつろはむかも」の助動詞「む」を重視するならば、〃やがて降るかもしれない雪によって、梅の花が散ってしまうだろうか〃の意ともとれるが、結句の助動詞にそれだけの意味を負わせるには無理がある。第三句の「雪にしをれて」を虚心に受け止める限り、現実の雪の印象が強いことは否めない。一方の、茨田王の歌には降っていない。一体どちらが現実を無視して調和を乱したのだろうか。

この不調和は、意外なことにこれまで指摘されることがなかった。日本古典全集『万葉集』の口語訳をみても、『注釈』のそれとほぼ同じである。ということは、二首の間にある不調和はそれとして残されたままに、解釈上は一応定まったものと見なされているとしていい。

もし、この日の雪の有無という点について二首に何らかの調和を強いて見出そうとするならば、一見定まったかにみえる解釈の方に疑いの眼を向ける必要が生じてこよう。そこで、確実に意味の定まった語とされている宅嗣の新語

「しをる」に着目してみたい。諸注釈のほとんどが、この第四句の訳には「雪にしおれて」と原文をそのままもちこんで、説明の要なしとしている。はたして、それでいいのか。

大方の趨勢に対してひとり、第四句「雪爾之乎礼氏」（原文諸本異同なし）に「雪にし折れて」と異色の解を与えたのは、契沖であった。

今ノ世ハ之保礼氏ト書ヲ、今ノカキヤウニ依テ思ヘハ、之ハ、シマク、シナエ、シシラヌナト云時ノシト同シク、ソヘタル詞ニテ、乎礼氏ハ折而ニヤ。花ノ栄タルカ雪ニ痛メルハ物ノ折ラレタルニ似タリ。（『万葉代匠記』精撰本）

というのがその根拠である。説明として筋が通っているが、結果的にはあまりに抒情を排した解で、肯定し難いものがある。「雪にしをれて」というのは、あくまでも「梅の花」であって、それぞれが気分の上であっても、「物ノ折ラレタル」状態とは結びつかない。その上、語法的にみても強めの接頭語「し」を冠して助詞「て」を従える動詞の形は、例をみない。そうした語法の問題以上に、契沖の「しをる」の解釈では、その語を承けているはずの「雪を待つとか」という茨田王の歌が、いよいよおかしなものに思えてくる。

しかし、それを別にして、契沖の視線に本稿はある驚きを感じる。「しをる」は後代

御前の五葉の、雪にしほれて、下葉かれたるを見給ひて（『源氏物語』賢木）

すくよかなる折もなく、しほれ給へるを（同・真木柱）

などの例を挙げるまでもなく、歌に物語に多出するもっとも好まれた文芸用語の一つとなる。その意味するところは、植物にしても人間にしても、いずれ雪や嘆きや病いに傷められてくたくたとなる様をいう（語義については小西甚一「『しほり』の説」言語と文芸四九号参照。また、「しをる」は後代「しほる」の表記がなされるが、その変化と読みの内実は、安田章「ハ行転呼音の周辺」文学昭和四九年一一月号に詳しい。なお、同論文は宅嗣の歌について「梅の圧せられた状態、および、接続助詞『て』

を置いた上で、その結果としての『移ろふ』ことを推察し、懸念している」と述べている）。

ところが、契沖は後代の「しほる」に関する常識に捕われずに、万葉集の中で「しをる」の意味を解こうとした。先の契沖の説明ははっきりと「今ヤウハ誤ナリ」と結ばれている。本稿のいう驚きとは、それである。確かに「しをる」のもつ意味は、万葉集の中でいま一度考えてみる必要があると思う。契沖の姿勢に敬意を表すると共に、たとえば『時代別国語大辞典』（上代篇）の「しおれる。しぼんで生気が失せる」といういとも簡略な説明に不満をおぼえるのである。

それでは、「しをる」の意味は何か。間接的な道筋になるが、一語にもっとも近い意味を持つと思われる言葉を万葉集の中に探そうとすれば、次のような例に出会う。

１……夏草の思ひしなえて　偲ふらむ妹が門見む　靡けこの山（2一三一、柿本人麻呂）

２……夏草の思ひしなえて　嘆くらむ角の里見む　靡けこの山（2一三八、柿本人麻呂）

３……朝鳥の（一には「朝霧の」といふ）通はす君が　夏草の思ひしなえて……（2一九六、柿本人麻呂）

４君に恋ひしなえうらぶれ我が居れば秋風吹きて月傾きぬ（10二二九八、秋相聞）

５……耳に聞き目に見るごとに　うち嘆きしなえうらぶれ　しのひつつ争ふはしに……（19四一六六、大伴家持）

１２は柿本人麻呂の石見相聞歌第一首とその或本歌の末尾で、３は同じ人麻呂の明日香皇女挽歌である。「夏草の思ひしなえて」の形容は、もともと人麻呂固有の表現であったらしい。４は無記名歌で秋相聞の部立に属する。５は大伴家持の作で「霍公鳥と時の花とを詠む歌一首」と題する長歌。勝宝二（七五〇）年三月二十日の日付けをもつ。

こうして並べてみると、この五首の「しなゆ」の用いられ方には、一つの共通性がある。それはいずれもが〝恋の嘆き〟を表現している点である。１２４は問題がない。３は挽歌だが、眼前にない人に恋い焦れるという点からいえば、挽歌であるが故に一層〝恋の嘆き〟は痛切といえる。5は「しのひつつ争ふはしに」とあって、嘆きの原因が明瞭である。

また「しなゆ」に意味的に近接する副詞「しのに」の用例をみても、事情は変らない。

近江の海夕波千鳥汝《な》が鳴けば心もしのに古思ほゆ（3二六六、柿本人麻呂）

夕月夜《ゆふづくよ》心もしのに白露の置くこの庭にこほろぎ鳴くも（8一五五二、湯原王）

秋の穂をしのに押しなべ置く露の消かも死なまし恋ひつつあらずは（10二二五六、秋相聞）

海原の沖つなはのりうちなびき心もしのに思ほゆるかも（11二七七九、寄物陳思）

……刈り薦の心もしのに　人知れずもとなぞ恋ふる　息の緒にして（13三二五五、相聞）

あらたまの年反るまで相見ねば心もしのに思ほゆるかも（17三九七九、大伴家持「恋緒を述ぶる歌」）

……ほととぎす鳴きしとよめば　うちなびく心もしのに　そこをしもうら恋しみと……（17三九九三、大伴池主）

……雲居《くもゐ》なす心もしのに　立つ霧の思ひ過ぐさず……（17四〇〇三、大伴池主）

夜降《よぐたち》に寝覚めて居れば川瀬尋《と》め心もしのに鳴く千鳥かも（19四一四六、大伴家持）

梅の花香をかぐはしみ遠けども心もしのに君をしぞ思ふ（20四五〇〇、市原王）

やはり対象が人であれ時であれ〝恋の嘆き〟から発せられている場合が多い。

「しなゆ」の用例がいずれも〝恋の嘆き〟に根差すものであることを確認したところで、宅嗣の歌が「言繁み」の初句から恋歌仕立てを明示するものであったことを想起したい。挨拶の機能が第一義とはいえ、初句が恋歌を標榜するからには一首全体もその趣向で貫かれてあれば、歌の価値はいやまさる。そこで、恋歌中の「しをる」という観点から一語を見直してみると、宅嗣の歌は

夏草の思ひしなえて　　　（人麻呂）
君に恋ひしなえうらぶれ　　（秋相聞）
梅の花雪にしをれて　　（宅嗣）

といった流れの中に置いても、さしたる不都合もないのではなかろうか。すなわち、宅嗣の「しをる」の語の誕生の経過に分明でない点が残るにしても、人麻呂歌から秋相聞の一首へと引き継がれている「しなゆ」の語にこめられた恋歌の伝統が、宅嗣の表現に流れ込んでいると思われるのである。

宅嗣の「雪にしをれて」は〝雪によって梅の花がしおれる〟のではなく、秋相聞の場合と同じように、〝雪に恋いしおれて梅の花が散ってしまう〟の意味なのではないか。その意味とすれば、宅嗣の一首は秋相聞の一首と表現の形態が酷似していることにも気付かされるのである。

以上の事柄にもまして、宅嗣の「雪にしをれて」を〝雪に恋いしおれて〟の意とすると、それに和した茨田王の歌との対応が生きることになる。従来の解釈に従う限り、茨田王の一首は、主人がうたうところの梅を傷めて無残に降る雪を、無視した歌と受け取られやすい。ところが、宅嗣の一首を、眼前にない雪をあれかしと恋うることで嘆き疲れていく梅をうたったものと考えれば、「雪にしをれて」に「恋や隠れる」と応じるのは見事な対応を示したことになるからである。このように解してはじめて主客が交した挨拶はその連繋が十全のものとなろう。

『代匠記』以来、「雪にしをれて」を〝雪に傷められて〟と解してしまったために、宅嗣の一首は後に深い抒情を醸す文芸用語として流布した「しをる」の新語を試用しながら、不当に平板な歌と評価されてしまったのではないだろうか。結局、彼の歌に雪を降らせたのは、後人の誤解のなせる業であったらしい。

ただし、以上の解が保証されるためには、釈明すべき事柄が生まれてくる。まず「雪にしをれて」を〝雪に恋いしおれて〟の意と説くからには、「梅の花」が「雪」に恋するといった擬人化の詠法が、当時の作歌手法として存在していたかどうかを明らかにする必要がある。

四　茨田王の雪梅歌

宅嗣と茨田王の二首にうたわれた「梅の花」と「雪」の背後に、男女の寓意ありとしてこれを強調したのは、窪田空穂『万葉集評釈』である。『評釈』は宅嗣の一首の語釈で、「梅の花」は「妹の譬喩」とはっきり断定している。さらにこの見解は訳にも生かされて、

人の物云ひが多いので、訪はずにゐることだのに、梅の花と思ふあの女は、雪に萎れるやうに我が不実を恨んで、散つて、心変りすることだらうかなあ。

となっている。評はさらに興味深い。

此の歌は、新年の宴に、主人の宅嗣が、客の興を催させようとして、宴歌として詠んだものである。「梅の花」はその席に飾つてあつたもので、それを作因とした歌であるが、宴歌にふさはしい相聞の歌としようとして、このやうに詠んだものと取れる。「梅の花」を妹に喩へたのは普通であるが、無沙汰を恨むのを「雪に萎れて」としてゐるのは、やや物遠い感がある。しかしこれは季節に合せてのものであるから、その心は誤解なく通じたことと思はれる。以上の解は強ひたもののやうであるが、次ぎの茨田の王の歌は此の歌に和へたもので、それに依ると宅嗣の作意は上のやうであつたと取れる。軽い心よりの作で、巧拙をいふ程のものではない。

『梅の花』を妹に喩へたのは普通であるが」という物言いには説明が要る。『評釈』はこと「梅」を詠みこんだ歌だ

けに限ってみても、これを徹底して女性の寓意と受け取って解そうとする姿勢が強い。「普通である」というのは、その確信から生まれた言に他ならない。

「無沙汰を恨むのを『雪に萎れて』としてゐるのは、やや物遠い感がある。」以下の発言も注目される。というのは、「雪にしをれて」が「無沙汰を恨む」意だとするのは、〃無い雪に恋うてしおれる〃と第四句を解する本稿には、ほぼ正着と見紛うからである。しかもその題材と表現が「やや物遠い感がある」という。「しをる」を〃雪に傷められて〃としながらも、この日雪が眼前になかったという見解として、これは管見に入る唯一のものである。

『評釈』をこの結論に導いたのは、譬喩ということと、茨田王の「雪を待つとか」の一句をしかと見据えている眼の確かさであろう。

ちなみに同じ『評釈』の茨田王の歌に関する語釈の一部と評を引いておく。『評釈』は客として和した茨田王の方に重心を置いて、前の宅嗣の一首の意味を考えたことが、先掲「それ（茨田王の歌）に依ると宅嗣の作意は上のやうであつたと取れる」の言に明らかだからだ。結句「雪を待つとか」の語釈はこうである。

それとも又、雪の降るのを待つて、雪に逢つて咲かうとしてゐるのであらうかと、再応の解釈をしたのである。これは雪を男性に譬へてのもので、既に詩的常識となつてゐたと見える。これは宅嗣が、「雪に萎れて」と云つてゐるのに反対し、宅嗣を雪として云つてゐるのである。

そして評は、

これは明らかに宅嗣の歌に和へたもので、宅嗣の作意を相聞のものとし、それに対して心細かに和へてゐるものである。相聞とは言へ、いづれも席上の梅の花から連想したもので、文雅の上の遊びとしてのものである。実感とは関係のない遊戯なのである。

とある。

明らかなように、先に宅嗣の一首を「恋歌仕立て」と本稿が規定したのも、「宅嗣の作意を相聞のものとし」という『評釈』の卓見に追随する見方である。また「雪を男性に譬へてのもので、既に詩的常識となつてゐた」とすることにも賛意を表したい。というのも梅と雪の寓意的な関係を如実に示す次のような例があるからだ。

大伴宿祢村上の梅の歌二首

含めりと言ひし梅が枝今朝降りし沫雪にあひて咲きぬらむかも（8一四三六）

霞立つ春日の里の梅の花山の嵐に散りこすなゆめ（一四三七）

大伴宿祢駿河麻呂の歌一首

霞立つ春日の里の梅の花花に問はむと我が思はなくに（一四三八）

大伴坂上郎女の歌一首

風交り雪は降るとも実にならぬ我家の梅を花に散らすな（一四四五）

特に村上の第一首が、同じ「梅の蕾」をうたい、それが「雪」に出会って咲くという点で、当面の茨田王の歌と共通する。しかもこの「梅の花」は、単に嘱目した梅ではなく、ある一人の娘（おそらく、坂上郎女の娘）を譬えたものであるらしく、村上の第二首と駿河麻呂の一首の対立関係が〝妻争い〟の様相を呈している。その二首を承け、娘の母親として両者を突き放す形で咎めの歌をものした結果が、坂上郎女の一首であるらしい。梅に寓意ありとする『評釈』の確信に触発されて、以上のような見解を前に述べた（四章一節「『花に問ふ』とうたう意味」。この解は日本古典集成『万葉集』の頭注がこれを吸収している）。

また巻二・三九八～四〇二の一群はさらに顕著で、これは「譬喩歌」の部立に入っている。登場する人物も藤原八束・大伴駿河麻呂・坂上郎女の三人で、村上の役割が八束に代わっただけであり、状況は前の例とほぼ同様である。これも坂上郎女の娘の婚姻をめぐっての歌の交換が、起伏ある流れを形成した一群であるらしい。この二つの例は梅と雪にまつわる現実に根差した譬喩の存在を示しているのである。

以上のような経過から、また『評釈』の寓意を重視した姿勢への共鳴から、本稿は一度次のような考えに立った。宅嗣の一首は、彼が茨田王の娘に約することがあって、娘の父に向かっての寓意を秘めたものか（『全註釈』のように「園中の梅」を茨田王の家のそれと受け取った場合）。さらに、これは宅嗣の娘に茨田王が約するところがあって、娘の父が相手の無沙汰をのっけから揶揄したものであったか。ならば『評釈』の見解と違って「雪」は茨田王で、彼の報えた歌は自身たっぷりの切り返しとなる（ちなみに宅嗣はこの時二五才。彼の年令を考慮すれば、上の考えは当初から当らない）。

ところが、右のような解ではいずれも始めの二首があまりに個人的なやりとりに過ぎて、第三首目の道祖王の歌がいよいよ宙に浮くばかりである。

このような反省を経てみると、にわかに注目されてくるのは、『評釈』のいう「詩的常識」という言葉で、前述した梅に実在の娘を仮託するといった譬喩の詠法も、要するに「梅」は女で「雪」は男であるという「詩的常識」があった上で、初めて可能になるはずである。虚心にみてみれば、万葉集には

角朝臣広弁《つののあそみひろべ》の雪梅の歌一首

沫雪に降らえて咲ける梅の花君がり遣らばよそへてむかも（8一六四一）

大伴宿祢家持の雪梅の歌一首

今日降りし雪に競《きほ》ひて我がやどの冬木の梅は花咲きにけり（8一六四九）

のように、「詩的常識」で雪梅をうたった作の方が多い。そしてこの「常識」が根強く定着していたことは

大伴田村大嬢、妹坂上大嬢に与ふる歌一首

沫雪の消ぬべきものを今日までに流らへぬるは妹に逢はむとぞ（8一六六二）

のように、今度は雪の立場から「逢ひ」をうたうといった応用があることからもうかがえる。こうした「詩的常識」の応用の延長上に、先に挙げたような実際に即した寓意の歌群があると考えられる。

当面の宅嗣と茨田王の二首の正確な把握のためには、右のような譬喩の度合いの弁別が不可欠であったようだ。『評釈』は一首が恋歌仕立てであったために、必要以上に実質的な寓意をそこにみようとしたらしい。「宅嗣を雪として云つてゐる」という寓意など、これは初めからないのである。宅嗣の歌にあるとみた寓意が茨田王の一首にもあるべきだと考えたために、『評釈』の語釈はその後半が苦しくなっている。

梅と雪は愛人の関係にあるという文芸上の美的観念を踏まえ、恋歌の形式を以て宅嗣はうたった。茨田王は機に応じてそれに和したわけである。宅嗣が示した題材に別の意味を与えてすばやく生命を吹き込んだ茨田王の対応ぶりは、それなりに見事といっていい。

しかし、実質に根差した寓意がないとすると、両者のやりとりは妙にさらりとした、『評釈』の言を借りれば「巧拙をいふ程のものではない」、「実感とは関係のない遊戯」、ということになるのかもしれない。

確かにこの頃の宴歌には、文雅を目指すあまりに知識や技術が勝った「遊戯」の要素が色濃い。しかし、開き直ったいい方をするならば、宴歌は本質的に「遊戯」であるからこそ、そこに実感の裏打ちがなおさら必要なのだろうと思う。ありのままの現実は確かに歌ではない。が、歌はその現実を母として生まれてこそ、活き活きとした生命をもつものと思われる。宴にはその時その場限りの宴の現実がある。その現実を巧みに捉えてこそ、宴歌は真の妙味をもつはずなのである（先掲久米常民『万葉集の文学論的研究』の発言が想起される）。

それでは、宅嗣と茨田王の二人が把握した現実とは何だったのか。それは再々述べる通り、眼前にない雪であった。

五　雪の宴歌

宅嗣は宴冒頭の第一首を、主人としてまず客に久闊を叙し、なおかつこの日に当って雪がないことを感慨をこめてうたった。もちろん、宅嗣の歌における雪に恋いしおれようとする梅の花も、茨田王の歌における恋いつつ雪を待つ梅の蕾も、そのときその場に居合わせた主客一同の心の象徴であろう。

従来の解釈がこのことに気付かなかったのは、宅嗣の一首が実は新年の宴歌として非常に珍しい部類に属するためであったらしい。いまとりあえず家持歌日誌と呼ばれる万葉集末四巻の新年の賀宴を一瞥しても、一首の特異性に気付く（〈　〉は宴の行われた場所、〔　〕は一首の題材を示す。）。

①天平十八年正月〈大殿〉
巻十七・三九二二〔雪〕
三九二三〔雪〕
三九二四〔雪〕
三九二五〔雪〕
三九二六〔雪〕

2天平勝宝二年正月二日〈越中国庁〉

巻十八・四一三六〔ほよ〕

3天平勝宝二年正月五日〈広縄館〉

巻十八・四一三七〔相集う歓〕

④天平勝宝三年正月二日〈越中国庁〉

巻十九・四二二九〔雪〕

⑤天平勝宝三年正月三日〈縄麻呂館〉

巻十九・四二三〇〔雪〕

四二三一〔なでしこ・雪〕

四二三二〔雪・なでしこ〕

四二三三〔鶏鳴・雪〕

四二三四〔鶏鳴・雪〕

四二三五〔奉歌〕広縄伝誦

四二三六、七〔挽歌〕蒲生伝誦

6

天平勝宝五年正月四日〈宅嗣家〉

巻十九・四二八二〔梅・雪〕

四二八三〔梅・雪〕

四二八四〔相集う歓〕

7天平勝宝六年正月四日〈家持宅〉
巻二十・四二九八〔霜・あられ〕
四二九九〔君〕
四三〇〇〔君〕
8天平勝宝六年正月七日〈大殿〉
巻二十・四三〇一〔赤ら柏〕
9天平宝字二年正月三日〈内裏〉
巻二十・四四九三〔玉箒〕未奏上歌
10天平宝字二年正月七日（六日）〈内裏〉
巻二十・四四九四〔青馬〕未奏上歌
四四九五〔うぐひす〕未奏上歌
⑪天平宝字三年正月一日〈因幡国庁〉
巻二十・四五一六〔雪〕

公私の別はあっても正月の賀宴にもっとも待望されるのは、瑞兆の雪であろう。折よく降れば、それはすぐさま寿歌の中心的題材となったはずで、①④⑤⑪はその例である。

雪がない場合の寿歌のあり方も、前掲の例をみるとその詠法がわかる。その時その場にあるめずらかな題材をどうにか組み込むことで作歌している。つまり、そこにあるものを随時瑞兆と見立てて詠むのである。2の「ほよ」（3と共に越中には珍しくない雪に先行したための題材か）、7の「霜・あられ」（雪に準ずるものと見なすべきか。特に巻十・二三三八は

「寄雪」の項目下に「霰」が詠みこまれていて、参考になる）、８の「赤ら柏」、９の「玉箒」、10の「青馬」などがそれに当る。いわばそれらは雪の代替物といっていいかもしれない（但し、「玉箒」や「青馬」は儀式の中心題材で、純粋に代替物とはいえない。しかし、そこに雪があったら、取り合わせる形でうたわれたか）。

それにしても、雪は最高の瑞兆でありながら、歌とするにこれほど難しい題材もない。降るか降らぬかの予測がつかないために、預め歌を構想しておくことが不可能だからである。伝統という問題があるにしても、新年の雪の賀歌が、類型化して平凡なのは、おそらくそこに原因がある。

こうして新年の宴歌をみてくると、宅嗣だけが著しく異った性格の歌を詠んだことがわかる。その場にない瑞兆をうたって、これは常識を破っている。〝久しく雪がありませんね〟ということを、梅の花の譬喩を用いて、宅嗣はうたった。久闊を叙するあまり、これは、まかり間違えば、そうしためでたさに恵まれないこの宴の暗さを強調することになりかねない。一首そのものは確かに斬新で巧みだが、内容的にはこれまでの新年宴歌の型を破って人の意表をつく。当然、これは承ける方が難しい。

茨田王はこれを理屈で承けた。その応じ方は前述した通り、決して下手ではない。「梅の花」と「雪」に託された文芸上の約束事を十全に理解し、その上宅嗣の用いた新語「しをる」の意味するところも心得ている。咲き誇る「梅の花」の中に、蕾のままなのがある。これは茨田王が咄嗟に行なった詩的着眼であった。が、しかし、巧みに承けたものの、彼が救い得たのは結果として「梅の花」だけで、雪がないという現実は救い得なかった。「梅の花」だけを救ったことによって、むしろ雪がない事実を際立たす事態を招いてしまったともいえよう。

思うに、石上宅嗣は、理智がもたらす率直さを終生堅持した風流人であったらしい（『続日本紀』天応元年六月二四日の記事参照）。それに応じた茨田王も、相手が満開の梅と見過ごしたのを捉えて蕾に着眼した点をみれば、機智のすばやさを強く感じさせる。事は文雅の遊びに帰する。だが、二人の歌を上述のようにみてくれば、それは決して現実から遊離した実感の乏しいものでなかったことがわかる。文芸への充分な理解と共に、現実を見据えて離さない二人の歌人の視線があったことを、二首はわれわれに語っているのである。

六　雪を待つ宴

勝宝五年正月四日のこの日に雪がなかったという事実を最終的に証明するのは、第三の人物である道祖王である。彼の歌は一見して三首の中ではもっとも新年の賀歌らしい姿を有している。それは「新しき年の初めに」という初二句がもたらす印象の故であろう。ところが、同時に一首は賀歌としてあまり巧みでないという印象をも与える。それは第三句以下が、読む者に唐突の感を与えるためであるらしい。

その原因は次のような例示に依ると明瞭になる。

新しき年の初めに豊《とよ》の年しるすとならし雪の降れるは（17三九二五）

新しき年の初めはいや年に雪踏み平《なら》し常かくにもが（19四二二九）

●新しき年の初めに思ふどちい群れて居れば嬉しくもあるか（19四二八四）

新しき年の初めの初春の今日降る雪のいや頻《し》け吉事《よごと》（20四五一六）

初二句同型のいずれも新年の宴歌である。道祖王の歌（●印）が一見して新年の賀歌であると印象されるのは、この初二句の効果による。ところが、他の三例はその後に必ず「雪」をうたうのに、道祖王の歌だけに、それがない。彼の一首が賀歌としてすらりとした感じがないのはそのためであろう。と同時に、一首のかような在り方が、この日の宴に雪がなかったことを証す、最終的な決め手になるのである。

こうして道祖王の一首もまた、宅嗣や茨田王と同様、それとない形で雪がないことをうたっているのだが、以上の読み取りだけで満足するならば、一首がもつ生命は息吹くことがない。本稿がみるところ、一見稚拙に思われる道祖王の一首が、この日の宴歌三首の中で、要の役割を立派に果たした絶品に思われるからである。この第三首こそが前二首のうたった主題を丸ごと承けて、しかも見事な閉じめの歌として働いている。

その第一点は雪の主題である。道祖王はまずこの宴がめでたくあるべき新年の賀宴であることを「新しき年の初めに」の歌い出しによって、人々に改めて喚起せしめた。同時にその初二句は、聴く者に前掲三九二五や四二二九などの先行歌の知識があれば、当然「雪」を予想させたに違いない。無い雪に執着した宅嗣も茨田王も、この瞬間、戸外に幻の雪を振り仰いだのではなかったか。

道祖王の発声によって、前二首で恋われ待たれた雪は期待された。ところが一転して第三句以下は、この宴に集う人々への親愛の情の表出となる。〝雪はなくてもいい。何よりもめでたく嬉しいのは、うちとけた仲間がここにこうして集うていることなのだから〟と。言葉こそ平凡でありながら、一首には聴く者の心を驚かす詩的な躍動が秘められている。

さらに一首の卓抜さを示す第二点として「梅の花」がある。三首の流れの中で道祖王の一首がとってつけた感じを与えるのは、歌の中にその語がないためと思われる。だが第三句「思ふどち」に着目するなら、そこに抜き得ない形で「梅の花」が存在していることを知るのである。なぜなら「思ふどち」の一語は、次のような例を承けて、梅と関わって歴然とした背景をもった語だからである。

1梅の花今盛りなり思ふどちかざしにしてな今盛りなり（5八二〇、葛井大夫）

2もみち葉の過ぎまく惜しみ思ふどち遊ぶ今夜は明けずもあらぬか（8一五九一、大伴家持）
3酒杯に梅の花浮かべ思ふどち飲みての後は散りぬともよし（8一六五六、坂上郎女）
4春日野の浅茅が上に思ふどち遊ぶ今日の日忘らえめやも（10一八八〇）
5春の野に心延べむと思ふどち来し今日の日は暮れずもあらぬか（10一八八二）
6……春花の咲ける盛りに　思ふどち手折りかざさず……（17三九六九、大伴家持）
7もののふの八十伴の緒の　思ふどち心遣らむと……あり通ひいや年のはに　思ふどちかくし遊ばむ　今も見るごと（17三九九一、大伴家持）
8……そこをしもうら恋しみと　思ふどち馬打ち群れて……（17三九九三、大伴池主）
9思ふどちますらをのこの　木の暗繁き思ひを……（19四一八七、大伴家持）

「思ふどち」は大伴旅人が主宰した「梅花宴」を嚆矢とする語であることがまず注目される（1）。さらにそれは坂上郎女の梅の歌（3）を経過して、やがて家持らの愛用の語となる（2～9）。巻十春雑歌の「野遊」の四首中にある無記名歌（4 5）もまた梅と無縁ではない。「野遊」の第四首目には

ももしきの大宮人は暇あれや梅をかざしてここに集へる（10一八八三）

と梅が出てくるからである。

大伴家と宮廷の春の遊宴歌と、いずれの系譜を意識したにしても、梅と因縁の深い「思ふどち」の一語を意図的に用いることによって、道祖王は前二首が歌い継いだ「梅の花」を鮮やかに受け止めているとみられる。しかも、それに続く「い群れて居れば」は、宴冒頭に主人宅嗣が発した久潤を叙す第二句「相問はなくに」に、見事に照応しているのである。有機的な表現として、これ以上のものはない。凡庸な姿の奥底に並々ならぬ歌才を一首は秘めているよ

うだ。

かくして、この日の宴に集うた一同の視線は、道祖王の納めの一首に導かれるままに、雪のない屋外から各々の懐しい顔へ、各々の懐しい顔から手許の酒杯へと転じられたに相違ない。

補の論

天平勝宝五年（七五三）正月四日、治部少輔石上宅嗣（日本初の私設図書館芸亭《うんてい》の創設者）の邸宅で新年の宴が開かれた。宴果てるまでに次の三首が得られたという。

　言繁み相問はなくに梅の花雪にしをれてうつろはむかも（19四二八二）

　　右の一首、主人石上朝臣宅嗣。

梅の花咲けるが中に含めるは恋や隠れる雪を待つとか（四二八三）

　　右の一首、中務大輔茨田王。

新しき年の初めに思ふどちい群れて居れば嬉しくもあるか（四二八四）

　　右の一首、大膳大夫道祖王。

一見、何でもない主客の挨拶歌である。しかし、これらが単なる挨拶のための凡庸な風流の作であるとするならば、家持は自分の歌日記にあえて入れる必要がなかったはずだ。しかも巻十九は家持にとっては自分の歌日記の中でも、とりわけ大切に作り上げた一巻である（彼自身の秀吟が多いこと。この巻で万葉集を閉じる構想が彼にあったことなど）。なぜ家持はこの三首をあえてわが歌集に取り入れたのか。

私見によれば、この三人の主客の歌の交換は極めて珍しい部類に属する。第一首の宅嗣の歌が、この日、雪がないことをことさらに歌ったものであるらしいからだ。梅と雪とは恋人の関係にあるとするのが、当時の文雅の約束だった。その雪がないから、その訪れを待つ梅の花は恋い疲れて散ってゆくのである。「お久し振りです」という主人宅嗣の歌は、挨拶を兼ねつつ雪が降らぬことを指摘した一首であるらしい。新年に瑞兆の雪が降るめでたさをうたった例は多い。しかし、無い雪を主題にした宴歌の例はこれだけである。

客である茨田王は、それを承けて「蕾でいるのは、雪を待っているのでしょうね」とうたった。散らんばかりの満開の梅をうたう宅嗣に対して、即応の妙である。

そして、閉じめを担う道祖王の歌も「雪はなくったっていい。ここにこうして親しい者同士が集っていることが、無上にうれしい」とうたう。「新しき年の初めに」とうたい出すとき、それに続く言葉は降る雪の様、あるいはそのめでたさをうたうのが、万葉の場合常である（後述）。その意味で道祖王の一首も珍しい。

一体、なぜ家持はこの異例の宴歌三首に興味を覚えたのだろうか。家持の関心もやはり正月の雪にあったらしい。なぜなら、この三首に続いて、一週間後に家持は次の歌をうたうからだ。

十一日に、大雪降りて積むこと尺に二寸あり。因りて拙懐を述ぶる歌三首

大宮の内にも外にもめづらしく降れる大雪な踏みそね惜し（19四二八五）

み園生の竹の林にうぐひすはしば鳴きにしを雪は降りつつ（四二八六）

うぐひすの鳴きし垣内ににほへりし梅この雪にうつろふらむか（四二八七）

さらに翌日、

十二日に、内裏に侍ひて、千鳥の鳴くを聞きて作る歌一首

川渚にも雪は降れれし宮の内に千鳥鳴くらし居む所なみ（四二八八）

宅嗣・茨田王・道祖王の三人が正月に待ち望んだ雪を、家持もまた待っていたらしい。「大雪降りて積むこと尺に二寸あり」の詞書にその気持が溢れている。しかも雪への感慨は翌日にまでも尾を引いている。

正月の雪といえば、家持はそれ以前にうたうことがあった。彼が越中国（現富山県）の国司であった天平勝宝三年正月二日のことであった。

新しき年の初めはいや年に雪踏み平し常かくにもが（19四二二九）

右の一首の歌、正月二日に守の館に集宴す。ここに降る雪殊に多く、積みて四尺あり。即ち主人大伴宿祢家持この歌を作る。

翌日は出かけている。

降る雪を腰になづみて参る出来し験もあるか年の初めに（19四二三〇）

右の一首、三日に介内蔵忌寸縄麻呂の館に会集して宴楽する時に、大伴宿祢家持作る。

越中国守の任期は五年。家持が三十歳から三十五歳の間であった。それもやがて終ろうとしていた。壮年の官人として彼は職務に熱心であった。北国の清新な自然に触れて、また隣国に赴任していた大伴池主との交友によって、歌作もいよいよ活発であった。公私共に充実して幸福な時期であった。そしてこの年、彼の心は八月の帰京を控えて、懐しい平城の地へと向かっていたはずである。

帰京後の一年余、家持の期待した都での生活はどのようなものであったか。彼の歌日記における天平勝宝四年の、ほとんど空白に近い状態をみれば察しがつく。四月九日、東大寺において盧舎那大仏開眼供養の盛儀があった。聖武天皇の悲願であり、国力を傾けた大事業の達成であった。しかし、家持はそれについての感慨を一言も万葉に記していない。当の聖武からしてすでに孝謙天皇に位を譲り渡して（七四九年七月）病いがちだった。彼の幸福な越中時代に政治の中心は大きく様変りしていたのである。

そして天平勝宝五年、平城の地に豊かに降って宮の内外を輝かせた待望の雪は、必ずや家持の夢を三年前の越中国へと返したに違いない。さらに想像すれば、この正月の雪は越中の雪の白さと交錯しながら、七年前の平城宮の正月の記憶をあざやかに呼び返したかもしれない。

天平十八年正月、白雪多く零り、地に積むこと数寸なり。ここに左大臣橘卿、大納言藤原豊成朝臣また諸王諸臣たちを率て、太上天皇の御在所（中宮の西院）に参入り、仕へ奉りて雪を掃く。ここに詔を下し、大臣参議并せて諸王らは、大殿の上に侍はしめ、諸卿大夫らは、南の細殿に侍はしめたまふ。而して則ち酒を賜ひ肆宴したまふ。勅して曰く、汝ら諸王卿たち、聊かにこの雪を賦して各その歌を奏せよ、と詔りたまふ。

左大臣橘宿祢、詔に応ふる歌一首

降る雪の白髪までに大君に仕へ奉れば貴くもあるか（17三九二二）

紀朝臣清人、詔に応ふる歌一首

天の下すでに覆ひて降る雪の光を見れば貴くもあるか（三九二三）

紀朝臣男梶、詔に応ふる歌一首

山の峡そことも見えず一昨日も昨日も今日も雪の降れれば（三九二四）

葛井連諸会、詔に応ふる歌一首

新しき年の初めに豊の年しるすとならし雪の降れるは（三九二五）

大伴宿祢家持、詔に応ふる歌一首

大宮の内にも外にも光るまで降れる白雪見れど飽かぬかも（三九二六）

藤原豊成朝臣　巨勢奈弖麻呂朝臣　大伴牛養宿祢　藤原仲麻呂朝臣　三原王　智奴王　船王　邑知王　小田王　林王　穂積朝臣老　小田朝臣諸人　小野朝臣綱手　高橋朝臣国足　太朝臣徳太理　高丘連河内　秦忌寸朝元　楢原造東人。

右の件の王卿等は、詔に応へて歌を作り、次に依りて之を奏す。登時記さずして、その歌漏り失せたり。但し、秦忌寸朝元は、左大臣橘卿謔れて云はく、歌を賦するに堪へずは、麝を以て之を贖へといふ。これによりて黙已り。

「雪を掃く」というのは、もちろん宮廷の正式行事ではない。この突然の発案は、当時左大臣という臣下最高位にあった橘諸兄によってなされたと直木孝次郎氏はいう。対抗する藤原勢力に対する牽制を秘めた権力の誇示のためである。そうであるならば、諸兄の手厚い庇護下にあった大伴一族の長たる若い家持にとって、「左大臣橘卿、大納言藤原豊成朝臣また諸王諸臣たちを率て」と書き記すことは、ことさらの快感であったに違いない。

諸兄を初めとして応詔歌が次々に披露された。家持は緊張して三九二六番歌を奏した。自らの歌をうたい終って緊張から解放されて家持は手を休めたのか。あるいは諸兄から自分までの歌のみを、我が日記に記すことをよしとしたのか。後続の応詔歌は作者の氏名だけである。宴は終始和やかであった。諸兄の鋭い諧謔によって生まれた哄笑の渦の中で、気のいい朝元はおろおろと赤面した。この日、雪の白さにことよせて諸兄が招来した春は、家持にとっては生涯の中でもっともまぶしくみえる初春であった。

天平勝宝五年の正月に宅嗣邸で雪を待った三人も、やはり天平十八年の雪を思ったのだろうか。少なくとも家持はその思いで、三首を見つめたに相違ない。（『奈良県史』第九巻第五節「寧楽宮　四　雪を待つ宴」、名著出版一九八四年）

第四節　君がやどにし千年寿くとそ

一　序

万葉集巻十九、大伴家持の歌の最高峰といわれる三首の直前に、次の一首がある。

二月十九日に、左大臣橘家の宴にして、攀《よ》ぢ折れる柳の条《えだ》を見る歌一首

A青柳のほつ枝《え》攀ぢ取りかづらくは君がやどにし千年《ちとせ》寿《ほ》くとそ（19四二八九）

ときの左大臣、橘諸兄邸におけるさりげない宴歌として、さほど顧みられることのなかった一首である。そればかりか、そのわずか四日後にうたい出される次の二首との歌質の大きすぎる差異も、人々の不審を呼んできたのではなかろうか。

二十三日に、興に依りて作る歌二首

春の野に霞たなびきうら悲しこの夕影《ゆふかげ》にうぐひす鳴くも（四二九〇）

我がやどのいささ群竹《むらたけ》吹く風の音のかそけきこの夕かも（四二九一）

宴歌と独詠歌の違いを考慮したとしても、あまりに両者の質の懸隔がありすぎる。また、十九日から四日を経るという時間に配慮したとしても、次の一首がそれを裏切る。

二十五日に作る歌一首

うらうらに照れる春日《はるひ》にひばり上がり心悲しも一人し思へば（四二九二）

なか一日おいてなお高い質を誇る作であり、そのまとまりこそが世に「家持絶唱三首」と称される所以であろう。

さらに、題詞と強い癒着を見せる歌の内容も、一首が軽んじられる原因であったらしい。特に題詞の「橘家」に密着する第四句「君がやどにし」の位置が不安定で、一首の理解を一層困難にしている。第四句を中心とする一首についてのこれまでの主だった歌評は、次の通りである。

1君ガヤドニシといふことといささか心へ得がたし。おそらくはおき処のよからざるならむ（初句の上に置き換へば意通ずべし）（井上通泰『万葉集新考』）

2しかし作者は君が屋戸にしを強調する為に、稍々変則に思はれる危険を冒してまでも、五句のすぐ上に置いたのかも知れぬ（『万葉集総釈』）

3君の家で、これは単に「君が」というと同意であるが、尊んで広い言い方をしたもの（窪田空穂『万葉集評釈』）

4四五の句を続けないと、橘家に対する祝賀の意が薄くなる……〈訳〉貴方ノ御家デ皆サンガ（鴻巣盛広『万葉集全釈』）

各評の中心は、主に第四句「君がやどにし」のありように集中している。1の『新考』は第四句の一首における位置が悪いといい、2の『総釈』は一句の位置を「変則」といいつつ、「君がやどにしを強調するため」の冒険であった、とやや家持をかばう姿勢を見せている。3の『評釈』も同様の態度で、「やど」の一語が本来不要であることを述べている。4の『全釈』も第四句と第五句の続き具合いに不審を抱きつつも、「祝賀の意」を表わすにはこうしかあり得なかったことを述べる。その上で、訳を「貴方ノ御家デ皆サンガ」と補うのである。

第四句の位置の不具合いをもっとも端的に指摘したのは、1の『新考』であるが、少々強引とも思える改変を提案している。すなわち、一句を「初句の上に置き換へば意通ずべし」という発言である。どういう意図か子細にははかりかねるが、たとえば〝君がやどで、青柳を〟と想定したのか、あるいは〝君がやどの青柳を〟と単純な形を考えたのだろうか。

これらの評に対し、一首に重大な背景があるとして、その全体の見直しをはかったのは、伊藤博『万葉集釈注十』であった。氏は諸兄の年齢推定から、天平勝宝五年二月十九日が諸兄の誕生日であり、この宴が諸兄七十の賀のためであったと説く。ところが、最高位にある人のもっともめでたい時と場でありながら、集う者（あるいは集うべき者）が少なく、寂しい雰囲気の宴であったと想像する。大伴一族が全幅の信頼を寄せる、左大臣橘諸兄の権勢の凋落をそれとなく感じ取った家持は、そのためにぎくしゃくとした歌を詠まざるを得なかった、というのが伊藤説の一首の解であった。

二月十九日が諸兄の誕生日といった踏み込んだ想像のたぐいを別にすれば、本稿は氏の説を卓論と認めつつ、充分の賛意を表したい。ただし、当該歌に三年先立つ、次の歌を参照した場合、本稿には家持の一首がもっと積極的な意味深い歌に思えてくるのである。

天平勝宝二年の正月の二日に、国庁にして饗《あへ》を諸々の郡司《ぐんし》等に給ふ宴の歌一首

Bあしひきの山の木末《こぬれ》のほよ取りてかざしつらくは千年寿くとそ（18四一三六）

三年を隔てた同じ結句を持つ二首を比較すると、特にAの「かづら」とBの「かざし」に注目したとき、四二八九番歌の意味が従来とは変わってくる。かざしとかづらはいずれも植物をわが頭部に飾って、その生命力をもらおうとする、古代人の呪術である。一般には「感染呪術」と呼ばれ、かざすかかづらにするかはその材料によるらしい。

ほよは万葉集の弧例である。ホヨはホヤの転訛で宿り木の古名。榎木などの老大木の上方に寄生する、常緑の小低

木。種子は鳥によって運ばれる。榎木などは落葉木であるから、冬季にはかなり目立つ姿であっただろう。越中の積雪に抜きん出て裸の老大樹の頭上、空にもっとも近いところにこんもりとした常緑の茂りがあるというのは目立って不思議な光景といえよう。

Bの「ほよ」とAの「青柳のほつ枝」は、結句「千年寿く」という目的が同じである限り、その具として同じ性質同じ意味を持っていなければならない。本稿のみるところ、いま青柳のめでたさは、おそらく諸兄あるいは橘家千年の栄えを前提にしているのではないかと思われる。それならば、「君がやどにし」の一句、特に助詞の「に」の意味も再考する必要も生まれてくる。いずれも詳しくは後述したい。まずは家持の二首にある題材「かざし」と「かづら」を概観してみようと思う。

二　かざしとかづら

かざしとかづら、その両者の性質はほぼ同じものであるらしいことは、全く同趣旨の内容を見せる家持の歌でわかる。ちなみに前掲伊藤『釈注』の訳を示しておく。

B山の木々の梢に一面に生い栄えるほよを取ってかざしにしているのは、千年もの長寿を願ってのことであるぞ。(18四一三六)

A青柳の秀つ枝を引き寄せ折取って、かづらにするのは、我が君のお屋敷に誰も彼もがこうしてうち集うて、千年のお栄えを願ってのことでございます。(19四二八九)

結句の寿く対象がBとAで変わっている。Bは〃わが命〃であり、Aは直前に第四句があるために、4の『全釈』

の解をとって、口語訳がほぼ同じものになっている。すなわち「我が君のお屋敷に誰も彼もがうち集うて」である。

家持の二首をみる前に一般的なかざしとかづらについて用例を見ていこう。まずはかざしである。

1やすみしし我が大君　神ながら神さびせすと　吉野川たぎつ河内に　高殿を高知りまして　登り立ち国見をせせば　たたなはる青垣山　山神の奉る御調と　春へは花かざし持ち　秋立てば黄葉かざせり（一には「黄葉かざし」といふ）　行き沿ふ川の神も　大御食に仕へ奉ると　上つ瀬に鵜川を立ち　下つ瀬に小網さし渡す　山川も依りて仕ふる　神の御代かも（1三八、柿本人麻呂）

2……うつそみと思ひし時に　春へは花折りかざし　秋立てば黄葉かざし……（2一九六、柿本人麻呂）

3梅の花今盛りなり思ふどちかざしにしてな今盛りなり（5八二〇、葛井大夫）

4青柳《あをやなぎ》梅との花を折りかざし飲みての後は散りぬともよし（5八二一、笠沙弥）

5人ごとに折りかざしつつ遊べどもいやめづらしき梅の花かも（5八二八、丹氏麻呂）

6年のはに春の来《きた》らばかくしこそ梅をかざして楽しく飲まめ（5八三三、野氏宿奈麻呂）

7梅の花手折りかざして遊べども飽き足らぬ日は今日にしありけり（5八三六、磯氏法麻呂）

8梅の花折りかざしつつ諸人の遊ぶを見れば都しぞ思ふ（5八四三、土師氏御道）

9いにしへにありけむ人も我がごとか三輪の檜原にかざし折りけむ（7一一一八、柿本人麻呂歌集）

10娘子らがかざしのために　風流士がかづらのためと　敷きませる国のはたてに　咲きにける桜の花の　にほひはもあなに（8一四二九、若宮年魚麻呂）

11秋萩は盛り過ぐるをいたづらにかざしに挿さず帰りなむとや（8一五五九、沙弥尼）

12手折らずて散りなば惜しと我が思ひし秋の黄葉をかざしつるかも（8一五八一、橘奈良麻呂）

13 黄葉を散らすしぐれに濡れて来て君が黄葉をかざしつるかも（8一五八三、久米女王）

14 黄葉を散らまく惜しみ手折り来て今夜かざしつ何か思はむ（8一五八六、県犬養持男）

15 奈良山をにほはす黄葉手折り来て今夜かざしつ散らば散るとも（8一五八八、三手代人名）

16 露霜にあへる黄葉を手折り来て妹はかざしつ後は散るとも（8一五八九、秦許遍麻呂）

17 高円の秋野の上のなでしこの花　うら若み人のかざししなでしこの花（8一六一〇、丹生女王）

18 彦星のかざしの玉し妻恋ひに乱れにけらしこの川の瀬に（9一六八六、柿本人麻呂歌集）

19 ももしきの大宮人は暇あれや梅をかざしてここに集へる（10一八八三）

20 我が背子がかざしの萩に置く露をさやかに見よと月は照るらし（10二二二五）

21 かむとけの曇らふ空の　九月のしぐれの降れば　雁がねもいまだ来鳴かね　神なびの清き御田屋の　垣つ田の池
の堤の　百足らず斎槻の枝に　瑞枝さす秋の黄葉　まき持てる小鈴もゆらに　たわや女に我れはあれども　引き
攀ぢて枝もとををに　ふさ手折り我は持ちて行く　君がかざしに（13三二二三）

22 秋山の黄葉をかざし我が居れば浦潮満ち来《く》いまだ飽かなくに（15三七〇七、大伴三中）

23 春さらばかざしにせむと我が思ひし桜の花は散りゆけるかも（16三七八六）

24 遊ぶ内の楽しき庭に梅柳折りかざしてば思ひなみかも（17三九〇五、大伴書持）

25 あしひきの山の木末のほよ取りてかざしつらくは千年寿くとぞ（18四一三六、大伴家持）

26 多祜の浦の底さへにほふ藤波をかざして行かむ見ぬ人のため（19四二〇〇、内蔵縄麻呂）

27 雪の山斎《しま》巌に植ゑたるなでしこは千代に咲かぬか君がかざしに（19四二三二、蒲生娘子）

28 立ちて居て待てど待ちかね出でて来し君にここに逢ひかざしつる萩（19四二五三、大伴家持）

29山吹は撫でつつ生ほさむありつつも君来ましつつかざしたりけり（20四三〇二、置始長谷）

かづらの用例は次の通り。全体時代が新しい。

①……ほととぎす鳴く五月には　あやめぐさ花橘を　玉に貫き 一には「貫き交へ」といふ かづらにせむと　九月のしぐれの時は　黄葉を折りかざさむと　延ふ葛のいや遠長く 一には「葛の根のいや遠長に」といふ　万代に絶えじと思ひて 一には「大船の思ひたのみて」といふ　通ひけむ君をば明日ゆ 一には「君を明日ゆは」といふ　外にかも見む（3四二三、山前王、あるいは柿本人麻呂）

②梅の花咲きたる園の青柳はかづらにすべくなりにけらずや（5八一七、粟田大夫）

③梅の花咲きたる園の青柳をかづらにしつつ遊び暮らさな（5八二五、土氏百村）

④春柳かづらに折りし梅の花誰れか浮かべし酒坏の上に（5八四〇、村氏彼方）

⑤娘子らがかざしのために　風流士がかづらのためと　敷きませる国のはたてに　咲きにける桜の花の　にほひはもあなに（8一四二九、若宮年魚麻呂）

⑥我が蒔《ま》ける早稲田の穂《ほ》立《たち》作りたるかづらぞ見つつ偲はせ我が背（8一六二四、坂上大嬢）

⑦霜枯れの冬の柳は見る人のかづらにすべく萌えにけるかも（10一八四六）

⑧ますらをの伏し居嘆きて作りたるしだり柳のかづらせ我妹（10一九二四）

⑨ほととぎすいとふ時なしあやめぐさかづらにせむ日こゆ鳴き渡れ（10一九五五）

⑩紫のまだらのかづら花やかに今日見し人に後恋ひむかも（12二九九三）

⑪……渋谿の荒磯の崎に　沖つ波寄せ来る玉藻　片縒りに蘰に作り……（17三九九三、大伴池主）

⑫油火の光りに見ゆる我がかづらさ百合の花の笑まはしきかも（18四〇八六、大伴家持）

⑬……ほととぎす来《き》鳴く五月の　あやめぐさ花橘に　貫《ぬ》き交《まじ》へかづらにせよと　包みて遣らむ（19四一〇一、大伴家

持）

⑭見まく欲り思ひしなへにかづらかげかぐはし君を相見つるかも（19四一二〇、大伴家持）

⑮青柳のほつ枝攀ぢ取りかづらくは君がやどにし千年寿くとぞ（19四二八九、大伴家持）

かざしの初出は人麻呂の吉野賛歌で、1は純粋にカザスという動詞形で、名詞に熟し切らない古形を示している。「花かざし持ち」「黄葉かざせり」の主語は大宮人たちで、その花ともみぢは山の神の「御調」だという。但し、後半の川の神の叙述をみると、花をもみぢをかざすのは山の神であるとも読み取れる。「鵜川を立ち」「小網さし渡す」のは川の神であるからだ。同じく人麻呂の2をみれば、これははっきりと明日香皇女が主語である。こうした主語の揺れが見られるのも、古代人の自然との一体感を示している。21もかざしの古形を示す一首といえる。「斎槻（神聖なケヤキ）の枝」とかざしの霊威を歌い込む。

かざしとかづらの材料が、植物に限られることはもちろんだが、いま注目すべきはそれらが生い育っている場である。1の「山」、21の「神なびの清き御田屋の垣つ田の池の堤の」、27の「巌」は見立てではあるけれども、いずれも不変の神聖を誇る場といえる。また、この一首には家持歌の「千年」にかよう「千代」の語がある。その地に根ざして生い育つ木々、そして秀《ほ》に咲き出る花々、そしてもみぢ。当然その植物の生い立つ場は歌中において強く指示されなければならない（1 9 10 15 17 21 25 26 ⑪）。これまでの研究では、この点が看過されていたよう思われてならない。大地の根源の力を吸い上げてこそ、天をつく巨木。その生命力を誇示するがごときあでやかな花々ともみぢである。古代の人々はそうした自然の生命の循環を、不思議なままに信じていたらしい。

いま一つ、かざしやかづらの根源についていえば、こうしたかざしやかづらの風習は大和圏のみに古くからあったものではないかと思われる。その理由は、唯一例だが著名な古事記歌謡があるからだ。

命の全《また》けむ人は畳《たたみこも》薦平《へ》群《ぐり》の山の熊《くま》白《か》檮《し》が葉をうずに挿《さ》せその子

ヤマトタケルの国偲ひの歌である。「平群の山」とはっきりと指定している。

一方、山川や植物といった自然に、京人よりもはるかに近々と生活していたはずの東国の人々の歌にかざしかづらは一首もない。かざしかづらが大和圏の風習という所以である。

人麻呂のかざしには以上の要素が色濃い。吉野賛歌に見られるかざしは、春には「花」であり、秋には「黄葉」であった。そして、それは「たたなはる青垣山の山神の奉る御調」であったという。

三　家持のかざしとかづら

万葉集では家持と藤原八束だけがヤマトタケルのかざしをうたっている。

……島山に赤る橘　うずに挿し紐解き放けて　千年寿き寿き響もし……（19四二六六、大伴家持）

島山に照れる橘うずに挿し仕へまつるは卿《まへつき》大《み》夫たち（19四二七六、藤原八束）

家持のかざしやかづらのうたいぶりには遊びや風流といった要素が少ない。おそらくヤマトタケルの歌謡にあるかざしの実態、その実態を踏まえて歌にした人麻呂と同一の視線でそれらを見ているからだ。つまり装飾性が希薄なのである。これは家持若年の頃からのかざしに対する見方であったらしく、例えば「天平十年戊寅の冬の十月の十七日」に行われた〝黄葉の宴〟とも称すべき「橘朝臣奈良麻呂、集宴を結ぶ歌十一首」（8一五八一〜九一、12〜16）においても、集う誰もが「手折る」「かざす」とうたうのに対し、家持は次のようにうたうのみであった。

黄葉の過ぎまく惜しみ思ふどち遊ぶ今夜は開けずもあらぬか（8一五九一）

右の一首は、内舎人大伴宿祢家持。
以前は、冬の十月の十月の十七日に、右大臣橘卿が旧宅に集ひて宴飲す。

大伴家ゆかりの「思ふどち」の一語を用いて、その宴の楽しさに焦点を当てることで、閉じめの一首としたのである。

梅花の宴や黄葉の宴に見られたかざしやかづらの遊びの要素が薄く、むしろ人麻呂がうたったかざしのように、それが山や大地に深く由来するという古体によってうたうのが、家持の特徴といえる。それは家持に、人麻呂のかざしのうたい方が、ヤマトタケルの歌謡のごとき、かざしの根源を踏まえているものという、次のような認識があったためであろう。

山の花々、もみぢは大地が隆起してそのもっと高い所、人の身体でいえば頭部に飾られた、かざしかづらに他ならない。人は山からもらった花やもみぢを頭部に飾って山そのもの、大地そのものになり切るのである。

その点からいえば、同時期に家持と同じようなうたい方をしているのは、大伴池主であろう。池主は玉藻のかづらを次のようにうたう。

……渋谿の荒磯の崎に　沖つ波寄せ来る玉藻　片縒りに蘰に作り……（17三九九三、⑪）

場所の指定やその来歴を語るところなど、偶然かもしれないが、人麻呂の吉野賛歌や石見相聞歌第一首冒頭に似る。山川が本来的に持つ力の象徴としてのかざしやかづらをいうのは、家持と池主が共に触れた、越中の自然が持つ原初的な力のせいかもしれない。

四　千年寿くとそ

次に、家持歌二首の結句にある「千年」の用例について、みておこう。

1……八百万千年を兼ねて　定めけむ奈良の都は……（6一〇四七、大伴家持）

2……島山に赤る橘　うずに挿し紐解き放けて　千年寿き寿き響もし……（19四二六六、大伴家持）

3　同じき月の二十五日に、左大臣橘卿、山田御母が家にして宴する歌一首

山吹の花の盛りにかくのごと君を見まくは千年にもがも（20四三〇四、天平勝宝六年734）

右の一首は、少納言大伴宿祢家持、時の花を矚てつくる。但し、いまだ出ださぬ間に、大臣宴を罷む。よりて挙げ誦はなくのみ。

4水泡なす仮れる身ぞとは知れれどもなほし願ひつ千年の命を（20四四七〇、大伴家持）

5大君は千年に座さむ白雲も三船の山に絶ゆる日あらめや（3二四三、春日王）

6このころは千年や行きも過ぎぬると我れやしか思《も》ふ見まく欲りかも（4六八六、大伴坂上郎女）

7相見ては千年やいぬるいなをかも我れやしか思ふ君待ちがてに 柿本朝臣人麻呂歌集に出ず（14三四七〇）

秋の八月の二十日に、右大臣橘家にして宴する歌四首

8長門なる沖つ借島《かりしま》奥まへて我が思ふ君は千年にもがも（6一〇二四）

右の一首は長門守巨曽倍対馬朝臣。

9奥まへて我れを思へる我が背子は千年五百年《いほとせ》ありこせぬかも（6一〇二五）

右の一首は、右大臣が和へる歌。

1から4は家持歌。7は6に先立つ人麻呂歌集の歌。脚注を信じる限りもっとも古い例となる。8とともに、「千年」の語は柿本人麻呂が使い始めたことを示す。6は家持の叔母坂上郎女。9の二首目の左注「右大臣」は、橘諸兄。全体、家持を中心に醸成された一語であることがわかる。

越中の一首と同じ結句でありながら、片や〝千年ものわが命〟（B）をいい、片や〝千年の君が栄え〟（A）をいう。二首にはこの結句の意味を二様に表現しうる文脈がない。もしB歌と同じ意味に解こうとすれば、橘邸での一首Aの場合、第四句「君がやどにし」の従来の解がそれを阻むのである。

先に伊藤『釈注』の訳をあげた。まったく同じ「千年寿くとそ」という結句でありながら、その訳が異なっている。

A「千年のお栄えを願ってのことでございます」

B「千年もの長寿を願ってのことであるぞ」

「栄え」と「長寿」、下から上へそして上から下へという真反対のものいいである。思うにこれは、伊藤『釈注』が二首それぞれの場と状況を考慮したためらしい。というのは、四一三六番歌によく似た状況の一首があるからだ。万葉終焉歌である。

三年春正月一日に、因幡国庁にして饗を国郡の司等に賜ふ宴の歌一首

新しき年の初めの初春の今日降る雪のいや頻け吉事（20四五一六）

右の一首、守大伴宿祢家持作る。

同じ国庁でありながら、方や越中、方や因幡。同じめでたさ（ほよと雪）をうたいながら、方や部下を前にしての言挙げ、方や獨詠にも似た祈りの歌である。

この一首と前の四一三六番歌の比較には、宴の場の状況を具体的に探ることが有効であろう。国庁での正月元旦の賀宴は公式のもので、その次第は令に定められている。

凡そ元日には、国司皆僚属郡司等を率ゐて、庁に向かひて朝拝せよ。訖《をは》りなば長官賀を受けよ。宴設くることは聴せ。其れ食《じき》には、当処の官物及び正倉を以て充てよ。須《もち》ゐむ所の多少は、別式に従へよ。（儀制令）

第一文において、国守は天皇の臣下の長である。第二文においては天皇代理である。従って宴の段階では題詞にあるとおり郡司らへの「饗」は「給ふ」（「賜ふ」）ということになる。

B歌の場合、まず「庁を拝す」るということがある。これは天皇を拝する儀礼である。「長官賀受けよ」の意味は、一人向き直った家持が、今度は天皇代理として賀を受け、饗を地方の郡司らに天皇の資格で「賜ふ」のである。家持がいま〝わが命千年をほく〟というのは〝天皇の命千年をほく〟ということに変わらない。

越中におけるかざしの一首は、眼前に京の風流としてのかざしのことなど知らぬ、この土地に根生いの人々である郡司等がいる。その人々から見れば、眼前にほよをかざして直立する異様な家持がいる。かざしの仕種に慣れている中央の官人である掾、介、目以下もこれにならったであろう。国守家持はこの様を自ら説明する。「あしひきの山の木末のほよとりて」と、ほよの出所と来歴を述べるのである。かざしの風習に慣れぬ土地の人々、ほよの由来をはじめて知る部下達、家持の上句は両方への説明である。

一体、家持のかざしとかづらの二首は、上句にかざしかづらの由来の説明であり、下句にその絵解きの効果を期待する文体である。つまり「かざしつらくは」と「かづらくは」の形である。

郡司らは官人達とは逆に、わが土地のほよの実態を熟知している。それならばほよをかざした家持たち京人はいま、ほよを冠した樹齢千年を誇示する山の老大樹そのものである。つまり、かざしの形態は「感染呪術」といったような説明では不足で、単純に「もどき」の呪術なのではなかったか。人々にそのことで「千年寿くとそ」の意味は充分に理解されたのではなかったか。

五　君がやどにし

題詞との癒着としてあげられる一つが、この一句、「君がやどにし」であった。すなわち題詞の「左大臣橘家」と歌の「君がやど」である。この両者が当たり前に同一のものであることが、一首がぎこちないとの印象を人々に与えてきたのではないか。俳句でいえば「付き過ぎ」、近代の短歌でいえば「ただごと歌」のそしり、ということになる。しかも、家持歌日誌中のことであれば、題詞も歌も彼自身の手になる。これは、やはり『釈注』が説くところの、その場の雰囲気のどこかに変調を感じた家持が、意識下でなした過誤であったのだろうか。

ところが、その「橘家」について、すぐに思い浮かぶ一首がある。

冬の十一月に、左大弁葛城王《かづらきのおほきみ》等、姓橘《たちばな》の氏を賜はる時の御製歌一首

橘は実さへ花さへその葉さへ枝に霜降れどいや常はの木（6一〇〇九）

右は、冬の十一月の九日に、従三位葛王・従四位上佐為王等、皇族の高き名を辞び、外家《ぐわいか》の橘の姓を賜はること已訖《をは》りぬ。その時に、太上天皇・皇后、ともに皇后の宮に在して、肆宴をなし、すなはち橘を賀《ことほ》く歌を御製らし、并せて御酒《みき》を宿祢等に賜ふ。或いは「この歌一首は太上天皇の御製。但し、天皇・皇后の御歌おのもおのも一首あり」といふ。その歌遺《う》せ落ちて、いまだ探ね求むること得ず。今案内に検《ただ》すに、「八年の十一月の九日に、葛王等、橘宿祢の姓を願ひて表を上る。十七日をもちて、表の乞《ねがひ》によりて橘宿祢を賜ふ」と。

橘家一千年の繁栄はすでに予約されている。右の歌によれば橘の姓そのものが、示している。その橘邸に集う者がすべて了解済みの事柄を前提として、家持は一首を為していると考えればどうだろうか。

つまり、家持が初句にうたい出した「青柳」は、『新考』がいうごとく、「君がやど」に根を下ろしているところのそれである。それはその場の誰もが了解していることであろう。従って、この第四句は単純に「初句」の上に持っていっては、それこそ「ただごと歌」になり果てる。「君がやどにし」は第四句にあってこそ、聞く者に対して初めて驚きを与え得る。「青柳」は誰の目にもただの柳である。それを家持はかづらにする。そして第四句目に至って初めてそれは一千年の繁栄を約束されているここ橘邸の地にあずかって、青々とした生命を誇示する柳であることを知るのである。「変則に思はれる危険」（『総釈』）というのは、その点にあったのではないか。「君がやどに」に続けて「し」の強意の助詞を用いたのも、一首の本意が〝ほかでもないこの橘のお家にあやかって、我が千年の命を願うことでありますʺというところにあったと見れば、納得がいく。もし本稿のように第四句を解するならば、これはB歌の場合と同様の〝わが命千年ʺと受け取って誤りがない。のちに家持がうたう「なほし願ひつ千年の命を」（20四四七〇）の言葉とも響き合う。

『釈注』が想像した家持が感じ取ったこの宴のさびしい雰囲気というのは、具体的に本稿がいう四五句で果たしたことほぎに対して、人々の哄笑が無かったためではないか。ある者は、なるほどというだけの冷笑、ある者はそれはそうだが、といった苦笑。かつて「赤る橘をうずに挿し紐解き放けて千年寿く」ような状態がなかったと本稿は想像する。

家持はこの年天平勝宝五年正月から、かつて諸兄を中心とした天平十八年正月の雪の宴に思いを返すことが多かった（四章三節補の論）。この瞬間、それはすでに過去の遠い夢であったことを家持は改めて知ったのではなかったか。

第五節　防人が情に為りて

一　二月の難波

天平勝宝七（七五五）年二月の一か月間、難波津は防人交替の慌しさの中にあったことを、万葉集巻二十が伝えている。防人が集結するための二月という時と難波という場所は、もちろん朝廷が指定したものである。交替に当てられた東国の防人たちの立場に立てば、それぞれの道から難波に向かう旅が、それ以前にあった。遠江、相模、駿河、上総、常陸、下野、下総、上野、武蔵。万葉集に歌を残した防人達だけで、九か国に及ぶ。

そして難波津から筑紫までの旅がその後にある。しかも軍防令には「向防三年。不計行程」とあるから、それぞれの東国から筑紫までの彼らの長い旅は任期に含まれていない。

いわば〝二月の難波〟は、防人たちにとっては、故郷から任地への遠い旅路のちょうど真ん中を示す、大事な通過地点であった。同郷集団で果たされた「東人」の旅は難波で打ち切られ、「東国防人」と中央が呼ぶ集団に組み込まれた旅が、難波から始まるからである。

そのような防人たちの心情をよそに、この時と場所が朝廷にとって行政上重要であったことはいうまでもない。難波に東国人を迎え、防人として九州へ送り出す一連の公事は、兵部省がこれを司り、勅使の「検校」をもって終了する。

防人の通過する〝二月の難波〟にあって、彼らを迎え見送った官人の中に、四〇歳の兵部省少輔大伴宿祢家持がいた。そこにそうして彼が居たということが、天平勝宝七年次の東国防人という階層の人々の心と言葉を、後世に伝え残すことになった。防人歌の採録が家持の職務に関わることであったか、あるいは個人的な意志に関わることであったかは、見方が分かれている。が、いずれにしても、万葉集巻二十が最終的に家持の手を経ているものである限り、そこには、彼の眼を通した、いいかえれば文学の視線に洗われたところの防人像が定着しているとみて間違いはない。

防人がうたった歌ばかりが彼らを語っているわけではない。この月、家持は防人を主題として自ら盛んな詠出を行なっている。その中には一見防人に関わらぬような宴歌や独詠歌もあるが、防人のことで難波にあった期間のものであるからには、それと無縁であるはずがない。この点について伊藤博『古代和歌史研究2・6』は、巻二十の防人歌群に家持の歌が割り込むことによって「防人歌巻」と称すべき文学が総体として結実していることを詳説している。

この期間の家持の詠出歌のすべてを題詞のみ列挙すれば、次の通りである。(――は長歌)。

二月八日

追ひて防人の別れを悲しぶる心を痛みて作る歌一首并せて短歌(20四三三一~三)

一三日

私の拙懐を陳ぶる一首并せて短歌(20四三六〇~二)

一七日

独り龍田山の桜花を惜しむ歌一首(20四三九五)

独り江水に浮かび漂ふこつみを見、貝玉の寄らぬを怨恨みて作る歌一首(20四三九六)

館門に在りて江南の美女を見て作る歌一首（20四三九七）

一九日

防人が情に為りて思ひを陳べて作る歌一首并せて短歌（20四三九八〜四〇〇）

二三日

防人の別れを悲しぶる情を陳ぶる歌一首并せて短歌（20四四〇八〜一二）

三月三日

三月三日に、防人を検校する勅使と兵部の使人等と同《とも》に集ひ、飲宴して作る歌三首（20四四三三、四、五）

この他に八日の歌に追加したとみられる九日の三首（20四三三四〜六）があり、総歌数は長歌四首短歌一八首の二二首で、期間は二月八日から三月三日までのほぼ一ヶ月。多作である。

家持がこれまでに東国に赴いたことは、その痕跡がどの資料にもない。この二月は家持が初めて東国の人々に直に出会った月であり、それはとりも直さず歌人家持が東国の歌に直に出会った月だといえる。そのことが刺激となって家持が多作に向かった、とするのはまず妥当であろう（但し、父旅人が大宰府長官として赴任した折、少年家持が随行したかどうかについては考慮の余地が残る）。

とくに八日、一九日、二三日に得た三首の長歌には、題詞をみただけでも家持が防人たちの心情に深く入りこんでゆこうとしている姿勢がうかがわれる。なかでも一九日の歌は、他二首が「別れを悲しぶる情」と主題を絞っているのに対して、「防人が情」とその心情の全体をうたって、しかも作品としてももっともまとまりをみせている一首である。

防人が情に為りて思ひを陳べて作る歌一首并せて短歌

大君の命畏《みことかしこ》み　妻別れ悲しくはあれど　ますらをの心振り起こし　取り装《よそ》ひ門出《かどで》をすれば　たらちねの母掻《か》き撫で　若草の妻《つま》取り付き　平《たひら》けく我れは斎《いは》はむ　ま幸くてはや帰り来《こ》と　ま袖もち涙を拭《のご》ひ　むせひつつ言《こと》問《と》ひすれば　群鳥《むらとり》の出で立ちかてに　滞《とどこほ》りかへり見しつつ　いや遠に国を来離《きはな》れ　いや高に山を越え過ぎ　葦が散る難波に来居《きゐ》て　夕潮に舟を浮けすゑ　朝なぎに舳《へ》向《む》け漕がむと　さもらふと我が居《を》る時に　春霞島廻《しまみ》に立ちて　鶴《たづ》がねの悲しく鳴けば　遙々《はろばろ》に家を思ひ出《で》　負《お》ひ征矢《そや》のそよと鳴るまで　嘆きつるかも（20四三九八）

海原《うなはら》に霞たなびき鶴がねの悲しき宵《よひ》は国辺《くにへ》し思ほゆ（四三九九）

家思ふと寐《い》を寝ず居れば鶴が鳴く葦辺も見えず春の霞に（四四〇〇）

右、十九日に兵部少輔大伴宿祢家持作る。

二　家持長歌の構成美

家持の長歌は一般に冗漫を指摘されることが多い。四三九八番歌も例外ではなく、たとえば土屋文明『万葉集私注』に「作の動機が希薄な作品」で「表面的、記述的」であると評され、さらに短歌の四三九九番歌は「これも防人に代つてというだけである」、四四〇〇番歌は「これは更に、なまじひに美化を加へられた形だけの作」であると、いずれも酷評されている。しかしこの評は、家持が高級貴族の官人であり、防人自身の口から生まれた歌こそが実のある価値の高い歌だという、先入観が生んだ批評ではないかという疑いがある。

一首が技巧的な姿勢から生み出されたか、あるいはひたぶるに真情を吐露しようとしたか、といったわれわれの側で想像する「作の動機」というのは、実は歌の価値と無縁である場合が多い（終章「虚構の論」参照）。結果として一首が、万葉集という作品の中でどう効果として働き、いかに輝きを放っているかということの方が重要なのである。

虚心に作品としてみれば、四三九八番歌はまことに結構の整った長歌で、そこには構成美と呼びうるものがたしかに存在している。一例を挙げるなら、

1大君の命畏み　……　取り装ひ門出をすれば

2たらちねの母掻き撫で　……　むせひつつ言問ひすれば

3群鳥の出で立ちかてに　……　鶴がねの悲しく鳴けば

4遙々に家を思ひ出　負ひ征矢のそよと鳴るまで　嘆きつるかも

のように、荘重な定型句や枕詞に始まり、条件を示す助詞「ば」によってくくられる、場面の展開の様相である。

1は防人本人の行動と心情をうたい、2は1に応じて防人を送る人々の行動をうたう。しかも2は防人の眼を通した最愛の人々の行動描写で、話主の主体が揺れることなく貫かれている。3は故郷出立から難波到着までを的確にうたう。とくに「いや遠に国を来離れ　いや高に山を越え過ぎ」という歴史に晒された慣用的な対句表現は、長い旅路を簡潔にうたい、長歌の前半を東国、後半を難波と画然と分けて効果を上げている。そして4の最終五句は、防人の嘆きを表出した短歌として、優に独立しうる心と姿を具えている。

同じ家持の手になる長歌で同様な内容を持つ四三三一番歌や四四〇八番歌の構成を見ても、この一首ほど整然としたものは見当たらない。一つには「ば」という助詞の機能の発見とその駆使が、この歌を完成させたといえる。この点を見ただけでも、四三九八番歌は決して空疎な形ばかりの歌でないことがわかる。形式はそれが有機的で、しかも美しくあるならば、やはり歌の持つ一つの価値と呼べよう。

さらにいうならば、それは家持の防人を見つめる眼が深まり、防人を主題としてうたう努力を惜しまなかった結果

である。構成美というものは、単なる企てだけで生まれるものではなく、また単なる偶然の産物でもない。

三　葦が散る難波

構成ばかりでなく、言葉の面においても新しさを生む努力がみられる。たとえば、「葦が散る」の一語は、家持がこの時期に初めて得た新しい歌語である。実景から得た表現なのであろうか。

A「葦が散る　難波の三津に」(20四三三一、二月八日)
B「葦が散る　難波に年は」(20四三六二、二月一三日)
C「葦が散る　難波に来居て」(20四三九八、二月一九日)

と一〇日あまりの間に連続して使われていて、一語に対する家持の執着がうかがわれる。「葦が散る」は防人を主題とした長歌Aにまず使われ、難波宮讃歌Bを経過して後に再び防人を主題とする長歌Cに定着した。

とくにBはこの語の性格をよく示していて興味深い。四三六〇長歌「私の拙懐を陳ぶる一首」に付属する短歌で、長歌の方では同じ「難波」が「押し照る難波」と伝統的な表現でうたわれているからである。

八日に得た「葦が散る」の新語は、一三日には「押し照る」の旧表現と並存して用いられている。新旧いずれの表現が優れているのか、この時点では家持はとくに選んでいないかにみえる。しかし、一九日の四三九八番長歌は、ある必然性を持って「葦が散る」が選ばれ使用されているようだ。一語が長歌後半部の難波の場面の冒頭を飾るにふさわしい斬新な枕詞たり得ていることはもちろんだが、「葦が散る」の「葦」が、短歌二首を含む後半部を形成するに重要な題材である「鶴」を呼び寄せているからである。

一短歌として独立しうるに充分な心と姿を具えていると前にいった力強い最終五句（4）を導き出しているのは、「鶴」の人の心を絞るような声である。そしてその「鶴」は「葦」が呼び寄せた題材であることは疑いがない。というのは、「葦」にまつわって「鶴」が登場する次のような例があるからである。

葦辺には鶴がね鳴きて湊風《みなとかぜ》寒く吹くらむ津乎《つを》の崎はも（3三五二、若湯座王）

若の浦に潮満ち来れば潟をなみ葦辺をさして鶴鳴き渡る（6九一九、山部赤人）

……浦渚《うらす》には千鳥妻呼び　葦辺には鶴が音とよむ……（6一〇六二、難波宮の歌）

潮干《しほふ》れば葦辺にさわく白鶴《しらたづ》の妻呼ぶ声は宮もとどろに（6一〇六四、一〇六二反歌）

……暁《あかとき》の潮満ち来れば　葦辺には鶴鳴き渡る……（15三六二七）

君に恋ひいたもすべなみ葦鶴の音《ね》のみし泣かゆ朝夕《あさよひ》にして（3四五六、余明軍）

草香江《くさかえ》の入江にあさる葦鶴のあなたづたづし友なしにして（4五七五、大伴旅人）

湯の原に鳴く葦鶴は我がごとく妹に恋ふれや時わかず鳴く（6九六一、大伴旅人）

葦鶴の騒く入江の白菅《しらすげ》の知らせむためと言痛かるかも（11二七六八）

家持の知識に以上のごとき「葦」と「鶴」をうたった歌々が、どの程度にあるいはどのような形で存在したかは、わからない。しかし、名歌と呼びうる山部赤人の一首（6九一九）を考えただけでも、題材ということで「葦」と「鶴」の縁は深い。

とくに「葦鶴」の語の熟し方は、すでに家持の時代に、その両者の取り合わせが歌材として普通に通用していたことを思わせるに充分である。そのうえ「葦鶴」という熟語は四首のうち二首までが、大伴旅人によって用いられている。「葦鶴」は家持の父旅人の愛用の歌語だったのである。

四　鶴の嘆き

「葦」と「鶴」が四三九八番歌を完成させるべく題材として呼び込まれた経過にはこうして必然性がある。さらに詳しく見るならば、一見防人に関係なく儀礼的にうたわれたかにみえる難波宮讃歌の「私の拙懐を陳ぶる一首」が、この題材を醸成するに大切な一首であったことがわかる。このときの家持の意識には、おそらく巻六の田辺福麻呂歌集に存する「難波宮にして作る歌一首」（6一〇六二〜四）があったのではないか。難波宮讃歌をうたう過程において、なかでも「葦が散る難波」とうたう過程で、家持は「葦」と「鶴」の題材に防人の心情を託すことを着想しているらしい。「難波宮」に関してうたった福麻呂歌集の、

……浦渚には千鳥妻呼び　葦辺には鶴が音とよむ……（6一〇六二）

潮干れば葦辺にさわく白鶴の妻呼ぶ声は宮もとどろに（6一〇六四、一〇六二反歌）

の語句が、それを物語っている。

「葦」との取り合わせにおいて「鶴」が鳴くのは〝妻恋ひ〟のためである場合が多い（先掲歌参照）。とくに旅人のうたった「葦鶴」には「独り」の状態から来るその気持が強く出ている。家持の四三九八番歌への構想は、おそらく一三日の難波宮讃歌のときには動き出している。そして〝妻恋ひ〟の題材として「鶴」を登場させることを決定的にしているのは、一七日の短歌三首であろう。

独り龍田山の桜花を惜しむ歌一首

龍田山見つつ越え来《こ》し桜花散りか過ぎなむ我が帰るとに（20四三九五）

独り江水に浮かび漂ふこつみを見、貝玉《かひだま》の依らぬを怨恨《うら》みて作る歌一首

堀江より朝潮満ちに寄るこつみ貝にありせばつとにせましを（四三九六）

館門に在りて江南の美女を見て作る歌一首

見渡せば向つ峯《を》の上《へ》の花にほひ照りて立てるは愛《は》しき誰《た》が妻（四三九七）

「独り」（20四三九五〜四三九六題詞）の状態が望郷の歌を生んでいる。しかも三首は、帰郷（20四三九五）、帰宅（20四三九六）、妻恋ひ（20四三九七）と、懐しむ対象が求心的に絞られつつ並んでいる。国へ、家へ、妻へという望郷の心の在り方は、そのまま防人らがうたった心の在り方でもある。この三首が一見防人と無縁にみえながら「旅愁・愛恋」をうたうという点で相通ずることは、伊藤博『古代和歌史研究２』がすでに指摘している。

望郷という心がついには〝妻恋ひ〟を究極とする、というところに家持の思いが至ったとき、「鶴」という題材は迷わずに選びとられたものであるらしい。それは防人たちの心に家持個人の心が重なり合い、それを表現する術が得られた瞬間である。「鶴が音」に触発されて望郷の思いに身を震わせる、という見事な防人歌が成ったのは、その二日後の一九日であった。

しかし、こうした一首がなるまでの経過の想定は時間の流れに従って、あまりに直線的であるかもしれない。うたうべく感情が熟したとしても、それを表現する作歌の行為はあくまでも文芸上の事である。作歌にあたって実際には、〝二月の難波〟に到着して以来出会った防人たちの表現の数々を、家持は反芻してみたに違いない。また到着以来自分が得た表現を何度も繰り返して点検したはずである。そうして、家持の情と表現が一致し得た結果が一九日の長短歌であった。

故郷を思い、家を思い、そして妻を思うという思慕の型は、四三九八番歌で厳重に守られて効果をあげている。四三九八番歌が究極的には〝妻恋ひ〟の歌であることは、冒頭部に「妻別れ悲しくはあれど」とあるのをみてもわかる。妻と別れ国を離れ、難波にあってさらに遠い筑紫をのぞむとき、率然として防人の思いを家郷へと返すのは、霞を破る鶴の声であった。それに導かれての最終五句は、次のような比較をしてみると、その本質がわかりやすい。

遙々に家を思ひ出　負ひ征矢のそよと鳴るまで　嘆きつるかも（20四三九八最終五句）

さ夜ふけて妹を思ひ出《い》でしきたへの枕もそよに嘆きつるかも（12二八八五）

妻を恋うて独りを嘆く点でまったくの同型の二首である。「家」を思うとは「妻」を思うことと同じであることがこれでわかる。家持長歌の優れているところは、直接にではなく、〝妻恋ひ〟の思いを「鶴」に託した点にあり、また「枕」ではなく、「負ひ征矢」の一語でそれが防人の嘆きであることを端的に表現し得た点にある。この構成と題材とに集中して、四三九九、四四〇〇の二首の短歌はうたわれている。

春の霞は海原に立ち、やがてそれは葦辺をも覆い尽くす。万葉集における霞は単なる景物ではない。春霞はいつでも求めあう男女を隔てるものであり、しかもそれでいて同時に恋しい相手をひたすらに思わせるものとして歌に登場する。この場合も例外ではなく、鶴の〝妻恋ひ〟の声は、そのような霞を突いていよいよ悲痛である。鶴はそのままに防人である。春の霞の葦辺を見失うとは、家持が思いはかった、家郷を見失おうとする防人たちの心の風物であるといえよう。霞といい鶴といい、ここには単なる恋歌における場合と異なって、詩の言語としてのみごとな昇華が見られるのである。

こうした表現の上での完成度ばかりではない。さらに重大なのは、かくまで表現をつきつめた家持の心情であろう。防人たちへの単純な同情が一首を生んでいるのではない。たとえば望郷といい妻を恋うる心といい、家持自身の故郷は山一つ隔てた大和であり、またいま公務を帯びてこの地にある四〇歳の彼に、いかほどの〝妻恋ひ〟の気持があったかも疑問である。すでに久米常民『万葉集の文学論的研究』が解き明かしたように、二月の難波における家持の一連の防人歌には、「防人への同情の歌にはじまり」、「次第に高潮して感情移入の一人称的発想の作品を作って行った」という文芸的な営為が看て取れる。

防人の心をよりよくうたうために、自らの気持を意図的に同じ情況に近づけようとする家持の姿勢が、一九日までの過程にはとくに明らかにうかがわれる。そして一九日の夕刻から宵にかけて家持のそうした志向はたしかな結晶をみせるのである。鶴の声はいよいよ鋭く、霞はいよいよ深い。眠れぬままに家持の思いが歌に凝結していく。防人たちはその時刻をどのように過ごしているのかはわからない。しかし、時々に耳に届く彼らの身にした武具の触れ合う音を、家郷を思って眠れぬ防人たちの慟哭と捉えるのは、歌人の心であろう。

「サクリ上テ泣ニ依テ、背ニ負タル箭ノ羽モ戦キテ鳴ナリ」という契沖『万葉代匠記』の見事な想像はそのまま、武具の音に触発されてそのとき動いた家持の想像である。

六　防人が情に為りて

題詞にある「為防人情」の「為」は、「の為《ため》に」と「に為《な》りて」という二通りの訓みを許す。これまでの経過を思えば「の為に」といった高みからの同情的な立場で家持はうたっていない。防人の心情を見つめ、自らの心情を意図的に醸成してそれと一体化し得た結果がこの歌である。「に為りて」と訓んでこそ当面の歌の題詞としてふさわしいのかもしれない。結果的には歌の働きとして同じなのであるが、作歌動機の問題として考えるときにその違いは重要であろう。

このようにして結晶した家持の心情は、単に万葉集における一表現の問題として止まらない。筑紫への東国防人派遣は、この天平勝宝七年次をもって打ち切られるという歴史的な事実があるからだ。防人歌の収集や防人を主題としての数多い詠出といった、家持の執念のような努力は、すべてその事実を招来せんとしたものだ、という吉永登『万葉・文学と歴史のあいだ』の見方がある。また、防人歌巻構造論をもってこれに賛意を表する『古代和歌史研究2』の論もある。たしかに「防人が情に為りて思ひを陳べて作る歌」は、その成立するまでの文芸的な経緯だけを単純に辿ってみても、その根本に流れる家持の情熱の由来は説き尽くせないように思われる。やはり東国防人の停止は、いわれるように家持の念願であり、しかも彼が背負う大伴家多年の悲願であったのだろうか。

それからおよそ三〇年後の延暦三（七四八）年二月、六九歳の中納言大伴家持は持節征東将軍を拝命している。そして伝えどおりに受け取るならば家持は任地の多賀城（現在の宮城県仙台市）で病没することになる。そうであるならば、多賀城への生涯の旅路で、老将軍は東国諸国の国名を数え過ぎながら、天平勝宝七（七五五）年二月の防人たちのことを思い起こすことがなかったか。あるいは熱愛した東歌一巻（巻十四）の国々の名をそして歌々を、呟きつつ道を行くことはなかったのだろうか。遠江、相模、駿河、上総、常陸、といったふうに。

かつて防人たちは音に聞く難波を過ぎてさらに筑紫へと向かった。いま家持は鶏が鳴く東の国を過ぎてさらに北へ、彼らと逆の道を陸奥へと辿るのである。

万葉集巻二十に定着された防人歌群は、次の一首をもって閉じられる。

昔年に相替りし防人の歌一首

闇の夜の行く先知らず行く我れを何時《いつ》来まさむと問ひし児らはも（20四四三六）

〝闇の夜《よ》、それではないけれど、行く先もわからずに行く私に、「今度は、いつ」と問うたあの妻よ〟の意。いかにも都人の雅宴といった

三月三日に、防人を検校する勅使と兵部の使人等と同に集ひ、飲宴して作る歌三首

朝な朝な上がるひばりになりてしか都に行きて早帰り来む（20四四三三）

右の一首は勅使紫微大弼阿倍沙美麻呂安朝臣。

ひばり上がる春へとさやになりぬれば都も見えず霞たなびく（四四三四）

ふふめりし花の初めに来し我れや散りなむ後に都へ行かむ（四四三五）

右の二首は兵部少輔大伴宿祢家持。

の後に、独り言のようにぽつりと語られた、そんな感じに配されている一首である。

終章　万葉集虚構の論

万葉集虚構の論

二十数年前、本稿は「万葉集の虚構」について次のような発言をしたことがある。発言の姿勢、文章の細部については、反省すべき点や修正を施したい点もあるが、とりあえずいまは、以下に発表当時のままの姿を正直に示しておきたい。

万葉集に虚構あり、と研究の側から言挙げしたのは、沢瀉久孝氏の発言を以て嚆矢とする。思うほどに古いことではない。昭和三十年七月の万葉学会（於北海道大学）における講話がそれである。直後に活字化されたものによって、その主旨をまず見ておこう。

文芸の真は素材のまゝの真ではない。それは今更申すまでもない事だが、和歌の如き作品になると作者の体験そのまゝに表現されなければ真実がないと考へられるやうな傾向がある。殊に上代の歌にはその素朴性が誇張されて、作品の表現のまゝに作者の体験があつたのだと考へられがちである。作品の中の「われ」がそのまま現実のわれと考へられやすい。しかし万葉の作品をすべてそのやうにうけとる事はまちがつてゐると私は考へる。人麻呂の作にある「吾」をすべて現実の人麻呂自身だと考へるのは当らない。万葉の作品をすべてあまりに文字通りに解釈する事は万葉の文芸性を理解しないものである。万葉にも「うそ」がある。「虚構」がある。作者みづから作品としての迫真を意図しての虚構があり、俊成、定家が桐火桶を撫でつゝ作つたやうな「うそ」が万葉にもある。（「万葉の虚実」関西大学文学論集、『万葉歌人の誕生』所収）

この前文に続いて論は、柿本人麻呂の吉備津采女挽歌（二一七〜九）の「吾」にある、虚構性の検証に入る。

万葉の歌は実状と実感を直に写したものとする根強いアララギ流の考え方から、万葉集研究はこうして虚構の視点へと豊かに解放されたのだった。なかでも万葉の象徴的歌人人麻呂の歌が、その視点から見直されたことは画期的であった。

以後、橋本達雄「人麻呂の視点」（『解釈と鑑賞』三八巻一二号、『万葉宮廷歌人の研究』所収、稲岡耕二「研究史通観増補」『万葉集』下はこれを吸収する）が概観した如く、いくつかの虚構論が主に人麻呂作品をめぐって展開された。

沢瀉発言から数年後、いち早く中西進『万葉集の比較文学的研究』が、石見相聞歌（一三一〜一三九）と泣血哀慟歌（二〇七〜二一六）とに関して虚構を想定する。そして「万葉の虚実」から十年を閲して伊藤博「歌俳優の哀歓」（『上代文学』一九号、『古代和歌史研究3』所収）が、緻密な構造論を踏まえて泣血哀慟歌の濃厚な虚構性を指摘しつつ、その成立を論じたのであった。

従来の人麻呂研究に与えた伊藤論文の影響は大きく、数年あって金井清一「『軽の妻』存疑」（『論集上代文学』第一冊）が、踵を接して渡辺護「泣血哀慟歌二首」（『万葉』七七号）が、これを見直し発展させる形で論を成した。以上の経過は前記橋本氏の概観、あるいは虚構を方法論的に述べた金井清一「事実と虚構」（『解釈と鑑』三八巻一二号）によってわかり易いが、要は「歌俳優の哀歓」が指摘した虚構性に刺戟されて、金井論文は第一首に「軽の忍び妻悲恋伝説」を想定し、また渡辺論文は第一首の背景に古事記記載の歌謡物語の存在を確かめ、第二首はそれを享受者の要請に応えて歌い継いだものと規定したのである。

ただし、これは流れの一筋であり、その間大久間喜一郎「万葉伝説歌序論」（『国学院雑誌』七〇巻一一号）が、伊藤説に言及はないものの、泣血哀慟歌を「仮構の物語歌」と呼んだことも想起しなければならない。

一方、人麻呂の石見相聞歌についても伊藤博「〝歌人〟の生誕」（『言語と文芸』七六号）に最終的な発言がある。論はそれらが構成され推敲され尽した一個の文芸作品であることを、構造の面から解き明かしたものであった。

かく人麻呂の代表作に虚構の論が及べば、彼の実人生についてこれまでなされてきた見方に何ほどかの変更が迫られるのは必然のことといえる。

かつて、人麻呂の没所「鴨山」に関する茂吉の推定は象徴的であった。題詞に従って石見国を歴訪し遂には湯抱の地に鴨山を比定したその情熱のひたぶるさは、今もわれわれの眼を瞠らせるに足る。しかし、人麻呂終焉歌を石見相聞歌からの影響を考慮しつつ、また巻二・二二三〜二二七を一群の作品と捉えて見直せば、人麻呂の死所は自ら茂吉のそれと別の次元で論じられることになる。

石見国そして妻にまつわる人麻呂の代表作を終始虚構を意識した作品論で一貫し来って、伊藤博「人麻呂の生涯」（『解釈と鑑賞』三八巻九号、『古代和歌史研究３』所収）、同「短歌の語り」（『上代文学論集』『古代和歌史研究６』所収）が人麻呂の死が「劇死」であったという結論を得たのは、ごく自然な帰結であった。

以上、人麻呂歌を中心に虚構論の展開を見てきた。沢瀉発言から二十数年、万葉における虚構論の歴史は未だ若く、途半ばといっていい。たとえば、前述の石見相聞歌については神野志隆光「人麻呂石見相聞歌の形成」（『国語と国文学』五二年一月号）が、伊藤説の提出した「求心的構図」に対して疑問を投げかけており、泣血哀慟歌についても都倉義孝「泣血哀慟歌」（『柿本人麻呂』古代の文学２）が、前説に対する強い否定の姿勢で検討を試みている。また、人麻呂自傷歌群の読みとりに関しては近年、土橋寛「『鴨山』の歌とその周辺」（『万葉』九九号）が「喚情的言語」と「指示的言語」の用語を駆使して、印象深い虚構論を展開した。そして人麻呂伝記に関しては最新の稲岡耕二「石見相聞歌と人麻呂伝」（『万葉』一〇三号）の評価が急がれる。

また、あたかも茂吉の再来かとも思わせるほどの熱情で、人麻呂の実人生を梅原猛『水底の歌』が追尋したことも記憶に新しい。一方、虚構にあらずという旧来の考えを主張して北山茂夫『柿本人麿』が論を構えている。いずれにしても万葉集が虚構をも当然含む文芸の書として生れ出で、古典としての輝きを放ちながら今日に至ったという前提が信じられなければ、少なくとも万葉研究は推進の勇気を失なうであろうことが予想される。かつて認められることが困難だった虚構の視点が市民権を得ることを、虚構論を一度でも操った者が喜ばないはずはない。人間とは何かを考えるために、文学とは何かという門を選び、さらに虚構とは何かという入口を通って誰しもが模索してきたはずだからである。万葉虚構論の認知はそうした選択の方向が誤りでなかったことを示している。

だが同時に、虚構論が一人歩きするにつれて事故に遭遇する不安が生まれてくるのも否めない。虚構論はやはり万葉研究にとって両刃の剣である事実に変りはないようだ。仮に万葉集のあらゆる作品に安易に虚構の名を投げ与えるといった事態になれば、各々の作品の価値は営々として築かれた研究の堆積と共に一挙に霧散してしまうにちがいない。

ここで銘記しておくべき事柄が一つある。当然ながら虚構論が無地の所に唐突に出現したものではないことである。当のアララギ派歌人の注釈である土屋文明『万葉集私注』が虚構という点で示唆に富む書であることや、窪田空穂『万葉集評釈』が、万葉の歌に譬喩や寓意があると強力に主張する場合が多かったことなど、その下地は十分に用意されていた。また手固い訓詁の学から先の沢瀉発言がなされたのは、その間の事情を象徴して余すところがない。

虚構とは何か、という命題は、文学とは何かと問うに等しい。しかし前述の不安をいく分でも救うためには、その認識が不可欠のものに思われる。いま万葉の様相に即しながら述べると、基本的にはおよそ次の通りになるのではなかろうか（この点に関しては先掲土橋論文が大いに参考になる）。

第一はもっとも高次の虚構である。つまり文芸作品として高度な結晶の仕方をしたもので、結果としての作品は作者の実人生や素材となった事実から遙かな距離を持つ。それでいて逆に作品が享受者に与える真実感は事実そのものと見紛うほどに濃い場合である。人麻呂の作品が虚構という面で論じられるのは、とりもなおさず彼の作品が虚構を駆使した文芸として第一等の価値を持ち得るか否かが問われていることに他ならない。

第二は作品自体が予想しない形で虚構に参加している場合で、この点に関する発言は相当に慎重を期すべきだが、あえていうならば、作品は率直に事実をうたったものでありながら、それが後人の手で他の歌と組み合わされるなり、複数の作品が配列を変えるなりして別の主題を表現する場合である。つまりは編集が生み出した虚構といえる。

具体的に例をあげれば、但馬皇女の歌をめぐって高市皇子と穂積皇子の名が題詞に配されたり（2一一四～一一六）、同様に石川郎女を間にして大津皇子と日並皇子の歌が競うような場合（2一〇七～一一〇）、享受者にはそれらが皇位継承争いを秘めた恋物語として受け取られる。そう思わせるようにそれらは配列され編集されているのである（伊藤博「磐姫皇后の歌」『国語国文』一九四号、『古代和歌史研究1』所収）。これらの類型を見る限り、額田王と大海人皇子の贈答歌（二〇、二一）も、天智天皇の存在を想定して読むと同型のものになる。

第三の虚構としてあげるならば、前述の額田王と大海人皇子の二首が持つ内実である。すなわち、両者の歌は恋の、それも由々しい恋の贈答を暗示しながらも巻一雑歌の部立に属す。ならば秘められた褻の世界の恋であるはずはなく、遊宴に集う人々の前で額田王は一首を披露し、皇子も「しっぺい返し」の形でこれに和えたとするのが正しい（池田弥三郎『万葉百歌』）。そう考えれば二首を楽しんだ人々の中に天智天皇を数えるのは当然であり、このとき二人の作者の間に後の巻間に伝えられるような恋愛の事実を想定することは困難に近い。

これに類することは万葉の末まで行なわれる。たとえば男性同士が消息を伝え合う場合、あるいは宴で歌を交換する場合など、各々の歌を恋歌に仕立ててなされることが多かった。家持歌日誌と称される巻々で事実と作品の関係を検証すれば、その有様は如実であろう。

第四は作歌に当って普通に意図される譬喩や誇張などの文飾である。一例をあげるならば泣血哀慟歌第一首の末尾「妹が名呼びて袖ぞ振りつる」の場面は京第一の繁華を誇る「軽の市」であった（中西進先掲書）。激情のあまりと解するにしても、この唐突さは事実からよほど遠い。この点を説いてつとに「サハアルマシケレトカクヨムハ歌ノ習ナリ」と喝破したのは、契沖『万葉代匠記』であった。実際に歌を作る生活が身近だった人々にとって、そうした万葉の見方はごく自然であったらしい。

第五は文章そのものが持つ、あるいは文章を操ること自体に存する虚構である。文飾を徹底的に排する方向で表現を意図したとしても、われわれは遂に文章そのものが宿命的に持つ虚構性から解き放たれることはない。

第六の虚構とは言語それ自体が根源的に有している要素である。真実は常に黙して語らず、沈黙がもっとも饒舌に真実を語るという逆説は、われわれが生活の中で度々体験するところのものといえる。

一〜六まで、文学ということを基準にして仮に高次のものから低次のものと呼ぶが、大体以上のような虚構の段階をよほど強く認識してかからねば、特に万葉集の場合、真の虚構論は果たし得ないように思われる。特に五、六は万葉に限らぬ一般の次元のことにみえるが、古典の寡黙さを考慮すればかえって不可欠の認識といえる。虚構論の危険性。先に概観した通り、虚構論が推進される過程で常に牽引車の役を果たしてきた伊藤説が、その歩みの最中に、あるいはその道程をふり返る地点から幾度も苦汁を以て表白した点はそれであった。虚構論の持つ危険性は、それを論じる者自身がもっとも銘記すべきという反省は、伊藤論文の随所に見られる。そうした反省から生まれた発言を、一部分のみ引いておく。

　石見相聞歌とか泣血哀慟歌とか人麻呂終焉歌とか、人麻呂の「裏芸」と見られる作品の大部分の手法について、本研究は、多く「虚構」ということばを献じて来たが、これは、ひょっとしたら、人麻呂にとってずいぶん不本意なことであるのかもしれない。それは、「見えるもの」と「見えないもの」、「いにしへ」と「いま」との交感をひたぶるに追いかける、歌に対する熱情と意識とが生んだもの、換言すれば、古代的伝統のもとでの、対象に対する一途な「幻視」が人麻呂の詩の根源であって、「虚構」は「幻視」の生み落した根づきの技法であったと評する方が、適切かもしれない。(『古代和歌史研究６』第七章第五節)

作品の能うかぎり精密な分析の果てに「虚構」の結論を得ることがあったとき、論者には同時にそう述べただけでは済まされないという反省と新たな未知の世界が訪れてくるのが、然るべき虚構論の姿であるらしい。伊藤論文を読み込む過程にあって、そうした苦汁をいささかでも理解し得ていたのだろうか。泣血哀慟歌二首を虚構の作と断じつつ、題詞と事実の関係について「完璧な虚構に個的な実をこめて、人麻呂は作品を人々に供したのではなかろうか」(先掲拙稿)という推論が不可欠のものに、筆者はかつて思えたのである。

いま一つ、これは研究と直接ではないかもしれないが、虚構を論ずる場合に考慮すべき点がある。それは万葉集を古典として愛し続けてきた享受者の歴史である。もちろん万葉の学徒はもっとも熱烈な享受者の一人であることに違いはない。しかし、万葉集は一部の研究者の占有すべきものではない、と事々しくいうのもいまさらめくほど、万葉集は歌を愛する多くの人々のものである。

額田王と大海人皇子のあでやかな彩りに飾られた歌々は、高らかに公表されたところの宴歌であったか。うら若い皇子や皇女たちの熱っぽい恋の実体は語られたところのそれであったか。人麻呂の妻は彼の文芸力を俟って初めて現出した架空の妻であったか。それぞれの研究についてみれば、それはそうであったのかもしれない。宴を始めとする諸々の作歌の場を明らかにすることで、あるいは他の資料と照合することによって、研究の側はいよいよ細密に事実と歌との距離を測定し、虚構の実相をあばいてゆくことになろう。

だが一方で、それらの歌々を由々しくも美しい恋の歌と受けとめ、わが恋をそれに仮託してひととき幸福だった人々の人生は疑いようもないのである。いかなる解釈に晒されようとも人々を魅了して止まない、それは万葉集の歌が根源的に持っている力なのだろうと思う。歌が本来持っている価値をより鮮明にする方向で虚構論は注意深くなされてゆかねばならない。(「国文学(解釈と鑑賞)46巻9号」)

その後、虚構の論は、いかなる進展を見せながら今日に至ったのか。論の経緯を詳しくたどる術を本稿は知らない。ただ、昔発言した虚構(但し万葉集に限って)についての考えは、本稿の出発から今日まで、一貫して作品を見ていくときのわが態度であったことだけはいえる。前項の論は発表当時に、あまりに自分中心の狭量な論と批評された記憶がある。澤瀉から伊藤への流れをあまりに強調し過ぎた故であったろうか。その結果としての黙殺は甘受するとして、本稿は改めて思うのである。作品に具体的切り込み、その中に入って古代の虚構と古代の真実を実感する、それ以外に虚構の論は確かめる術はないのだ、と。おそらく、本稿のごとく、各研究者はそれぞれにわが虚構の論を秘めて論をなしているに違いない。

先に掲げた拙文にある「泣血哀慟歌二首」の論は、副題に「柿本人麻呂の文芸性」とあって、人麻呂作品に秘められた虚構性を一途に追尋したものであった。今回はその論を二つに分けて「万葉集の題材と表現」の主題に沿って整えた。その際に割愛した旧稿の最終項は、人麻呂の虚構の手法を論証し終えた後、改めて「虚構」ということを考えた結果、追加したものであった。前の拙文の最終三段落で述べたことを、必須のものとして考慮した結果である。

以下にそれを示し、もって本章の結びとしたい。

題詞は必ずしも事の真相を伝えるものではない。またそうであっても、われわれがそれを取り違える事は往々にしてある。泣血哀慟歌においても例外ではなく、その題詞の信憑性は極めて希薄であるといえる。二首についてこれまで述べ来たったところからすれば、虚構の中に生き死にした妻が、人麻呂の実際の妻とはいい難いからである。そこで、当面の題詞が後人の手に成るものであるという『万葉考』の言い分も容れて、本稿は二首の題詞の寄って来たるところについてある想像を寄せる。それは、二首が亡妻哀悼の主題で貫かれた虚構であるならば、元来題詞は「妻死後作歌」といった純粋に二首の主題を表わす簡略なものであった。そしてそれが人麻呂作の伝承過程でいつしか人麻呂の実際の妻であるかのように語られ、題詞も現に見る形に修正された、という想像である。このような一案を述べてみるのも、渡瀬昌忠氏（「人麻呂歌集非略体歌における戯笑性」国語国文三八巻三号）の次のような発言を、当面の題詞に想定するからである。氏は巻九の人麻呂歌集に存する贈答歌二首（一七八二・三）の題詞「与妻歌一首」並びに「妻和歌一首」が「夫婦贈答戯歌の製作、発表に際しての、人物想定の前置きであって、言わば歌のテーマであり、その最も簡略に記されたもの」で、人麻呂が自ら付したものであり、これが後人に享受される場合「両者はこうした簡略な題詞以上の語りを伴ったであろう」とされる。泣血哀慟歌の題詞を、後人が享受した結果のものと受け取ってみたのであるが、このような想像もまた一つの可能性を有している点で、確かに題詞の信憑性は疑うに足りる。

題詞についてはいま様々な想定が可能であろう。それならば、最終的に本稿は如何様な見方をこれについて為すかというに、現に見る題詞のままにこれを信じる。つまり題詞にある如く、妻は人麻呂の実際の妻である。というのは、二首の妻は虚構の妻でありながら題詞には実際の妻と書かれているところに、人麻呂の本質に根差した意図を本稿は見るからである。泣血哀慟歌が記的物語に源を発している明らかな虚構である以上、それを公表するに際して人麻呂が作品以外の効果を狙ったためではないかと考えられる。つまり聴き手に対する効果を上げる目的から、人麻呂が二首の妻を自身の妻としてむしろ現実性を与えて語る事は、充分に考えられる。虚と実とその逆転の操作が人麻呂の手によって為された結果が、当題詞ではないかと思うのである。題詞について考えられるこのような虚実の問題は、当然、人麻呂の歌人としての在り方に深く関わって来る。そしてそれは、泣血哀慟歌二首が人麻呂に生まれ得たその根源を解き明かすに、重要な一要素でもある。

それでは、人麻呂に泣血哀慟歌第一首を為さしめたもの、そして第二首の「歌い継ぎ」を為さしめたものの根源は、一体、何であったのか。先にふれたように二つの場合が考えられる。一つは人麻呂と彼の歌の享受者との関係である。第一首が、軽太子と軽大郎女の歌謡物語を合わせ享受している人々を念頭に置かなければ、成立し難い事は明らかであろう。そのような人々の要請によって、あるいはそれがなくてもそれらの人々に供する姿勢で、別離哀話の新型版第一首を人麻呂は為したのではないか。その第一首に感動し、絶賛の意を表した人々の再度の要請が、第二首の「歌い継ぎ」を人麻呂に為さしめたのではなかろうか。「宮廷サロン」なるものに集う人々の要請に、常に全身的に歌を以て応じるというのが人麻呂の歌人としての在り方だった事（伊藤博「トネリ文学」）は、この場合大いに参考とするに足りる。泣血哀慟歌二首を生んだ根源は、人麻呂のそのような歌人としての在り方にあったのではないか。

そしてもう一つ、享受者の要請あるいは絶賛といった場を全く念頭に置かず、人麻呂が終始孤独のうちに第一首を為し、第二首を歌い継いだとするなら、その想像はかなり悲愴な人麻呂像を形作るであろう。何故なら、虚構とはいえ〝別離〟のあるいは〝亡妻哀悼〟の主題への人麻呂の個的な執着に、その根源の全ては帰着するからである。「歌い継ぎ」とその苦心を思ったとき、妻の死という不幸を実際にその身に負いつつ、孤独な作歌の過程に尽きせぬ悲しみを吐露しようとする人麻呂を、如実に予想し得るのである。

このように二つの場合を仮定してみて、このどちらか一方のみを是とするなら、その根源の説明は全きを得ないと思われる。ここに至って、二首に虚構性の存する事を指摘しつつ、最終的には人麻呂の「歌俳優」の性格が生んだ「日記的作品」という結論を得た伊藤博「歌俳優の哀歓」は、逆の意味で本稿にとって示唆的である。二首が完璧な虚構である以上、公表は少しも差しつかえないし、人麻呂は「歌俳優」として絶賛を受けつつ作歌を為し得たであろう。そしてまた、人々の期待に充分応えて、前作に劣らぬ「歌い継ぎ」を可能にするほど、人麻呂自身のうちにその主題に対する個的な愛着があったのではないかと考えられるからである。それとこれと二つの要素の合致が、泣血哀慟歌二首が人麻呂に生まれた根源と見るのが妥当と思われる。

二首は折から人麻呂晩年の詠になる。彼はその生涯において、必ずや愛する妻を失なっていると思われる。何故なら、作品の持つあらゆる制約を超えて、二首の奥底に漲る悲しみがそれをわれわれに語るからである。泣血哀慟歌の虚構の中に生き死にした妻と、実在の人麻呂の妻とが別人である事は、いまさらいうまでもない。人麻呂の事実としての生々しい悲しみは、類いなく澄み切って、虚構のうちに結晶したのではないか。完璧な虚構に個的な実をこめて、人麻呂は作品を人々に供したのではなかろうか。実をこめて作歌した虚構の作を、さらに享受者への効果を狙って己が妻の事として公表する。そこにこそ本稿は「歌俳優」人麻呂の、痛切な「哀歓」を知るのである。

泣血哀慟歌二首にかような根源を求めてみたとき、それは人麻呂が生涯をかけての作歌の修練によって培われた文芸力を俟って、初めて成し遂げられたものといえる。人麻呂が記的物語から〝別離〟の主題を選び得たのも、またそれを生と死の極限の結構において再生し得たのも、人麻呂が挽歌詩人と呼ばれるほどに死を通して多くの人々と悲痛に別離した生涯を持ったからに他ならない。中でも、彼の生涯にいつ訪れたか定かではないにしても、妻との死別は人麻呂個人にとって、作家生命の全てを投入していつかはうたわねばならぬ深い悲しみであった事だろう。そしてそれは、虚構を得る事によって果たされ、人麻呂がその人生を代価として獲得した文芸性の最も輝かしい結実、泣血哀慟歌二首に、不滅の生命を有する事になったのである。

（「泣血哀慟歌二首」九泣血哀慟歌の意味。萬葉七七号）

跋

「大伴家持の新歌境」と題した五十枚足らずの文章が、私の卒業論文だった。試問の折の井口樹生先生の問いは一つだけで、「第三句の〝うら悲し〟は上に付くの、それとも下に続くんですか」というものだった。行きつ戻りつ考えた末に論文に書いた通り、「その一句は独立して、一首全体を覆います」と申し上げると、先生は、ふうん、とおっしゃって、それ切りだった。

「泣血哀慟歌二首――柿本人麻呂の文芸性――」。それが私の修士論文の題目であった。命名は指導の伊藤博先生で、初めに私がつけた題は、副題に回っている。ずい分うちつけな題だな、と驚いたが、後にそれが不動のそして唯一のものであることに気づいて、再びの驚きをおぼえた。

論文はその後ほぼ半年をかけて圧縮し、学会へ投稿した。投稿直前、先生に御相談申し上げる時間がないままに、最終に一節を書き加えることをした。機関誌「萬葉」に掲載後、先生に「あの最後の一節は君の考えで書き加えたのですか」と聞かれ、はいと答えると先生は、ふうん、とおっしゃって黙られた。今ほどに豊かな時代ではなかったから、投稿原稿には厳しい枚数の制限があった。叱られると思ったが、ややあって「よかったですなあ」と先生は一言、呟くようにおっしゃられた。

私は理解の鈍い学生で、井口先生の「ふうん」の意味も、伊藤先生の「よかった」の真意も、すぐにはわからなかった。

井口先生のお気持がわかったのは、つい最近のことである。先生の講義を初めて受けたのは学部の一年生のときだった。最初の時間に先生は坂上郎女の姫百合の一首を黒板に書かれて、「嘱目発想」ということについて話された。その歌解釈からすれば、家持絶唱三首の第一首第三句の解は、私の答で満点だったのである。伊藤先生は当時、泣血哀慟歌を、人麻呂の「日記的作品」「私小説的作品」と位置づけておられた。反対に私の論はそれが完璧な虚構であると説くものだった。投稿の直前に私が思い至ったのは、そのような見事な作品を生んだ原動力は、人麻呂の深い個の悲しみに発するという点であった。先生はその点を喜ばれたのだった。

論文を書いてゆく人生の最終の目標は、それを一冊の本にまとめることなのだろう。その作業の過程で、思いはより遠い昔へと帰ってゆく。いま述べたことは論文の出発点以前の思い出である。

以前、ある書評でこんなことを書いた。

文芸作品はいってみれば花であろう。それは暗く奥知れぬ地中へと根を下ろしてこそ初めて花咲く。行って住んでみろといわれれば拒否したくなるような、やはり暗く辛い世界が、実際の古代であるような気がする。民俗学はそうした世界を知るためにもっとも有効な学問方法であることは疑いを容れない。

挽歌の論をなした著者が、あとがきに民俗学への踏み込みが足りなかったと嘆いたからである。

井口先生があるときこんな話をされた。「僕達の知ろうとしていることは氷山の下の方なんだよ」、「海面の下にあって大きいけれど見えない」。そのあと、例によって揶揄を含んだ明るい調子で「渡辺、まっとうな文学をおやり、まっとうな文学」。私には答えるすべがなかった。書評で文芸学と民俗学を植物にたとえたのは、氷山ではあんまりだと思ったからだ。

これも昔のことである。

初めて活字化された論文の抜刷をお送りしたら、橋本不美男先生がとても喜んで礼状を下さった。そこにはこんな主旨のことが書かれてあった。「君は井口さんに教えを受け、伊藤さんに教えを受けたという稀な学生です。この幸せを生かしてこれからの研究に精進されるように」。身の震える思いだった。若い私には二つの学の融合を目指せという言葉に思えてしまったからである。そして、お二人の先生がそれぞれ身に帯されている学問の大きさと深さを感じとりはじめに頃だったからだ。望むべくもないことであった。以後、私は橋本先生の言葉を誰にも明かしたことがなかった。しかし、私の心底に折にふれて、先生のお声が度々響いたことも事実である。

井口先生が逝かれて五年、伊藤先生が逝かれて二年になる。お二人の御霊の前にこの一書を参らせようと思う。学はついに果たせなかったが、お二人の人生をそのまま生きようとすることで、私は幸福であった。その報告のつもりである。

（二〇〇五年十月十八日、白い風わたる志風山を仰ぎつつ、随風館にて）

渡辺　護

所収論文目録

序章　万葉集の一回的題材（「万葉集の一回的素材」岡大国文論稿第19号。一九九一年三月三十一日発行）
一章　初期万葉和歌の手法
一節　雪歌の一系譜（美夫君志45号一九九二年十一月三十日発行）
二節　自傷歌の構成（「有間皇子自傷歌をめぐって」有斐閣選書『万葉集を学ぶ』第二集。一九七七年十二月十五日発行。改稿して『万葉 挽歌の世界』に収録）
三節　あしびの文芸（『古代史論集』上巻、塙書房。一九八八年一月三十日発行。改稿して『万葉 挽歌の世界』に収録）
四節　「明日よりは」とうたう意味（万葉百四十号。一九九一年十月三十一日発行）
五節　万葉集の秋山（未公表）
二章　柿本人麻呂の手法
一節　柿本人麻呂の生涯（『万葉集講座』第五巻、有精堂。一九七三年二月十日発行）
二節　石見相聞歌二首Ⅰ（「柿人麻呂と石見」犬養孝編『万葉の風土と歌人』、雄山閣。一九九一年一月二十日発行）
三節　石見相聞歌二首Ⅱ（「石見相聞歌二首」上智大学国文学論集26。一九九三年一月十六日発行）
四節　泣血哀慟歌二首Ⅰ（「泣血哀慟歌二首」一九七一年九月十五日発行、万葉七十七号。前半部、第一首に関する論）
五節　泣血哀慟歌二首Ⅱ（「泣血哀慟歌二首」一九七一年九月十五日発行、万葉七十七号。後半部、第二首に関する論）
三章　題材と表現その享受の手法
一節　異郷の女性像（吉井巌編『記紀万葉論叢』、塙書房。一九九二年五月三十日発行）
二節　湯原王と娘子の歌（有斐閣選書『万葉集を学ぶ』第三集。一九七八年三月十五日発行）
三節　「君がため」とうたう意味（岡山大学文学部紀要第13号、一九九〇年七月十一日発行）

四節　呼子鳥の歌九首（岡山大学法文学部学術紀要第39号。一九七八年十二月二十七日発行）
五節　譬喩の要因（岡大国文論稿第14号。一九八六年三月一日発行）
四章　宴の手法と孤の手法
一節　「花ニ問フ」とうたう意味（岡山大学法文学部学術紀要第38号。一九七八年一月二十五日発行）
二節　山守考（岡山大学文学部紀要第６号、一九八五年十二月二十五日発行）
三節　梅の花雪にしをれて（万葉百四号。一九八〇年七月二十五日発行）
四節　君がやどにし千年寿くとそ（未公表）
五節　防人の情に為りて（「家持が防人の情に為に思ひを陳べて作る歌」有斐閣選書『万葉集を学ぶ』第八集。一九七八年十二月二十五日発行）
終章　万葉集虚構の論（「虚構論」国文学解釈と鑑賞46巻９号。一九八一年九月一日発行）

■著者略歴

渡辺　護　（わたなべ　まもる）

昭和20年、宮城県白石生まれ

上智大学博士課程修了

現在、岡山大学文学部教授

著作

『万葉道しるべ』（共著）

『万葉 挽歌の世界』

万葉集の題材と表現

2005年11月10日　初版第1刷発行

■著　　者——渡辺　護
■発 行 者——佐藤　守
■発 行 所——株式会社 **大学教育出版**
〒700-0953 岡山市西市855-4
電話（086）244-1268　FAX（086）246-0294
■印刷製本——モリモト印刷㈱
■装　　丁——原　美穂

ISBN4－88730－653－9